武蔵野書院創業百周年記念企画

大和物語の達成

――「歌物語」の脱構築と散文叙述の再評価

東原伸明
山下太郎
編著
Nobuaki Higashihara
Tarō Yamashita

武蔵野書院

目次

Ⅱ 『大和物語』からの達成

Ⅲ 『大和物語』達成の意義

Ⅳ 『大和物語』達成のために

V　特別寄稿　海外通信

はじめに――『大和物語』の再評価を求めて――

山下太郎

書かれた作品としての『大和物語』の題号がもっともはやく現出する書物は、平安時代後期の『袋草紙』であろう。(1)『袋草紙』は、百五十〜百五十三段など、『大和物語』のいくつかの章段をとりあげて、歌に関わる伝承の事実を伝えるものとしている。

また、「伊勢物語　和歌二百五十首」の項につづけて「大和物語　和歌二百七十首」の項をたてる。示された『大和物語』の歌数は現行本の二百九十四首より少なく、『伊勢物語』ほどではないものの『大和物語』もまた、増補改訂などの流動の過程にあったことを窺わせる。

藤岡作太郎『国文学全史　平安朝篇（一九〇五年初刊）』は、『大和物語』に触れて『千五百番歌合』の顕昭の判詞で「源氏、世継、伊勢物語、大和物語とて歌読の見るべき歌」(2)とされたことを紹介するが、高い評価をあたえることはない。「片々たる事実を輯めたるもの」「文学的価値甚だ多からず」「伊勢物語の体を学びて（中略）なお彼に及ばず」「伊勢は奇抜に、大和は平凡なり」「（全体を概括し

て論ずるは）容易のことにあらず」などとするのである。（3）

事実を伝えること、歌に重点を置く「歌物語」であること、しかし、『伊勢物語』に劣ること、などは現在の一般的な認識も大差はないのではないか。『大和物語』とは何か、が必ずしも明確になっていないこともその一因であろう。果たして「歌物語」という括りで『伊勢物語』と同一次元で扱うことは適切なのか。再検討の時季に来ている。

『伊勢物語』の語りは和歌に収束していく「歌のための語り」である。対して、『大和物語』の語りは必ずしも決着を「歌」にゆだねない。「地の文」の語りによる叙述と描写に、『伊勢物語』に比してより多く注力する。「和歌」を散文の機能に包摂し、相対化しているのである。いいかえれば、「和歌」が「語りのための歌」になっている。『大和物語』は、「歌物語」から散文叙述によって形成された物語の方へ、『伊勢物語』とは別の一歩を踏み出したものとなっている。

「歌物語」という括りで同一範疇にあるものとして扱うのであれば、和歌に収束していく散文叙述の凝縮度、あるいは、文学作品としての質の高さにおいて、『大和物語』は『伊勢物語』に及ばないかもしれない。しかし、こうした評価は一面的でしかない。『伊勢物語』の質の高さはそれとして、『大和物語』には『伊勢物語』とは異なる作品の質の在り方、素晴らしさ、いわば『大和物語』としての達成があるのではないか。

『大和物語』は歌に依存しない散文のありようを模索し実現したのである。文学史散文史の射程を遠く延ばし、『源氏物語』の散文までも視野に入れるならば、『大和物語』における散文叙述の方法論的達成は是非とも再評価されなくてはならない。和歌に依存しない、散文としての叙述の力、例えば、「内話文」の多用によって描写の方法を腐心し模索する点、和歌と散文もしくは散文相互の言語遊戯的な関連など、その散文叙述の様相いわば散文叙述性を再吟味することで、『大和物語』という作品の持つ光芒および文学史的な車轍が明瞭になるのではないか。『伊勢物語』と『大和物語』との間には大きな跳躍がある。本書は、それを実現した『大和物語』の達成を見極め、その再評価を希求する試みである。

注

(1)藤岡忠美校注『新日本古典文学大系・袋草紙』(一九九五年十月岩波書店刊)。
(2)『千五百番歌合』の本文は、古典ライブラリーWeb版『国歌大観』による。
(3)藤岡作太郎・秋山虔他校注『国文学全史平安朝篇1(東洋文庫198)』(一九七一年十一月平凡社刊)。

I

『大和物語』自身の達成

『大和物語』第149段の〈語り〉と言説分析

——散文叙述への意思と「歌徳譚」の決別あるいは『伊勢物語』第23段の脱構築——

東原伸明

はじめに

従来、『伊勢物語』第23段と『大和物語』第149段は、「風吹《かぜふ》けば沖《おき》つ白波《しらなみ》たつた山夜半《やよは》には君が独《ひと》り越《こ》ゆらむ」の和歌を共有し、同じような物語内容を有する歌物語だというふうに認識されてきた。(1)しかし、評価において両者は段違いで、たとえば、片桐洋一は次のように評していた。

さきに、『伊勢物語』のこの話と『大和物語』のこの話とを比較して第一に相違することとして、『大和』が、くどくどと饒舌《じょうぜつ》に語りすぎる、説明がくどすぎるということを挙げたが、このように見てくると、それだけの問題でないことがわかるはずである。金鋺に入れた水が嫉妬《しっと》の炎で熱湯になったことをはじめとして、歌物語の中心になる「風吹けば」の歌と全く関連のないことが、『大和物語』に多く加わっていることを知る。また、併せて言えば、『伊勢物語』に比べて、『大和物語』には「みやび」とか情趣とかいう面が欠落して、ただストーリーをおもしろおかしく語ろうとする態度が前面に出ていると思う。『大和物語』の章段のすべてがそうだというわけではないが、『大和物語』は、このような点において、『伊勢物語』よりも、一段劣った作品だと私には思われるのである。(2)

今日、一部の例外を除き、(3)片桐の『大和物語』に対する見方は大方の賛同を得てきたものではないかと推察される。ただし、片桐の「説明がくどすぎる」という意見は、言説を区別しその機能を分析したうえでの発言ではなく印象批評以上のものではないことを申し添えておく。

一　前提『伊勢物語』第23段の〈語り〉と言説分析

――「空所」「空白」としての女の視点と心

手順として『伊勢物語』第23段の要所を言説分析することで、検討してみることにしたい。

『伊勢物語』は、幼なじみの男女が親の反対を押し切り結婚にまで突き進む。その「筒井筒」の章段に引き続き『大和物語』と共通する内容の物語は、次のように語られている。

さて、年頃経る程に、女、親亡く、頼りなくなるままに、「諸共《もろとも》に、言《い》ふ甲斐《かひ》なくてあらむやは」とて、河内の国、高安の郡に、行《い》き通《かよ》ふ所出《い》できにけり。然《さ》りけれど、この元《もと》の女、〈悪《あ》し〉と思へる気色《けしき》も無《な》くて、出《いだ》し遣《や》りければ、男、〈異心《ことごころ》ありて、斯《か》かるにやあらむ〉と思ひ疑《うたが》ひて、前栽《せんざい》の中《なか》に隠《かく》れ居《ゐ》て、河内へ往《い》ぬる顔にて見れば、この女、いとよう化粧《けさう》じて、うち眺《なが》めて、

　風吹けば沖つ白浪たつた山夜半《よは》には君が独り越ゆらむ

と詠《よ》みけるを聞きて、〈限《かぎ》りなく愛《かな》し〉と思ひて、河内へも行《い》かずなりにけり。（伊勢物語200頁）[4]

女の独詠「風吹けば…」の歌を聞いた途端嘘のように浮気の疑念は霧消し、男の心は元の女の許に戻ってしまう、典型的な「歌徳譚」である。歌の力によって、女は男の魂を引き留めるのに成功したのだ。〈限《かぎ》りなく愛《かな》し〉という男の感情の表出が音声を伴なわない「内話文」として表出されていることは大事である。なぜならば、そこには男の強固な意思が見てとれるからである。

片桐洋一の評から再度引用しよう[5]。

あれほど相思相愛の仲だったはずの女を見限るのである。仮相の形で表されているにしても、今までこの物語に描かれてきた挫折《ざせつ》や破滅をいとわず愛に生きる男のタイプとは異なってしまっている。女の親が死んで生活の拠り所がなくなったから女を捨てる。自分の浮気を棚にあげて気持ちよく自分を送りだすのは、その後に何かやましいことをするのではないかと、こっそり植え込みの中から様子をうかがう男。小さな男、つまらぬ男である。それに対して、女はりっぱである。献身的・犠牲的というのではなく、堂々と愛に生きている。前掲の「井筒の恋」の部分に「さて、

この隣の男のもとよりかくなむ」とあったのを思い出してほしい。物語は女を中心に語られている。男は隣の男なのである。

しかし、この片桐の見解には素直には従えない部分がある。なぜ片桐は、「女」を立派だなどというのだろうか。「堂々と愛に生きている」女の姿など、いったいどこに描かれているのだろうか。さらに「物語は女を中心に語られている」ともいうが、どこにそんな立派な女の姿が描かれているのだろうか。それは、事実誤認ではないのか。

私見では、当該場面は女の側の視点と視線とさらにその声を排除することで描かれている。またこの場面の〈語り〉は、男の一方的な視点・視線に寄り添ったかたちで叙述がなされている。女の声に相当するものは、「会話文」（直接言説・対話《ダイアローグ》）も「内話文」（直接言説・独白《モノローグ》）も、まったく欠如しており、唯一「風吹けば…」という独詠歌（直接言説）以外は、まったく叙述がされていない。だから読者はこの女が何を考えこんな行動に及んだのか、その真実を知ることができない。「あれほど相思相愛の仲だったはずの女を見限」った男に対して、女がどう思っていたのか物語は終《つい》に語っておらず、本文じたいにそれを見つけることはできない。つまりこの場面の女に関する叙述は「空所」であり、「空白」なのである。だからそれは、読み手の想像力《イマジネーション》によって充填される以外方法はないのだ。

そうだからであろうか、片桐洋一の、「女はりっぱである。献身的・犠牲的というのではなく、堂々と愛に生きている」という見解は、空所に対する回答であるとも言える。しかし、このような

「男性読者」の自己都合的な解釈が有力な説として成り立ってしまうのは、女からの視点や視線およびその声が、つまり、女の心がまったく描かれていないからでもあろう。(6)

二　『伊勢物語』の脱構築としての『大和物語』、「内話文」に現象する女の本音

昔、大和《やまと》の国葛城《くにかづらき》の郡《こほり》に住《す》む男《おとこ》女ありけり。この女、顔容貌《かほかたち》、いと清《きよ》らなり。年頃《としごろ》思《おも》ひ交《か》はして住《す》むに、この女、いと悪《わろ》くなりにければ、思《おも》ひ煩《わづら》ひて、限《かぎ》りなく思《おも》ひながら、妻《め》を儲《まう》けてけり。この今《いま》の妻《め》は、富《とみ》みたる女になむありける。殊《こと》に思《おも》はねど、行《い》けば、忌《いみ》じう労《いたは》り、身の装束《さうぞく》も、いと清《きよ》らにせさせけり。

（大和物語405頁）(7)

『大和物語』第149段の男女は、『伊勢物語』第23段のような前史を持っていない。住居は都ではなく、「大和《やまと》の国葛城《くにかづらき》の郡《こほり》」という地方であり、これは『伊勢物語』と共通する。女の容貌について、「地の文」で「顔容貌《かほかたち》、いと清《きよ》らなり」と語られているように、「清《きよ》ら」の語により、物語の主人公としての性格が際立つ仕掛けとなっている。男は女の経済力に依存した生活をしていて、不如意になると別に新しい「妻《め》を儲《まう》け」るのだが、その女に関しては、「富《とみ》みたる女」であることが結びついた最大の理由で、「殊《こと》に思《おも》はねど」と、「地の文」で語られているように、特に愛情を感じていたわけではないようだ。自分にとっての欠損を補ってくれる、ありていに「都合の良い女」として便利に交際していたに過ぎないのである。『大和物語』における男の浮気の合理的な説明の叙述は、『伊勢物

語』ではまったく説かれていなかったことである。

ところで片桐洋一が、『大和物語』の生成に関して以下のように述べていることは傾聴に値する。

「この女、顔かたちいときよらなり」とか、この女を「かぎりなく思ひながら」とわざわざ説明していること、そして「このおんないとわろくなりにければ」とか、「今の妻は、富みたる女になむありける」と説明しているのは、既に『伊勢物語』のような作品があって、それによって説明を加えている感じであるし、「行けば、いみじういたはり、身の装束もいときよらにせさせけり」にしても、「この女、いとわろげにてゐて、かくほかにありけれど、さらにねたげにも見えずなどあれば」にしても、『伊勢物語』の叙述内容を過度に説明している感じである。(8)

（傍線等の強調は引用者、以下片桐論文の引用において同じ。）

要するに片桐洋一は、『大和物語』は『伊勢物語』を脱構築したものだと理解しているようであり、その見方は正しいだろう。脱構築とは、引用＝差異化であり、『大和物語』は、『伊勢物語』を変奏することによって書き直されているとも言えるのだ。

ただし、そのことを片桐は繰り返し「説明」ということばを用い、『伊勢物語』の反復＝縮小再生産だというふうに捉えているのは遺憾である。片桐が批判的に用いる「説明」の語は、次代に出現する作り物語（その代表は『源氏物語』）や近現代の小説という散文文学のジャンルにおいては、「語り」や「描写」というタームに置換されうるはずの語である。だから、片桐の理解とは逆に、拡大再生産として受けとめるべきでる。『大和物語』の語りは、『源氏物語』的な言説の生成に向け、一歩進化したものとしてプラスに評価したい。

さて、二人だけでしんみりとするのは久しぶりなのだから、今夜くらいは「〈留《とゞ》まりなむ〉と思《おも》ふ夜も、（女）「なほ往《い》ね」と言《い》ひければ」という叙述がなされているように、後ろめたい男にとって、渡りに舟のような女の言動である。しかし、それはあまりにも不自然なので、男の立場からは素直には受けとめられない。そんな文脈において「会話文」は、表面の体裁を繕うためだけに用いられているのであり、本心を述べているようには聞こえてこない。だから、男女とも相手に音声として聞こえない「内話文」を多用し、互いの行動を忖度しているのだ。

『伊勢物語』では「空所」「空白」となっていた女の心情（本音）が、ここでは「内話文」によって明確に叙述されている。「心地には、〈限《かぎ》りなく嫉《ねた》く心憂《う》し〉と思《おも》ふを、忍《しの》ぶるになむありける」と。女は、明確に嫉妬していたのだ。このむき出しの敵意が「会話文」ではなく、「内話文」として表出されていることの意味は重い。女の激情は、「内話文」としての表出されているので、男には、まったく聞こえてこない。平気な顔を装おう女の悲しい演技に、騙されているのだ。男は不審感と不信感との狭間で、「この女、いと悪《わ》ろげにて居《ゐ》て、斯《か》く外《ほか》に歩《あり》けど、更《さら》に嫉《ねた》げにも見《み》えず〉などあれば、〈いとあはれ〉と思《おも》ひけり」と、認識する。長年夫婦を続けている同士の勘として相互に判ってしまう類《たぐい》のことであり、男の言動から女にはバレていたことだろう。にもかかわらず「怒気」を面に現さない女に対して、男は良心の呵責から、「健気な女」として申し訳なく思い、また、〈愛《いと》おしい〉とも思っていたのであろう。まさに、注（6）の関根賢司が説くような男の心情に焦点化する「都合のよい女」、「貞女」の像《イメージ》ではないか。

『大和物語』は「内話文」という直接言説を駆使することによって、女の心理を明確に描こうとする、〈語り〉の強固な意思があると言えるだろう。それは片桐洋一が説くところの「説明」に違いないが、以上の言説の分析を通過した時点でこうした説明を、もはや「くどい」などとは言えまいと思うのである。

三　些末的な叙述「使ふ人の前なりけるに言ひける」の解釈

さて、〈出《い》で行《い》く〉と見《み》えて、前栽《せんざい》の中に隠《かく》れて、〈男《おとこ》や来《く》る〉と見《み》れば、端《はし》に出《い》で居《ゐ》て、月のいと忌《い》みじう面白《おもしろ》きに、頭《かしら》掻《か》い梳《けづ》りなどして居《を》り。夜《(よ)》更《ふ》くるまで寝《ね》ず、いと甚《いた》うち嘆《なげ》きて眺《なが》めければ、〈人待《ま》つなンめり〉と見《み》るに、使《つか》ふ人の前なりけるに言ひける、

　風《かぜ》吹《ふ》けば沖《おき》つ白波《しらなみ》たつた山《やま》夜半《よは》には君が独《ひと》り越《こ》ゆらむ

と詠《よ》みければ、〈我《わ》が上《うへ》を思《おも》ふなりけり〉と思《おも》ふに、いと愛《かな》しうなりぬ。この今《いま》の妻《め》の家《いへ》は、竜田《たつた》山越《こ》えて行《い》く道《みち》になむありける。（407頁）

「風吹けば…」の歌が、「使《つか》ふ人の前なりけるに言ひける」と叙述されていることに対して、片桐

洋一は以下のように述べている。

朗詠ではなく、いわば口移し的に伝えたことになっている。（…）オペラやミュージカルのように、自然に向かって朗々と歌い上げる『伊勢物語』の登場人物の和歌のあり方が、『大和物語』では傍らにいる侍女に言うというように矮小化され、説明的になっているのである。（前掲書）

たしかに『伊勢物語』は「歌徳譚」で事を収めようとする意図から、「オペラやミュージカルのように、自然に向かって朗々と歌い上げる」ように描くことだろう。それは歌物語ならば、当然のことだ。

しかし、『大和物語』はコンセプトが異なる。登場人物の女や男の心理を「内話文」等の言説を駆使し、散文の〈語り〉の機能と論理を活かして叙述することで、むしろ『伊勢物語』的な非リアリズムを排している。だから、その典型である和歌による事の解決、すなわち「歌徳譚」的な処理を拒否し、それとは決別しているに違いないのだ。

したがって、片桐が指摘するような方向、「オペラやミュージカルのように、自然に向かって朗々と歌い上げる」ように描くはずはないのである。

また「傍らにいる侍女に言う」ことが、片桐が批判するように果たして「矮小化」に繫がるだろうか。こうしたシチュエーションは、『伊勢物語』とは異なる路線を選択した『大和物語』の書き手が、苦心して考えた場面の設定なのだと思う。つまり、きわめて意図的な設定のはずである。なぜならば、垣間見をしている男は、「使ふ人」の存在に不審を感じた様子もなく、女の詠歌の内容に、一直線に「と詠《よ》みければ、〈我《わ》が上《うへ》を思《おも》ふなりけり〉と思《おも》ふに、いとしうなりぬ」と反応したと叙述されているではないか。

してみると、この些末的な叙述には、それなりに肯定的な意味を読み取ることが可能であろうと私は思うのである。

少し想像力《イマジネーション》を働かせてみるならば、以下のようなことが考えられるだろう。まずこの女は、この家《や》の「女主人《おんなあるじ》」であっただろう。『大和物語』が、『伊勢物語』を脱構築して書かれている、それを前提として読めば、この女も家付きの娘だったと理解することができるであろう。

だから、女主人としての矜持があったはずである。「旦那に浮気をされて、他所に女を作られた」などという話は、やはり体裁の悪いことである。周囲の誰に対しても知られたくない秘密の話だろう。特に我が家で召し使っている使用人に対しては、「自分の弱み」となることから、知られることに特に注意をはらったはずである。平安朝的な価値観からすれば、これは「人笑はれ」的な状況だ。対面を潰されては、この先どの面下げて生きていけよう。だから女は、男に対してだけではなく、使用人にも「本音」を漏らすわけにはいかなかったに違いない。

「内話文」が用いられ、「心地には、〈限《かぎ》りなく嫉《ねた》く心憂《う》し〉と思《おも》ふを、忍《しの》ぶるになむありける」とあったように、他人には解らないように聞こえないように、悋気の感情を表わさず、表立って嫉妬の感情をむき出しにする訳にはいかなかった。表面何事も無いかのように振舞い、心中では相手の女に嫉妬するものの、我慢を重ね、ひたすら耐えてきた理由の一つは、そこにあった。

それではなぜ、「使ふ人の前なりけるに言ひける」なのか？ ここまでの説明に、一見矛盾を感じるかもしれないが、そうではない。「使ふ人」にもいろんな種類があるのだ。彼女の前にいてもかまわない使用人は誰か？ 第一に考えられるのは、「乳母《めのと》」か「乳母子《めのとご》」のような女房の存在である。(9) それは、家付き娘のお目付け役である。そう考えれば、彼女にとっては「黒衣《くろこ》」のような存在であり、女主人の分身的な役割を担っている人物である。いつも不即不離、彼女と一緒に居て当たり前な存在と考えれば、「乳母」や「乳母子」は平仄が合うだろう。

『大和物語』の書き手は、そんなイメージで、「使ふ人」ということばを使用していたとすれば、男が「使ふ人」の存在に、一向に不審感を抱いていないのも理解できよう。存外、「風吹けば…」の歌も、そうした人物の助言に拠って詠じたのだという、書き手の設定に拠ったものなのかもしれない。かなりの深読みだが、牽強付会ではなかろう。

さて、そうした相手の前で、旅の旦那の無事を祈る呪歌を詠じるのに、「オペラやミュージカルのように」、「朗々と歌い上げる」わけはなかろうと、私は思う。他の使用人には知られては困る事情だからである。大声で詠じるわけには行かなかったのだ。片桐洋一の発言は、恐らくそうしたシチュエーションなど想定していなかったに相違ない。

四　「歌徳譚」からの決別――『大和物語』の方法

ところで、『大和物語』の男は『伊勢物語』の男のように、女の歌であっさり浮気の虫が治まったとは、語られていない。

斯《か》くて、なほ《を》見《み》をりければ、この女、うち泣《な》きて、臥《ふ》して、鋺《かなまり》に水を入《い》れて、胸《むね》になむ据《すへ》ゑたりける。〈奇《あや》し、如何《いか》にするにかあらむ〉とて、なほ《を》見《み》る。然《さ》れば、この水、熱湯《あつゆ》に滾《たぎ》りぬれば、湯《ゆ》棄《ふ》てつ。又水を入《い》る。見《み》るに、いと愛《かな》しくて、走《はし》り出《い》でて、（男）「如何《いか》なる心地し給へば、斯《か》くはし給《たま》ふぞ」と言ひて、搔抱《かきいだ》きてなむ寝《ね》にける。斯《か》くて、他《ほか》へも、更《さら》に行《い》かで、集《つと》ゐにけり。

（408頁）

『大和物語』は、『伊勢物語』のように「歌徳譚」ですべて事が決定するというワン・パターンに決別し、「地」で語ることによって、つまり散文の機能を発揮する方向を選択しているのである。

これについても、片桐洋一は以下のように述べている。

くどいとしか言いようがないが、前半は『伊勢物語』第二十三段において語られている女の純粋な心と行動を適切に説明し直していると見るべきだろう。また、後半の、金鋺に入れた水が女の瞋恚《しんい》の炎によって熱湯になったという件は、『伊勢物語』第二十三段や『大和物語』のここの部分に描かれている女の、慎ましさや優しさの蔭に、このような瞋恚があったのだという、「実は…」という、まさしく異伝を説明する形が示されていて、『伊勢物語』第二十三段に先行する民間説話というよりも、『伊勢物語』第二十三段を前提にして、この話は「実はこうだったのだ」という形で異伝を披瀝していると見るべきかと思うのである。

「実は…」という「異伝」はしかし、プレテクストとしての『伊勢物語』の世界よりも、文学として話の中身が一層濃く、深まったと理解すべきではないだろうか。遺憾ながら『大和物語』の〈語り〉の方法の方が散文としては、『伊勢物語』よりも進化していると認識すべきである[10]。男は、この女のグロテスクなパフォーマンスを、むしろ素直に「愛《かな》しく（いとおしく）」受けとめており、歌との「併せ技一本」とも言うべきかたちで、激情愛欲高まって、果ては性交までしてしまっているのだから。

五　理路に長けた『大和物語』の言説

女のパフォーマンスにより激情に走った男は、しかし、己のそれまでの行動、女性に対する配慮を、深刻に反省している。

斯《か》くて、月日多《おお》く経《へ》て、思《おも》ひける様《やう》、〈連れ無き顔《かほ》なれど、女の思《おも》ふ事《こと》、いと忌《い》みじき事《こと》なりけるを、斯《か》く行《い》かぬを、に思《おも》ふらむ〉と思ひ出《い》でて、在《あ》りし女のがり行《い》きたりけり。久《ひさ》しく行《い》かざりければ、慎《つゝ》ましくて立《た》てりけり。さて垣間見《かいまめ》ば、我にはよくて見《み》えしかど、いと奇《あや》しき様《さま》なる衣《きぬ》を着《き》て、大櫛《おほぐし》を面櫛《つらぐし》に挿《さ》し掛《かけ》けて居《を》りて、手づから飯盛《いゐも》りをりけり。〈いと忌《い》みじ〉と思《おも》ひて、来《き》にけるまゝに、行《い》かずなりにけり。
この男《おとこ》は王《おほきみ》なりけり。　（411頁）

この『大和物語』の言説に相当する部分を、プレテクストの『伊勢物語』は、どう語っていたであろうか。

　風吹けば沖つ白浪たつた山夜半《よは》には君が独り越ゆらむ

と詠《よ》みけるを聞きて、〈限《かぎ》りなく愛《かな》し〉と思ひて、河内へも行《い》かずなりにけり。　（200頁）

まれくかの高安に来て見れば、…　（208頁）

『伊勢物語』は「歌徳譚」で決着が図られていたはずある。ところが、その同じ男が、その舌の根も乾かないうちに、次節では、「まれまれかの高安に来て見れば、…」とまた、新しい女の所に来てしまっているのだ。これは、男のどんな心理からなのだろうか、このような『伊勢物語』の構成のまずさを、片桐洋一は以下のように述べている。

「風吹けば…ひとりこゆらん」と詠んだ女の歌に感じ入った男が「かぎりなくかなしと思ひて、河内へも行かずなりにけり」で、達成されたはずである。しかし「河内へも行かずなりにけり」

と言い切っておきながら、すぐに「まれくかの高安に来て見れば、…」と続け、男が「心うがりて、行かずな」った理由を開陳する。しかも、「心うがりて、行かずなりにけり」で終わっていればよいのだが、「さりければ、かの女」が大和の方を見やりて、「君があたり…」という歌をよんだというのは、これでもか、これでもかとくどい。さらに「大和人」が「来む」と言って来たので、喜んで待っていたが、「たびたび過ぎぬれば」、「君こむと言ひし夜ごとに過ぎぬれば…」という歌をよんだと記した後、結局、男はやって来なかったと物語の最終結果を述べて終わっている。つまり、この女が男に見放される顛末、これでもか、これでもかと書かれていて、この高安の女が徹底的に見放されるという書き方になっているのである。

片桐の説明では、『伊勢物語』もまた「くどい」物語になってしまった。『大和物語』の男が新しい女を作った動機は、「(元ノ女ヲ) 限《かぎ》りなく思《おも》ひながら、妻《め》を儲《まう》けてけり。この今《いま》の妻《め》は、富《とみ》みたる女になむありける。殊《こと》に思《おも》はねど、…」と叙述されていたとおりで、元の女への愛情は変わらなかった。新しい女の経済力に依存してみたにすぎず、彼女への格別な愛情はなかったと、はっきり語られている。新しく出現した女の気持を利用したのであるから、ただの「おんなたらし」であったことが判る。

ところが、当該事件を体験し経験したことで、この性根の腐った男も、大いに反省をしたようである。それは、男があたらしい女を再度尋ねた理由が、言説から明確に読み取ることができるからである。重複を承知で、再度本文を引用する。

斯《か》くて、月日多《おお》く経《へ》て、思《おも》ひける様《やう》、〈連れ無き顔《かほ》なれど、女の思《おも》ふ事《こと》、いと忌《い》みじき事《こと》なりけるを、斯《か》く行《い》かぬを、如何《いか》に思《おも》ふらむ〉と思ひ出《い》でて、在《あ》りし女のがり行《い》きたりけり。

「斯《か》くて、月日多《おお》く経《へ》て、思《おも》ひける様《やう》…」と叙述されているように、月日を経て長い時間と期間が経過したことにより、今まで女を食い物にしてきたことを何とも思わなかった男の心に、あの衝撃的な体験が契機となって、新たに反省する気持が芽生え出す。それが成長するとともに、四方に枝を延ばし出すと、男自身二人の女たちにしてきた仕打ちを、冷静に反芻できるようになり、やがて自責の念が湧いてきたものらしい。

今同居して居る女は自分の行動を怒るでもなく愚痴をこぼすでもなく、表面は穏やかに平気な顔をして暮らしてきた。だが、きっと彼女の心の中は穏やかではなかっただろう……と、男が忖度する様子を、『大和物語』は「内話文」を用いて叙述している。『大和物語』は女の心理の描写も男の心理のそれも、「内話文」を用いることで描いている。「心の声」＝「真実の叫び」を表出させることによって、この男が至った本心を綴ることに成功していると言えるだろう。

自分が勝手に元の鞘に納まってしまったことで、結果的に新しい女をずっと放置したままなのに思考が及ぶのだが、当該言説は、夙に塚原鉄雄の説く「鎖型の構文」(11)の発想のように、〈連れ無き顔《かほ》なれど、女の思《おも》ふ事《こと》、いと忌《い》みじき事《こと》なりけるを、〉が「繋ぎの鎖の輪」となって、元の女の場合と新しい女の場合と、前と後とに重層的に掛かって行くと理解することができるのである。

（男ガ）思《おも》ひける様《やう》、

〈連れ無き顔《かほ》なれど、女の思《おも》ふ事《こと》、いと忌《い》みじき事《こと》なりけるを、……〉（元の女）

〈連れ無き顔《かほ》なれど、女の思《おも》ふ事《こと》、いと忌《い》みじき事《こと》なりけるを、
斯《か》く行《い》かぬを、如何《いか》に思《おも》ふらむ〉（新しい女）

と思ひ出《い》でて、……

男は垣間見の衝撃的な体験から、元の女に戻ってしまったのだ。結果、あたらしい女の方は、何の罪も無いのに、長い間放置されてしまったのだから、果たしてあの女はどう思っていることだろうか…と。愛情を感ずることもなく、ただただ都合が良い女として扱ってきたことに対する男の自責の念が綴られている。ここは男の心の成長を語っている叙述として、読んでもいいかもしれない。簡潔な歌物語にはできない、『大和物語』という散文叙述による言説の、一つの達成ではないか。

久《ひさ》しく行《い》かざりければ、慎《つゝ》ましくて立《た》てりけり。さて垣間見《かいまみ》ば、我にはよくて見《み》えしかど、いと奇《あや》しき様《さま》なる衣《きぬ》を着《き》て、大櫛《おほぐし》を面櫛《つらぐし》に挿《さ》し掛《かけ》て居《を》りて、手づから飯盛《いゐも》りをりけり。〈いと忌《い》みじ〉と思《おも》ひて、来《き》にけるまゝに、行《い》かずなりにけり|。
この男《おとこ》は王《おほきみ》なりけり。

さて、そんな殊勝な動機でやってきたものの、男は敷居が高くて女の家に入ることができない。結果、垣間見する羽目になる。垣間見は、覗き見である。この覗き見は、しかし、男に金満な女の正体を暴露する、気の毒な結果に繋がる。

止《とど》めとして記されている「この男《おとこ》は王《おほきみ》なりけり」の一文は、確かに取って付けたような印象が強い。しかし、これが付加されていることによって、男が「斜陽」皇族の末裔であり、女の方は、品の無い新興「成金」であったことが、明確に印象づけられるのである。

落ちぶれても、元は皇族の血筋であったからこそ、この女の直截で下品な行為に我慢がならず許せなかったのだという理屈が成り立つのである。だから男が一方的に女と手を切っても仕方がなかったと、読者が納得できる訳を最後に捏造するように、「王《おほきみ》なりけり」と語った（→騙った）のである。

従来の研究はこの大事な一点を、十分には理解できていないように感じる。「この男《おとこ》は王《おほきみ》なりけり」という一文の付加に、『伊勢物語』の業平章段を意識しているか、いないかという議論する以前に、男がこの女を見限らざる得ない条件として、何としても最後に付加する必要であったという事実を忘却してはならない。従来の見方は、業平章段との関わりを説くことに性急なあまり、言説の十分な精読・吟味ができていなかったのではなかったろうか。

『大和物語』第149段は、『伊勢物語』第23段を脱構築することで、新たに散文叙述の〈語り〉の方法を開拓したものであり、〈語り〉と散文叙述という観点からは、一歩『源氏物語』的な言説に近づいたと理解したい。

六　論の補足

かつて阪倉篤義は文章論的な立場から、『古今和歌集』994番歌の左注と『伊勢物語』第23段、『大和物語』第149段の三つの共通する言説を、比較分析していた。[12] 阪倉の主張を一言で述べてしまえば、『古今和歌集』の左注よりも『伊勢物語』の文章の方が、物語や小説の文章としては進化したものであり、その点において『大和物語』は、『伊勢物語』よりもさらに物語の文章として進化しているということになる。

この阪倉の主張を確認する意味で、次に『古今和歌集』994番歌の左注と『伊勢物語』第23段の当該箇所を掲出することにしよう。

風吹けば沖つ白浪たつた山夜半《よは》には君が一人《ひとり》越ゆらむ

ある人、この歌は、昔大和国《やまとのくに》なりける人の女《むすめ》に、ある人住みわたりけり。この女、親もなくなりて、家もわろくなりゆく間《あひだ》に、この男、河内国《かはちのくに》に人をあひ知りて通ひつつ、離《か》れやうにのみなりゆきけり。さりけれども、つらげなる気色《けしき》も見えで、河内へ行くごとに、男の心のごとくにしつつ出だしやりければ、〈あやし〉と思ひて、〈もしなき間《ま》にこと心もやある〉と疑ひて、月のおもしろかりける夜、河内へ行くまねにて、前栽《せんざい》の中にかくれて見 ければ、夜ふくるまで琴をかきならしつつうち歎きて、この歌をよみて寝にければ、これを聞きて、それよりまたほかへもまからずなりにけり」、となむ言ひ伝へたる。　（新潮日本古典集成『古今和歌集』）

さて、年頃経る程に、女、親亡く、頼りなくなるままに、〈諸共《もろとも》に、言ふ甲斐《いかひ》なくてあらむやは〉とて、河内の国、高安の郡に、行《い》き通《かよ》ふ所出《い》できにけり。然《さ》りけれど、この元《もと》の女、〈悪《あ》し〉と思へる気色《けしき》も無《な》くて、出《いだ》し遣《や》りければ、男、〈異心《ことごころ》ありて、斯《か》かるにやあらむ〉と思ひ疑《うたが》ひて、前栽《せんざい》の中《なか》に隠《かく》れ居《ゐ》て、河内へ往《い》ぬる顔にて見れば、この女、いとよう化粧《けさう》じて、うち眺《なが》めて、

　風吹けば沖つ白浪たつた夜半《よは》には君が独り越ゆらむ

と詠《よ》みけるを聞きて、〈限《かぎ》りなく愛《かな》し〉と思ひて、河内へも行《い》かずなりにけり。

（『伊勢物語』200頁）

（『大和物語』前半部省略）

斯《か》くにぎは《わ》ゝしき所《ところ》に馴《な》らひて、来《き》たれば、この女、いと悪《わ》ろげにて居《ゐ》て、斯《か》く外《ほか》に歩《あり》けど、更《さら》に嫉《ねた》げにも見《み》えず〉などあれば、〈いとあはれ〉と思《おも》ひけり。心地には、〈限《かぎ》りなく嫉《ねた》く心憂《う》し〉と思《おも》ふを、忍《しの》ぶるになむありける。〈留《とゞ》まりなむ〉と思《おも》ふ夜も、（女）「なほ往《い》ね」と言《い》ひければ、〈我《わが》斯く歩《あり》きするを嫉《ねた》まで、異業《ことわざ》するにやあらむ、然《さ》る業《わざ》せずは恨《うら》むる事《こと》もありなむ〉

など、心の中《うち》に思《おも》ひけり。／さて、〈出《い》でて行《い》く〉と見《み》えて、前栽《せんざい》の中に隠《かく》れて、〈男《おとこ》や来《く》る〉と見《み》れば、端《はし》に出《い》で居《ゐ》て、月のいと忌《い》みじう面白《おもしろ》きに、頭《かしら》掻《か》い梳《けづ》りなどして居《を》り。夜《（よ）》更《ふ》くるまで寝《ね》ず、いと甚《いた》うち嘆《なげ》きて眺《なが》めければ、〈人待《ま》つなンめり〉と見《み》るに、使《つか》ふ人の前なりけるに言ひける、

風吹《かぜふ》けば沖《おき》つ白波《しらなみ》たつた山夜半《やまよは》には君が独《ひと》り越《こ》ゆらむ

と詠《よ》みければ、〈我《わ》が上《うへ》を思《おも》ふなりけり〉と思《おも》ふに、いと愛《かな》しうなりぬ。この今《いま》の妻《め》の家《いえ》は、竜田《たつた》山越《こ》えて行《い》く道《みち》になむありける。

（『大和物語』405～407頁）

『大和物語』の当該本文を含め、傍線を施した箇所は、間接言説（＝地の文）に対する直接言説（＝和歌・会話文・内話文）である。阪倉は『古今和歌集』の左注と『伊勢物語』第23段を比較して『伊勢物語』は、「作中人物の心理をのべることばをくわえて、はなしの内面的な深化をこころみており」（遺憾であるが、阪倉は『古今和歌集』の左注に既に内話文が発生しているという事実を見落としている）、さらに『大和物語』は、「描写（女の容貌、身分、待遇など）を具体的に、くわしくして、情景を鮮明ならしめると同時に「心ちにはかぎりなく妬く心憂しとおもふを忍ぶるになむありける」というような、作中人物の心理の解説までもそえて、いよいよ小説的な構成にちかづけようとしている」という評価をしていた。阪倉の文章論は、小説の文章に向け、散文叙述の進化を説いたものとして、今日の言説論の先蹤として評価すべきものである。

注

（1）「風吹けば沖つ白波たつた山夜半にや君が一人越ゆらむ」の和歌は、『古今和歌集』巻十八雑歌下994番「題しらずよみ人しらず」の左注が共通。後掲注（4）の書所収の片桐洋一の論稿によれば、通説を否定する片桐は「『古今集』の左注は、『古今集』の成立時からあったものではなく、『古今集』が成立して一〇〇年ほど経った西暦一〇〇〇年頃に『伊勢物語』第二十三段を資料にしながらまとめて付加したものである」とする（詳細は片桐洋一『古今和歌集以後』笠間書院、二〇〇〇年、参照）」。この点に関しては小稿は、当該片桐説を支持する立場である。

（2）片桐洋一「井筒にかけし（二三段）」（片桐洋一編『鑑賞日本古典文学　第5巻　伊勢物語大和物語』角川書店、一九七五年）。

（3）山口仲美「大和物語―歌物語から説話文学へ」（『山口仲美著作集4　日本語の歴史・古典通史・個別史・日本語の古典』風間書房、二〇一九年。）初出、二〇一一年。

（4）『伊勢物語』の本文の引用は、片桐洋一『伊勢物語全読解』（和泉書院、二〇一三年）掲載本文（天福本）に、適宜漢字を宛て、「会話文」には鉤括弧「　」を付し、「内話文」には山型括弧〈　〉を付すなど、私に加工を施してある。

（5）注（2）の片桐洋一の論稿。

（6）例えば松尾聰は、「もとの女は何もいわない。い、たくてもいえないのである。自分は新鮮　味はすでに微塵もない古女房である。親はすでにないひとりぽっちの女である。しかも、あゝ、自分は男を愛している。何物にもかえがたく愛している。我慢しよう。あの方が、こうしてあの方が、こうしてこゝにわたしと一緒に住んでいてくださることだけに、せめて自分の小さな幸福を見つめていよう、女はこう考 えきめている。女はつとめて明るくいそいそとふるまう」（『伊勢物語』アテネ文庫・弘文堂、一九五五年）と読んでいた。

また片桐洋一は、「『伊勢物語』第二十三段において語られている純粋な心と行動」と捉えており、その本質を「慎ましさや優しさ」と理解しているようである（【研究と評論】『伊勢物語全読解』和泉書院、二〇一三年。207頁）。

さらに関根賢司の読みは、以下のとおり。曰く、「男は、いつだって意志薄弱で、疑い深いが思慮が浅く、傷つきやすい繊細な魂をもてあましているだけの日和見主義者で、主体性に乏しい。だから、女にも別の新しい男が出来たのではないか、と疑って「前栽のなかに隠れゐて」河内の新しい女のもとに出かけたふりをして見ているのだ。（…）男を信じて疑わず、あくまでも待ち続ける女の、従順で無私な愛情が、再び男の心を打ち、捉えたのだ。蘇った夫婦の絆は、たぶん生活の不如意をなんとか乗りこえていくであろう。自分を裏切った男を、しかし怨まず、かえって思いやり案ずる女。いかにも一般大衆に、いや過去の（ひょっとしたら現代の）にっぽんの身勝手な男どもにとって、うれしくもありがたい貞女の美談ではあった」、あるいは「無私の愛情」と理解しているようである（「化粧 第二三段」『伊勢物語論 異化／脱構築』おうふう、二〇〇五年）。

(7)『大和物語』本文の引用は、柿本奨『大和物語注釈と研究』武蔵野書院、一九八一年による。適宜漢字を宛て、「会話文」には鉤括弧「　」を、「内話文」には山形括弧を施すなど、私に加工している。なお、柿本引用本文の底本は、為家本『大和物語』（『尊経閣叢刊』複製）。また異本の、藤原親長本・天福本・桂宮本は、「心憂しと」を「心憂く」とする。異本の本文に従えば、直接言説の「内話文」ではなく、間接言説の「地の文」となるが、いずれにしても、『大和物語』は、女の心を相手任せにせず、明確に描いて見せてくれているのである。

(8)注（4）片桐洋一の著書、「【研究と評論】」『伊勢物語全読解』206頁。以下、本編に引く片桐論文は、すべてこの書からの引用である。

(9)ここでは例えば、『源氏物語』「末摘花」・「蓬生」巻に登場する末摘花の乳母子《めのとご》、侍従の君のような人物を、イメージしてみたらどうであろうか。なお、「乳母《めのと》」・「乳母子《めのとご》」に関しては、吉海直人『源氏物語の乳母学―乳母のいる風景を読む―』世界思想社、二〇〇八年を参照。

(10)この片桐洋一の見解に先行して、今井源衛（「百四十九段【余説】」『大和物語評釈 下』笠間注釈叢刊、二〇〇〇年。）は、女の嫉妬の感情が、胸に押し当てた鋺《かなまり》の水を即座に沸騰させる奇想な描写の発想を、和歌世界の「思ひ」に「火」を懸けるそれ一般に求め、「胸の思ひで鋺の水がたぎるという着想も、こうした歌語としての用法に馴染んでいた人々にとっては必ずしも、それほど奇矯不趣味なものとも　思われなかったであろう。むしろ、「思ひ」の文字を表面に出さずに、鋺の水を以てそれをしたたかに示したところに、『大和物語』の作者の腕の見せどころがあったのではなかろうか」と評していた。

(11)塚原鉄雄「鎖型の構文」、「文体の融合」、「構文と視点」『国語構文の成分機構』新典社、二〇〇二年。

(12)阪倉篤義「物語の文章―会話文による考察」、および「地の文と会話文」『文章と表現』角川書店、一九七五年所収。阪倉の術語では、いわゆる会話文(ダイアローグ)を「対話文」と規定し、言説分析における「内話文」に相当する言説を「独和文」(モノローグ)と呼んで区別をしている。なお以下の坂倉論文の引用は、「物語の文章―会話文による考察」による。

付記　本稿は『高知県立大学　文化論叢』第7号2019年3月に投稿した同題の原稿に、本誌掲載にあたって「6　論の補足」を書き加えるなど、大幅な改稿を行っている。

『大和物語』の創り出しているもの――「歌物語」から「物語」へ――

辻　和良

『大和物語』の創り出しているもの、と標題に銘打ったのは、物語表現史の中にあって『大和物語』の果たしている役割について考えようとするからである。

『大和物語』について、阿部俊子は、宮坂和江の論をもとに、係助詞「なん」の使用が他の作品に比べて圧倒的に大きいということから、

歌について物語られた話を、そのまま記述したという文体であると解することが出来よう。従って、作者は物語られた通り又見聞した通りに採録するという立場を原則的に採っており、（略）全体として客観的第三者的叙述ということが出来るようである。これは「をとめ塚の話」（百四十七段）以後の叙事的要素の優位を占める話においても基本的には変わっていないとみられる。即ち個々の章段においても、全体の構成からみても、作者の、物語を構成するという主体的な活

動の意図は、積極的に覗うことが出来ないといっていいであろう。

と述べている。[1] この主張は、『大和物語』の表現の特色を押さえようとしているものの、物語表現の形式的な理解であると思える。なぜなら、阿部自身が述べているように、あくまで「作者は物語られた通り又見聞した通りに採録するという立場（傍点、論者）」表明しているのであって、それが事実であるなどという保証はどこにもないからである。ここは、「そのまま記述した」という体裁の文体であると理解するのがふさわしい。物語表現は、「それ風に」カタルのが基本であることを忘れてはならない。つまり、「物語を構成するという主体的な活動の意図」は、むしろ明白に存在しているのである。

『大和物語』は、『伊勢物語』と並んで「歌物語」の代表格として把握されている。しかしながら両作品の質には異なるものがあって、いずれも「歌物語」であると済ましてしまうわけにはいかない。『大和物語』の表現の持つ質は、『伊勢物語』のそれとは異なり、歌よりもむしろ文の働きが大きいように思える。さらに、そのことに関連して、別の観点から考えようとすると、歌集の採歌状況との異なりからも『大和物語』の語りの質が見えてくるように思う。

この「歌」と「文」との役割の違いが、何をうみだしているのか。物語表現史における位置付けを念頭に考察を進めていきたいと思う。

一　『大和物語』と『伊勢物語』——登場人物の立ち上がり

『大和物語』は、文学史的常識であるかのように、『伊勢物語』と比較される。両作品には、内容の重なっている章段もあるだけに、いっそう両者の比較がなされてきた。そこで両作品の表現がどのような関係になっているものか、考えてみたい。

具体的には、「風ふけばおきつしらなみたつた山よはにや君がひとり越ゆらむ」[2]の歌で知られている第一四九段である。この章段は、『大和物語』にも『伊勢物語』にも少し異なるものの、大筋で近い話が載っている。両者を対照して『大和物語』の表現を考えている論考に〔東原二〇一九〕がある。[3]そこには、『大和物語』が『伊勢物語』を脱構築し、『伊勢物語』が歌徳譚として捉えている話を「内話文による語り」によって捉え直し、物語表現史的に『伊勢物語』よりも進化したものになっていると評価する考えが述べられている。『大和物語』の表現について考える際に、示唆を与えられる論考である。

改めて、『大和物語』第一四九段をみると、そこでもっとも印象的なところは、東原も指摘しているように登場人物の心内語（内話文）である。『伊勢物語』の表現と比べると、その違いは鮮明である。『大和物語』では、男が他の女のところに出掛ける時、女は「さらにねたげにも見えず」と装いながら、じつは内心「かぎりなくねたく心うし」と思っている。しかし、それをじっと我慢しているのだ、と語られるのである。『伊勢物語』第二三段では、「あしと思へるけしきもなくて」[4]とあるだけで、彼女の心内がどうであったか何も語られず、不明というほかない。物語の登場人物としてそこが描き込まれていない。比喩的に言えば、表情が見えない人物となっている。

そこに結び付くのが「歌徳譚」である。『伊勢物語』では語りの力で筋を運んでいくのではなく、「風吹けば」歌が歌徳を発揮して、非日常的な力を用いて―ことばで語ることなく―一気に物語を展開させているのである。それに比して、『大和物語』では「使ふ人の、前なりけるにいひける」とあり、自分の心境をごく身近なものを相手に、ごく普通のありきたりの状況の中でことばを用いて歌に詠むのである。『大和物語』は、現実的な語りの力―ことばによる表現でもって着実に物語を描こうとしているると受け止められるのではないだろうか。言い方を換えれば、『大和物語』では、登場人物のそれぞれが、ことばを用いた着実な展開の中で一人の人物として立ち上がっているということである。『大和物語』には、右に取り上げた段の他にもいくつか、『伊勢物語』と内容的に重なるものがある。右に述べた登場人物の立ち上がりという点について、それらを見ておきたいと思う。

(a)第一六一段

この段は、『伊勢物語』第三段と七六段とを合わせた内容になっている。当然のこととして、その中には物語の展開が含まれている。『大和物語』の特徴として右に「ことばによる着実な物語の展開」を挙げた。本段の展開は、どう語られているのか。

在中将、二条の后の宮、まだ、帝にも仕うまつり給はで、ただ人におはしましける世に、よばひ奉りける時、ひじきといふ物をおこせて、かくなむ、

おもひあらばむぐらのやどに寝もしなむひじき物には袖をしつつも

となむのたまへりける。

『大和物語』当該段の冒頭である。これとよく似ているのが、『伊勢物語』第三段である。

むかし、男ありけり。懸想しける女のもとに、ひじき藻といふものをやるとて、

思ひあらばむぐらの宿に寝もしなむひじきものには袖をしつつも

二条の后の、まだ帝にも仕うまつりたまはで、ただ人にておはしましける時のことなり。

この部分を見比べれば明らかなように、内容的にほとんど変わらないと言って良い。しかし、決定的なことは、傍線部の位置である。『伊勢物語』では、最後に付けたりのように左注形式で付け加えられているのに対して、『大和物語』では冒頭の状況説明として登場人物紹介となっているのである。誰がどこで何をどのような状況で行ったのか、この情報は、物語の始めにふさわしいものである。「二条の后物語」を意識すると、これは物語の重要な一齣たり得る。『伊勢物語』の表現では、知っているものにはそれとなく分かる程度のもので、この表現に重要な物語展開は存在していないのである。

『大和物語』は、さらに続いて後半に移る。そこには、

さて、后の宮、春宮の女御と聞えて、大原野にまうで給ひけり。御ともに、上達部、殿上人、いとおほく仕うまつりけり。在中将も仕うまつれり。御車のあたりに、なま暗きをりに立てりけり。御社にて、おほかたの人々禄給はりてのちなりけり。御車のしりより、奉れる御単衣の御衣をか

づけさせ給へりけり。在中将、たまはるままに、

大原や小塩の山もけふこそはかみよのことを思ひいづらめ

と、しのびやかにいひけり。昔をおぼしいでて、をかしとおぼしけり。

とある。

「さて、后の宮、東宮の女御と聞こえて…」とある。先には「まだ、帝にも仕うまつり給はで」とあった。これは明らかに二条の后の経歴が進展していることを示している。一続きの物語としての展開が刻まれている。

さらに、「在中将」が后の宮から単衣をもらうわけだが、状況は都合良く用意され、「御車のあたりに、なま暗きをりに立てりけり」となっていた。しかも、それは「おほかたの人々禄給はりてのちなりけり」だったのである。二人の時空を用意し、二人の親密さを演出する設定である。「大原や」歌を「しのびやかに」詠む在中将と、それに応じて「昔をおぼしいでて、をかし」と思う后の宮、そこには昔を共有する二人の時間が流れている。ひとりの男とひとりの女との秘めやかな恋が象られているのである。

それに対して、『伊勢物語』第七六段は次のようである。

むかし、二条の后の、まだ春宮の御息所と申しける時、氏神にまうで給ひけるに、近衛府にさぶらひける翁、人々の禄たまはるついでに、御車よりたまはりて、よみて奉りける。

大原や小塩の山も今日こそは神代のことも思ひ出づらめ

とて、心にもかなしとや思ひけむ、いかが思ひけむ、知らずかし。

男は「近衛府にさぶらひける翁」であり、歌からは「心にもかなしとや思ひけむ、いかが思ひけむ、知らずかし」と男の気持ちは判断できない、とだけある。男女二人の気持ちの対応はなく、無論、二人の時空の設定もない。翁の気持ちの中だけで済んでしまっている。

（b）第一六二段

ここでは、しのぶ草／忘れ草という草の呼称に関わって問答がなされている。

『大和物語』では、

また、在中将、内に侍ふに、御息所の御方より、忘れ草をなむ、「これはなにとかいふ」とて給へりければ、中将、

忘れ草生ふる野べとはみるらめどこはしのぶなりのちも頼まむ

となむありける。おなじ草を忍ぶ草、忘れ草といへば、それよりなむ、よみたりける。

とあり、『伊勢物語』第一〇〇段では右の傍線部がそれぞれ、

「あるやむごとなき人の御局より」

「しのぶ草とや言ふ」

となっていて、「おなじ草を…」には該当箇所がない。

『大和物語』では登場人物が具体的に「御息所」と示され、それに対応して在中将と名指しされている。その上で、「忘れ草」の名を敢えて尋ねている。それは「忍ぶ草」を答えさせんがためである。人目を忍ぶ恋、が二人の男女の背景にある共通理解であった。この歌の仕掛けは、同じ草でありながら別名を持っているところにあった。それを巧みに恋の述懐に利用したわけである。男女の物語が描き出されていると言える。

『伊勢物語』では、誰であるかは分からないが高貴な姫からの問いかけで、それには始めから「しのぶ草」という名称が持ち出されていた。『大和物語』の頭注に「伊勢物語では忘草・忍草は別とみている」とある。(5)『伊勢物語』では別の草を敢えて、〈あなたの場合は〉「忍ぶ草」というのでしょうかねと、そうでないものでもそうであると言い逃れしていくという冷めた揶揄的表現となっているのである。この違いは大きい。『大和物語』には、登場人物たちの間で直接的な関わり合いがあり、恋への期待がある。

(c) 第一六三段

在中将に、后の宮より菊召しければ、奉りけるついでに、

植ゑし植ゑば秋なき時や咲かざらむ花こそ散らめ根さへ枯れめや

と書いつけて奉りける。

『伊勢物語』第五一段では、「むかし、男、人の前栽に菊植ゑけるに」とあるばかりで、男の動機であったり、「人」の気持ちであったり、そのようなことが皆目見えてこず、歌の詞書の域を出ないものである。それに対して、『大和物語』には、固有名詞が使われており、さらに「召しければ」、「奉りけるついでに」「書いつけて奉りける」というように、后の宮の意思、それに対応した在中将の意思が見えており、両者の心の通い合いが語られている。そこでは人物が立ち上がっており、恋する男女の一編の物語が構成されていると言ってもよい。

（e）第一六五段(6)

水の尾の帝の御時、左大弁のむすめ、弁の御息所とていますかりけるを、帝御ぐしおろし給うてのちに、ひとりいますかりけるを、在中将、しのびて通ひけり。中将、病いとおもくしてわづらひける、もとの妻どももあり。これはいとしのびてあることなれば、えいきもとぶらひ給はず、しのびしのびになむとぶらひけること、日々にありけり。さるに、とはぬ日なむありける。病もいとおもりて、その日になりにけり。中将のもとより

つれづれといとど心のわびしきにけふはとはずて暮してむとや

とておこせたり。「よわくなりにたり」とて、いといたく泣きさわぎて、返りごとなどもせむと

するほどに、「死にけり」と聞きて、いといみじかりけり。死なむとすること、今々となりてよみたりける。

つひにゆく道とはかねて聞きしかどきのふけふとは思はざりしを

とよみてなむ絶えはてにける。

『伊勢物語』第一二五段には、「つれづれと」歌はなく、

むかし、男、わづらひて、心地死ぬべくおぼえければ、

つひに行く道とはかねて聞きしかど昨日今日とは思はざりしを

とあるだけである。「つひに行く」歌だけであっても、今はの際の物語として主題性がないとは言えないが、人間関係の展開が描かれていないだけに、その主題性は稀薄なものと言わざるを得ない。

それに比して『大和物語』の場合、「つれづれと」歌が詠まれる状況が冒頭に語られている。在中将が弁の御息所に通い始めた頃から病に伏している間まで、この語りには二人の時間が内包されている。しかも、弁の御息所は自分の立場を考えて、「しのびしのびに」男を見舞うほかなかった。たまたま見舞いに行かなかったときに、死期の近付いた男から「つれづれと」歌が贈られてきた。女の返歌は間に合わなかった。「死にけり」との知らせが来てしまった。男は、最期に「つひに行く」歌を詠んで果てたのである。

恋する男女でありながら、男の死に際に会えない女の苦しさ、最期の願いも届かず女に会えない男

の悲しさ、『大和物語』にはそのことが主題化された物語となっている。歌が物語の素材として機能している様子が良く分かる章段である。

(f) 第一六六段

在中将、物見にいでて、女のよしある車のもとに立ちぬ。下簾のはさまより、この女の顔いとよく見てけり。ものなどいひかはしけり。これもかれもかへりて、朝によみてやりける、

見ずもあらず見もせぬ人の恋しきはあやなく今日やながめ暮さむ

とあれば、女、返し、

見も見ずもたれと知りてか恋ひらるるおぼつかなさの今日のながめや

とぞいへりける。これらは物語にて世にあることどもなり。

『伊勢物語』第九九段だと冒頭部分は、

むかし、右近の馬場のひをりの日、むかひに立てたりける車に、女の顔の、下すだれよりほのかに見えければ、中将なりける男のよみてやりける

となっている。『大和物語』と比べると、傍線を付したところははっきりと異なっている。『大和物語』には、恋の物語に仕立てていこうとする意図がある。「この女の顔いとよく見てけり」である。男はその裏返しの表現を用いて女に声をかけた。女もそのことは承知の上で、「おぼつかなさの」と

応じているのである。恋の物語としての主題化は鮮明である。『伊勢物語』には、この返歌と異なるが、別の歌が返されている。そのことはともかく、冒頭部の設定の仕方に両作品の違いが見て取れる。物語化にしても、主題化にしても、歌はその中心にあるわけではない。あくまで素材としてそれらの動きに寄与していると理解できる。

この段には、「これらは物語にて世にあることどもなり」とある。「これら」というのは、それまでに書かれている、『伊勢物語』と内容的に重なる章段のことだと考えられる。(7)『伊勢物語』と重なるだけに、『大和物語』においてそれが「物語化」「主題化」されていることが鮮明に見えてくるということではないだろうか。

次に『大和物語』の歌とやはり縁の深い、「歌集」所収の歌表現との関わりを同じ関心から見ていきたいと思う。

二　和歌の組み合わせから見える「主題性」

『大和物語』に載る歌が、歌集に贈答としてあるいは単独の形で載っている場合に、単独であるものが贈答に、逆に、贈答であるものが単独の歌になって『大和物語』で語られていることがある。そのような類をここで取り上げる。そこに『大和物語』の、物語としての主題性が見えていると考えるからである。その際、網羅的にということではなく、論点を鮮明にするために、意図が顕著と判断できる章段を扱うことにする。また、作品成立の前後関係やその影響関係は問題にしない。対照することで『大和物語』の主題性を鮮明にする、それが目的である。

（a）第三段

まず、第三段を取り上げる。この章段にある「ちぢのいろに」歌は、新勅撰和歌集（365）には次のように掲載されている。(8)

大納言清蔭、亭子院御賀のため、ながのころとしこに申しつけて、いろいろにいとなみいそぎ侍りける、ことすぎにける神な月のついたち、申しつかはしける

としこ(9)

ちぢのいろにいそぎし秋はすぎにけりいまはしぐれになにをそめまし

新勅撰では冬歌として配置されている。詞書からは、大納言清蔭との間に染めものに関する依頼のやり取りがあったこと、それが済んだ翌月初めにとしこから清蔭にこの歌が贈られたことが分かる。しかし、そこに話の展開は何も書かれていない。

それに対して、『大和物語』では、

故源大納言、宰相におはしける時、京極の御息所、亭子院の御賀つかうまつり給ふとて、「かかることなむせむと思ふ。ささげ物ひと枝せさせて給へ」と聞え給ひければ、鬚籠をあまたせさせ

給うて、としこにいろいろに染めさせ給ひけり。

とあり、源大納言（清蔭）が京極御息所に頼まれたことを、としこに依頼したことから話は始まっている。清蔭の依頼の意味が明瞭になっている。清蔭は、としこに無理な依頼を急いでやらせた。このような依頼ができる仲であることに、事実とは関わりなく男女の含みが入り込んでくる。それだけに、仕事を終えた後に「ちぢのいろに」歌があるのは、新勅撰と同じであるが、男女の物語が見えてくる。頑張って染め上げたのに、仕上がってしまうと清蔭はそれまでとは打って変わって、何の消息も寄越さなくなってしまった。そこで、「かたかけの」歌、

かたかけのふねにやのれるしらなみのさわぐ時のみおもひいづるきみ

をとしこが詠んだというのである。

『大和物語』の語りをみると、「ちぢのいろに」歌は、次に展開する語りの導入としての働きが与えられている。それは四季歌の範疇ではなく、依頼を果たした後に期待する女の気持ちが詠まれていると取れる。それに続けて「かたかけの」歌の「しらなみのさわぐ時のみおもひいづるきみ」を読むと、だからこそ、「かたかけの」歌が、秋も過ぎ、冬になって、男の忘れてしまったかのような態度を詰る、恋の心情を漂わせた内容と受け取れるのである。

それに対して、源大納言はことさらに時を置いて、

あをやぎのいとうちはへてのどかなるはる日しもこそおもひいでけれ

と返歌した。「さわぐ時のみおもひいづるきみ」への効果的な反論として、「のどかなるはる日しもこそ」と言わんがためであった。

この「あをやぎの」歌という清蔭の見事な返しの歌がおかれて、場面は一転する。としこと源大納言清蔭との風雅な関係ということに主題が一変したのである。としこは、「いとになくめでて、のちまでなむ語りける」と語られる。ここには明るい笑いさえも感じられるのである。

『大和物語』では、歌の枠組みを超えて、歌を素材として物語が演出され、主題的変奏を伴って構成されている様が見て取れる。

（b）第四段

続いて第四段である。同じ内容に取材している後撰集との表現を比較してみると、第四段には、後撰集にある、自分が昇任しなかったことを失望する野大弐小野好古の返歌が語られていない。『大和物語』では次のようになっている。

野大弐、純友が騒ぎの時、うての使にさされて、少将にて下りける、おほやけにも仕うまつる、四位にもなるべき年にあたりければ、正月の加階たまはりのこと、いとゆかしうおぼえけれど、京より下る人もをさをさきこえず。ある人に問へど、「四位になりたり」ともいふ。ある人は、「さもあらず」ともいふ。さだかなること、いかで聞かむと思ふほどに、京のたよりあるに、近江の守公忠の君の文をなむもてきたる。いとゆかしううれしうて、あけて見れば、よろづのことども書きもていきて、月日など書きて、奥のかたにかくなん、

たまくしげふたとせあはぬ君が身をあけながらやはあらんと思ひし

これを見て、かぎりなく悲しくてなむ泣きける。四位にならぬよし、文のことばにはなくて、ただかくなんありける。

好古は、四位になるかならぬかで、やきもきしていた。それを知らせたのが近江の守公忠の手紙であった。手紙の最後に、

たまくしげふたとせあはぬ君が身をあけながらやはあらんとおもひし

と記されていた。『大和物語』はそこで終わっている。

後撰集（1123・1124）の場合は、設定が『大和物語』とすこし異なっている。

小野好古朝臣、にしのくにのうてのつかひにまかりて二年といふとし、四位にはかならずまかりなるべかりけるを、さもあらずなりにければ、かかる事にしもさされにける事のやすからぬよしをうれへおくりて侍りけるふみの、返事のうらにかきつけてつかはしける

源公忠朝臣

玉匣ふたとせあはぬ君がみをあけながらやはあらむと思ひし

返し

小野好古朝臣

あけながら年ふることは玉匣身のいたづらになればなりけり

これによると、まず、昇任しなかったことを憂えて好古が公忠に手紙を出した。その手紙の返書に「玉匣」歌があり、さらにそれへの返歌が「あけながら」歌であったとなっている。後撰集ではこのように、好古はみずからの昇任が駄目であったことをすでに知った上で公忠に手紙を出しているのである。話がそこから始まっているので、話全体としては劇的なものがなく、淡々としたものになっている。この場合の「玉匣」歌は、すべて知っている好古に送っているのであるから、慰めの歌という以外になく、「あけながら」歌もそれへの返歌としてみずからの気持ちを述べるばかりであった。

一方、『大和物語』では、野大弐好古は、自分が昇任したかどうかが分からない中、ようやく公忠の手紙で昇任できなかったことを知るのである。

この歌には、「ふた」「み」とともに、「たまくしげ」の縁語である「あけ」が効果的に用いられている。「開け」は「朱（アケ）」でもあり、それは五位の袍の色であった。すなわち、好古は公忠の歌によって、自分が今年も依然として「あけ（朱＝五位）ながら」であることを知り、落胆を覚えたのである。「たまくしげ」歌は好古にとってもっとも欲しかった情報をもたらすものであり、それとともに、大いなる落胆をもたらす歌でもあった。

「四位にならぬよし、文のことばにはなくて、ただかくなんありける」、手紙の内容にそれが触れられているのではなく、最後につけられた和歌に五位のままであることが示されていた。好古に強く気持ちを寄せる公忠の配慮であろう。「ただかくなんありける」の余韻がそれを示している。とは言え、結果が引き延ばされているだけに、返ってそれを知った好古の衝撃は大きかったかもしれない。

話の流れとしてはいずれの状況設定でも可能である。しかしながら、両作品の対照によって、主題性を鮮明にする『大和物語』の特徴が出ているのではないだろうか(10)。

（c）第九段

第九段では

桃園兵部卿の宮うせ給ひて、御はて九月つごもりにしたまひけるに、としこ、かの宮の北の方にたてまつりける、

おほかたの秋のはてだに悲しきに今日はいかでか君くらすらむ

かぎりなく悲しと思ひて泣きゐ給へりけるに、かくいへりければ、

あらばこそはじめもはてもおもほえめ今日にもあはで消えにしものを

となむ返し給ひける。

となっている。

ここにある「おほかたの」歌は、続後撰集(1247)に入っているが、返歌の「あらばこそ」歌は入っていない。

兵部卿敦固親王身まかりにける秋、九月つごもりはてにあたりけるに、かのあとに申しおくりける

おほかたの秋のはてだにかなしきにけふはいかでかきみくらすらん　としこ

『大和物語』では、返歌が付け加わえられた形となっている。両者の表現の違いが何をもたらしているのかを見たい。繰り返すが、作品成立の前後関係はここでの問題ではない。両者の表現の形を比較することで、『大和物語』の語りが何を表出しているかを考えたいということである。

としこの歌は、夫を失った北の方を見舞う歌である。桃園兵部卿宮の北の方を気遣うとしこの気持ちに焦点を当てるならば、この歌のみを掲出しておくのが効果的である。しかしながら、この場面は、北の方の悲痛な気持ちが核心であるのだから、としこに焦点を当てるだけでは場面の主題性がずれることになってしまうのではないだろうか。

『大和物語』の表現に即してみると、としこの気遣いは、北の方に受け止められていることが分かる。北の方は「かぎりなく悲しと思ひて泣きゐ給へりける」時に、もっともふさわしい形でとしこの見舞いが届いたのである。

北の方の返歌は、としこの歌をしっかりと踏まえて詠まれている。北の方の気持ちが、としこの見舞いによってなにがしかの救いを得たことが表れていると理解できる。北の方の気持ちを描き、返歌を加えることで、夫を亡くした悲しみを抱く北の方に焦点を当てることができ、場面の主題性が確保

されていると言える。ここにはひとつの物語が創り出されているのである。

歌の取り上げ方に大きな違いが見られる。『大和物語』第五七段は、次のように語られている。

（d）第五七段

次に取り上げるのも、先に取り上げたのと同じく後撰集との対比となるが、そのことはともかく、

近江の介平の中興が、むすめをいたうかしづきけるを、親なくなりてのち、とかくはふれて、人の国に、はかなき所にすみけるを、あはれがりて、兼盛よみておこせたりける、

をちこちの人めまれなる山里に家居せむとは思ひきや君

とよみてなむおこせたりければ、見て、返りごともせで、よよとぞ泣きける。女もいとらうある人なりけり。

これが後撰集（1172・1173）では、ともに「よみ人しらず」となっているが

むかしおなじ所に宮づかへし侍りける女の、をとこにつきて人のくににおちゐたりけるをききつけて、心ありける人なれば、いひつかはしける

をちこちの人めまれなる山里に家ゐせんとは思ひきや君

返し

身をうしと人しれぬ世を尋ねこし雲のやへ立つ山にやはあらぬ

という贈答が成立している。

両作品の内容を比較してみると、二人の関係の行方がまったく違っているようである。『大和物語』の場合、中興が大切に育てた娘が、親に先立たれていつしか他国に移り住んでしまった。それを兼盛が「あはれがりて」、歌を贈ったというのである。わざわざ遠くまで歌を贈るのであるからには、単なる同情ではあるまい。歌は、娘の安否を気遣い、娘に気持ちを寄せていく内容であった。

この歌をもらった女は、傍線部にあるように「見て、返りごともせで、よよとぞ泣きける」という状態であった。女は、親の期待とは違う生き方をしている自分の今の境遇を恥じる気持ちが強い。それとともに自分を思う男の気持ちが痛いほどに分かったということだろう。次にある「女もいとらうある人なりけり」で、二人の関係が見えてくる。男も、女もともに「いとらうある人」なのである。二人は、互いの気持ちが那辺にあるかをしっかりと理解し合える間柄だと言って良い。二人のその後がどうなったかは、無論語られていないので分かるはずもないが、男の歌を女は、都に戻っていらっしゃいという誘いだと受け取ったという理解は、外れていないと思う(11)。

それに対して、後撰集の場合は、男女の恋とは逆方向に、世の中を離れていこうとする心情さえも読みとれる内容の歌と言えよう。新古今和歌集(1718)の次の歌が参考になる。

少将高光、横河にのぼりて、かしらおろし侍りにけるを、きかせ給ひてつかはしける

天暦御歌

都より雲の八重たつおく山の横河の水はすみよかるらむ

傍線部は「身をうしと」歌と共通している。訪ね探した「身をうしと人しれぬ世」が「横河」と対応することになる。高光は村上の歌に、都（帝）がとても恋しいと返歌しているものの、そのことは関わらない。

つまり、後撰集「身をうしと」歌は、『大和物語』の場合とは逆に、もはや都に未練はない、ということなのである。これでは女の諦念というか覚悟の程が分かりはするものの、それまでのことである。ここに、『大和物語』との違いは鮮明である。『大和物語』は、敢えて返歌を削ることによって、男女の情感に基づいた主題的世界を形成しているということである。

三　歌物語から物語へ

『大和物語』の表現について、『伊勢物語』の表現との違いに着目し、さらに歌集所収の歌が『大和物語』にある場合の表現の違いにも着目して考察してきた。そこで意識していたのは、『大和物語』の物語表現史における位置づけであった。

『伊勢物語』の表現との比較においては、とかく評価が低く見積もられてしまっている『大和物語』であるが、一つの方向性がそこに示されているように思うのである。それがこれまで再三に渡って指摘している「物語」としての主題性である。さらに限定的に言えば、和歌を核として構成された歌物語的な主題性ではなく、語りの構成要素として、素材として和歌が位置付いている物語的な主題性、ということである。この点は、今後さらに精度を上げて論じなければならない課題である。今の段階では、右に分析してきたことを基に考えておきたい。

『伊勢物語』と内容的に重なる章段を分析して、当初の予想よりもはっきりと『大和物語』の特徴が見えてきている。表現の洗練度という基準に換えて、物語性—登場人物相互の関係がことばで確実に語られ、それに基づいて展開が図られていくという物語のあり方—ということを持ってきてみると、物語表現史における『大和物語』の重要性は格段に大きくなる。『伊勢物語』は、その意味で語られていないのである。

ことばで語ること、これが物語表現の本質的な規定である。そこには、心理的な表現があり、時間展開の表現があり、人物相互の関係を形作る種々の表現がある。『伊勢物語』との比較によって、『大和物語』には、すべてに渡ってというわけではないが、少なくとも確実にそれらの表現が存在しているのである。

さらに、歌集との比較検討によって、歌を素材とする物語の構成という視点から右のことがいっそう明瞭になる。

『大和物語』に載る歌には、勅撰集入集歌など歌集所収のものが多い。その場合、取り上げ方が双方で異なる場合がある。それについて、作品の前後関係を問題にするのではなく、取り上げ方の違いそのものに『大和物語』の主題性の反映を見ようとしたのである。

前節で分析したように、第三段では、最初の贈答で源大納言清蔭ととしことの間に男女関係が想定されるかのように構成されていた。しかし、最後の清蔭の歌によって、それが一転して風雅な歌のやり取りであったことが分かる。これなどは、和歌が内在している物語的広がりの可能性を物語的想像力でもって顕在化して物語化しているのである。

第四段の場合には、後撰集所収の表現と比較すると明瞭であるが、登場人物の心情変化の起伏が計算されているかのように物語化されていた。野大弐好古の期待と焦燥、その次に来る落胆、これらが劇的に構成されているのである。歌を物語の素材としてどのように配置するのか、その基準は物語の主題性である。歌がどのような状況で詠まれたかではない。歌を素材としていかなる物語を紡ぎ出すのかに焦点化されていると言える。

第五七段の場合は、後撰集の内容と比較すると、さらに状況が込み入っていた。落魄して「人の国」に落ちた中興の女の返歌が後撰集にはあるが、『大和物語』にはない。その代わりに、兼盛が贈った歌を見て、女は「返りごともせで、よよとぞ泣きける」とその姿が語られていた。二人はともに「いとろうある」ものであった。だからこそ、中興の女は、兼盛の誘いによって都へ戻ろうとするものと受け取れた。しかし、後撰集にある返歌では、世の中を諦めたかのようにそのまま「人の国」で暮らそうとしていると理解できる。

『大和物語』には、男女の情を理解する二人の姿を主題的に語ろうとする姿勢が鮮明に現れているのではないだろうか。

物語表現史において、『大和物語』は、歌物語として理解されてきた。歌物語の定義によるとは言え、歌を核として構成されているという理解は動かないだろう。しかし、ここに細かに見てきたように、『大和物語』は、歌が核であるとばかりは言い切れない。そこには人間の関係性に焦点を当てて、ことばによって語ろうとする強い姿勢があり、歌を素材として物語的主題性に基づいて、構成を変えたり、歌を入れ替えたりしている。これは間違いなく、次の「新たな物語」への道筋を付けていく物語的営為であろう。『大和物語』の創り出しているもの、それは、この点にあるのではないかと考えている。

注

（1）校注古典叢書『大和物語』解説370頁。宮坂論についてはここに、「係結の表現価値」（国語と国文学、一九五二・二）と紹介されている。

（2）引用は、校注古典叢書『大和物語』（明治書院）による。表記等は、私に改めるところがある。傍線等は論者による。『大和物語』の引用については以下同じである。

（3）［東原二〇一九］東原伸明「『大和物語』第149段の〈語り〉と言説分析―散文叙述への意思と「歌徳譚」の決別あるいは『伊勢物語』第23段の脱構築―」「高知県立大学　文化論叢」第7号、二〇一九、三、初出。本書所収。
(4)角川ソフィア文庫『伊勢物語』(角川書店)による。表記等は、私に改めるところがある。傍線等は論者による。『伊勢物語』の引用については、以下同じである。
(5)校注古典叢書『大和物語』(明治書院)頭注による。
(6)第一六五段の前に、第一六四段なのであるが、これについては、『伊勢物語』章段と重なる内容でありつつも、格別の異なりが見出せないので、取り上げないことにした
(7)校注古典叢書『大和物語』(明治書院)頭注による。
(8)校注古典叢書『大和物語』では、第三句が、「くれにけり」となっている。
(9)引用は、『新編国歌大観』による。勅撰集については以下同じ。
(10)片桐洋一は鑑賞日本古典文学『大和物語』で、この段を解説している。そこには後撰集との対比について触れられているものの、両書の表現の根本的な違いについて触れることはなく、後撰集に比して『大和物語』は、盛り上がっているとの指摘だけがなされている。ただ『大和物語』が後撰集に比べて「はるかに物語的になっている」とは述べている。どういう意味でそうなのかは説明がないので判断できない。私に引き寄せて理解すると、そのとおりだと思う。
(11)『後撰和歌集』(和泉古典叢書3)頭注には、「さびしいでしょうとの慰め。一緒に都へ帰ろうとの誘いか。」とある。断言しているわけではないが、男女の間柄は親密なものであるとの認識であろう。

「女からの贈歌」研究への疑義——『大和物語』を起点として——

星山健

一　はじめに

『大和物語』を一読して気付くこと、それは女から男への贈歌の多さである。具体的な数は後ほど示すが、それは男から女への贈歌の数を上回る。

しかしながら、贈答歌の研究史を紐解くと、つとに鈴木一雄氏により以下のように説かれている。

当時の実生活にあって、男から贈歌、女から返歌というのは常識であったろう。その常態のなかで逆の形、女から贈歌する場合があるとしたら、そこには、その女性にとって特別な感情、意志、要求がはたらいていると見てはいけないだろうか。物語の作中贈答歌が「当時の国語生活の実際に基づくもの」であり、「高潮した、切実な感情、要求、意志の折目正しい改まった言語表現」である以上、当然物語においても男から女へ贈歌、女から男へ返歌の型が大勢を占めている。

その大勢のなかに女から贈歌、男から返歌という逆の型が混入された場合、その作中男女間、特に女性側の感情・要求・意志に、何か常態とちがった緊張、微妙ではあるが特別な表現効果がこめられていると考えられるように思うのである。(1)

右の見解は、本テーマに関する先駆的研究として、以後大きな影響力を有した。近年においても「女からの贈歌」研究は、それが異例であるとの認識を共有した上で、「特別な感情、意志、要求」といった内的なものではなく、その女性がおかれた状況等という外的なものに詠歌理由を求める形で、その発展が目論まれてきた。(2)

では、女からの贈歌が大きな割合を示す『大和物語』は、異端の作品ということになるのだろうか。それとも、鈴木一雄氏側の認識に何か問題となる点があるのだろうか。本稿においてはそれを解き明かすため、まず『源氏物語』の贈答歌の用例を再調査するところから考察を始めたい。

二 『源氏物語』における男女の贈答歌

『源氏物語』には合わせて七九五首の和歌が収録されているが、光源氏を中心とする恋の物語として、当然男女の贈答歌は多い。小学館新編日本古典文学全集『源氏物語⑥』(3)「源氏物語作中和歌一覧」をもとに、男から女への贈歌、女から男への贈歌を数えたところ、183首対75首であることがわかった。内訳は以下の通りである。

男から女への贈歌　183

贈歌の詠者	総数	贈り先の内訳
明石の入道	1	明石の君1
宇治の阿闍梨	1	中の君（三）1
薫	20	大君（三）8　中の君（三）6　浮舟4　弁の尼1　中将のおもと（四）1
柏木	7	女三宮（二）5　玉鬘2
桐壺院	1	桐壺更衣の母1
蔵人少将（三）	3	玉鬘邸の侍女1　中将のおもと（三）1　大君（二）1
左兵衛督	1	玉鬘1
朱雀院	4	秋好中宮2　紫の上1　女三宮（二）1
大夫監	1	太宰小弐の妻1
中将（三）	6	浮舟5　小野の妹尼1
殿上人	1	左馬頭の愛人（二）1
藤式部丞	1	藤式部丞の愛人1
頭中将（一）	2	宰相の君（一）1　落葉の宮1
匂宮	15	中の君（三）6　浮舟6　女一宮（四）1

贈歌の詠者	総数	贈り先の内訳
光源氏	90	八の宮の姫君（稿者注　相手を特定せず）2 明石の君11　玉鬘10　紫の上9　藤壺中宮8　朧月夜の君8 朝顔の姫君6　空蝉5　北山の尼君5　末摘花4　夕顔3　大宮3 秋好中宮3　女三宮（二）3　六条御息所2　中将のおもと（一）1 軒端荻1　少納言の乳母1　光源氏の忍び所1　麗景殿女御（二）1 中川の女1　王命婦1　宣旨の娘1　筑紫の五節1　明石の尼君1
鬚黒	2	玉鬘2
左馬頭	1	左馬頭の愛人（一）1
蛍宮	4	玉鬘4
夕霧	20	落葉の宮8　雲居雁5　藤典侍3　玉鬘1　大輔の乳母1 一条御息所1　少将（三）1
冷泉院	2	玉鬘2

女から男への贈歌　75

贈歌の詠者	総数	贈り先の内訳
明石の尼君	1	光源氏1
明石の君	4	光源氏4
秋好中宮	2	朱雀院1　光源氏1

朝顔の姫君	1	光源氏1
按察の君（二）	1	薫1
一条御息所	1	夕霧1
空蝉	1	光源氏1
近江の君	1	夕霧1
大君（二）	1	蔵人少将（三）1
大君（二）の侍女	1	薫1
大君（三）	1	薫1
落葉の宮	2	夕霧1　匂宮1
小野の妹尼	2	中将（三）2
朧月夜の君	3	光源氏3
女三宮（二）	2	光源氏2
桐壺更衣	1	桐壺院1
雲居雁	3	夕霧3
源典侍	5	光源氏5
小宰相の君	1	薫1
宰相の君（四）	1	薫1
末摘花	3	光源氏3

玉鬘	3	光源氏3
中将の君（二）	2	光源氏2
中将の君（四）	1	左近少将1
筑紫の五節	2	光源氏2
中の君（三）	2	匂宮1　薫1
花散里	5	光源氏5
藤壺中宮	2	光源氏2
弁の尼	2	薫2
弁のおもと（二）	1	薫1
紫の上	7	光源氏7
木工の君	1	鬚黒1
夕顔	2	頭中将（一）1　光源氏1
六条御息所	7	光源氏7

二倍以上の差をもって、男から女に贈るケースの方が多い。ただし、今問題にしたいのは恋愛関係にある男女間での用例である。よって、父が娘（例：明石の入道→明石の君）に贈る、あるいは姑が婿に贈る（明石の尼君→光源氏）などといった用例は除外すべきであろう。それらを除くと、先ほどの

比は170首対75首となる。いささか縮まったものの、いまだ大差があると言えよう。
次に、一つの試みを行う。当時において求婚は、原則として男から女に対しなされる。懸想文も男の方から贈られるのが常である。また、初めて二人が結ばれた翌日の後朝の文も男から女へというのが通例である。(4) そこで、先ほどの170首・75首の中から、明らかに逢瀬に至った男女のもののみを残し、また、求婚時から初めての逢瀬の後朝までの文は除外する。つまり、男女の関係が成立した後のもののみを数えてみる。すると、その比は75対52にまで縮まる。参考までに、正編と続編に分けて内訳を示すと、以下の通りである。

男女の関係が成立した後の男から女への贈歌　75
うち正編　61

贈歌の詠者	総数	贈り先の内訳
柏木	3	女三宮3
殿上人	1	左馬頭の愛人(二)1
藤式部丞	1	藤式部丞の愛人1
光源氏	48	明石の君8　藤壺中宮8　朧月夜の君7　紫の上6　空蝉4　末摘花3　夕顔3　女三宮(二)3　六条御息所2　軒端荻1

		光源氏の忍び所1　中川の女1　筑紫の五節1
鬚黒	1	玉鬘1
左馬頭	1	左馬頭の愛人（一）1
夕霧	6	雲居雁5　藤典侍1

うち続編　14

贈歌の詠者	総数	贈り先の内訳
薫	4	浮舟4
蔵人少将（三）	1	中将のおもと（三）1
匂宮	9	中の君（三）4　浮舟5

男女の関係が成立した後の女から男への贈歌　52

うち正編　49

贈歌の詠者	総数	贈り先の内訳
明石の君	4	光源氏4
空蝉	1	光源氏1
朧月夜の君	2	光源氏2

女三宮（二）	2	光源氏2
桐壺更衣	1	桐壺院1
雲居雁	3	夕霧3
源典侍	5	光源氏5
末摘花	3	光源氏3
中将の君（二）	2	光源氏2
筑紫の五節	2	光源氏2
花散里	5	光源氏5
藤壺中宮	2	光源氏2
紫の上	7	光源氏7
木工の君	1	鬚黒1
夕顔	2	頭中将（一）1　光源氏1
六条御息所	7	光源氏7

うち続編　3

贈歌の詠者	総数	贈り先の内訳
按察の君（二）	1	薫1
小宰相の君	1	薫1
中の君（三）	1	匂宮1

正編においては、贈歌の詠者の男女差が大きくはみられない。殊に主人公光源氏に関しては、彼からの贈歌数と、男女関係にあった女性からの贈歌数は、48対43とほぼ拮抗している。

ここまでの分析結果を整理する。『源氏物語』全体として男から女への贈歌は、女から男へのそれに比べはるかに多い。しかしそれは、恋物語として男から女への懸想が多く語られることによるものであった。一度逢瀬を交わした後の男女については、特に問題視するほどの比の違いは見られない。

これまでの『源氏物語』研究においては、先に挙げた鈴木一雄氏の見解を継承する形で、注釈書の記述などもなされてきた。例えば、小学館新編日本古典文学全集版では、JapanKnowledgeで検索したかぎり、五箇所に「異例の女からの贈歌」という頭注が確認された(5)。同箇所について、最新の注釈書である『源氏物語の鑑賞と基礎知識』(至文堂)を開き見たところ、うち四箇所で同様の表現が踏襲されていた(6)。

そして、おそらくはそういった傾向を踏まえ、個々の論文においても、

自ら詠み出さなければ贈答が成り立たない女にとって、促されたことは贈答が叶う唯一の機会と言える。大方の女にとっては、自ら先に贈歌する、すなわち男からの贈歌を待つことなく詠み始めることは、いわば自負心を捨てても詠みたいという思い切った行動である(7)。

といった論調で贈答歌研究の深化が目指されてきた。

そこで解明された詠歌事情をめぐる問題には首肯されるべき点も多い。ただし、女から先に歌を贈

ることに自負心を捨てるまでの覚悟は要らなかったであろう。右に示したように、『源氏物語』において、すでに逢瀬を交わした女が男に歌を贈ることは決して珍しくないのである。

三　『蜻蛉日記』『和泉式部日記』における贈答歌

そもそも鈴木一雄氏の主張は、「当時の実生活にあって」、贈歌は男が贈るのが常識だというところから始められていた。無論、当時の実生活など我々に知るよしもないが、虚構の物語ではなく、実生活をベースとした日記文学では、本当に贈歌は男の側が多く詠んでいるのだろうか。本節では、『源氏物語』と成立時機が近く、すでに逢瀬を交わした男女の贈答歌を多く含むものとして、『蜻蛉日記』『和泉式部日記』を取り上げる。

まず、『蜻蛉日記』(8)についてである。本稿では兼家と道綱母の贈答歌、しかも初めての後朝の文以降のもののみを調査対象とした。反証を可能とするため、単に用例数を示すのではなく、その初句を記した。

なお、先行研究としては、上村悦子氏「蜻蛉日記年表」(9)における、道綱母の詠歌に対する贈歌・返歌等の分類があるが、それとは判断を異にする点も多い。例えば上村氏は、「思ほえぬ垣ほにをればなでしこの花にぞ露はたまらざりける」(九五)を、兼家からの手紙(「今日だに～山隠れとのみなむ」)への「返りごと」であることをもって返歌と見なす。しかし、少なくともこの日記において、兼家の手紙に和歌は含まれていないのだから、道綱母のそれは返信ではあっても返歌とは言えないであろう。よって、以下において、そのような用例は贈歌と判断した。逆に、上村氏が贈歌とする「浜千鳥跡のとまりを尋ぬとてゆくへも知らぬうらみをやせむ」（一〇八）は、兼家の返歌に対し即座に詠まれているため、返歌に対する返歌とみなし、贈歌とは認定しなかった。

上巻

兼家→道綱母5

しののめに・なげきつつ・ももくさに・ことのはは・かぎりかと

道綱母→兼家18

思ほえぬ・消えかへり・柏木の・こほるらむ・知られねば・うたがはし・なげきつつ・思ひ出づる・ふみおきし・穂に出でて・いかがせむ・ことわりの・思へただ（※長歌）・天の川・あやしくも・曇り夜の・あやめ草・人心

中巻

兼家→道綱母1

年ごとに

道綱母→兼家7

時しもあれ・風だにも・露しげき・うき世をば・さむしろの・悲しくも・おほばこの

下巻

兼家→道綱母1

久しとは

道綱母→兼家3

かたときに・こちとのみ・いまさらに

合計　兼家→道綱母7　道綱母→兼家28

判断に迷う事例も存在する。例えば、「こほるらむ横川の水に降る雪もわがごと消えてものは思はじ」（九八）は、独詠の可能性もあるが、「などいひて」と続けられていることから贈歌と見なした。逆に、「待つほどの昨日すぎにし花の枝は今日折ることぞかひなかりける」（一〇二）は、最初から兼家に読まれることを想定しているようにも受け取れるが、独詠歌として処理した。仮にそのような事例に対し異なる判断を下したとしても、女からの贈歌の方が圧倒的に多いことは揺るがない。

上村氏の「蜻蛉日記年表」の記述に拠りながら、独自に道綱母の歌を贈歌・返歌に明確に分類し、その用例数の調査をした高野晴代氏は、以下のように述べる。

上巻は作者からの贈歌が十八首、兼家への返歌が十四首、中巻は贈歌六首、返歌は二首、下巻に至ると、贈歌二首、返歌は一首であった。しかも、結婚前は兼家が贈るばかりで、作者は返歌のみであるため、後朝の歌のあとを対象とすると上巻の返歌は七首となる。贈答歌の形式は、男から女が一般的な形式である。したがって、男の贈歌が多いと思われるが、作者が残した作品―このように称するのは、作者によって選択された記事による作品―であることを前提としても、『蜻蛉日記』は、むしろ、その型を外れた女の贈歌が多数載せられた作品だと言えるのである。[10]

しかしながら、本当に『蜻蛉日記』は氏の指摘するように、「型を外れた」作品なのであろうか。次に、『和泉式部日記』の用例数の調査に移る。

こちらについても、先行研究として『全講和泉式部日記』[11]「贈答歌一覧」を参考にした。その上で、先の『蜻蛉日記』の場合同様、和歌を含まない手紙を受けての和歌は、返歌ではなく贈歌と見なし、返歌に対し即座に返された和歌は、贈歌とは見なさず、返歌への返歌として処理した。また、一首の贈歌に対し二首の歌が返された場合、歌題が異なっていようと、二首とも返歌と見なした。それから、「ただ今も消えぬべき～」（四九）については、頭注の指摘通り、「消えぬべき露のわが身は物のみぞあやふ草葉につけて悲しき」の誤写と見なし、贈歌と数えた。

以下、初めての後朝の文以降の和歌を列挙したが、初句を同じくする歌が本日記内にある場合には、その二句までを記した。

敦道親王→和泉式部28

いさやまだ・過ぐすをも・あけざりし・おほかたに・大水の・殺しても・わがごとく・松山に・つらしとも・よしやよし・思ひきや・関越えて・あさましや・嘆きつつ・秋の夜の・時雨にも・露むすぶ・寝ぬる夜の月は見るやと・見るや君・言の葉ふかく・神無月・寝ぬる夜の寝覚の夢に・神代より・なほざりの・あな恋し・あふみちは・雪降れば・冬の夜の恋しきことに

和泉式部→敦道親王29

待たましも・ほととぎす・折すぎて・夜もすがら・宵ごとに・月を見て・こころみに雨も降らなむ・寝覚めねば・くれぐれと・秋のうちは朽ちはてぬべし・消えぬべき・まどろまであはれ幾夜に・われならぬ人もさぞ見む・よそにてもおなじ心に・君をおきて・手枕の・葛城の・わが上は・今の間に・霜がれは・つれづれと・なぐさむる・起きながら・絶えしころ・いとまなみ・冴ゆる夜の・うつつにて・しかばかり・呉竹の世々のふるごと

『和泉式部日記』における贈歌・答歌の判定は『蜻蛉日記』のそれ以上に難しいが、およそ右のようになろう。ただし、和泉式部からの贈歌には、手習いの文に五首まとめて記されたものも含まれているので、その点は留意すべきかと思われる。それでも、女からの贈歌数が、男からのそれにかなり近いことは事実である。高木和子氏は、本日記の贈答歌を形式別に分類するに際し、和泉式部からの贈歌について、敦道親王からの言葉や手紙などを受けて詠まれたものと、純然たる女からの贈歌に項目分けしている[12]。女からの贈歌を、男女関係への危機意識の表れとする鈴木一雄論への批判的検証として有効な視点であるが、そのようなものも含め、女の側が先に思いを和歌に託した事例数が男のそれと大差ないという事実を、ここではまず押さえておきたい。

四　おわりに

本稿ではここまで、『源氏物語』『蜻蛉日記』『和泉式部日記』の三作品について、男女それぞれからの贈歌の比率を探った。結果として、男女関係が成立した後に限定するならば、『源氏物語』では男性側がやや多く（ただし、光源氏と、彼と関わった女性達については僅差）、『和泉式部日記』ではほぼ同比率、『蜻蛉日記』に至っては女の側が四倍近く多いことが確認された。つまり、この三作品においては、女からの贈歌は決して異例なものではない。

では、鈴木一雄氏の言う「当時の実生活」における贈答歌の有り様を探るには、他に何を紐解けばよいのだろうか。和歌と言えばまず勅撰集が思い浮かぶが、贈答歌がそのまま収められることは希である。本来贈答歌であったものの一方が単独に収録されているケースもありそうだが、多くの場合詞書が簡略であるため詠歌事情を知り得ない。

そこで注目したいのが、本稿冒頭で触れた『大和物語』である。歌語り的と評される前半部分にしても勅撰集の詞書に比べれば詠歌事情に詳しい。無論、それが虚構的要素を含むことは諸注がすでに指摘するところだが、(13)「当時の実生活」に少しでも近づくための重要資料であることは疑い得ない。

以下、初めての後朝の文以降と思われる歌の段数と初句を記す。

男から女への贈歌　40

六「たぐへやる」	七「あふことは」	一一「住の江の」	一二「あくといへば」
一七「秋風に」	二二「あだ人の」	三一「よそながら」	四二「あさぼらけ」
四三「なにばかり」	四六「うちとけて」	四八「大空を」	五六「夕されば」
六三「さもこそは」	六九「宵々に」	七〇「みちのくの」	七六「今宵こそ」
七七「長き夜を」	七七「竹取が」	八九「いかにして」	八九「心をし」
一〇五「からくして」	一〇五「わがために」	一〇六「雲居にて」	一一九「からくして」
一一九「あかつきは」	一二一「笛竹の」	一二二「あひ見ては」	一二四「ゆくすゑの」
一三四「あかでのみ」	一四三「忘れなむ」	一四八「君なくて」	一五四「たがみそぎ」
一五九「雲鳥の」	一六一「大原や」	一六二「忘れ草」	一六三「植ゑし植ゑば」
一六五「つれづれと」	一六八「みな人は」	一六八「白雲の」	一七三「霜雪の」

女から男への贈歌　55

八「あふことの」
八「大沢の」
一五「かずならぬ」
一八「ふるさとと」
一九「世に経れど」
二一「柏木の」
二三「せかなくに」
二四「ひぐらしに」
二六「それをだに」
三四「色ぞとは」
六〇「君を思ひ」
六二「思ふてふ」
六四「忘らるな」
六六「さ夜ふけて」
六七「君を思ふ」
七〇「賀茂川の」
八一「忘れじと」
八二「栗駒の」
八四「忘らるる」
八七「山里に」
八八「紀の国の」
八九「これならぬ」
八九「いかでなほ」
八九「あけぬとて」
九一「ゆゆしとて」
一〇三「あまの川」
一〇四「恋しさに」
一〇五「すみぞめの」
一〇六「ゆゆしくも」
一〇六「忘らるる」
一〇七「あふことの」
一〇八「かりそめに」
一一〇「大空は」
一一一「この世には」
一一二「こち風は」
一一三「むかし着て」
一一四「袖をしも」
一一七「露しげみ」
一三五「たき物の」
一三六「さわぐなる」
一三九「人をとく」
一三九「来ぬ人を」
一四〇「しきかへず」
一四〇「み狩する」
一四一「花すすき」
一四一「ふたり来し」
一五五「あさか山」
一五七「ふねもいぬ」
一五八「われもしか」
一六〇「秋萩を」
一六〇「大幣に」
一六七「いなやきじ」
一六八「人心」
一七一「人知れぬ」
一七三「君がため」

本作品については、すでに逢瀬があったか否か、贈歌か独詠歌か、判断に苦慮したものが少なくない。よって右は、一つの目安程度に受け止めていただけると幸いである。その上で、この調査からおよそうかがい知れることは、女からの贈歌の多さとともに、その多様さである。

この物語において女は、贈歌をもって、訪れが間遠となった男を責めるにためらうところがない。それは相手が帝であっても同じである（一五「かずならぬ」）。また、極めて情熱的な歌も多く（六〇「君を思ひ」、一〇四「恋しさに」）、その態度は相手が出家者であっても変わらない（六二「思ふてふ」）。

先にも述べたように、本物語の記述をそのまま史実と受け取ることは出来無いであろうし、またそもそも、原資料の偏りといった問題も想定されよう。それにしても、ここまで多く、そして多様な女からの贈歌が存在するという事実は看過できない。

「女からの贈歌」研究は、右の統計的事実を尊重し、もう一度立脚点から見つめ直すことが肝要ではないか。例えば、逢瀬の後も贈歌を詠むことの極端に少ない女性がいるならば、むしろそれは特異なことととしてその理由を問うことが必要とされよう。また、これまで自明視されてきた「男からの贈歌」についても、「女からの贈歌」の対になるものとして、その詠歌理由等を探ることが求められるだろうが、それらについては稿を改めて論じたい。

注

（1）鈴木一雄氏「日記文学における和歌（その2）―女からの贈歌―」（『王朝女流日記論考』至文堂、一九九三年　初出は一九六八年）。

（2）高木和子氏『女から詠む歌　源氏物語の贈答歌』（青簡舎、二〇〇八年）、高野晴代氏「源氏物語と和歌―促された贈歌をめぐって―」（『むらさき』四七、二〇一〇年一二月）、風岡むつみ氏の一連の論文など。

（3）新編日本古典文学全集『源氏物語⑥』（小学館、一九九八）。

（4）「結婚」（『王朝文学文化歴史大事典』笠間書院、二〇一一年）。

（5）「葵」巻三四頁、「賢木」巻一〇六・一二七頁、「若菜下」巻二四五・二四九頁。

（6）「賢木」巻九三・一五七頁、「若菜下」巻（後半）一〇七・一一七頁。

（7）高野晴代氏注（2）論文。

（8）用例調査及び本文引用は、新編日本古典文学全集『蜻蛉日記』（小学館、一九九五）に拠る。なお、引用に際しては適宜その頁数を記した。

（9）上村悦子氏校註　校注古典叢書『蜻蛉日記』（明治書院、一九六八年）。

（10）高野晴代氏「『蜻蛉日記』女から贈る歌　―『源氏物語』への階梯―」（『王朝女流日記を考える　―追憶の風景』武蔵野書院、二〇一一年）。

（11）円地文子氏・鈴木一雄氏『全講和泉式部日記』（至文堂、一九八三年）。

（12）高木和子氏「女から歌を詠むのは異例か　―和泉式部日記の贈答歌―」（注（2）書）。

（13）森本茂氏『大和物語全釈』（大学堂書店、一九九三年）、今井源衛氏『大和物語評釈』（笠間書院、上巻一九九九年、下巻二〇〇〇年）。

『大和物語』の「となむありける」——〈歌物語〉の生成——

山下太郎

一　はじめに——〈歌語り〉と〈歌物語〉——

『大和物語』は、「歌語り集」もしくは「歌物語の集成」などといわれる。全体を一個の作品としてではなく、「和歌説話集」とするのである。「歌物語」と一括される三作品のうち、『伊勢物語』は、「男」と呼ばれる在原業平らしき人物の一代記的構成を保持している。また、『平中物語』も、一代記的な構成こそないものの、平貞文らしき男主人公の恋の諸相を語るという点では、緩やかな全体性を認めることができる。多種多様な人物の歌を語る『大和物語』に作品全体の主軸となる人物は存在しない。

夙く『大和物語』全体の構成を「大和物語構成図表」として示したのは高橋正治である（［高橋一九六二］［高橋一九九四］など）。高橋の「構成図表」は、現行の章段の区分に従い、その配列を人物の連関と内容の展開によって整理したものである。ただ、高橋の構成論は、人物の連関以外は、内容の連想的展開の指摘にとどまり、表現の視点からの検討はあまりなされていない。本稿では、人物の連関という点では高橋の驥尾に付しつつも、『大和物語』の構成のあり方を示唆する表現の様相についてその一端を考察する。さらに、そのことを通して、本作品の全体性について言及したい。

「歌語り」と「歌物語」という用語について、本発表の立場を確認しておく。本稿では、口承の〈歌語り〉と書承の〈歌物語〉を次元の異なる存在として峻別する。『伊勢物語』『大和物語』『平中物語』は〈歌物語〉であり、〈歌語り〉は、その素材となった音声による歌についての語りということになる。

二　冒頭と末尾——「とあり」表現の機能——

〈歌物語〉の文章の特徴として、「なむ」の係結の多用に注目したのは［宮坂一九五二］および［阪倉一九五三］であった。阪倉は、それが、眼前の聞き手に対して、確かめつつ説き明かす話し方であり、「語り」の形式にふさわしいものであるとした。

口承の〈歌語り〉を書かれた〈歌物語〉の基盤となるものとして位置づけた益田勝実は、［益田一九六〇］において、阪倉の論を「〈歌語り〉の文字の世界への吸い上げられ方を明確にした」と評価し、〈歌物語〉の「なむ—ける」表現を口承の〈歌語り〉の反映であるとした。ただ、宮坂も阪倉も益田も、〈歌物語〉について〈歌語り〉をそのまま文字に移したものとはしていない。〈歌物語〉は、〈歌語り〉を書きとめたものではなく、〈歌語り〉の形式を使って書かれた〈歌語り〉のような物語である。いいかえれば、『大和物語』などの〈歌物語〉は、本来は音声を媒体として成立し存在する〈歌語り〉を書くことによって文字の上に再現し定着するものである。〔塚原一九七九〕のいう「聞書」である。〈歌語り〉を素材としながらも筆記者による、整理・編集がある。

さて、本稿では、『大和物語』に特徴的な表現である、和歌を受ける「となむありける」を取り上げることによって、〈歌物語〉としての『大和物語』の生成の過程を探る。

『大和物語』の歌数は297首である。(1) 和歌を「とあり」等で受ける例が42例存在する。そのうち、「となむありける」は21例である。ちなみに「といふ」系は57例、うち、「となむいひける」等は18例、「とぞいひける」等が2例ある。なお、「とのたまふ」「と申す」「と聞ゆ」等は、便宜的に「といふ」系に含めた。また、「とよむ」系は34例、うち、「となむよみける」等が13例ある。「と書く」系は8例、「となむ書きつけていにける」が1例ある。その他の例があわせて16例、和歌で一文を終止する例が最も多く140例を数える。

『伊勢物語』の歌数は210首。同様に、和歌を受ける形式を調査すると、「とあり」系は、「とあり」が1例あるのみである。

『平中物語』では、和歌を「とあり」等で受ける例は、歌数154首に対して14例あり、「となむありける」の例は1例である。

和歌を受ける「とあり」および「となむありける」等の表現が、『大和物語』に特徴的なものであることは、数量的にもいえる。

さらに、『大和物語』の初段と最終段（第173段）が「となむありける」で終わっている事実がある。作品の始めと終わりが「となむありける」で括られているのである。作品作者の意図が反映しているに違いない。

【資料一】『大和物語』第1段・第2段・第3段(2)

①亭子の帝、いまはおりゐさせたまひなむとするころ、弘徽殿の壁に、伊勢の御の書きつけける、

［わかるれどあひも惜しまぬももしきを見ざらむことのなにか悲しき］

とありければ、帝御覧じて、そのかたはらに書きつけさせたまうける、

［身ひとつにあらぬばかりをおしなべてゆきめぐりてもなどか見ざらむ］

となむありける。（初段）

②帝おりゐたまひて、またの年の秋、御ぐしおろしたまひて、ところどころ山ぶみしたまひて行ひたまひけり。備前の掾にて橘の良利といひける人、内におはしましける時、殿上にさふらひける、御ぐしおろしたまひければ、やがて御ともにかしらおろしてけり。人にも知られたまはで歩きたまうける御ともに、これなむおくれ奉らでさぶらひける。「かかる御歩きし

たまふ、いとあしきことなる」とて内より、「少将、中将、これかれ、さぶらへ」とて奉れたまひけれど、たがひつつ歩きたまふ。和泉の国にいたりたまうて、日根といふところにおはします夜あり、いと心ぼそうかすかにておはしますことを思ひつつ、いと悲しかりけり。さて、「日根といふことを歌によめ」とおほせごとありければ、この良利大徳、
［ふるさとのたびねの夢にみえつるは恨みやすらんまたととはねば］
とありけるに、みな人泣きて、えよまずなりにけり。その名をなむ寛蓮大徳といひてのちまでさぶらひける。（2段）

③（山下注―亭子院の御賀のためのささげ物の準備を京極御息所に求められた故源大納言源清蔭は、鬚籠などの染色をとしこに依頼した。としこは十月に届けたが、清蔭の音信のないまま越年する）さて、二月ばかりに、柳のしなひ物よりけに長きなむこの家にありけるを折りて、
［あをやぎの糸うちはへてのどかなる春日しもこそ思ひいでけれ］とてなむやりたまへりければ、いとになくめでて、のちまでなむ語りける。（3段）

【資料二】①にあげた初段は、亭子帝の退位に際して、伊勢の御が弘徽殿の壁に書きつけた［わかるれど］歌を、後に帝が見てその傍らに［身ひとつに］歌を書きつけたという出来事を語る。『後撰和歌集』1322・1323番歌では、1323番歌の詞書に「みかど御覧じて御返し」とあり一対の贈答歌とされている。しかし、『大和物語』では、二首は始めから贈答として成立したものではなく、

弘徽殿の壁に伊勢が書きつけた歌に、亭子帝が自歌を書き添えることで、結果的に贈答歌のような関係性を持つことになったのである。伊勢の歌は、女御藤原温子をはじめとする、亭子帝周辺の女性たちの宮中への惜別の思いを代表して詠んだものである。亭子帝は、それを自分に向けてのものと受けとり、「どうして（お前たちを）見ないことがあろうか」と慰撫した。『伊勢集（伊勢Ⅱ）』２３９・２４０番歌、『寛平御集（寛平御）』１６・１７番歌も内容は同じである。[3]

『伊勢集』２４０番歌の詞書は、「と書きたりけるを上御らんじてかたはしにかきつけさせたまふ」とある。これは、２３８番歌詞書の「亭子院の御門おりゐ給はんとしける秋」の下に、２３８番と２３９番の二首を列挙したうちの２３９番歌だけを受けて「と書きたりけるを」と続けたのである。『伊勢集』でも、『大和物語』『後撰集』『寛平御集』と同じく弘徽殿の壁に書かれたのは、２３９番歌一首だけと見るべきである。

ところで、『後撰集』『伊勢集』『寛平御集』には、亭子帝の和歌のあとに「となむありける」がない。歌集としては、当然そうあるべき形式上の処置である。

『大和物語』には、和歌で章段が終わる例が79例ある。しかし、この形式は、初段には適用されなかった。最終段である第173段も、初段と同様に「となむありける」で終結している。歌集ではない物語の叙述を始めまた終えるに際して、作者は意図的に「語り」の形式を選び配置したのである。

［糸井一九七九］および［加藤一九九五］がすでに指摘しているように、「となむありける」などの

「とあり」表現は、「といふ」「とよむ」「と書く」など違って、和歌を発信する主体の側ではなく、受信する客体の側に立つ表現である。

『大和物語』初段は、「[身ひとつに]となむありける。」で終結する。「となむありける」は、受信する側に立って和歌の存在とその内容を確認する表現である。壁に書かれた亭子帝の和歌を確認し、伝えたのは誰か。それを目撃した人物、例えば、温子付きの女房などを想定しうるだろう。物語り世界の出来事をその内側から最初に伝える語り手が存在する。その語り手を起点として、〈歌語り〉が物語る世界にまで伝えられ、やがて、文字に書き留められた。そのような経緯を想定することができる。

『大和物語』においては、物語り世界と物語る世界、そして書く世界が、同じ次元でなだらかに連続している。『大和物語』作者が現実世界に流通する〈歌語り〉を文字に書き留めたというのではない。そのように設定されているということである。

【資料一】②は、第2段の全文である。帝の言葉に続いて、良利大徳が詠んだ歌が「とありけるに」で引用される。良利の歌は、「みな人泣きて、えよまずなりにけり」という反応をもたらした。和歌の存在を確認したのは、「みな人」である。最初の語り手は、居合わせた人々の中の誰かということになる。

第2段の語りの焦点は、亭子帝の仏道修行（「山ぶみ」）に陪従した、橘良利が詠んだ［ふるさとの］歌にある。この詠歌行動が「みな人」の感動を呼んだのは、地名「日根」を詠み込んだ技巧の妙だけではない。良利は、世俗を離れた仏道修行の旅のなかで、「ふるさと」に残した女性への想いを披露したのである。『伊勢物語』第9段を髣髴とさせる。

第2段の章段末尾の「その名をなむ寛蓮大徳といひてのちまてさぶらひける」は、物語る世界の語り手による解説である。第2段の主題は、退位した帝と良利との、信頼によって結ばれた主従の交歓である

【資料一】③の第3段は、「亭子院の御賀」にまつわる出来事を語る。章段末尾に「いとになくめでて、のちまでなむ語りける」とある。登場人物としこが、語りの起点として定位されている。初段の退位から、第2段の山ぶみを経て、第3段の御賀に至る、亭子帝関連の出来事が継続する時間の中で語られる。初段は、『大和物語』全体の始まりであると同時に、退位した亭子帝を契機とする一連の語りの始まりでもある。

【資料二】（第173段）は、現存する『大和物語』の最終段である。この段を含まない伝本も存在するが、今は問わない。第173段を所載する形で一応の完成を見て、一個の作品として定着していると見るからである。

【資料二】『大和物語』第173段

（山下注—良岑の宗貞の少将が五条わたりの檜皮屋で女を見つけ、やがて関係を結ぶ）それよりのち、たえずみづからも来とぶらひけり。よろづの物食へども「なほ五条にてありしもの、めづらしう

めでたかりき」と思ひいでける。

年月を経て、仕うまつりし君に少将おくれたてまつりて、「かはらむ世を見じ」と思ひて、法師になりにけり。もとの人のもとに、袈裟あらひにやるとて、

［霜雪のふる屋のもとにひとり寝のうつぶしぞめのあさのけさなり］

となむありける。（173段）

前段の第172段は、亭子帝の石山寺参詣の帰路に、近江守の意を受けて大伴黒主が打出浜で待機し詠歌によって帝に応対する話である。［雨海・岡山二〇〇六］は、この章段について、

勝命本系統は本段で終わっており、それからすると、第一段が亭子の帝の退位から始まっていることと呼応し、首尾一貫する意図もあったかと考えられる。

とするが、第173段についても、第2段との照応を指摘することができる。第173段は、良岑の宗貞の少将（第168段では「良少将」とする）が五条わたりの女と関係を結んだあと、「仕うまつりし君」の死に接して、出家した出来事を語る。第2段で「殿上にさぶらひける」橘良利が亭子帝の退位に際して出家したことと通じるであろう。第173段で法師になった良少将は、五条の女に袈裟の洗濯を依頼して［霜雪の］の歌を送る。仏道修行のなかで親しんだ女性を想起して「ひとり寝」を託つ孤独の心情を詠む。第2段の［ふるさとの］歌に通じるといえる。

第173段の「仕うまつりし君」は仁明帝であり亭子帝とは別人だが、『大和物語』の最終段に帝の死

が語られる意味は大きいのではないか。良少将の仁明帝は、良利にとっての亭子帝と重なる。『大和物語』作者は、亭子帝の祖父の死に触れて、亭子帝その人の死を暗示したのではないか。とすれば、『大和物語』は亭子帝の退位で始まり逝去で終わるともいえる。亭子帝は『大和物語』のもっとも多くの章段に登場する重要人物である。

ところで、第173段の最初の語り手は誰か。良少将の五条の女との交際と出家の経緯を知り得た人物だとすれば、良少将その人ということになる。ここでも、章段末尾の「となむありける」は、物語り世界の人物を起点とする〈歌語り〉を伝え聞いた、物語る世界の語り手による和歌の存在確認として機能している。

三　章段の連合――「となむありける」の位置――

『大和物語』にも『伊勢物語』にも『平中物語』にも、実名もしくは官職名で示される人物（以下、「実名人物」とする）が登場する。『伊勢物語』『平中物語』の実名人物が、なんらかの形で主人公の「男」と関係を持つのに対し、全体を通した主人公と見なしうる人物の存在しない『大和物語』では、章段毎に別個の実名人物が登場し歌を詠む。そのなかで、同じ人物が登場する章段が連続する場合がある。また、人物だけでなく、語句や内容の共通する場合もあるようである。

そこで、人物だけでなく、他の要素による場合もふくめて、二つ以上の章段が連合して一定のまとまりを形成するると認められるものを「章段連合」と仮称する。例えば、初段から第3段までは、亭子帝を軸に展開する章段連合である。その始まりの章段である初段は、和歌を受ける「となむありける」で終結している。

【資料三】『大和物語』第11段から第13段

①故源大納言の君、忠房のぬしの御むすめ東の方を年ごろ思ひてすみたまひけるを、亭子院の若宮につきたてまつりたまひて、はなれたまうて、ほど経にけり。子どもなどありければ、言も絶えず、同じところになむすみたまひける。さて、よみたまへりける、「住の江の松ならなくに久しくもきみと寝ぬ夜のなりにけるかな」

とありければ、返し、

「久しくもおもほえねども住の江の松やふたたび生ひかはるらむ」

となむありける。（11段）

②同じおとど、かの宮をえたてまつりたまひて、帝のあはせたてまつりたまへりけれど、はじめごろ、しのびて夜な夜な通ひたまひけるころ、帰りて、

「あくといへば静心なき春の夜の夢とや君を夜のみは見む」（12段）

③右馬の允藤原の千兼といふ人の妻にはとしこといふ人なむありける。子どももあまたいできて、思ひてすみけるほどになくなりにければ、かぎりなくかなしくのみ思ひありくほどに、内の蔵

人にて一条のきみといひける人はとしこをいとよく知れりける人なりけり。かくなりにけるほどにしもとはざりければ、あやしと思ひありくほどに、このとはぬ人の従者の女なむあひたりけるを見て、かくなむ、

「〔思ひきや過ぎにし人の悲しきに君さへつらくならむものとは〕と聞えよ」

といひければ、返し、

〔なき人を君が聞かくにかけじとて泣く泣く忍ぶほどな恨みそ〕（13段）

【資料三】①の第11段と②の第12段とには、「故源大納言の君」と「おなじおとど」、「亭子院」と「帝」、「亭子院の若宮」と「かの宮」の同じ実名人物が登場する。「故源大納言の君」を軸とする人物による章段連合を形成する。さらに、第13段の「藤原の千兼」は、源大納言源清蔭の義兄弟であり、また、千兼の妻とされる「としこ」は、第3段において、清蔭から「亭子院の御賀」のための鬚籠などの染色を依頼された人物である。第13段は第11・12段との関連で配置されたと見なしうる。章段連合としての主題は「別離の思い」である。第11段は夫婦関係の離別、第12段は夫婦関係以前の後朝の別れ、第13段は夫婦関係の死別による断絶を語る。登場人物の心情の現れている表現に太線を施した。

なお、初段（【資料一】）や第11段（【資料三】）のように、「となむありける」が章段連合の始めの章段に現出する例としては、第42段（第44段までの連合）、第94段（第96段までの連合）、第108段（第110段まで）、第111段（第113段まで）がある。また、「とありけり」が現出する例に、第8段（第10段まで）が

ある。さらに「とあれば」が現出する例に、第170段（第171段まで）がある。これらについても、個別に検討すべきであるが、今は指摘にとどめる。

【資料四】第14段から第20段まで

①〈14段　おほつぶね　陽成院の帝　「おはしまさざりければ」〉

②〈15段　若狭の御（陽成院の帝）「またも召しなければ」〉

③〈16段　陽成院のすけの御　まま父の少将　「忘れ草生ふるは見ゆる」〉

④〈17段　故式部卿の宮の出羽の御　まま父の少将　「はなれてのち」〉

⑤故式部卿宮、二条の御息所に絶えたまひてまたの年の正月の七日の日、若菜奉りたまうけるに、

「故郷と荒れにし宿の草の葉も君がためとぞまづはつみける」とありけり。（18段）

⑥同じ人、同じ親王の御もとに、久しくおはしまさざりければ、秋のことなりけり、

「世にふれど恋もせぬ身の夕さればすずろにものの悲しきやなぞ」とありければ、

御返し、

「夕ぐれに物思ふ時は神無月われもしぐれにおとらざりけり」となむありける。

心にいらであしくなむよみたまひける。（19段）

⑦故式部卿宮を、桂のみこ、せちによばひたまひけれどおはしまさざりける時、月のいとおもしろかりける夜、御文奉りたまへりけるに、

［久かたの空なる月の身なりせばゆくとも見えで君は見てまし」となむありける。（20段）

【資料四】の章段連合は、①から④までの前半部と⑤⑥⑦の後半部に分けることができる。前半部には、「おはしまさざりければ（14段）」「またも召しなかりければ（15段）」「忘れ草生ふる（16段）」「はなれてのち（17段）」とあり、人物は変わっても、「関係の途絶」を主題とする章段の連合を認めることができる。また、「陽成院の帝（14段）」「（陽成院の帝が）召したりけるを（15段）」「陽成院のすけの御・まま父の少将（16段）」「故式部卿の宮の出羽の御・まま父の少将（17段）」と、連関する実名人物の呼称があたかも尻取りのように現出する。第17段の「故式部卿宮」の人物呼称は、前半部と後半部を繋ぐ役割を果たしている。

後半部の第18段から第20段までは、「故式部卿宮」を軸とする章段連合である。第18段の末尾には「とありけり」があり、第19段と第20段には「となむありける」がある。内容的にも、「絶えたまひて（18段）」「久しくおはしまさざりければ（19段）」「おはしまさざりける時（20段）」と共通性があり、前半部の主題「関係の途絶」を受けついでいる。

第14段から第20段の章段連合では、「となむありける」等は、その終結を示している。

【資料五】『大和物語』第23段から第26段

①陽成院の二のみこ、俊蔭の中将のむすめに年ごろすみたまひけるを、女五のみこをえ奉り給ひてのち、さらにとひたまはざりければ、今はおはしますまじきなめり、と思ひ絶えていとあは

れにてゐたまへりけるに、いと久しくありて、思ひかけぬほどにおはしましたりければ、えものも聞えで逃げて戸のうちに入りにけり。かへりたまひて、みこ、朝に、「などか年ごろのことも申さむとてまうでたりしに、隠れたまひにし」とありければ、ことばはなくて、かくなむ、

［せかなくに絶えと絶えにし山水のたれしのべとか声を聞かせむ］（23段）

②先帝の御時に右大臣殿の女御、うへの御局にまうのぼりたまひてさぶらひたまひけり。おはしましやすると、した待ちたまひけるに、おはしまさざりければ、

［ひぐらしに君まつ山のほととぎすとはぬ時にぞ声もおしまぬ］となむ聞えたまひける。（24段）

③比叡の山に、明覚（他本―「念覚」）といふ法師の、山ごもりにてありけるに、宿徳にてましましける大徳のはやう死にけるが室に松の木の枯れたるを見て、

［ぬしもなき宿に枯れたる松見れば千代すぎにける心地こそすれ］とよみたりければ、かの室にとまりける弟子どもあはれがりけり。

この明覚（他本―「念覚」）はとしこが兄人なりけり。（25段）

④桂のみこ、いとみそかにあふまじき人にあひたまひたりけり。男のもとによみておこせたまへりける、

［それをだに思ふ事とて我宿を見きとないひそ人の聞かくに］となむありける。（26段）

【資料五】は、歌ことばの連関を軸とする章段連合である。第23段から第26段の相互に人物の連関

は存在しない。代わりに、和歌のことばが章段を繋いでいる。第23段と第24段には、「山水のたれしのべとか声を聞かせむ（23段）」の関係断絶の絶望と「君まつ山のほととぎすとはぬ時にぞ声もおしまぬ（24段）」の関係継続の願望との対照があり、「山」と「声」とが共通する。第25段と第26段には、「ぬしもなき宿に枯れたる松見れば（25段）」の関係断絶の絶望と「我宿を見きとないひそ人の聞かくに（26段）」の関係継続の願望との対照がある。そして、両者は「まつ」と「松」との掛詞によって繋がっている。

【資料四】と【資料五】では、「となむありける」は、章段連合の終りに置かれている。章段連合を積極的にまとめようとする意識のあらわれであろう。同様の例は、第29段（第27段からの章段連合）、第136段（第135段から）にもある。また、「とありければ」の例として、第140段（第137段から）がある。

第81段から第85段は、実在人物「右近」を軸とする章段連合である。始めの第81段に「季縄の少将のむすめ右近」と係累を含めた右近の紹介があり、章段末尾に「となむありける」と和歌の存在確認がある。第82・83・84段の始めには「おなじ女」とあり、「右近」についての語りであることが示される。最後の第85段は、「おなじ右近」と再び実名が提示され、「となむありける」で終結する。章段連合の最初と最後が「となむありける」で括られる事例である。同様の事例は、第92・93段の章段連合にも見られる。第159段から第166段までの章段連合、いわゆる在中将章段もこの事例と見なしうる。なお、一般には、第160段からを在中将章段とするが、章段の始めに「おなじ内侍に、在中将すみける時（160段）」とあり、明らかに第159段を受けている。逆にいえば、第159段は、在中将章段への導入と位置づけられる。

第99・100段は、第97段から第101段までの章段連合の結節点となる章段である。第99段に「となむありける」、第100段に「とありければ」が存在する。

第97段から第99段までは、「おほきおとど（藤原忠平）」を軸として章段連合が形成されている。また、100段と101段は、「季縄の少将」による章段連合である。さらに99段と100段が、大井の行幸によって連接される。

第97段に「おほきおとど」が登場し、第98段には「おなじおほきおとど」「亭子の帝」「内」の呼称が現出する。第97段には「おほきおとどの北の方うせたまひて」とあり、第98段には「菅原の君かくれたまひて」とある。ともに人物の死に関わる章段である。

第99段では、「亭子の帝」の供をして「おほきおとど」が大井に出かける。忠平は、「小倉山峰のもみぢ葉こころあらばいまひとたびのみゆき待たなむ」の歌をよみ、醍醐帝の大井への行幸を企図する。忠平が宮中に戻り帝に奏すると、帝は「いと興あることとなり」と応じて大井川行幸が始まったというのである。第100段は、大井に住む季縄の少将と亭子帝との行幸をめぐる語りである。亭子帝が「花おもしろくなりなば、かならず御覧ぜむ」と少将に言ったのを忘れていた頃、少将が「散りぬればくやしきものを大井川岸の山吹今日さかりなり」と詠んだところ、亭子帝は「いたうあはれがりたまうて」急いで、大井川に出かけ「岸の山吹」を見たというのである。

第99段と第100段には、「大井」という地名が共通し、「紅葉（99段）と「花（100段）および、「小倉山峰（99段）」と「大井川岸（100段）」の対照がある。

第100段と第101段では、「季縄の少将」と「帝（醍醐帝）」が共通する。くわえて、第101段は、季縄の少将の死を語る。帝は、そのいきさつを近江守公忠に聞き、「かぎりなくあはれがりたまひける」のである。

第30段から第34段も、中間に「とありければ」を含む第32段があり、章段連合の結節点となっている。右京大夫（源宗于）と亭子帝を中軸とする章段連合である。叶わない望み、文中の表現を借りれば、「見はてぬ夢（31段）」を主題とする。

【資料13】では、「となむありける」を指標として章段連合の形成を見た。「となむありける」は章段連合の始めもしくは終わり、あるいは両方、もしくは、中間に現出して、章段連合の始まり、終わり、または、繋がりを示している。

四　『大和物語』の方法——『伊勢物語』を超えて——

『大和物語』は作品形象の方法において、意識的に『伊勢物語』とは異なることを目指した作品である。そのことを如実に表すのが、章段連合の形成方法である。

『伊勢物語』では、基本的に「男」と呼ばれる人物の事跡として、すべての章段の出来事が語られる。他の人物はすべて男との関係を前提として作品に登場し語りの対象となる。一方、『大和物語』では、作品の全体を貫く軸となるような人物は存在しない。初段と172段に登場し、全体で少なくとも一七の章段に登場する亭子帝も、『大和』の物語り世界を代表する人物の一人ではあっても、全体の軸となるような人物ではない。

章段連合を関係づける軸としての『大和物語』の人物（「中軸人物」とする）は、三節でみたように、まずはそれぞれの章段連合の範囲においてのみ機能する。男性では、亭子帝、故式部卿宮、故源大納言君、右京の大夫、在中将などが代表的な中軸人物である。また、女性では、としこ、監の命婦、桂のみこ、右近などが代表例である。そして、一つの章段連合の中軸人物が、他の章段連合において中軸人物に何らかの形で関連する人物（「関連人物」とする）として登場する場合がある。

『伊勢物語』は、「男」を物語全体の中軸人物とし、他の人物を関連人物と位置づけて叙述を展開する。いわば線的な構成を持つ〈歌物語〉である。和歌を位置づける代表的な表現形式は、「よめる＋［ウタ］」の形式である（［糸井一九七九］［山下二〇一九］）。それは業平らしき「男」の詠歌行動を文字の上に再現するものであった。いいかえれば、一人の中軸人物の歌を詠む行動を和歌に収束する散文叙述によって語る方法であった。

『大和物語』において、和歌を位置づける代表的な形式は「［ウタ］＋となむありける」である。これは、『伊勢物語』と異なり、人物の詠歌行動ではなく、詠まれた結果としての和歌そのものに焦点をあてる。多種多様な人物の詠歌行動の結果としての和歌について、その存在と内容を確認するための散文叙述によって語る方法である。

「男」がどのようにすばらしく歌を詠んでいるのかを語るのが『伊勢物語』だとすれば、実名で示される誰某の詠んだ歌はこんなにすばらしかったと語るのが『大和物語』である。『伊勢物語』の「男」は、初段からすでに「いちはやきみやび」を体現する英雄的な人物として登場するが、『大和』の人物たちは物語り世界の日常に浸かりつつ喜びや悲しみを体感しながらその状況に応じた歌を詠む普通の人々である。

特別な人物の詠歌行動を語るためには、その人物を中心に据えて〈歌物語〉を構築すればよい。しかし、普通の人々の詠歌生活を語るためには、一人の人物に焦点を定める方法は不適切である。焦点をあてたとたんにその人物は特別な存在となってしまう。

そこで、『大和物語』の作者は人物を相互に関連する日常世界のネットワークの上に位置づけて〈歌物語〉を構築した。［ドゥルーズ／ガタリ一九九四］の術語を比喩として借りれば、『伊勢物語』がツリー型（樹木モデル）であるのに対し、『大和物語』はリゾーム型（根茎モデル）である。いわば、『伊勢物語』は線的に展開し『大和物語』は面的に拡張する。

［古橋二〇〇八］は、定着し安定した「みやび」を書いているのが『大和物語』である、という。『大和物語』の人々は王朝の身分社会を引き受けつつ日常の想いを歌に籠める。そのように生まれた

和歌を通して王朝社会の現実の様相を全面的総合的に描こうとしたのが〈歌物語〉としての『大和物語』であった。

五　補足――今後の課題――

本稿では、「となむありける」等を指標として、『大和物語』の章段連合の形成を見た。しかし、例えば、第35段から第41段には、「となむありける」等は現出しない。また、第124段から第130段も同様である。第126段から第128段には「檜垣の御」が登場し、第129・130段には「筑紫なりける女」の呼称が現出する。章段連合の形成を認めうる。また、第131段には「先帝の御時」とあり、「おなじ帝の御時(132段)」、「おなじ帝(133段)」と続き、第134段ではあらためて「先帝の御時に」と「先帝」の語が現出する。ここにも「となむありける」等は出ないが、章段連合の形成がある。

今回は、触れることが出来なかったが、「となむありける」等が指標とならない場合の章段連合についても検討・考察する必要がある。

さらに、章段の末尾に「ただかくなむありける(4段)」「もとはかくのみなむありける(152段)」「世の古ごとになむありける(155段)」「これがよしになむありける(156段)」などの「なむありける」表現の現出する例がある。また、末尾ではないが、「といふも、僧正の御歌になむありける(162段)」の例もある。

これらについても今後の課題とせざるをえない。ただ、ひとこと付言すれば、都の外部を主な舞台とするこれらの章段も、日常生活のなかに和歌の息づく世界を描くという点では、都の内部を舞台とする『大和』の多数の章段と変わらないのではないか。「かくなむありける」等は、やはり和歌の存在とその内容を確認する表現である。

注

(1)和歌を数えるに当たっては、短連歌の上句、下句などは、それぞれを一首と数えた。
(2)『大和物語』本文の引用は、〔高橋一九九四〕によるが、表記等を改めたところがある。
(3)の参照および引用は、古典ライブラリー版『日本文学web図書館　和歌ライブラリー』によった。ただし、表記等を改めたところがある。

【参考文献】

〔雨海・岡山二〇〇六〕雨海博洋・岡山美樹『大和物語(下)全訳注』(講談社、二〇〇六年二月)。

〔糸井一九七九〕糸井通浩「「語り」言語の生成—歌物語の文章」(『「語り」言説の研究』和泉書院、二〇一八年一月)→初出一九七九年。

〔加藤一九九五〕加藤岳人「『大和物語』の表現—歌をどう語るか—」(『国語国文研究』98号一九九五年二月)。

［阪倉一九五三］阪倉篤義「歌物語の文章―「なむ」の係結をめぐって」（『文章と表現』角川書店、一九七五年六月↓『国語国文』22巻6号一九五三年六月）。

［高橋一九六二］高橋正治「大和物語の構成」（『大和物語』塙書房、一九六二年一〇月）。

［高橋一九九四］高橋正治『新編日本古典文学全集・大和物語』（小学館、一九九四年一二月）。

［塚原一九七九］塚原鉄雄「日本の書物における聞き書の伝統」（『思想の科学』111号一九七九年一〇月臨時増刊号）。

［ドゥルーズ／ガタリ一九九四］ジル・ドゥルーズ、フェリックス・ガタリ「序―リゾーム」（宇野邦一・他五名翻訳『千のプラトー―資本主義と分裂症』河出書房新社、一九九四年九月）。原著は一九八〇年刊。

［古橋二〇〇八］古橋信孝「歌物語の流れ」（『日本文学の流れ』岩波書店、二〇一〇年三月↓『文学』9巻4号二〇〇八年七・八月）。

［益田一九六〇］益田勝実「説話文学の方法（一）五　歌語りの方法」（鈴木日出男・天野美代子編／益田勝実著『益田勝実の仕事1　説話文学と絵巻』筑摩書房、二〇〇六年五月↓『説話文学と絵巻』三一書房、一九六〇年）。

［宮坂一九五二］宮坂和江「係結の表現価値―物語文章論より見たる―」（『国語と国文学』第334号一九五二年二月）。

［山下二〇一九］山下太郎「伊勢物語の「よめる［ウタ］」―歌語りを書くということ―」（『日本言語文化研究』24号二〇一九年五月）。

『大和物語』柔子内親王関連章段における一考察——省筆を起点にして——

勝亦志織

はじめに

柔子内親王は宇多天皇皇女で醍醐天皇の同母妹（母は藤原胤子）、醍醐天皇代において三十四年の長きに亘って斎宮を務めた女性である。『大和物語』の中では第三十六段、第九十五段、第百二十段に登場する。

しかしながら、このいずれの章段でも柔子内親王の和歌は「忘れにけり」などと省筆され、第百二十段に『後撰和歌集』にも収載されている和歌一首のみが記されているだけである。本稿ではこの和歌省筆の意味と、醍醐天皇及びその外戚であった三条右大臣家にとって柔子内親王がどのような存在であったのかという点を考察してみたい。

一　柔子内親王について

柔子内親王は先述の通り、宇多天皇の皇女で母は藤原胤子、醍醐天皇の同母の妹である。醍醐天皇の即位にあたり、おそらく父である宇多上皇の意向のもと斎宮に卜定されている。柔子内親王の斎宮卜定については、榎村寛之氏が宇多天皇による『寛平御遺誡』に「斎宮者、出在外国。用途雖繁。料物不足。随其申請量宜進止。唯寮司能々可選任之。」(1)とあることから、「宇多は斎王について深い関心を寄せており、事実、彼が上皇として王家の家長であった時期の斎王は、醍醐天皇の同母妹の柔子内親王である」(2)や、「そして醍醐朝の斎王には、同母妹の柔子内親王が就任した。母が異なると別々に育てられ、身内感覚は乏しくなるが、同母姉妹なら家族として育てられるから、極めて親近性が強い。おそらく宇多上皇の強い意向が働いていたものと考えられる」(3)と指摘している。

兄帝の即位により、寛平九年（八九七）に柔子内親王はおそらく十歳未満で斎宮となった。(4)初斎院、野宮での潔斎を経て、昌泰二年（八九九）に伊勢へ群行、延長八年（九三〇）に醍醐天皇の退位を受けて斎宮を退下、おそらく同年中におよそ三十年ぶりに帰京した。その後、天徳三年（九五九）正月二日に薨去、七十歳に近かったと考えられる。斎宮としての任期は三十四年にもわたり、平安時代の斎宮の中では最長である。斎宮卜定時、すでに母の胤子は亡くなっており、父院は兄帝よりも長生きであったこと、兄帝の在任期間が長かったことが、柔子内親王が長きに亘って斎宮を務めることとなった大きな要因であろう。

柔子内親王は斎宮在任中に何度か病悩があったようで、延喜十三年（九一三）九月二七日、藤原定方等を伊勢斎宮に派遣して柔子内親王の病悩を問わせる詔が出ており、翌年の十一月には柔子内親王の病により伊勢神宮に奉幣したことが『日本紀略』や『貞信公記』からわかっている。また、藤原兼輔が斎宮を訪れたことが『後撰和歌集』や『兼輔集』でも確認でき、『躬恒集』には延喜十六年四月に躬恒が私用で斎宮を訪れた際に、和歌を詠進させたことがわかる。

退下後は承平二年（九三二）に藤原定方の四十九日の法要に式部卿宮敦実親王らと同じく調布百端を用意したこと、天暦元年（九四七）五月一八日に勧修寺で母胤子のために造像供養を行ったことなどがわかる。母方との繋がりがこうした法要記事で確認されると共に母方である勧修寺流藤原氏との関わりは、『大和物語』の中でも確認できる。では、『大和物語』における柔子内親王関連章段について次節で取り上げたい。

二　柔子内親王関連章段について

先述の通り、『大和物語』において柔子内親王が登場する章段は、第三十六段、第九十五段、第百二十段である。以下、その本文を掲出し(5)、それぞれの問題点と省筆について考察したい。まず第三十六段である。

第三十六段

伊勢の国に、さきの斎宮のおはしましける時に、堤の中納言、勅使にて下りたまひて、

くれ竹のよよのみやこと聞くからに君はちとせのうたがひもなし

御返しは聞かず。かの斎宮のおはします所は、たけのみやことなむいひける。

第三十六段は、「堤の中納言」＝藤原兼輔が勅使として斎宮に下り、斎宮のある地名「たけのみやこ」を詠み込んだ長寿を言祝ぐ賀歌を詠んだことが語られている。兼輔の「勅使」については、兼輔が公的に伊勢へ下ったことが史料より確認できないこと、同じ和歌を掲載する『桂宮本叢書私家集一中納言兼輔集』及び『平安私家集三　坊門局筆兼輔中納言集』（冷泉家時雨亭叢書第十六巻）に「斎宮群行の長奉送使にて、かのみやより京にかへるに、たけのみやはかのみやのなゝり」との詞書があるため意見が分かれている。二つの写本が示す通り、斎宮群行の長奉送使であったならば、兼輔は柔子内親王の斎宮群行と共に伊勢へ下った際の和歌ということになる。しかしながら、他の『兼輔集』諸本にこの和歌は収載されておらず、また当時の兼輔は醍醐天皇即位により昇殿をゆるされたばかりという官位を考えると群行に供奉したとは考えにくい。

一方、一で示したように、柔子内親王は斎宮在任中に病悩し、延喜十三年に叔父である藤原定方（母胤子の兄弟）が斎宮まで派遣されている。この時に兼輔もまた共に伊勢へ下った時との解釈もある。(6)

また、『後撰和歌集』恋五、九四四番歌の詞書に「公の使に伊勢の国にまかりて」とあり、兼輔がいずれかのタイミングで伊勢に下向したことは言えそうである。とはいえ、史料的に明確なことは言えず、『大和物語』の本文からは、少なくとも兼輔が柔子内親王の在任中に斎宮を訪れ和歌を詠んだことが分かり、そして、重要であるのは柔子内親王の「御返しは聞かず」ということが語られていることである。

第三十六段の和歌は「君はちとせ」と柔子内親王の長寿を言祝ぐ（予祝する）ものであると解釈できる。その兼輔の和歌に対する柔子内親王の返歌は聞いていないというのが、この「御返しは聞かず」という省筆表現である。この章段の語り手は兼輔の和歌は聞いたものの、柔子内親王の返歌は聞かなかったことを明らかにしている。これは返歌があって当然という前提があろう。もし、兼輔が斎宮群行の長奉送使に供奉していたとするならば、まだ十歳未満の柔子内親王が返歌をし得たかどうか、あるいは病悩での勅使であった場合、都から血縁に見舞いに行かせるほどの病の際に、ここまで単純な賀歌を詠むことができるだろうか。どちらかといえば前者、幼くして斎宮となり、京の都ではなく「たけのみやこ」で年齢を重ねることとなった柔子内親王に対し、わかりやすい掛詞をもって賀歌を詠んだと考えるほうが妥当であろうか。「御返しは聞かず。」の後に「かの斎宮のおはします所は、たけのみやことなむいひける。」と続けて解説するのも、この地名さえ分かればごく単純な掛詞を用いた和歌であることが明瞭になるからだ。

この兼輔の和歌に対する柔子内親王の返歌が取り上げられない理由として、そもそも返歌がなかった可能性は高い。だが、そうであるならば、省筆の「御返しは聞かず」を明示する必要はなく、京都の人々に分かりやすいように地名が掛けられていることを示すだけでよい。あるいは、詞書と和歌のみのような形として和歌を記述したところで終わっていてもよいだろう。事実、そのような形式の章段は『大和物語』の中に散見される。そう考えると、この章段においては「御返しは聞かず」は必要な文章であったのであり、兼輔の和歌に対する返歌があって当然であるという認識のもとに語られた話であることが浮かび上がるのである。

では、次に第九十五段について考えてみたい(7)。

第九十五段

おなじ右のおほいどのの御息所、帝おはしまさずなりてのち、式部卿の宮なむすみたてまつりたまうけるを、いかがありけむ、おはしまさざりけるころ、斎宮の御もとより、御文奉りたまへりけるに、御息所、宮のおはしまさぬことなど聞えたまひて、奥に、

白山に降りにしゆきのあとたえていまはこしぢの人も通はず

となむありける。御返りあれど、本になしとあり。

第九十五段では「おなじ右のおほいどのの御息所」と呼称される三条右大臣藤原定方の娘で醍醐天皇の女御となった藤原能子と柔子内親王のやりとりが語られている。醍醐天皇崩御後、能子のもとに

式部卿宮敦実親王が通ってきたものの、何らかの理由で敦実親王が通わなくなった頃に柔子内親王から手紙が届いた。それに対する能子の返事が示され、最後に柔子内親王の返事について「御返りあれど、本になしとあり」と省筆と取れる文章が続く。

そもそも柔子内親王と藤原能子の関係は深い。能子の父である藤原定方は柔子内親王の母である藤原胤子の兄弟であり、ここでまず二人は従姉妹の関係になる。加えて、能子は柔子内親王の同母兄である醍醐天皇の女御であり、柔子内親王にとっては兄のキサキということになる。そして、この第九十五段が示すように、能子は醍醐天皇の崩御後は同母兄弟の敦実親王の恋人であり、柔子内親王にとって兄弟の恋人ということになる。能子の和歌は『後撰和歌集』冬、四七〇番歌として一部歌句に異同があるものの、詞書は「式部卿敦実の親王しのびて通ふ所はべりけるを後々絶え絶えになりはべりければ、妹の前斎宮の親王のもとより「この頃はいかにぞ」とありければ、その返事に、女」とある。和歌の詠者が「女」とあり、能子であることは明らかにされていないのである。このことについて、例えば今井源衛『大和物語評釈』では、「勅撰集である『後撰集』は宮廷秘事として御息所の名を隠したのであろうし、『大和物語』はこれを好箇の宮廷秘話として書きあらわしたのであろう。ゴシップ的関心の強い『大和物語』の本質はここにもうかがえる。」と評している。(8)

しかし、果たして『大和物語』の本質をゴシップ的関心のみで片付けていいものであろうか。『大和物語』の本文でも『後撰和歌集』の詞書でも、柔子内親王が能子のもとに敦実親王が通わなくなったことを知っていたことに変わりはないのである。柔子内親王の手紙の内容を明らかにしない『大和物語』も能子の和歌と手紙文の内容から、柔子内親王が何を心配して手紙を送ってきたのかを示している。つまり、少なくとも敦実親王と能子の関係の破綻は二人と親しい血縁関係にある柔子内親王には明らかにされており、ゆえに柔子内親王は能子を気遣う手紙を送ったと考えられよう。

加えて、『後撰和歌集』はこの和歌を恋歌としてではなく冬の歌として収載している。確かにやりとりは女性同士で行われており、和歌の内容も通って来なくなった男に対して恨みを述べるものではない。『後撰和歌集』はあくまでも冬の歌として採用しつつも、その裏にある人事を説明しないわけにはいかず詞書をもって説明したのではないだろうか。

さて、では『大和物語』はなぜ柔子内親王の返歌について、「御返りあれど、本になしとあり」としたのだろうか。ここでは、第三十六段とは異なり「御返り」があったことが明言されている。第三十六段では「御返しは聞かず」と返歌を聞かなかったことが示され、そもそも返歌がなかった可能性も含んでいたが、ここでは返歌があったことは明示されている。この省筆の表現は六条家本系統の御巫本と鈴鹿本には存在せず、これまでの注釈書でも指摘のあるように後人の注が入り込んでしまった可能性は消せない。一方で、六条家本系統が不要なものとして削除した可能性があること、さらに「本」を書写の段階での親本と考えると、「御返りはあれど」との連接が理解しにくい。また、「本」を新編日本古典文学全集の頭注において指摘されている『大和物語』にこの話を入れるときの原拠本と考えることも、難しいように思われる。むしろ、『大和物語抄』が「例の物語の筆法なり」と示すように省筆の方法とみておくのが穏当であろう。柔子内親王の返事はあったことは示しながら、和歌の内容は省筆したと考えておきたい。

では、なぜ省筆する必要があったのであろうか。単純に考えると、三者の関係性の深さが挙げられる。柔子内親王にとって自分の兄帝のキサキであった従姉妹が、兄の死後、別の同腹の兄弟と恋愛関係にあったものの、それが上手くいかなくなったという少々外聞の悪い話である。この話は柔子内親王がすでに斎宮を退下し帰京からおそらく五年程度は経過した九三六年頃と考えられる。柔子内親王も敦実親王も四十代、それに対して能子の年齢ははっきりしないものの、延喜十二年（九一二）十月八日能子が更衣から女御となっていることから考えると、能子が二人よりもやや年下であったと推測される。そうなると、すでに九三二年に定方が没した後、醍醐天皇の血縁とのつながりを持つことで三条右大臣家を支えようとした能子を、柔子内親王が精神的に支えていたことは想像に難くない。だが、能子の自家を支える方法は露骨すぎた上に失敗してしまった。未婚を通す前斎宮としての立場にあり、能子の相手が実の兄弟である柔子内親王がどのような和歌をもって返歌としたのか、それがどのような内容であっても秘匿されるべきとの語り手ないしは書き手の判断があったと考えられよう。

しかしながら、そうした推測はむしろ意味不通の省筆の表現に拠ったものでしかない。問題は、この省筆の表現があることによって、このエピソードには秘匿されるべき何かがあったことを浮かび上がらせてしまっていることである。柔子内親王の実際の返歌の有無は関係なく、返歌内容を隠すという省筆のあり方が、隠さなければならない何事をかを読者に想起させてしまうのである。省筆という記述方法が持つ特性がここに表れているということが可能なのではないだろうか。

では、最後に第百二十段を取り上げたい。第百二十段は、第九十五段と同様に柔子内親王と能子のやりとりが取り上げられている。(9)

第百二十段

おほきおとどは、大臣になりたまひて年ごろおはするに、枇杷の大臣はえなりたまはでありわたりけるを、つひに大臣になりたまひにける御よろこびに、おほきおとど梅を折りてかざしたまひて、

おそくとくつひに咲きける梅の花たが植ゑおきし種にかあるらむ

とありけり。その日のことどもを歌など書きて、斎宮に奉りたまふとて、三条の右の大殿の女御、やがてこれに書きつけたまひける。

いかでかく年きりもせぬ種もがな荒れゆく庭のかげと頼まむ

とありけり。その御返し、斎宮よりありけり。忘れにけり。

かくて願ひたまひけるかひありて、左の大臣の中納言わたりすみたまひければ、種みな広ごりたまひて、かげおほくなりにけり。さりける時に、斎宮より、

花ざかり春は見に来む年きりもせずといふ種は生ひぬとか聞く

第百二十段は「おほきおとど」＝藤原忠平に、兄である「枇杷の大臣」＝藤原仲平が大臣任官で遅れをとっていたのが、ようやく仲平が大臣になったことを言祝いだ話と、その時のことを能子が記録し、自分が詠んだ和歌も書き加えて柔子内親王に送ったところ、その返事について「その御返し、斎宮よりありけり。忘れにけり」と省筆されたこと、その後、能子のもとに「左の大臣」＝藤原実頼が住むこととなってから、柔子内親王が和歌を贈ってきたことが語られる。

一見すると、二つの話は別々の話のようでありながら、仲平の任大臣は、能子の父である右大臣藤原定方の死去によるものであることでつながる。そして、定方を失った勧修寺流藤原氏の衰退を背景に、仲平・忠平ら摂関家である藤原氏の威勢に対する能子の憧れと願いが和歌によって示され、その後、能子が忠平の息子である実頼と婚姻することで、能子が頼りとするところができたことが示されている。

ここでも柔子内親王の能子宛の返事は「その御返し、斎宮よりありけり。忘れにけり」と省筆される。第三十六段、第九十五段の省筆と比較すると、「忘れにけり」という語り手が忘れたという形をとる。第三十六段では聞かなかったことが、第九十五段では「本」になかったことが省筆の理由であったが、第百二十段では忘れたことがその理由となっている。次節で詳述するが、『大和物語』内での省筆表現のうち、この忘れたことが理由とされるのが五例ともっとも多い。語り手は省筆する内容を知っていたが、忘れてしまったので語れないという体裁である。

この第百二十段での能子と柔子内親王の和歌のやりとりは、『後撰和歌集』雑一に一一〇九番歌と一一一〇番歌として載る。一一〇九番歌の詞書は「三条右大臣みまかりて翌年の春、大臣召しありと聞きて、斎宮のみこにつかはしける」、一一一〇番歌の詞書は「かの女御、左のおほいまうちぎみにあひにけりと聞きてつかはしける」であり、二首は贈答歌というかたちではないものの、連続した内容として収載されているといえよう。『大和物語』との差異は、三条右大臣（藤原定方）の死後であることが明確にされていることである。第百二十段は、この『後撰和歌集』の和歌二首を元として歌話が作成されたともいえそうなほど親近している。この二首を元とした場合、二首は贈答歌ではない以上、能子の贈歌に対してあったであろう柔子内親王の返歌を想像したくなる。そうした歌集での収載方法がここに影響され、散文で語る以上は省筆表現を組み込むほかなかったと考えることも可能であろう。歌集との前後関係は簡単に考察できるものではなく、ここでは一つの可能性として提示しておく。だが、『大和物語』の省筆も、『後撰和歌集』で二首並んで収載していることも、能子の和歌に対する柔子内親王からの返歌がどのようなものであったのか、聞き手（または読者）の想像をかき立てさせることは同様なのではないだろうか。

さて、ここまで三つの章段の内容と省筆表現を確認してきた。いずれも柔子内親王の和歌がないことに対して省筆表現が使われていた。実際、現存する柔子内親王の和歌は、第百二十段の「花ざかり」詠のみである。時代や周囲の環境から考えて、和歌を日常的に詠んでいたであろう柔子内親王の和歌は、何らかの理由で残らなかったのか、あるいは秘匿されたのかもしれない。これまでの考察においても何度か言及してきたが、省筆表現がなされる理由は、そもそも和歌（返歌）がなかったことが考えられる。繰り返しになるが、それならばあえて和歌がない言い訳を示す必要はないのではないか。『大和物語』全体における省筆の例から、この点について考えてみたい。

三　『大和物語』における省筆

『大和物語』における省筆は以下にあげる十五例が確認される。

① 八段　御返し、これにやおとりけむ、人忘れにけり。
② 二九段　こと人々のおほかれど、よからぬは忘れにけり。※
③ 三六段　御返しは聞かず。※
④ 四五段　御返しありけれど、人え知らず。※
⑤ 六五段　返し、をかしかりけれど、え聞かず。
⑥ 七八段　親王の御歌はいかがありけむ、忘れにけり。
⑦ 八十段　こと人のもありけらし。

⑧　八四段　返しは、え聞かず。
⑨　九五段　御返りあれど、本になしとあり。※
⑩百一三段　返しは知らず。
⑪百二十段　御返し、斎宮よりありけり。忘れにけり。※
⑫百二四段　その返し、それよりまへまへも、歌はいとおほかりけれど、え聞かず。
⑬百三五段　返し、上手なればよかりけめど、え聞かねば書かず。※
⑭百四八段　さて返しはいかがしたりけむ知らず。
⑮百六一段　返しを人なむ忘れにける。

「忘れる」とする省筆が五例、「聞かず」とする省筆が四例、「知らず」とする省筆が三例、それに「ことひとのもありけらし」「本になしとあり」「え聞かねば書かず」の単独例が三種類である。ここで注目したいのは、忘れた・聞けなかった・知らなかった主体が語り手の場合と、①八段、④四五段、⑮百六一段のように「人」の場合とがあることだ。語り手の過失とするのではなく、「人」を主体とすることで、そこには何らかの意味が込められているようにも読める。なお、※印を付した六つの章段は、藤原定方・兼輔に関する章段であり、総用例のおよそ三分の一にあたる。その中の半数が柔子内親王の和歌を省筆するものである。

歌物語の省筆について、中野幸一氏は『伊勢物語』や『平中物語』に見出されないことに着目し、「当然叙述すべき事柄を省略したうしろめたさが読者に対する省略の断り書きを付したもの」とし、『大和物語』の説話性と歌物語性の相剋によって省略のことわりがきが必要とされたとした(10)。それを受けて岡山美樹氏は、特徴的な草子地や文体・表現から各章段をグループ分けし、省略の草子地が三条右大臣に関連する章段に集中していること、定方と兼輔を一グループとすると、省略の草子地の半数が「兼輔・定方」のグループの章段にあることを示した(11)。定方・兼輔・柔子内新王らが、単なる血縁によって分類されるのではなく、物語の表現上においても区別されていることになる。

一方で、田村隆氏は物語文学における省筆を論じる中で、『大和物語』の省筆表現について、次のように述べている(12)。

これらはみな、和歌の贈答に関わるもの、しかもその「返し」に関するものであることがわかる。『落窪物語』に見られた「作り物語的省筆」とは異なるという意味で、「歌語り的省筆」とでも称すべきものである。これは『大和物語』が持つ、書き記す意思のない歌・事柄は歌語りの途中で淘汰されるという記述態度によるものであろう。省略の基準については、親王という貴顕の歌であれ、特に遠慮はなされていない。かと言って、必ずしも名歌を伝える視点のみでもなく、たとえ「上手」の歌であっても、

返し、上手なればよかりけめど、え聞かねば書かず。（一三五段）

のような例もあるので注意される。

さらに田村氏はこうした和歌の省略の用例を私家集から上げ、「『大和物語』を中心に生成した「歌語り的省筆」の土壌は、和歌の贈答という、より始原的な形式にあったと言ってよいだろう。」とする。加えて、こうした省筆が勅撰集には見られないことを指摘し、省筆は公的には許容されないものであったことを論じておられる。

田村氏も例に上げていた『元良親王集』の一三一番歌では、以下のような左注がついている。


又ひさしくおはせで嵯峨の院に狩りしにとてなどのたまへりければ女

一三一　おほさはのいけのみづぐき絶へぬとも嵯峨のつらさをなにかうらみむ

御返事もいかがありけん。わすれにけり。


この和歌は『大和物語』の八段と共通し、八段の該当箇所は前掲①の「御返し、これにやおとりけむ、人忘れにけり。」である。『元良親王集全注釈』(13)では、この省筆表現を「本集の物語的性質を示す顕著な特徴と言えよう。」と説明する。

問題はこの「物語的性質」である。ここでは省筆を物語の性質であると理解している。そうなると、田村氏の述べるように『大和物語』の省筆は物語の省筆とは異なる「歌語り的省筆」として区別され得るものなのであろうか。確かに省筆は返歌に関わるものであるが、二で考察したように、その返歌がないことに何らかの意味を持つ可能性が秘められているのである。中野氏の述べる語り手や書き手が持つ「当然叙述すべき事柄を省略したうしろめたさ」は、聞き手や読者の側に立てば省略されてしまった「当然叙述すべき事柄」が何かを推測することになる。書かないことで、何らかの情報がこの裏にあるのではないかと、聞き手または読者に想像させてしまうのである。

『大和物語』の章段は「歌物語」である以上、和歌を基盤にしている。和歌の贈答が語られる時、そこには和歌は贈答されるものであるという認識が底流しており、返歌の省筆は、本来ならばあったはずの返歌への興味をかきたてる。いったいどのような返歌だったのか、そこにはどのような情報が詠み込まれていたのか等、贈答歌としては完結していないように示されたやりとりを読者は自ら補完しようとする。その有り様は、歌物語であっても作り物語であっても、同じなのではないだろうか。こうした省筆の表現は韻文（和歌）にせよ、散文にせよ、書き記されることによって明確化される。あえて省筆したのだ、という明示があるからこそ、読者は書かれなかった情報に目を向けることになるからだ。

もちろん、『大和物語』の省筆の用例は十五例と多いとはいえない。むしろ少ない方であろう。しかしながら、『大和物語』の段階において、『伊勢物語』が採ることのなかった省筆という表現方法を獲得していることの文学史的意味合いは大きいのではないだろうか。最後に、『大和物語』における省筆が柔子内親王に関わる章段に多い理由を考察し、まとめとしたい。

おわりに

定方・兼輔・柔子内親王に関わる章段で省筆が見られるのは、二で考察した三つの章段以外にあと三章段ある。第二十九段では、式部卿の宮（敦慶親王・醍醐天皇同母弟）との関わりと定方の和歌を、第四十五段では『源氏物語』で最も引用される兼輔の和歌「人の親の心はやみにあらねども子を思ふ道にまどひぬるかな」を、二人に関わる第百三五段では定方の娘が兼輔と結婚した後に詠んだ和歌を語る。二で考察した章段を含め、醍醐天皇とその同母の兄弟姉妹、定方とその娘たち、そして兼輔の関係が和歌のやりとりを通して浮かび上がってくる。臣下である定方は醍醐天皇の外戚として、兼輔も醍醐天皇に娘を入内させている上に定方の縁戚として、また二人ともに『古今和歌集』撰者の後見として、醍醐天皇の時代の文化を支えてきた。

そして、醍醐天皇および二人の没後、第九十五段と第百二十段のように、かつて後見してくれていた勧修寺流藤原氏を支えようとするかのように醍醐天皇の同母の弟妹が登場する。敦実親王は上手くいかなかったものの、柔子内親王は定方の娘能子の精神的な支えとなったであろうことは二人の和歌の贈答が示している。一で確認したように柔子内親王は九五九年まで生存し、九四七年には勧修寺で母の胤子の供養を行っている。また、『中務集』（西本願寺本）には「前斎宮の五十賀の御屏風」の和歌が詠進されており、この前斎宮は柔子内親王だと考えられている。中務の父は敦慶親王であり柔子内親王にとっては姪にあたる。摂関家が力を持ち始めていくその歴史の流れの中で、他の兄弟姉妹より長命かつ、醍醐天皇代の斎宮であった過去をもつ柔子内親王の存在は、醍醐天皇や母方の勧修寺流藤原氏を象徴するものであったと考えられる。『大和物語』で柔子内親王の和歌が省筆されるのは、勧修寺流藤原氏の思いを受け止める存在として語ろうとしているからではないだろうか。特に第九五段と第百二十段においては、能子の思いを受け止める姿と、能子の願いが叶ったところでようやく言祝ぎの和歌を贈るさまが描かれている。能子の願いを受け止めてきた柔子内親王が、その願いが結実したことを和歌を贈ることで認めているといえるのではないだろうか。柔子内親王自身の和歌は、勧修寺流藤原氏の行く末を認めるために、最後に示されることが重要だといえよう。

そして、この定方と兼輔の血筋は平安時代中期、紫式部に引き継がれていく。定方の娘は兼輔の息子、雅正の正妻であり、この二人の息子が紫式部の父、為時である。『大和物語』は紫式部にとって自身の曾祖父の時代を語る作品であった。紫式部が『大和物語』から省筆表現を学んだなどと短略的なことは言えないが、少なくとも、『源氏物語』に先行する作品において、省筆表現は聞き手や読者にとって意味を持つものとして効果的に使用されていた。ジャンルの枠にこだわることなく、和歌や歌物語、そして作り物語の省筆を同様のものとして捉えることで、省筆という表現構造がエピソードの「語り」にどのように関わるのかを改めて考察する必要があるのではないだろうか。

注

(1)『寛平御遺誡』の引用は『群書類従』第二十七輯　雑部（続群書類従完成会、一九六〇年）による。

(2)榎村寛之『伊勢斎宮の歴史と文化』（塙書房、二〇〇九年）所収、第一部第三章「斎女王の時代」。

(3)注（2）前掲書、第二部総論。

(4)柔子内親王の生年は不明だが、醍醐天皇の生年は八八五年、醍醐天皇は寛平九年（八九七）に十三歳で即位しており、母は異なるが第一皇女の均子内親王の生年が八九〇年であることを考えると、十歳未満であったと考えるのが穏当であろう。所京子氏は『斎王和歌文学の史的研究』（国書刊行会、一九八九年）において、寛平三年（八九一）初め頃の誕生ではないかと推測されている。なお、柔子内親王の事績については同書においても詳細に検討されている。

(5)『大和物語』の引用は新編日本古典文学全集（小学館）に拠る。また、考察に使用する和歌は基本的に『新編国歌大観』によるが、一部表記を私に改めた箇所がある。

(6)山中智恵子『続斎宮志』（砂子屋書房、一九九二年）。なお、第三十六段について詳細に検討している、柿本奨『大和物語の注釈と研究』（武蔵野書院、一九八一年）では柔子内親王在任中の伊勢への勅使関連の記事を確認した上で、どれにも兼輔の名前が見えないことから、断定を避けている。他に原槙子『斎王物語の形成―斎宮・斎院と文学―』（新典社、二〇一三年）においても、『大和物語』の斎王が取り上げられ考察が加えられている。

(7)『大和物語』の第九十五段と第百二十段については、別の視点から論じたことがある。（拙稿「『大和物語』における〈記録〉の方法—歌話採録に見える戦略—」(『日本文学』六五—五号、二〇一六年五月)本書に再掲)本稿での考察と若干重なる部分もあるが、本稿では柔子内親王を中心に省筆の問題を特に取り上げる。

(8)今井源衛『大和物語評釈』上巻(笠間書院、一九九九年)、九十五段の余説による。

(9)第百二十段における「斎宮」を柔子内親王ではなく、柔子内親王の後に斎宮となった雅子内親王を想定する論がある。岡山美樹「『大和物語』一二〇段の「さいぐう」」(『平安文学研究』第七一輯、一九八四年六月)、前掲注(6)、原氏の著書第一部第二章など。雅子内親王と藤原忠平・師輔一族との繋がりや、仲平が大臣に就任した承平三年の斎宮は雅子内親王であることが根拠とされているが、藤原定方・能子親子との血縁的繋がりは柔子内親王との方が強い。第九十五段においても斎宮のまえには「さきの」という表現はなく、第百二十段においても斎宮は柔子内親王のことを指すとみて問題はないと思われる。

(10)中野幸一「草子地攷」(四)(『学術研究』第二十号、一九七一年)

(11)岡山美樹『大和物語の研究』(桜楓社、一九九三年)。なお、省筆の数は岡山氏は一四六段までを対象としているため、二例少なく総数を十三例としている。

(12)田村隆『省筆論「書かず」と書くこと』(東京大学出版会、二〇一七年)

(13)和歌文学注釈叢書1『元良親王集全注釈』(新典社、二〇〇六年)。なお、同書の解説では、『元良親王集』と『大和物語』の近似性に注目し、そもそも『大和物語』八段での女(監の命婦)の相手は中務の宮であり元良親王ではないことを含め、両者に共通する省筆表現から、同じ資料に発するものであることが論じられている。二作品の前後関係ははっきりせず、同じ資料の推定も難しいが、いずれにせよ何らかの影響関係が想定される。

「霞ならねど立ちのぼりけり」考——『大和物語』一四六段をめぐって——

亀田夕佳

一　問題の所在

『大和物語』一四六段には、大江玉淵女が詠んだ和歌に対して宇多帝がいたく感動した様が描かれている。

亭子の帝、鳥飼院におはしましにけり。例のごと、御遊びあり。「このわたりのうかれめども、あまたまゐりてさぶらふなかに、声おもしろく、よしあるものは侍りや」と問はせたまふに、うかれめばらの申すやう、「大江の玉淵がむすめと申す者、めづらしうまゐりて侍り」と申しければ、見せたまふに、さまかたちも清げなりければ、あはれがりたまうて、うへに召しあげたまふ。「そもそもまことか」など問はせたまふに、鳥飼といふ題を、みなみな人々によませたまひにけり。おほせたまふやう、「玉淵はいとらうありて、歌などよくよみき。この鳥飼といふ題をよく

つかうまつりたらむにしたがひて、まことの子とはおもほさむ」とおほせたまひけり。うけたまはりて、すなはち、

あさみどりかひある春にあひぬれば霞ならねど立ちのぼりけり

とよむ時に、帝、ののしりあはれがりたまて、御しほたれたまふ。人々もよく酔ひたるほどにて、酔ひ泣きいとになくす。帝、御袿ひとかさね、袴たまふ。「ありとある上達部、みこたち、四位五位、これに物ぬぎてとらせざらむ者は、座より立ちね」とのたまひければ、かたはしより、上下みなかづけたれば、かづきあまりて、ふた間ばかり積みてぞおきたりける。

かくて、かへりたまふとて、南院の七郎君といふ人ありけり、それなむ、このうかれめのすむあたりに、家つくりてすむと聞こしめして、それになむ、のたまひあづけたる。「かれが申さむこと、院に奏せよ。院よりたまはせむ物も、かの七郎君につかはさむ。すべてかれにわびしきめな見せそ」とおほせたまうければ、つねになむとぶらひかへりみける。（三六六〜三六七頁）(1)

宇多帝が鳥飼に行幸し、「遊び」を催すことになった。土地の遊女の中に優れた者がいるか尋ねたところ、大江玉淵女の名が挙げられたという。大江玉淵は音人の子息であり、仁和二年に従五位下に叙せられ、式部大丞から日向守に転出したことがわかっている。(2) 帝は遊女が本当に玉淵の娘であるかを確かめるべく「鳥飼」を題として歌を詠ませた。

傍線部「玉淵はいとらうありて、歌などよみき」からは、宇多帝が歌人としての玉淵の才能を直接

知っていたことが語られている。玉淵の歌詠みとしての技量を実際に知っていたからこそ、「まことの子」である証として和歌を所望したのである。

帝がどれほど玉淵女の詠んだ和歌に感動したかは、傍線「ののしりあはれがりたまひて、御しほたれたまふ」という態度で語られるが、加えてその場に参会した四位・五位以上の公卿たちに対し着ていた衣を脱がせ、女への褒美として取らせただけでなく、南院の七郎君にその後の生活を見させるべく「すべてかれにわびしきめ見せそ」と指示したことにもよく表れている。常軌を逸したような激しさで語られる帝の心の動きは、詠まれた和歌が引き起こしたものであるが、これほどまでに感嘆させ得たのは、どういった要素なのだろうか。

これまで本段については、一四五段の「白女」との関わり、「あさみどり」の異文である「ふかみどり」とした場合の意味等について考察されてきたが、和歌の解釈や存在意義については、課題が残っているように思われる。(3)

『大和物語』には、しばしば独特の歌ことばの在りようが認められるが、本章段の和歌の下句における「霞ならねどたちのぼりけり」にも、通常の用いられ方ではない言葉遣いが指摘できる。そうした表現はなぜ必要とされたのだろうか。特異な歌ことばの様相が果たした表現効果を問いたいと思う。

本論では、まずは宇多帝の心を大きく動かした玉淵女の和歌の上の句「あさみどり」における意味内容を問い、それが下の句「立ちのぼ」る「霞」といかに関わるかを考察してゆく。そのことによって本段の表現的達成について明らかにしたい。

三　上の句「あさみどり」の意味

始めに上の句の表現内容について考察してゆく。先にも少し述べたが「あさみどり」については、「ふかみどり」の異文が存し、その意味について論じられてきた。しかし、以下述べるように、当該歌においては「あさみどり」が適当であり、むしろ「あさみどり」でなければ語り得ないところに、この物語の世界が成り立っていると考えられる。

玉淵女が「あさみどり」を選んだのは、「とりかひ」を詠みこむにあたり、「とり」の響きが必要であったためだが、それがなぜ「浅緑」の色であったのかが重要であろう。阿部俊子氏が「あさみどり」に続く「かひある春」に「かひ／芽」の意を指摘し、[4]森本茂氏が「「春」には「あさみどり」を優るとしてよいのではないか」[5]と述べたように、「あさみどり」は植物が柔らかな緑に萌え出す春の霞をいう際にしばしば用いられる表現である。以下(1)〜(5)として示す。

　柳を詠む

(1)あさみどり染めかけたりと見るまでに春の柳は萌えにけるかも　（万葉集、巻第十、一八四七）

　西大寺のほとりの柳を詠める　僧正遍照

(2)あさみどり糸よりかけて白露を玉にもぬける春の柳か　（古今集、巻第一、春歌上、二七）

(3)若菜摘む我を人見ばあさみどり野辺の霞も立ちかくさなむ　(貫之集、六八)

(4)浅緑野辺の霞はつつめどもこぼれてにほふ山桜かな　(新撰万葉集、五)

題知らず　民部卿経信

(5)あさみどり野辺の霞のたなびくに今日の小松をまかせつるかな　(後拾遺集、巻第一、春上、三〇)

右の(1)~(5)のうち、(1)、(2)には「柳」が取り上げられている。「あさみどり」の多くは「春の柳」の色として詠まれる傾向があり、(1)に「萌えにけるかも」とあるように、「あさみどり」は、早春に芽吹いたやわらかな色彩をいう表現である。

また(3)~(5)に見られるように「あさみどり」は、しばしば「野辺の霞」をいう際に用いられている。(3)では「若菜」が縁語として詠まれるが、『貫之集全釈』が「「みどり」は本来、若芽の意」(6)とするように、早春の草木や野の芽吹きに霞が立つさまを重ねた色彩をいうのが「あさみどり」の表現であった。

当該歌の「あさみどり」は「かひある春」を直接的に導いている。「かひ」について諸注釈の理解は、『大和物語全訳注』が「浅緑にかすむ、生きがいのある春にめぐりあいましたので」(7)とするように、「生きがい」の意味が読み取られている。上皇に和歌を詠めと言われた晴れがましさを「生きがいのある春」とするのである。

立春を象徴する霞は、これから時と共に緑が色濃く成長してゆくはじまりをいうものでもあろう。

そして、その「霞が立つ」ことに、自らが上皇のもとに「立ち上る」ことを重ねているのである。この歌には、初めて上皇にまみえる玉淵女自身の晴れがましさや初々しさが表現されたといえる。

玉淵女の和歌は、リクエスト通りに「とりかひ」を詠み込み、春の霞に自らの見参を重ねたものであった。それが帝の希望に叶った出来映えであったことは、冒頭で述べたように、宇多帝の反応に明らかであろう。、感動極まった帝からは過分ともいえる褒美が与えられるのである。

繰り返しになるが、本論が考えたいのは、そのような激しい心の動きを可能にした理由が、当該歌のどのような表現に拠るのかという点である。与えられた題目「とりかひ」を詠み込み、自らを自然の景物に准える詠みぶりは過不足ないものだと言えるだろう。しかし、果たしてそのことが「ののしりあはれがり」、「御しほたれたまひ」を引き起こし、禄を下賜しただけでなく、居並ぶ「上達部、みこたち、四位五位」に衣を脱がせて与えさせることまでをも命じる要因だといえるのか。

玉淵女が「あさみどりかひある春」と詠み出だした時、どのような像が結ばれたのだろうか。宇多帝とはじめとする貴族たちが、玉淵女の和歌から何を受け取ったのか、このことを明らかにするにあたり、漢語「霞」と和語「かすみ」をめぐる先学の研究を参考としたい。当該歌の「あさみどり」は「霞の色」をいうものであったが、「霞の色」が「あさみどり」とされることについては、和漢比較の見地から実に活発な議論がなされてきた。

小島憲之氏は、漢語「霞」が光を帯びた鮮やかな赤系統の色であると論じ、和語「かすみ」では、その色彩が多様に変化していることを指摘された。(8) 同様の指摘は、安田徳子氏によってもなされており、歌語としての「かすみ」がいかに漢語「霞」とのせめぎあいの中に成立したかを具体的に跡付けられている。(9)

そうした中にあって、川村晃生氏は、特に「あさみどり」の色彩に注目し、古代和歌に多く詠まれるようになった「あさみどりの霞」が中世和歌において定着してゆく様相を丁寧に示したうえで、『大漢和辞典』の「みどりの霞」の項に触れ、「古典和歌の「みどりの霞」の成立に、漢語「翠霞」が関与した可能性は考えよいであろう」(10) とされた。

川村氏の指摘を踏まえ、田中幹子氏は、「翠霞」以外にも「緑霞」、「碧霞」、「蒼霞」、「青霞」などの漢語の例があることを挙げ、それらの漢語に対する知識が「浅緑の霞」が好まれる背景として考えられる説く。(11) また田中氏は「日本人が「かすみ」として連想するものは、「羅」のような透き通るような材質のきらめきのあるものではなく、量感のある靄状で不透明な空気の状態であった」とされ、「けぶるような量感のある不透明な印象の浅緑の霞は、日本漢詩に多用された「煙」によりかかった「煙霞」の詠み方と相通ずるものがあった」と、「あさみどり」の「霞」が「煙」に通う不透明な色彩であることを指摘している。(12)

これらの議論を踏まえ、当該歌における「あさみどり」の霞を考えると、光を放つような明るさというよりは穏やかな落ち着いた色調であるといえよう。玉淵女は、煙に通うような「あさみどり」の霞を自ら身にまとって帝の前に進み出たのである。

さて、ここまで、上の句の意味内容を明らかにするために、「あさみどり」に注目して考察を進めてきた。「かひある春にあひぬれば」は、宇多帝の前で和歌を詠むことを許された晴れがましさをいうものであろう。その柔らかな色彩の「あさみどり」は、春の草木が芽吹く色であり、玉淵女の初々しさを表していると考えられる。

また、当該歌の「あさみどり」は「霞」をいう色彩であったが、「霞」が和歌表現として定着する過程においては、漢語的なきらきらした透明感のある「光」を帯びたものというよりは、不透明な「煙」との連続性を強くするものであることがわかった。

繰り返しになるが、本論で問題にしたいのは、『大和物語』一四六段の和歌における「あさみどり」の意味である。このことを考えるにあたり、それがどのような様相で詠まれたに注目したい。つまり、ここまで専ら「色彩」に留意して議論がなされてきた傾向があるが、同じ「あさみどり」の色として「霞」を詠むものであっても、「たなびく」のか「立つ」のかでは、言葉の違いによる表現世界の違いが生じているはずである。その点を問いたいのである。どのようなものとして、どのような表現で詠まれたのか、その詠みぶりを問いたいのである。

先に下の句の「立ちのぼる」霞が、類例のない用いられ方であると述べたが、上の句に詠まれる「あさみどり」の「霞」が、「煙」と連続の相を有することは、下の句で「霞」が「立ちのぼる」ことを前提にして詠まれる点において、極めて興味深い。続けて下の句の考察に進む。

四　下の句「霞ならねど立ちのぼりけり」について

周知のように春の景物である「霞」は、しばしば立春に詠まれ、「立つ」との親和性が極めて高いが、以下述べるように、「立ちのぼる」とするのは、ほぼ類例のない用法である。玉淵女が自らを准えた「霞」をいう際に、そうした特異な表現を必要としたのは何故だろうか。以下、諸注釈を確認し、具体的な用例について検討してゆく。

「立ちのぼる」については、早くに『大和物語抄』が「「霞ならねど立ちのぼる」とよみて、わが身をそへたる五文字なり」と指摘し[13]、玉淵女が帝の御前に参上する意であるとしている。こうした解釈は現行の注釈書においても同様に見られ、例えば新編日本古典文学全集では「霞ならぬ私ですが、春霞が立ちのぼるように、この御殿にのぼることができたのでございます」[14]と現代語訳されている。

玉淵女は自らの行為を自然物である霞の様子を踏まえて詠じたわけだが、問題は、そのことによって、どのような物語世界を拓き得たかであろう。

ここでは、当該歌が「霞」を「立ちのぼる」とした稀少な詠みぶりが何を描いたかを考えてゆく訳だが、まずは「立ちのぼる」がどのような表現であるかについて明らかにしておきたい。

管見では平安時代に「立ちのぼる」と詠まれる和歌はおおよそ六十首程度であった。多くは「煙」

を詠んだものとして二十五首認められたが、(15)「霞」が「立ちのぼる」と詠まれる例は大変少なく、当該歌以外では以下⑽、⑾の二首が挙げられるのみである。(16)左にそれら二首を含めて⑹〜⑾として示す。

⑹長きよをあかしの浦に焼くしほのけぶりは空に立ちやのぼらぬ　（大和物語、七十七段、三〇四頁）

山寺に籠りて侍りけるに、人をとかくするが見え侍りければよめる

和泉式部

⑺立ちのぼる煙につけて思ふかないつまた我を人のかく見む　（後拾遺集、巻第十、哀傷、五三九）

⑻ひこかみに雲立ちのぼり時雨降り濡れとほるとも我かへらめや　（万葉集、巻九、一七六〇）

源俊頼朝臣

⑼やまのはに雲の衣を脱ぎ捨ててひとりも月の立ちのぼるかな　（金葉集、巻三、秋部、一九四）

⑽今朝よりは霞やまぢにたちのぼりみわの古郷ほのかにぞ見る　（元真集、七六）

稲荷

⑾なにごとをそらにいのりていなりやまふもとの霞たちのぼるらむ　（元輔集、八五）

⑹、⑺は「煙」が「立ちのぼる」とされたものを示した。⑹は『大和物語』七十六〜七十七段にかけて描かれる、宇多帝皇女孚子内親王と源嘉種のままならぬ恋を描いたうちの一首であり、嘉種から内親王に贈られたものである。逢えない辛さに眠れぬ夜を過ごした自分の思いを塩焼きの煙になぞらえ、遠く離れたところからでも見えるほどに煙が立ちのぼるのだとしている。立ちのぼる煙には自づ

と「燻ゆ／悔ゆ」の念も引き寄せられているだろうか。⑺は『和泉式部集』では「また、人の葬送するを見て」と詞書があり、「人をとかくする」が火葬の煙であることがわかる。荼毘にふす煙は極楽浄土までをも射程に入れたものでもあろう。これらからは、目で追うことのできる限りにまで上る煙が「立ちのぼる」とされていたことがわかる。

⑻、⑼は「山」を背景とした用例である。⑻は「筑波嶺に登りて嬥歌会を為る日に作る歌」の反歌として詠まれたものである。[17]「ひこかみ」は筑波山頂の「男体山」をいうが、その頂に立ちのぼった雲から冷たい時雨がいくら降っても、歌垣の相手を見つけるまでは立ち去るまいという意思を詠んだ歌である。「鷲の住む筑波の山」と詠まれ霊威ある峻険な山にのぼることを「立ちのぼる」としているのである。⑼は、山の端の雲を衣に見立て、その上に月が高く昇っているさまについて、月を擬人化して詠んでいる。「脱ぎ捨ててひとりも」の表現には、それまで覆われていたものから離れ、澄んだ上空に浮かび上がっている孤高ともいうべき月のさまが捉えられている。

⑽は、天徳三年二月三日に行われた「内裏の御歌合」で「方方のをよめる」として収められている一連の和歌の一首であり、「かすみ」が題とされたことが詞書に示されている。一般に霞が一面の広い範囲を占めるものであるのに比して、ここに詠まれた霞は、「やまぢ／山道」とあるように、一筋の線状のものとして捉えられていることがわかる。

⑾は「天延元年九月、うちの仰せにてつかうまつれる御屏風の歌」とされる一連の屏風歌の一首で

ある。「意成り」を願って、稲荷大社に参拝する人々が「ふもとの霞」が山に「立ちのぼる」さまに重ねられる詠みぶりは、帝のもとに参上する玉淵女が自らを「霞」に喩える詠み方と同様であるといえるだろう。「なにごとを〜らむ」という強い疑問を含んだ言い方からは、通常ならばそこまで上らないはずだが、どうしても祈りたいことがあったため、上ってきたのだろうかという驚きとして読み取ることができるようにも思う。

以上、限られた用例であるが、「立ちのぼる」について確認した。ここまでの考察をまとめておこう。「立ちのぼる」は、下層にある全体から、ある一部分が上層はるか彼方の天の方に向かうさまを表すものだといえそうである。従って、空間を全体的につつんだり、立ちこめたりする「霞」とは、当然のことながら、そもそも相容れない性質の表現であった。

ここまで考察してきた内容をふまえて当該歌を解釈すると、「立ちのぼる」は「霞」をいう表現としては特異であったが、遊女である玉淵女が、遙かな身分差を超えて、一人で帝の御前に参る自らを語るにあたっては、その特異性ゆえに、普通ならば不可能であるようなことが起こったというニュアンスを語り得たともいえるだろう。「立ちのぼる」からは、衆目が集められる中、一筋の線を描くようにして帝の前に進み出る玉淵女の姿を読みとりたい。

ここで改めて問題になるのは、なぜ「霞」なのかである。「立ちのぼる」だけを言いたいのであれば、「雲／霧／月／煙」等、他の景物を引き合いに出してもよいはずである。あえて「霞」を選ぶことによって詠み得た内容はどのようなものなのだろうか。

「霞」と「立つ」との関わりは言うまでもなく一般化されているが、「霞」と「のぼる」ではどのようであるのか、以下「霞」が「のぼる」とされる和歌について示すが、「たちのぼる」同様、類例はあまり見られなかった。平安時代では五首確認できたが、そのうち三首を左に示す。[18]

実源あざりが、うぢどのの御事などおもひいでたるにや有りけん、いひおこせたる

⑿しるらめや霞となりてのぼりたる人のすみかの春のけしきを　（橘為仲朝臣集、一六二）

霞、播州歌合

⒀引き渡す大原山のよこ霞すぐにのぼるや煙なるらむ　（源三位頼政集、五）

十一番左　経正朝臣

海辺霞

⒁塩がまの浦吹く風も打ちなびきのぼる霞や煙なるらむ　（治承三十六人歌合、一九九）

⑿は「うぢどの」と呼ばれた藤原頼通を想って詠まれた歌である。[19]「霞となりてのぼりたる」は、「霞となって空に昇ってしまわれた」とされるように、亡くなることをいうものであり、のぼる霞に故人を重ねて偲んでいるのである。⒀は、横霞がたなびいていたが留まる間もなく上るさまが「煙」に喩えられている。大原山はしばしば炭焼きの煙と関わり、[20]空に昇っていく際に「煙」と「霞」が一連のものとして捉えられていることがうかがえる。同様の傾向は、⒁においても、塩がまの煙と霞が

重ねられてゆくさまとして認められる。

さて、数例であるが、「霞」が「のぼる」さまを詠んだ和歌を見てきた。上の句を考察した際、「あさみどり」の「霞」が「煙」と連続の相にあることを述べたが、「のぼる霞」においても⒀、⒁に示したように、「煙」との強い結びつきを指摘することができ、「霞」と「煙」を重ねて把握するところには、次に示すように⑿と同じく故人を偲ぶ気持ちが表現されたと考えられる。

⒂たちのぼるけぶりをだにもみるべきにかすみにまがふ春のあけぼの　（粟田口別当入道集、一二三二）

⒃あはれなり我が身の果てやあさみどりつひには野辺の霞と思へば　小町　（新古今集、巻第八、哀傷歌、七五八）

先に、⑺において、「立ちのぼる煙」が火葬の煙を詠んだ例を示したが、⒂は、作者藤原惟方が兄弟の一人である光頼を悼んで、同じ兄弟の成頼のもとに送ったとされる歌である。「西山」は光頼が住んでいた桂の里をいうが、その西山に向かった先にある浄土をいうものでもあろう。ここには「霞」が「立ちのぼる」とは直接的には詠まれていないが、「煙」が「立ちのぼる」ところに春の霞のおぼろでやわらかな姿が溶けあうようにして表現されている。[21]⒃は、「あさみどり」の「野辺の霞」を「火葬の煙」とし、我が身のはかなさを詠んだ歌である。[22]

以上、「霞」が「立ちのぼる／のぼる」とされる用例を考察してきた。「立ちのぼる／のぼる」霞は、亡くなった人への思いを重ねる情景だといえるが、この場面で玉淵女が思いを馳せる人物といえば、父玉淵をおいて他には考えられないであろう。さらに、一四六段を考える上で興味深いのは、こうした意味内容が、漢語「昇霞・登霞」と通じている点である。具体的に示しておく。

⒄仏則在世之時、蓮眼早発、経是昇霞之後、金文新成。

（本朝文粋、巻第十四、陽成院四十九日願文、四一二）

⒅嘉南州之炎徳兮　麗桂樹之冬栄山　粛條而無獣兮　野寂漠其無人

載営魂而登霞兮　掩浮雲而上往

（楚辞、遠遊、第五、第六段）

⒄は大江朝綱が著した陽成院の四十九日の願文からの抜粋である。この箇所について柿村重松『本朝文粋註釈』が「仏像は上皇世にましまし丶とき、早く既に成就せしが、経文は上皇崩御の後新に金字もて写し終わりしものなり」(23)としているように、「昇霞」は貴人が亡くなることをいう際に用いられる表現であった。⒅は屈原が仙境を希求する心を詠んだ作品であるが、右の「登霞」は、魂を抱いてはるか上方に行くさまを表している。「登霞」は現実の身体では及ばない、魂だけが辿りつけるような彼方に上るさまをいうことがわかる。

ここまで、「霞」が「立ちのぼる」という類例のない詠みぶりがなぜ必要とされたのかについて考えてきた。「あさみどり」の「霞」は、「立ちのぼる」とされることによって、故人を偲ぶ思いを重ねる「あさみどり」の「煙」と地続きであった。こうした歌ことばの様相を踏まえると、玉淵女は、自らを霞のように「立ちのぼる」と詠むと同時に、亡き父玉淵について語ろうとしたと考えられる。加えて、それが漢語「昇霞・登霞」を踏まえた点からは、学問の家「大江家」に生まれた矜持をも指摘できるのではないだろうか。

五　まとめ

宇多帝から玉淵の「まことの子」である証しとして和歌を望まれ、玉淵女は自らの存在証明を懸けて歌を詠んだ。玉淵女の歌は、帝の要望通り「とりかひ」を詠み込み、御前に参上した喜びを表した点において、その場に叶ったものだったといえる。従来もそのように解釈されてきたが、本論では類例のない「立ちのぼる霞」を踏まえたものであることに注目した。通常では見られないような表現の様相から、読み取るべきことがらがあると考えたからである。

考察の結果、一四六段の和歌は、帝の御前に初めて参り、和歌を披露できる自らの喜びと同時に、亡き父玉淵を偲ぶ気持ちを重ねた表現であることがわかった。

もちろん、帝の前で披露する歌であるのだから、ひたすらな感謝と栄え栄えしさのみを詠むべきであったのかもしれない。漢語由来の「立ちのぼる霞」の表現が醸し出す「亡き人への思い」は、嬉しさや喜びと相容れない違和感を一首に持ち込んでいる。しかし、その「ひずみ」こそが一四六段における和歌を考えるうえで重要な点であるように思われる。

玉淵女が和歌を詠じた時、人々は下方から上ってきた「あさみどり」の霞のような玉淵女を見、同時にその霞がはるか彼方の上の方にまでのぼってゆくのを見たはずである。「立ちのぼるあさみどりの霞」は自ずと故人を偲ぶ荼毘の煙を連想させる表現であった。

即ち、一四六段で玉淵女が詠んだのは、帝の前に立つという生涯にまたとない晴々しさの中に、ほのぼのと亡き父を偲ぶ悲しみが抱えられている和歌であったのである。喜び一色の単純な表現世界ではなかったことによって、人々の大きな感動を獲得しえたといえよう。

かくして玉淵女は、大江玉淵の娘たる証を立てて見せることに成功した。一四六段は和歌によって人生を切り拓いた玉淵女を語る、まさしく「歌がたり」であった。

歌物語と呼ばれる作品群は、ある一時期に集中的に現れ、一瞬のきらめきを残して消えてゆく印象があるが、『大和物語』一四六段の和歌における、和語と漢語がぶつかりあいながら熱を発するような歌ことばの様相に、この時代の息遣いと表現的達成が感じられるような気がする。

注

（1）『大和物語』の本文は新編日本古典文学全集、『本朝文粋』は新日本古典文学大系により、巻数頁数等を示した。『楚辞』は、吹野安『楚辞集注全注釈』（明徳出版社、二〇一二年）による。和歌については、『万葉集』は新編日本古典文学全集、それ以外については、新編国歌大観により、歌番号等を示した。一部表記を改めた箇所がある。

(2)『平安時代史事典』（角川書店、一九九三年）による。

(3)「ふかみどり」とするのは、御巫本、鈴鹿本、光阿弥陀本。他出として『大鏡』、『古今著聞集』、『十訓抄』が「ふかみどり」とする。「あさみどり」について位階の問題として取り上げたのは、猪平直人「『大和物語』百四十六段の読みをめぐって―「あさみどり」歌の解釈を中心に」（『文芸研究―文芸・言語・思想』第一七四集、二〇一二年九月）、「ふかみどり」との関わりを論じたものに、小松明日佳「『大和物語』一四六段異文考―「あさみどり」と「ふかみどり」と―」（『語文研究』一一五、二〇一三年六月）があり、示唆を得た。

(4)阿部俊子『校注古典叢書大和物語（新装版）』（明治書院、一九七二年）。「かひ」を「芽」の意とする例としては、「春雨のけふ降りそむるかひありて山のけしきぞ薄緑なる（周防内侍集、一〇）」などが挙げられる。

(5)森本茂『大和物語全釈』（大学堂書店、一九九三年）。

(6)田中喜美春・田中恭子共著『貫之集全釈』（私家集全釈叢書、風間書房、一九九七年）。

(7)雨海博洋・岡山美樹『大和物語全訳注』（講談社、二〇〇六年）。

(8)小島憲之「上代に於ける詩と歌―「霞《カ》」と「霞《かすみ》」をめぐって―」（『松田好夫先生追悼論文集万葉学論攷』、続群書類聚完成会、一九九〇年）。漢語「霞」と和語「かすみ」の示す意味内容の差異については、田中幹子「日本漢詩における「霞」の解釈について―『新撰万葉集』『和漢朗詠集』『新撰朗詠集』

を中心に―」（『和漢比較文学』第十四号、一九九五年一月）にも取り上げられている。

（9）安田徳子「歌語「かすみ」成立と「霞」―四季感と色彩感に注目して―」（『和漢比較文学』第五号、一九八九年十一月）。

（10）川村晃生「詩語と歌語のあいだ―〈霞の色〉をめぐって―」（『国学院雑誌』、九五巻十一号、一九九四年十一月）。

（11）田中幹子「浅緑の霞について―和漢朗詠集「碧羅」と千載佳句「碧煙」―」（『史料と研究』、第二十四号〈復刊第二十一号〉、一九九五年三月）。

（12）田中幹子前掲注（11）論文。

（13）北村季吟『大和物語抄』（『大和物語古注釈大成』、誠進社、一九七九年）。

（14）高橋正治校注『新編日本古典文学全集　大和物語』（小学館、一九九四年）。

（15）和歌の用例検索にあたっては『新編国歌大観 Cd-Rom2』を用いた。「たち上る、立ち上る」及び「たち昇る、立ち昇る」については、用例を見出せなかった。用例数の多いものから順に示すと、煙（二十五首）、雲（九首）、月（八首）、波（波の音・藤波を含む、五首）、きり（四首）、霞（当該歌と大鏡の類歌を含む、四首）、その他として、人が立ち上る（三首）、もしほび、鶴、亀（各一首）。

（16）当該歌の類歌は除いた。

（17）原文の表記は「男神尓　雲立登　斯具礼零　沾通友　吾将反哉」となっている。

（18）他の二首は『高倉院昇霞記』の「なにをかはかたみともみむのぼりにし春の霞のあともきえなば（一

〇二)」、「したはれし霞とともにのぼりなば今日また春にわかれざらまし(一〇八)」である。作品の題名にもある通り、死を悼む内容になっている。

(19)好村友江、中嶋眞理子、目加田さくを『橘為仲朝臣集全釈』(風間書房、一九九八年)。

(20)久保田淳・馬場あつ子編『歌ことば歌枕大辞典』(角川書店、一九九九)は、「大原」に「炭焼きの鮮烈なイメージ」が詠まれたことを指摘する。

(21)前掲『歌ことば歌枕大辞典』「霞」は、⒂を例証として「やや特殊な例として、漢語「昇霞」との関係で春に亡くなった人の荼毘の煙を「霞」「春霞」と表現することがある」と説明する。例証として他に、良経の「春霞かすみし空の名残さへけふを限りの別れなりけり(新古今集、七六六)」が挙げられている。

(22)田中裕・赤瀬信吾校注『新古今和歌集』(新日本古典文学大系、岩波書店、一九九二年)は脚注として顕証の『古今集注』「ウセニシ人ヲバ登霞トイフ」を示す。顕昭『古今集注』は『古今集』巻十六の「かずかずに我を忘れぬものならば山の霞をあはれとは見よ(巻第十六、哀傷、八五七)」に施された注釈である。

(23)柿村重松『本朝文粋註釈』(冨山房、一九六八年)。

※本稿は、古代文学研究会大会(二〇一九年八月)におけるミニシンポ「うた・ものがたりの時代」での発表をもとにしている。ご意見下さった方々に感謝申し上げる。

『大和物語』の創作性一斑——第六十六〜六十八段論——

玉田沙織

はじめに

実在人物の歌を多く語る『大和物語』は、事実性を志向する。そして、事実性の高さはしばしば記録性の高さの証左とされ、作品の形成段階での創作意識の追究はいまだ充分とは言えない。『大和物語』はどのような関心から、どのようにして独自の物語世界を構築するのか。本稿では、『後撰和歌集』重出章段を含む第六十六〜六十八段を通して、『大和物語』の創作性の一端を明らかにしたい。

『大和物語』の根幹部分の成立は天暦五、六年（九五一、二）頃と推定されるため、(1)『後撰和歌集』の撰集開始とは、時期を同じくする。所収歌についても三十三首が『後撰和歌集』と重なるが、(2)その語りの内容は、歌句と詞書の両方を合わせると、「殆ど全部『後撰集』と異ったかたちであることになる」(3)ほど異なっている。その要因については、様々な議論がなされているものの、成立の前後や影響関係を確定させるのは難しい。本稿が扱う第六十八段は、その中でも異同が小さいため、注目されることは少なかった。そして注目される場合も、『後撰和歌集』の重出章段であるために、前置された二章段との連続性がありながら独立して取り上げられる傾向にあり、解釈には議論の余地が残る。本稿では、歌句の異同を重視して、前置された物語と一連のものとして読み解くことで、『大和物語』の作品性を示すこととする。

『大和物語』の本文は、次のとおりである。流布本系統の最善本とされる為家本に拠って掲げた。(4)

俊子、千兼を待ちける夜、来ざりければ、

さ夜更けていなおほせどりの鳴きけるを君が叩くと思ひけるかな　（第六十六段）

また、俊子、雨の降りける夜、千兼を待ちけり。雨にや障りけむ、来ざりけり。毀れたる家にて、いといたく漏りけり。「雨のいたく降りしかば、え参らずなりにき。さる所に、いかでものしたまひつる」と言へりければ、俊子、

君を思ふひまなき宿と思へども今宵の雨はもらぬまぞなき　（第六十七段）

枇杷殿より、俊子が家に柏木のありけるを、折りに

たまへりけり。折らせて書きつけて奉りける。

　我宿をいつかは君が楢柴の馴らし顔には折りに遣する

御返し

　柏木にはもりの神のましけるを知らでぞ折りし祟りな

さるな　（第六十八段）

本話は、俊子（生没年未詳）を主人公とする物語である。前半二章段は、第十三段に夫として語られる藤原千兼（九六五存命）(5)との挿話であり、『後撰和歌集』との重出歌を持つ最後の章段では、枇杷殿藤原仲平（八七五―九四五）が登場する。

一方、『後撰和歌集』は次のとおりである。定家本系統の冷泉家蔵天福二年本に拠って掲げた。(6)傍線を付したのは、『大和物語』との間に異同を持つ歌句である。

　枇杷左大臣、用侍りて楢の葉を求め侍りければ、千兼が
　あひ知りて侍りける家に、取りに遣はしたりければ
　　　俊子 家ぬしとも（朱）

我宿をいつ馴らしてか楢の葉を馴らし顔には折りに遣する(7)

　返し　　　枇杷左大臣

楢の葉の葉守の神のましけるを知らでぞ折りし祟りなさるな

（雑二、一一八二・一一八三）

先行研究の多くが言及するのは、返歌の仲平詠初句についての相違点であるが、楢が柏木とも呼ばれたことから、同じ物を指すと指摘されるにとどまる。しかしこの異同は、両作の仲平詠を全く別の歌に仕立てあげているのではないか。第一節では、この一語の差に留意しながら『後撰和歌集』の解釈を行う。

一　楢の葉の葉守の神

『後撰和歌集』は異同が多い作品であるが、当該贈答の場合は、贈歌の作者名において特に甚だしい。要因は和歌の表現性にあると思しく、贈答歌の理解にも関わるため、この異同を最初に検討する。

作者名については、底本とした冷泉家本も、異伝として、晩年の定家が尊重した伝行成筆本に基づく「家ぬしとも」との朱筆注記を持つが、他にも堀河本・天理本の「家主」、伝坊門局筆本の「家主の男」など、異なる本文が存在する。(8)本文状況と伝本系統を総合するに、「俊子」の本文を有するのは定家本系統の特徴である。そして、伝行成筆本や古本系統の堀河本、承保三年奥書本系統の本文からは、古くから「家主」との本文も存在したことが分かる。本文が総じて知名度の高い形に収斂されやすいことや、『大和物語』に「俊子」とあることからすれば、「俊子」とある方が後出本文なのであろう。(9)

本稿にとって興味深いのは、作者を家主の男性とする伝坊門局筆本の異文である。詞書「千兼があひ知りて侍ける家に」に見える動詞「あひ知る」は、『後撰和歌集』では多くの場合に恋人関係にある異性間に用いられる。当該箇所には、伝坊門局筆本も含めて異文は現存しないため、家の主は、千兼と恋人もしくは夫婦であった女性と考えるのが自然である。それにもかかわらず、作者が男性であるとの本文が生まれている。

伝坊門局筆本本文については、片桐洋一氏が「女に「なれなれしく」楢の葉を求める別の男をとがめた千兼の歌となって、返歌も理解しやすい」(10)として返歌との兼ね合いから一定の意味を認めている。現存の詞書本文に拠る以上、作者は家の主の女性と考えるのが妥当であることは既述のとおりだが、このような本文の生成は、片桐氏の見解のように、返歌も含めた和歌の表現が誘因となったであろう。以下に当該贈答の持つ表現性を確認したい。

贈歌は、葉を求めたことに馴れ馴れしさを見出している。この発想は、単に楢の葉の所望という現実的契機に因むわけではない。所望という行為を、葉を「折る」と表現した点が重要である。植物の所有を意味する「折る」との動作が、恋愛の文脈で、多くは花に喩えた女性を我が物にする意味を持つことは周知のとおりである。また、宿は詠者の住居を指すが、男性が恋人や妻の家を「宿」と詠むことも行われていた。

藤原のかつみの命婦にすみ侍りけるをとこ、人の手に

うつり侍りにける又のとし、かきつばたにつけて
かつみにつかはしける　良岑義方朝臣
いひそめし昔のやどの杜若色ばかりこそかたみなりけれ
（『後撰和歌集』夏、一六〇）
あひしりて侍りける人のもとにひさしうまからざりければ、忘草なにをかたねと思ひしはといふことを
いひつかはしたりければ　よみ人しらず
忘草名をもゆゆしみかりにてもおふてふやどはゆきてだに見じ
返し
うきことのしげきやどには忘草うゑてだにみじ秋ぞわびしき
（『後撰和歌集』恋六、一〇五〇・一〇五一）
これらの例歌では、「住む」という持続的な恋愛関係だけでなく、「あひ知る」場合にも、相手の家を「宿」と称している点に留意したい。当該贈答の詞書には「住む」ではなく「あひ知る」とあるが、『後撰和歌集』には他にも四二五番歌に「あひしりて侍りける人のちのちまでこずなりにければ、をとこのおやききて「猶まかりとへ」と…」とあり、親も承知の関係下において「あひ知る」を用いて

いる。「宿」は、夫婦のような安定的な関係に用いられるのに加えて、「あひ知る」場合にも用いえたのである。同時期の例歌には、男性が恋人や妻の家を「我が宿」と詠む例は見えず、さらには、作者を千兼としては詞書とも抵触するため、本来的に千兼の歌であったとするには無理があるが、当該歌は如上の表現世界を素地に詠まれている。当該歌については、工藤重矩氏も「馴らす」との表現に「男女関係の趣きを添える」(11)と指摘するが、「折る」「宿」も間接的に同様の機能を持つことを指摘したい。

一方の答歌については、「葉守の神」が、贈歌との関係から、同様の恋愛関係の比喩に転化しうる。「葉守の神」自体は、『枕草子』に「柏木、いとをかし。葉守の神のいますらむも、かしこし」(第三十七段「花の木ならぬは」)、『八雲御抄』に「葉もりの神。在此木」(巻三・枝葉部、木部「柏」)、「かしは木にある葉を守也」(同、神部「神」)と見えるように、(12)柏の木に宿るとされる神である。柏はブナ科の落葉高木で葉は厚く、やや革質という。葉の長さは一二〜一三センチに及び、表は緑色で裏は灰褐色である。『延喜式』神祇部や儀式書から、神事に多く用いられたことが分かる。また、『古今和歌集』に「いそのかみ古幹をののもとがしは本の心はわすられなくに」(雑上・題不知・読人不知・八八六)と詠まれるように、(13)古くは、その葉が紅葉後に冬まで残り、春の若芽に先だってようやく散るという習性に、落葉から守る神を見たとも言われる。時代が降ると、柏木に限らず「木の葉を守る神」(『俊頼髄脳』)、「葉もりのかみは荒涼木にはよまぬ事なり、かしは木によむべし、などぞものしれりとおぼしき人は申すめれども、よろづの物には、それをまもる神あれば…いづれの木をかまもらざるべき」（『太皇太后宮亮経盛朝臣家歌合』紅葉題五番、藤原清輔判詞）、「（柏木の）他ノ木ヲマボラムヲキラフベカラズ」（顕昭『袖中抄』巻二十「ハモリノカミ」）と敷衍した解釈も見られるが(14)、本来、柏木に限って詠まれたものであった。

「楢の葉」を詠む当該歌に関しては、諸氏も指摘するように、「楢」が柏も属するブナ科の落葉高木の総称であり、柏が「ならのはがしは」とも呼ばれることから通用されたのであろう(15)。観智院本『類聚名義抄』にも「楢」に和訓「ナラノキ　カシハキ」（仏部、下本）とある。当該歌において「葉守の神」に「楢の葉の」を冠するのは、表現類型から外れるために断る必要があったためであろう。当該歌の初二句には「楢の葉の葉守の神の」の本文に対して「楢の葉に葉守の神の」（伝阿仏尼筆角倉切）、「楢の葉の葉守の神も」（中院本・天理本・伏見天皇筆筑後切）、「楢の葉に葉守の神も」（堀河本）がある。いずれも格助詞「に」「も」によって底本よりも楢の葉であることを際立たせているが、その誘因は、本来は柏に対してのみ詠じる葉守の神を、楢が柏の総称であることを以て楢に応用した点にあるのであろう。

枇杷左大臣仲平が楢の葉を求めた理由については、不明である。柏は神事に多用されるが、楢については、同様の折に国栖から献上された例が散見される程度である。さらに言えば、宮廷行事の葉の調達はしかるべき担当が任に当たったはずであり、仲平が必要とする理由は不明である。個人的な理由の可能性もあるが、判然としない。『後撰和歌集』において「用侍りて」とあるのも、理由が入集段階では不明となっており、楢の葉の使用が一般的ではなかったからであろう。また、仲平が千兼の妻の家に求めた理由も不明である。以上のように、詳細は不明ながら、楢の葉を千兼の妻の家に求めた仲平は、恋歌じみた咎めの言葉を得た。そしてそれに対して、柏木だけではなく楢の葉に葉守の神がいるとは知らなかったと、機転を利かせて返している。

「葉守の神」を詠みこむ恋歌は少ないため、この語自体を「宿」「折る」と同列に扱うことはできないが、この語が含み持つ「守る」という動詞は、恋愛の文脈でも用いられた。たとえば、佐藤和喜氏は、『万葉集』から、大伴坂上郎女と駿河麻呂の贈答を例に挙げる(16)。大伴一族の宴で坂上郎女が「山守之《やまもりの》　有家留不レ知尓《ありけるしらに》　其山尓《そのやまに》　標結立而《しめゆひたてて》　結之辱為都《ゆひのはぢしつ》」と詠じたところ、駿河麻呂が「山主者《やまもりは》　盖雖レ有《けだしありとも》　吾妹子之《わぎもこが》　将レ結標乎《ゆひけむしめを》　人将レ解八方《ひととかめやも》」と応じたというものである（巻三、四〇一・四〇二）。この贈答の直前には駿河麻呂が、結婚をした坂上郎女の娘を「吾標結之《わがしめゆひし》　枝将レ有八方《えだにあらめやも》」と詠む歌が配されており、坂上郎女の歌はその返歌のようにしてある。ここでの「山守」は駿河麻呂の妻と思しく、夫という山を「守る」と詠じられている。

周知のとおり、平安期以降、この「守る」は女性に対して庇護者の親や夫が取る行動として詠じられた。贈歌が男女関係を想起させる表現を取るため、返歌も、楢の葉には千兼に守られている「千兼があひ知りて侍りける女」を、葉守の神には「家主」を喩えたと解する余地が生じるのである。

前述のとおり、詞書からすれば、贈歌の作者は「千兼があひ知りて侍りける女」である。したがって、本来は楢の葉は喩えにはならず、葉守の神は葉の求めを難じた贈歌の作者の喩えとなるが[17]、贈歌「馴らす」「折る」「宿」に加えて返歌「葉守の神」にも誘因は存在した。『後撰和歌集』の贈答には、伝坊門局筆本異文を生んだような、楢の葉の授受という日常的契機を、男女関係に擬えて戯れる表現性が存在している。

二　柏木の葉守の神

それでは、『大和物語』はこの二人の贈答をどのように語るのか。本稿冒頭に掲出したとおり、『後撰和歌集』と重なるのは最後の第六十八段のみであり、重出部分についても、地の文も和歌も、ともに差異を有する。『後撰和歌集』と『大和物語』の成立の先後および影響関係を判断するのは難しく、その差異は共通資料に端を発すると考えるにとどめるのが妥当であろう。本節では、特に問題となる返歌の初句の違いを中心に、『大和物語』の語りを見てゆく。

最初に解釈の前提として、前掲の物語本文の整定理由に触れたい。第六十八段の俊子の贈歌については、底本とした為家本が第三句に問題を抱える。『大和物語』の伝本を流布本系統と異本系統に大別すると、為家本が属するのは流布本系統に当たるが、系統内で為家本に同じく「楢の葉の」の本文を持つのは大東急記念文庫本と為氏本のみであり、これに対して異本系統では、主要伝本の御巫本と鈴鹿本が該当する。為家本を流布本系統の最善本と認める立場から「楢の葉の」に随うと、異本系統の有力本文になるのである。為家本も為氏本も、系統内で孤立する本文が異本系統と一致する例は他にもあるため、異本系統から部分的に影響を蒙った可能性が高いであろう。そして、『後撰和歌集』贈歌の第三句にも一致するため、異本系統自体は『後撰和歌集』の影響を受けたのであろう。あるいは、為家本が直接『後撰和歌集』の影響を受けた可能性や、仮名「之（し）」を「の」と誤読した可能性もあろうか。いずれにせよ、『大和物語』本来の本文は、「楢柴の」であろう。

「楢柴の」についてさらに付言をすれば、『万葉集』の影響が重要である。当該歌のように楢を詠じ、同音繰り返しで「馴らす」に掛かる先行歌としては、巻十二「御猶為《みかりする》　鴈羽之小野之《かりはのをのの》　櫟柴之《ならしばの》　奈礼波不レ益《なれはまさらず》　戀社益《こひこそまされ》」（寄レ物陳レ思・三〇四八）がある。平安期に楢の小枝を意味する「楢柴」を詠んだ例は少なく、『大和物語』以前の現存例も無いが、同歌は『五代集歌枕』（野・七六四）や『新古今和歌集』（恋一・人麿・一〇五〇）にも収められている。『大和物語』根幹部分の成立時期は、梨壺で「古万葉」の解読作業が進められていた時期であることに加え、平安時代に流布した巻十二の歌、そして伝人麿歌への関心からすれば、影響は自然である。『後撰和歌集』の「楢の葉の」の本文であっても、「馴らす」とは二音の繰り返しとなり、依然として『万葉集』の影響が認められるが、万葉歌に同じく「楢柴の」を用いることで、表現がより近似することになる。『大和物語』の俊子詠は、仲平が求めた「楢」を契機に、同音反復で「馴らし」を導いて、馴れ馴れしさを詰る形を取って戯れた万葉受容歌となっている。

返歌の仲平詠の異文には、贈歌のような問題はない。当該歌の最大の問題は『後撰和歌集』との差である。先行研究の多くはこの点に言及するが、いずれも楢と柏木が指す範囲が重なることを以て「正確に区別することなく受け取っていたらしい」「平安時代には同じ物と見なされていた[18]」と述べるにとどまる。歌句の異同が生む意味の差についても歌意の変化は認められておらず[19]、さほど重視されていない。しかし、同じ物と見なされていたのであればなおのこと、別語が用いられ、本文がそのまま安定的に伝わった意味を問うべきであろう。

第一節に述べたとおり、葉守の神とは柏木に宿る神であり、楢の木は柏木とも呼びえた。したがって、先行研究の述べるとおり、『大和物語』の初句「柏木の」は、『後撰和歌集』の「楢の葉の」よりも緩やかに事を捉えた本文とも言えるが、第二句以下との兼ね合いにおいては、対照的な意味を生じる。『後撰和歌集』においては、柏木に宿るはずの葉守の神を楢の葉にも認めた驚きを詠むが、『大和物語』の場合は、柏木に本来的に宿る葉守の神が柏木に居ることに対して、改めて驚くのである。

本来居るべきものへの驚きを詠むとは一見不可解であるが、前置された二章段と併せ読むことでその意味は明白となる。第六十六～六十七段は俊子詠についての語りであるが、同一の状況下に詠まれている。すなわち、いずれも千兼が訪れないことを詠むのである。第六十六段は「来ざりければ」詠んだ歌で、実際は「否」と「仰せ」る、夫の来訪を止める「稲負鳥」が鳴いていたのに、それを夫が

「ただ来」て戸を「叩」いた音と思ったと詠じており、第六十七段にも「来ざりけり」とある。第六十七段は、降雨により訪えないと言って寄越した夫に、あなたを「絶え間無く」思い焦がれている宿だと思っていたが[20]、毀れているので、実際は、すき「間」があって雨漏りのする宿だったと返事をしている。両段はそれぞれ、「稲負鳥」「ひま（間）」という言葉に注目して、言葉に反する現実を機知的に詠じている。平安朝和歌の基底に存した「名に負ふ」の発想からは、名と現実の乖離という皮肉が面白さとして立ち現れる。そして、柏木詠は、このような物語の末尾に位置する。

第一節で確認したように、第六十八段「葉守の神」の「守る」は、第三者から女性を庇護する比喩とも成りえた。したがって『大和物語』の仲平は、俊子詠が「宿」「馴らす」「折る」によって恋愛歌の趣としたことに応じて、「柏木に葉守の神がいらっしゃるとは」と詠むことで、柏木に俊子を、葉守の神に夫を喩え、俊子に夫が居たことへの驚きを表現していることになる。問題は仲平の意図であるが、第二節に確認したとおり、和歌の表現史上、柏木には葉守の神が居るものと認められており、物語内事実としても、第十三段において、千兼と俊子が夫婦であると語られている。この驚きは諧謔と理解すべきであろう。仲平は、千兼が間遠であったことを承知の上で戯れ返しているのである。俊子は、戯れの詰りをしたところ、本来いるはずの「葉守の神」がいない「柏木」に喩えられてしまった。夫との関係について、三たび言葉に反する現実を確認したと語られている。

もっとも、このことは、当該歌話が俊子の不幸を語ることを意味するものではない。『大和物語』

には、この他六章段に俊子の名が見えるが、このうち、当該歌話以前に位置する第十三段冒頭には、「右馬允藤原千兼と言ふ人の妻には、としこと言ふ人なむありける。子どもなどあまた出できて思ひて住みけるほどに亡くなりにければ、限りなく「悲し」とのみ思ひありくほどに」とあり、俊子が千兼の歴とした「妻」であり、二人は仲が良く、俊子の死去に当たって夫の千兼が深く悲しんだことが語られているのである。千兼の間遠が周囲に知られていても、深刻な状況ではなかったのであろう。本話は、『万葉集』を踏まえた俊子の戯れ歌に対して、仲平も夫婦仲が良いのを承知の上で当時の間遠をからかい、戯れ返したものである。仲平詠のような、ある種の際どい戯れは、親しい間柄にのみ可能なものであろう。『大和物語』の葉守の神詠は、宮廷周辺での、歌を介した親しい交流を語ることを意図すると思しい。

三　言語的連鎖に見る創作性

第六十六・六十七段の俊子詠も、第六十八段の仲平詠も、いずれも名と現実との乖離を歌っていたが、このことは、『大和物語』が言葉と現実世界の切り結び方に敏感であったことの表れであろう。『大和物語』における言語的興味については、近年、伊藤一男氏の和歌と地の文の関係性をめぐる報告を皮切りに、論が増えつつある。(21) 以下の本稿ではその驥尾に付し、第六十六〜六十八段における言語的興味を論じ、物語の作品性を考える助けとしたい。

『伊勢物語』の章段が言語遊戯的方法で繋がれていることは、福井貞助氏によって指摘されているが、[22] 同様の手法は『大和物語』にも見られる。『大和物語』の章段配置が内容上の連鎖に基づくことは早くに指摘されたが、小形ひとみ氏は、初段〜第百七十三段の言葉の連鎖を調査し、必ずしも全ての章段間ではないものの、作品全体を通じて、いわゆる同語、類語、対義語、縁語（関連語）等の連鎖が存在することを指摘した。[23] たとえば、第二十二〜二十三段は人物や内容上の繋がりが明確ではないが、第二十二段歌「染めがは（川）の」と第二十三段歌「山水の」を「「縁語」を思わせる」繋がりだと言う。[24] 同様の指摘は伊藤氏に加えて萩野敦子氏や中島和歌子氏にも見え、意識的な語彙選択は、『大和物語』の方法でもあると認めて良いであろう。

本稿が問題とする章段の間にも、言語的連鎖は存在する。まずは前置された章段との関係であるが、第六十五段の三河守南院の五郎は、懸想相手の承香殿の伊予の御に逢瀬を二度拒まれた。そして二度目の帰り際に、戸が鎖されていて帰れずして詠んだ歌で、女の心を動かしたと語られる。しかし、章段の結びには、五郎の顔を見た伊予の御が「顔こそなほいと憎げなりしか」と評したとあるため、五郎は徹底して拒まれる存在として語られている。俊子歌話との内容上の繋がりは、柿本奨氏の言葉を用いれば「逢瀬が得られぬ恋」「逢はぬ恋」であろう。[25]

このような章段間における言葉の繋がりは、同語による連鎖が、第六十五段の会話文「夜更けぬ」と第六十六段の和歌「さ夜更けて」にあるが、加えて、縁語によるものが、第六十五段の地の文

「戸」、和歌「開けぬ板戸は」と第六十六段の和歌「君が叩くと」に存在している。

縁語的な繋がりは、後続章段との連鎖にもうかがわれる。平将門の乱を背景とする第六十九・七十段は、征夷大将軍藤原忠文の息子と監命婦の歌話である。第六十九段では、命婦が恋人である忠文息との離別に際して「めとり括りの狩衣」「袿」「幣」を贈ったところ男から「狩衣」を詠みこんだ歌を得たことを語り、前述の第七十段では、命婦が山桃を贈ったところ男から「山桃」を詠みこんだ歌を返されたこと、また、命婦が鮎を贈るに際して「鮎」を詠みこんだ歌を添えたこと、そして、陸奥への途次に折に触れてあわれな文を贈ってきた忠文息が病没して女が嘆いていたところ、生前に書かれた文が届いて女が泣いたことが語られる。柿本氏は俊子の歌話との内容上の繋がりを「逢わぬ恋」とするが、(26)第六十八段との関わりに限れば、物の授受に伴う贈答という一面もあろう。第六十八〜七十段はいずれも贈り物の名を詠みこむ歌が交わされており、物の名を詠みこむという、詠法の共通性も存在する。

第六十八・六十九段の言葉の上での繋がりについては、小形氏をはじめ、いずれの先行研究にも指摘が見えないが、第六十八段「葉守の神」と第六十九段「幣」が縁語関係を成す。また、明白な形ではないが、第六十九段「めとり括り」も前段の語との間に縁語関係を形成するのではないか。この語は他に語例が存在しないため実体は不明であるが、たとえば『源氏物語』には、「括り染」の旅衣（関屋巻）や、「目染め」の花机の覆い布（鈴虫巻）が見え、(27)古注釈においても、北村季吟『大和物語抄』以来、括り染めであると言われている。それではこの括り染めは、いかにして前段の言葉と関わるのか。参考になるのは、後代の歌学書に見える次の出典未詳歌である。

かしはぎのゆはたそむてふこむらさきあはむあはじははひの心に

（『綺語抄』中巻、衣）

当該歌は、「ゆはた」の語釈に引かれた和歌である。『綺語抄』には、「ゆはた。纈也。又結。めゆひをいふなり」とあり、(28)同歌を引く『袖中抄』巻一五（第三句「紫の」）にも、「ゆはたとは纈字をよめり。…纈字をば字書に、くゝるとも読めり」とある。遡って『新撰字鏡』には「纈。帛を結ひ以て染めて色を得る也。由波太」と説かれているため、平安前期より存した「ゆはた」の語を用いて括り染めを詠んだ歌ということになるが、そこに第六十八段の仲平詠に詠まれた「柏木」が詠みこまれている。

『綺語抄』などによれば、当該歌において柏木が括り染めと関わるのは、柏木を異称とする兵衛府の、官人の太刀の緒の革が紫の括り染めであったためという。「灰」は紫を染め出すのに使う媒染料で、「延ひ」の掛詞であろう。当該歌は、逢うか否かを思いの深さで決めようとの意を、兵衛府官人に因んで詠じた和歌である。本稿の問題に即して述べれば、第六十八段と第六十九段が並ぶ第二の理由は、「柏木」と括り染めを意味する「めとり括り」が縁語のような関係を形成するためなのではないか。当該歌は出典未詳ではあるが、「柏木」と「ゆはた」の縁語関係は『大和物語』の段階ですでに成立していたと思しい。第二十一段には、監命婦と、「兵衛佐」と紹介された後の良少将が、「柏木」を詠みこんだ歌のやりとりをし、次段では、「太刀の緒にすべき革」を贈ると約束しながら果たさない監命婦に「あだ人の頼めわたりし染がはの色の深さを見でや止みなむ」との歌を贈っている。兵衛府と言えば柏木で、かつ染革の太刀の緒が特徴的との理解は、存在していたであろう。

また、第六十七段と第六十八段の歌句の間にも縁語関係が存在する。すなわち、第六十七段末句「もらぬ間ぞなき」と第六十八段初句「柏木に」である。『大和物語』にも登場する右近の歌にも「人しれず頼めしことは柏木のもりやしにけむ世にふりにけり」（『拾遺和歌集』雑恋・一二二二「中納言敦忠兵衛佐に侍りける時に、しのびていひちぎりて侍りけることのよにきこえ侍りにければ」）とあるように、当時は、「漏り」「守り」が「柏木」の縁語として存在していたのである。内容の繋がりがあれば言葉の繋がりも当然のようであるが、第六十八段と第六十九段に加え、この第六十七段と第六十八段のように、内容上の必然性がない箇所にも、言葉の連鎖は生じている。やはり『大和物語』の言葉は相当程度、慎重に選ばれているのである。

しかしこれまで、『大和物語』の性格はしばしば術語「歌語り」を以て説明され、創作性については、必ずしも充分に論じられてはこなかった。たとえば福井貞助氏は、歌語りを「和歌について、その作者・内容・詠歌事情などを語ること」「歌物語の基になったもの」と定義した上で、『大和物語』について、「歌語りを記載したような形式を、割合に留めている作品」と評する。(29) このような位置づけは、益田勝実氏が説話文学の視座から歌物語を「古代後期の貴族社会固有の口承説話」[30]と述べ、国語学分野の研究が、これを『伊勢物語』『大和物語』における口語的助詞「なむ」の使用頻度の高さから追認したことによる[31]。益田氏の述べる性格は『大和物語』に特に合致していたため、数値的研究に支えられ、『大和物語』の特性として、「歌語り性」「口承性」の高さが認知を得ることとなった。そして、口承文芸が書承文芸へと発展したと考える一般的な文学史把握の下では、個別作品における口承性の高さの指摘は、文学的に素朴であるとの印象を招くこととなった。

また、実在人物の歌を名を明示して語る、あるいは、史実に材を取って語るという事実志向の作品特徴は、人物や事件といった考証的研究の充実をもたらした。そして、事実性の高さは、記録的姿勢の反映と考えられた。これらが相俟って、『大和物語』においては、文学性に関わる表現面の考究は立ち後れることとなった。たとえば柳田忠則氏は、研究史の総括において、「創作性や構成意識の問題」が「新しい視点からの研究」として必要であると述べる[32]。もっとも、「歌語り」を創作性を伴ったものとする立場はこれまで無かったわけではない。たとえば雨海博洋氏は「人物素材の組み合せ即ち文学的発想」を通じて「虚構に近い歌語り」の展開を認め、岡部由文氏は、歌語りを、提供された話題から発展した「創作行為までを含み込」むものと位置づけている。しかしこれらは、文字化の次元ではなく、歌語りの現場での営為として、創作を認めたものであった[33]。近年に至って、高橋亨氏は『大和物語』の語りを「スタイル」と認めて「事実性をたてまえとして書かれた語り」[34]と述べ、萩野敦子氏は、言葉の連鎖から「語りつなぐように書く」意識を読みとり、作品が「仮構する」場として「円居」という語りの空間を想定したが、仁平道明氏が指摘するように、依然として「『大和物語』の創作性、虚構の問題」は課題であり、工藤重矩氏も述べるように、「大和物語の事実と虚構をどのように測るか」には「大きな困難が横たわっている」(35)。

口語性の高い助詞「なむ」が『大和物語』に多いことは紛れもない事実であるが、やはり発想の転換が必要なのではないか。「口承性」とは、語りの、文字への機械的な引き写しの性格を意味するのではない。口頭の伝承には、聴衆の反応に応じたその場の誇張や虚構など、当座性が伴うはずであり、創作との親和性も高いはずである。章段の中には、史料との比較を通して虚構が判明する章段もあり(36)、『大和物語』の段階で創作が行われていた可能性は存在する。「歌語り」の口承的性格を、語りをありのままに記録したものと捉えることには、問題が残るのではないか。

たとえば、「なむ」についても、『古今和歌集』で用いられるのは主に左注の中であり、例外的に詞書中に見える三例も、物語的な長文の中にあるという現象がある(37)。これらは別の伝えを持つものが多く、「昔」という語が左注にしか見えないことと併せて考えるならば、詞書を「歌の第一次的な、事実的な説明として明らかなものを掲げ」るもの、左注を「伝聞説や第二次的な別の判断の附加されたもの」(38)とする理解は首肯されるものである。「なむ」は直接的に口語性と結びつけるのではなく、その結果生じる言説の浮動性や不確定性を重視すべきなのであろう。『大和物語』は、不確定性を強く主張する文体を持つのである。

このような把握は、「歌語り」の実態にも即している。現存する平安期の用例五例のうち、歌語りの具体相を伝える例を以て確認したい。(39)

「かひぬまのいけといふ所なんある」と人のあやしきうたがたりするをきゝて、「心みによまむ」といふ

世にふるになぞかひぬまのいけらじとおもひぞしづむそこはしらねど

又、「心ちよげにいひなさん」とて

こゝろゆく水のけしきはけふぞみるこや世にへつるかひぬまのいけ

(実践女子大学蔵『紫式部集』九七〜九八)

ここでの紫式部は、「かひぬまの池」を巡る歌語りを聞き、その語りに基づいて歌を詠む。『大和物語』第百四十七段においても、故后宮や伊勢が生田川の入水伝説の絵を元に登場人物の立場から歌を詠んでおり、歌が語られ、それを元に創作が行われることはある程度行われていたのであろう。ここで問題としたいのは、一首目が、「かひ/甲斐(ナシ・アリ)」「池/生け」「底/其処」の掛詞や縁語を盛りこんだ歌であったことと、二首目が対照的な内容を詠んでいることである。(40)この例によれば、歌語りとは言語的興味に基づく創作を呼び込むものであり、詞書に「言ひなさん」ともあるように、

本来の語りをあえて逸脱し、新たな世界を切り開くことも可能な機構なのである。

『大和物語』が勅撰和歌集の『後撰和歌集』と「殆ど全部」異なった形になるのはなぜか。当時生存中の人物の語りも含め、異伝の併存が認められ、保存されて後世に伝わるのはなぜか。工藤重矩氏は、天暦五、六年頃に作品名が考案されたと仮定し、その理由を名称に求める。すなわち、平安人の「物語」概念と、官撰の史書と民間の伝説に対する信頼度の差とを述べながら、打聞の段階から、「物語」と付されることで、事実を伝えるものから、「「そらごと」」の世界へ組み込まれた」というのである。[41]首肯される意見であり、次に問われるべきは、その手法の細部である。稿者は、助詞「なむ」が示す言説の浮動性が、虚構を許す戦略的装置としてあった可能性を指摘したい。『大和物語』の「歌語り」性は、実態と直結させるのではなく、あくまで姿勢の問題として、選び取られた文体の問題として論じるべきであろう。

このような現状に鑑み、本稿では『後撰和歌集』との相違を中心に章段を読むことで、言葉に執着する『大和物語』の性格を論じてきた。第六十六～六十八段の和歌はいずれも言葉とは異なる現実を機知的に捉えた和歌であり、特に仲平詠は、『後撰和歌集』と相違する初句を持つゆえに独自の意味を持ち、その意味は、前置された挿話により支えられていた。前接章段との結びつきについてさらに言えば、第六十八段の地の文が、『後撰和歌集』に述べられていた俊子と千兼の夫婦関係に触れないのは、高橋正治氏の指摘するとおり、[42]前置された二章段によってすでに説明されているためと見るべきである。こちらも意味のない相違ではなく、三章段が周到に構成されていることは確かである。

歌集研究においては、所収歌の意味を、配列をとおして測る手法を取る。他作品重出歌であれば、歌集における独自の意味は、歌の並びのあわいに浮かび上がる。『大和物語』の場合も同様に、歌話の独自性を、章段配列をとおして見ることは許されるであろう。稿者は、『大和物語』の語りとして、仲平詠の相違箇所の「楢の葉」「柏木」二語の関係が、現実には範疇が重なりながら、仲平詠の文脈では対照的な意味を生成する点を重視したい。仮に『大和物語』が『後撰和歌集』のような形を承知の上で一語を「柏木」に差し替えたとすれば、一語を変えることにより世界が一変する面白さに興趣を感じた可能性もあり、それは『大和物語』が言葉一つの重みに自覚的であったことを意味する。『大和物語』全体が言葉の連鎖により繋がれていることと併せて、作品の言語感覚の鋭さを改めて指摘したい。そしてこのことは、「歌語り」の枠組みを実態の反映と見るよりも、自覚的に選び取られた姿勢と見ることの妥当性を示すのではないか。これにより、言葉を選び、原資料とは異なる伝えを紡ぐことが可能になるのである。前述のとおり『後撰和歌集』との関係を定めることはできないが、両者の比較は、自ずと『大和物語』の独自性を浮かび上がらせるはずである。『大和物語』は、言語表現にこだわって歌句と地の文を整え、章段の配列を決めている。そして、その意味において、創作性を有すると考えられる。

おわりに

本稿では、『後撰和歌集』の重出章段を含む第六十六〜六十八段の考察を通して、『大和物語』の物語世界の構築方法を考察した。『大和物語』は『後撰和歌集』とは異なり、第六十八段俊子詠に万葉歌の影響をより顕著に示し、仲平詠の「葉守の神」で夫・千兼を比喩していた。この仲平詠の比喩は、前置された二章段の内容と合わせて読むことで深みを持つものである。そして『大和物語』は、三章段の語りをとおして、和歌を媒介に親しく交わる貴族世界を描いている。また、二章段の俊子詠と第六十八段の仲平詠は、いずれも言葉と反する現実を機知的に捉えた歌であった。縁語を含めた章段内外の連鎖と併せて考えるに、『大和物語』は、一語の重みを慎重に量り、表現を形作っている。

『大和物語』は古くから術語「歌語り」を以て説明されてきた。事実性を志向する作品傾向と相俟って、創作性の解明は、充分になされているとは言えない。しかし、歌語り性の高さの根拠とされた助詞「なむ」は、口語性の反映としてではなく、言説の浮動性を保証するための装置と捉えることも可能であろう。実際に、『紫式部集』の語例に即した場合、「歌語り」とは、言語的興味に基づく新たな創作を招くものであり、時には本来の語りの筋を離れて新たな世界を構築するものなのである。「歌語り」は、口承性の痕跡ではなく語りの姿勢の問題と捉えるのが相応しく、したがって作品化に際しては、素材源の如何に関わらず、第六十六〜六十八段のような、新たな表現の選択が自然なのである。『大和物語』が言葉に執着する作品であり、創作性への留意が必要な作品であることを、改めて指摘しておきたい。

注

(1)登場人物の官位呼称による(阿部俊子『校本大和物語とその研究』三省堂、一九五四年)。

(2)重出歌は以下のとおり。漢数字は章段番号、算用数字は新編国歌大観番号である。一(1・2)・四(7)・一五(22)・三一(43)・四〇(53)・四五(61)・五六(75・76)五七(77)・六八(97・98)・七四(107)・八一(115)・八六(120)・九二(137~139)・九三(140)・九五(143)・一〇五(156)・一〇九(172)・一一九(187)・一二〇(191・192)・一二二(195)・一二六(202)・一三九(218)・一六〇(265・266)・一六八(282~284)。

(3)菊地靖彦「『大和物語』の『後撰集』歌章段をめぐって」(『米沢国語国文』一四、一九八七年四月、三三頁)。菊地氏はこの他「歌の詠み手」を比較要素とする。

(4)他の有力伝本としては定家自筆本の流れを汲む天福本が存在するが、柿本奨氏の「(為家本ガ)他本に優ると認められる箇所はほかにも挙げられるが、天福本独自本文で為家本に優ると認められるものは無い」(『大和物語の注釈と研究』武蔵野書院、一九八一年、五二三頁)との見解を筆頭に、多くの研究者は為家本を用いる。為家本の引用は、高橋正治『大和物語の研究　系統別本文篇上』(臨川書店、一九八八年)に拠る。本稿の引用本文はすべて、一部校訂を施し、表記を改めている。

(5)宮内庁書陵部蔵(一五四・六六)『勅撰作者部類』千兼項に「至康保二年」とあり。小川剛生氏は『古今和歌集』から『新古今和歌集』までの四位・五位に付された注記「至×××年」は、外記局管理の「補歴」の記載年下限を示すという(「五位と六位の間―十三代集と勅撰作者部類―」『軍記と語り物』五〇、二〇一四年三月)。これを五位に至った『後撰和歌集』歌人の千兼にも及ぼした。

(6)引用は、「冷泉家時雨亭叢書」に拠る。

(7)第三句、中院本・天理本・堀河本・伝坊門局筆本は「楢の葉の」、伝阿仏尼筆本は「楢柴の」。後者は『大和物語』の影響であろう。

(8)冷泉家本に近い本文から挙げれば、「としこ」大山寺蔵貞応二年本・藤原定家筆紹巴切・筑後切・高岡本、「〈家あるじ〉としこ」筑波大本、「家あるじのとしこ」無年号B類本系中院本、「家あるじの刀自子」雲州本、「家あるじのおとこ」伝坊門局筆本、「家ぬし」堀河本・天理本、「あるじ」角倉切である。『後撰和歌集』の伝本系統は、杉谷寿郎氏により四種に大別されている。この分類に従って整理をすれば、異文を持つ伝本の系統は、(一)汎清輔本系統では筑波大学と高岡市立図書館所蔵の承安三年本、(二)古本系統では伝行成筆本と堀河本、雲州本、(三)承保三年奥書本系統では天理本、(四)定家本系統は、非定家本的要素が強いとされる初期の無年号B類本系統の中院本と、中間本の貞応元年九月本系筑後切、天福本の前段階の本文である大山寺蔵貞応二年本である。角倉切は、系統を絞り込めないほどの本文の揺れを有している。杉谷氏の分類作業以後の新出本である伝坊門局筆本は、片桐洋一氏によれば「定家本系そのものではなく、また清輔本系そのものでもなく、いわばその両方の系統に整然と分けられる前の姿を留めているのではないかと思わせる」本である（片桐洋一「解題」『後撰和歌集　伝坊門局筆本』和泉書院、二〇〇八年、六頁）。

（9）『後撰和歌集』定家本系統は、『大和物語』の影響も蒙っているのではないか。他にも、第百六十八段の他出である『後撰和歌集』一一九五・九六番歌で小野小町の相手が『大和物語』と定家本系統に遍昭とあるのに対して、汎清輔本系統を除く二系統では「深照（昭）法師」「真静法師」とある。定家が、しかるべき根拠によって諸作品の本文を改めていたことはつとに知られており、『後撰和歌集』についても、片桐洋一「『後撰集』の伝本」（『古今和歌集以後』笠間書院、二〇〇〇年、初出一九六五年一一月）に指摘が見える。

（10）『後撰和歌集』当該歌注（岩波書店、一九九〇年）。

（11）『後撰和歌集』当該歌注（和泉書院、一九九二年）。

（12）引用は、片桐洋一『八雲御抄の研究　枝葉部・言語部』（和泉書院、一九九二年）所引国立国会図書館蔵本に拠る。

（13）和歌の引用は、私家集は「新編私家集大成」、『万葉集』は佐竹昭広他『補訂版　万葉集本文篇』（塙書房、二〇〇四年）、その他和歌は『新編国歌大観』に拠る。

（14）引用は、「歌論歌学集成」に拠る。

（15）引用は、「天理図書館善本叢書」に拠る。

（16）佐藤和喜「後撰集の大和物語歌」（『宇都宮大学教育学部紀要（第一部）』四七、一九九七年三月）。

(17)工藤重矩氏の解釈に同じ（注（11）注釈書当該贈答注）。

(18)順に注（4）柿本注釈書、今井源衛『大和物語評釈』上（笠間書院、一九九九年）の当該章段注。森本茂『大和物語全釈』（一九九三年、大学堂書店）や雨海博洋・岡山美樹『大和物語』上（講談社、二〇〇六年）も同様である。

(19)菊地靖彦「『大和物語』の『後撰集』歌章段をめぐって」（『米沢国語国文』一四、一九八七年四月、六四頁）。

(20)底本は初句「君を思ふ」にやや問題を抱える。流布本系統の多くは初句を「君を思ひ」と連用形であり、こちらが解しやすい。底本の「君を思ふ」は歌意を通すためには終止形と解す必要があり、初句切れとなる。初句には句切れに相応しい感動詞などの指標も無いため不自然だが、解釈は可能であるため、このままとした。流布本系統で底本に同じ本文を持つものは、蓬左文庫本と定家本系統の筆頭である天福本であり、異本系統では、流布本の影響を蒙っている勝命本が該当する。

(21)伊藤一男「『大和物語』の言語感覚」（『物語史研究の方法と展望』論文篇、実践女子大学文芸資料研究所、一九九九年）、中島和歌子「言葉の綴れ錦としての『大和物語』」（『古代中世和歌文学の研究』和泉書院、二〇〇三年）、『大和物語研究』一～五所収諸論（二〇〇〇年九月～二〇一七年三月）。

(22)福井貞助「伊勢物語終焉歌の周辺」（『跡見学園女子大学国文学科報』一二、一九八四年三月）。

(23)小形ひとみ「『大和物語』の章段の配列について」（『国語と教育（長崎大学）』一四、一九八九年一二月）。内容上の連鎖の指摘は古く、高橋正治「解説」（『新編日本古典文学全集』一二、小学館、一九九

五年、初出一九五三年二月)、柿本奨「章段別内容一覧表」(『大和物語の注釈と研究』武蔵野書院、一九八一年、初出一九七七年一一月)等がある。

(24)萩野敦子「『大和物語』第九・十段考―補釈と両段の連鎖に関する私見―」(『大和物語研究』一、二〇〇〇年九月)、注(21)伊藤・中島論文。

(25)注(4)注釈書当該章段注。両段には、内容上の共通性の一方で、第六十五段では男が逢瀬を望んで女に拒まれるのに対して、第六十六段以下では女が逢瀬を望み、男が訪れない(拒む)という対照性が存在する。

(26)注(4)注釈書当該章段注。柿本氏の指摘するように、両段の内容的差異としては、逢わぬ嘆きが語られるのが第六十九段では男の側である点と、原因が離別である点が挙げられる。

(27)引用は、「新編日本古典文学全集」に拠る。

(28)引用は、「日本歌学大系」に拠る。

(29)福井貞助「歌語り」(『日本古典文学大辞典』岩波書店、一九八三年)。

(30)益田勝実「歌物語の方法」(『説話文学と絵巻』三一書房、一九六〇年、初出一九五〇年六月、一一四～一一五頁)。

(31)吉原しげ子「助詞「なむ」を通して見たる物語の性格」(『日本文学研究』一九、一九五一年一月)、宮坂和江「係結の表現価値―物語文章論より見たる―」(『国語と国文学』二九・二、一九五二年二月)、阪倉篤義「第二節　歌物語の文章―「なむ」の係り結びをめぐって―」(『文章と表現』角川書店、一九七五年、初出一九五三年六月)。
(32)柳田忠則「まえがき」(『大和物語の研究』翰林書房、一九九四年、五頁)。
(33)雨海博洋「『大和物語』に於ける「歌語り」の文学的発想について」(『歌語りと歌物語』桜楓社、一九七六年、一九頁)。岡部由文「歌語りの和歌史的機能」(『就実語文』一五、一九九四年一二月、一〇頁)。ただし、岡部氏は「それが『大和物語』の選択した方法であるとするならば、こちらのほうが作品形成にとってより一層重い意味をもつ意識の問題として歌語りが強く作用していることになるのであり」(一五頁)と、作品化段階での創作方法である可能性にも触れる。
(34)高橋亨「大和物語」(『日本古典文学大事典』明治書院、一九九八年)、注(24)萩野論文二〇頁。萩野氏の論は、長谷川政春氏の円居論に想を得たものである(「歌語りの場—古今・後撰、そして大和物語—」『物語史の風景』若草書房、一九九七年、一九九三年九月初出)。
(35)仁平道明「『伊勢物語』と『大和物語』」(『国文学解釈と鑑賞』六八・二、二〇〇三年二月、五八頁)、工藤重矩「大和物語—撰集と物語の間で—」(『平安文学史論考』武蔵野書院、二〇〇九年、一五四頁)。
(36)工藤重矩「大和物語の史実と虚構—第二・三十五段をめぐって—」(『福岡教育大学国語国文学会誌』一八、一九七五年一一月)。
(37)「なむ」の現れる位置は次のとおり。和歌425(物名歌。会話的部分)。詞書地の文745・747・857。詞書会話42・411・705・874・978。左注269・283・375・406・412・664・702・703・895・973・994。
(38)宮坂和江「歌集の添書と歌物語について」(『実践女子大学紀要 国文学・英文学』二、一九五四年二月、一二～一三頁）。森重敏氏も「権威と確信とをもったいわば命題的な詞書」に対して「非公式で或る意味における信憑性を持ったいわば解説的な左注」「正伝的なものと別伝的なもの」という区別を認める（「第七章第五節　伊勢物語の歌物語としての独自性」（『文体の論理』風間書房、一九七六年、一九六一年九月、四四五頁）。

（39）他に『枕草子』一例（前田家本・堺本のみ）、『源氏物語』三例（賢木・常夏・宿木）。

（40）このことはすでに指摘がある。注（33）岡部論文、高橋亨「「歌語り」と物語ジャンルの生成」（『SITES』一（二）、二〇〇三年三月）。

（41）注（35）工藤論文一五九頁。

（42）注（23）高橋注釈書第六十八段注。

付記　本稿は、古代文学研究会二〇一三年大会での発表を修正したものである。席上でご指導賜りました方々に心から御礼申し上げます。

右近関係段――特徴付けられた人物設定について

近藤さやか

はじめに

『大和物語』には様々な女性が登場する。複数段にわたって登場する女性として、としこや桂のみこ、監の命婦などがいる。彼女たちの登場段は必ずしも連続しておらず、時系列も分散している。しかし、右近が登場する段は八十一段から八十五段までの連続した五段に集中している。

また、右近は五段中二段が「忘れじと」（八十一段）、「忘らるる身」（八十四段）というように「忘れられる女」として歌を詠んでいる。右近の父・季縄も「おぼし忘れて」（百段）と帝に約束を忘れられる人物であり、百段・百一段と連続した段に登場する人物である。

本論では、様々な人物が登場する『大和物語』の中で、右近・季縄親子に注目し、彼らの存在について考察する。

一　『大和物語』の女性――としこ・監の命婦・桂のみこ

まず、『大和物語』にはどのような女性が登場するのか概観を確認しておきたい。最も多く名前が登場するのは「としこ」で、第三・九・十三・二十五・四十一・六十六・六十七・六十八・百二十二・百三十七段の合計十段にその名が登場する。

第十三段に「右馬の允藤原の千兼といふ人の妻には、としことといふ人なむありける」とあり、第二十五段には「この明覚は、としこが兄なりけり」と兄弟関係が明らかになる。第四十一段では「としこ、またこのむすめ、姉にあたるあやつことといひてありけり」と娘も登場する。

としこの特徴として待つ話が多い。『大和物語』では、第三段で故源大納言（源清蔭）からの消息を待つ話や第六十六段、第六十七段で千兼を待ち続ける話がある。第六十八段では琵琶殿（藤原仲平）が庭の柏木の枝を折りに来たなれなれしさを咎める歌を詠み、仲平は「葉守の神」（夫・千兼）がいることを知らなかったと詫びる歌を返している。

このように、千兼を一途に思う妻の話がある一方で異なる印象の指摘もされている。第百二十二段での志賀詣で増喜君との贈答歌を「人目をしのぶあいびきだったとしか考えられない」[1]と述べる山下道代は、第百三十七段についても「あきらかに来ぬ人を待つ恋の怨情を抒べた歌である」[2]とする。夫以外の男性とのあいびきの可能性の段があるにもかかわらず、としこには「身分は低いながらもサロンの花形としての存在でありながら、表面的な恋愛に流されることなく夫との愛を守った女性」[3]という印象が強い。そこには「待つ女」としてのイメージがあるだろう。

としこに次いで多く登場するのは監の命婦である。第八・十・二十一・二十二・三十一・六十九・七十・七十八・七十九段の合計九段に登場する。雨海博洋は『尊卑分脈』により、平安直が右近将監にあったことから監の命婦の父として候補に挙げているが[4]、としこよりも謎が多い人物である。

監の命婦には恋の歌が多く、第十段以外は男性との関係が描かれる。第八段では方塞りを理由に来ない中務の宮（式明親王）に贈る歌、第二十一段と第二十二段では良少将（良岑仲連）との仲が描かれ、第三十一段には右京の大夫（源宗于）からの歌がある。第六十九段・第七十段では藤原忠文の息子との悲恋、第七十八段・第七十九段には弾正の親王（元平親王）から懸想され、拒む姿勢の歌を詠んでいる[5]。

監の命婦は、恋の歌で時間経過を表す話が目に付く。第二十一段は「柏木のもりの下草老いぬとも」と関係が長く続くことを求める歌を詠み、第二十二段では、良少将が「あだ人の頼めわたりしそめかはの」という歌を詠んでいる。川を渡ることと、時間の継続を表す「わたり」が使われている。第三十一段では宗于が「夏の夜の見果てぬ夢」と逢瀬の短さを詠み、もっと長く一緒にいたかった気持ちを表す。第七十段は「堤なる家になむすみける」時の話で、第十段にこの家を売ってしまった後の話があり、時間の経過を感じさせる。

第七十八段では弾正の親王に「なぐさめやすく」とすぐに気持ちが冷めるだろうと受け流すものの続く第七十九段では「こりずまの浦」と懲りないこと、つまり関係が継続していることを表している。最後に桂のみこについても確認しておく。桂のみこは、第二十・二十六・四十・七十六・七十七・百十四・百十七段の合計七段に登場する。桂のみこは、孚子内親王のことで、宇多天皇の皇女であり、母は十世王女である。第二十段は式部卿の宮（敦慶親王）との恋、第四十段は桂のみこに仕えるうなゐが式部卿の宮への気持ちを詠む。第七十六・七十七段、第百十七段は源嘉種との恋であり、第二十六段は「あふまじき人」、第百十四段は「しのびて」会った人との恋である。

山崎正伸が「桂皇女関係章段は、敦慶親王とは血縁関係にある正室均子内親王に対して憚られるという障りが、嘉種とは内親王として結婚できない相手であるという障りがあって、全体に亘って障害の中での恋愛を描いている」(6)と指摘するように、桂のみこ関係章段には障害のある恋が多い。

皇女という身分でありながら、多くの男性との恋愛が描かれるため、「花やかな恋愛沙汰で名高い」(7)や、「『大和物語』で見る限り、大変な色好みである。」「桂の皇女のほうが積極的、情熱的であったという形になっている」(8)という評価が多い。しかし、桂のみこの歌が文という書かれたものであることに注目する勝亦志織は「桂のみこの歌をどのように書き記すのかという観点から見れば、彼女の実体的な恋愛を想像するだけでは、『大和物語』の採録の戦略にだまされているだけに終わってしまうだろう。」(9)と述べる。

確かに誰といつ恋愛関係にあったのかという史実か否かを求めるよりも、どのように書き記されているかを考察すべきだろう。たとえば、式部卿の宮関係の第二十段では「月のいとおもしろかりける夜」、第四十段では「蛍」というように月や蛍の光が詠まれる。嘉種関係の第七十六段には「涙の川」「なきてかへる」、第七十七段は「あかしの浦」、「泣きつつ」、第百十七段には「露しげみ」「音をのみぞなく」という水や涙、なくという表現が詠まれる。

このように人物により異なる表現で特徴付けることで、それぞれの登場段が分散していても様々な人物が交差する群像劇となっているのではないだろうか。そうした中で登場段が集中している右近はどのような意図で描かれているだろうか。

二　右近登場段

右近が登場する段は第八十一段から第八十五段までの連続する五段である。長くなるが、全て掲出する。

第八十一段

季縄の少将のむすめ右近、故后の宮にさぶらひけるころ、故権中納言の君おはしける、頼めたまふことなどありけるを、宮にまゐること絶えて、里にありけるに、さらにとひたまはざりけり。内わたりの人来たりけるに、「いかにぞ。まゐりたまふや」と問ひければ、「つねにさぶらひたまふ」といひければ、御文奉りける。
忘れじと頼めし人はありと聞くいひし言の葉いづちいにけむ
となむありける。

第八十二段

おなじ女のもとに、さらに音もせで、雉をなむおこせたまへりける。返りごとに、
栗駒の山に朝たつ雉よりもかりにはあはじと思ひしものを
となむいひやりける。

第八十三段

おなじ女、内の曹司にすみける時、しのびて通ひたまふ人ありけり。頭なりければ、殿上につねにありけり。雨の降る夜、曹司の蔀のつらに立ち寄りたまへりけるも知らず、雨のもりければ、むしろをひきかへすとて、
思ふ人雨と降りくるものならばわがもる床はかへさざらまし
となむうちいひければ、あはれと聞きて、ふとはひ入りたまひにけり。

第八十四段

おなじ女、男の「忘れじ」とよろづのことをかけてちかひければど、忘れにけるのちにいひやりける。

忘らるる身をば思はずちかひてし人のいのちの惜しくもあるかな

返しは、え聞かず。

第八十五段

おなじ右近、「桃園の宰相の君なむすみたまふ」などいひののしりけれど、虚言なりければ、かの君によみて奉りけり。

よし思へ海人のひろはぬうつせ貝むなしき名をば立つべしや君

となむありける。

以上が右近の登場する全ての段である。右近登場段の特徴としては、連続していることの他に、全て右近が詠んだ歌のみで構成されている点が挙げられる。右近が詠んだ歌は五首である。ちなみに、『大和物語』でとしこが詠んだ歌は八首、監の命婦も八首、桂のみこは四首である。

また、登場段は二段だが、修理の君も六首の歌を詠んでいる。登場する段が連続しているという意味で修理の君と右近は似た要素を持っている。次に掲出する第八十九・九十段である。

第八十九段

修理の君に、右馬の頭すみける時、「方のふたがりければ、方たがへにまかるとてなむえまゐり来ぬ」といへりければ、

これならぬことをもおほくたがふれば恨みむ方もなきぞわびしき

かくて、右馬の頭いかずなりにけるころ、よみておこせたりける。
いかでなほ網代の氷魚にこととはむなにによりてかわれをとはぬと
といへりければ、返し、
網代よりほかには氷魚のよるものか知らずは宇治の人に問へかし
また、おなじ女に通ひける時、つとめてよんだりける。
あけぬとて急ぎもぞする逢坂のきり立ちぬとも人に聞かすな
男、はじめころよんだりける。
いかにしてわれは消えなむ白露のかへりてののちのものは思はじ
返し、
垣ほなる君が朝顔見てしかなかへりてののちはものや思ふと
おなじ女に、けぢかくものなどいひて、かへりてのちによみてやりける。
心をし君にとどめて来にしかばもの思ふことはわれにやあるらむ
修理が返し、
たましひはをかしきこともなかりけりよろづの物はからにぞありける

九十

おなじ女、故兵部卿の宮、御消息などしたまひけり。「おはしまさむ」とのたまひければ、聞こえける。
　たかくともなににかはせむくれ竹のひと夜ふた夜のあだのふしをば

第八十九段は修理の君と右馬の頭の話で、中盤では「おなじ女」と呼ばれ、段の最後に「修理が返し」とある。第九十段は「おなじ女に兵部卿の宮」とあり、修理の君と元良親王の話となっている。

右近の場合、第八十一段は「右近」と「故権中納言の君」（藤原敦忠）、第八十二段は「おなじ女」、第八十三段は「おなじ女」と「しのびて通ひたまふ人」、第八十四段は「おなじ女」と「男」、第八十五段は「おなじ右近」と「桃園の宰相の君」（藤原師氏）というように、途中「おなじ女」と呼ばれている。修理の君と異なるのは、第八十九段では同一の男女の話としてまとめられているが、右近は段が分けられているという点である。これは右近の話は相手の男性が異なるという点と、右近の歌のみが記されているためだろう(10)。

第八十一段の相手は故権中納言の君・藤原敦忠であり、続く第八十二段で雉を贈ったのも敦忠とする注釈が多い。鈴木佳與子は右近が父の五条にある家にいたと想定し、「この段では、敦忠が右近に雉を贈っているが、延長六（九二八）年十二月五日の大原野の行幸に敦忠が同行したことがわかり、この時雉を贈った可能性もあると思われる。(11)」と述べる。

しかし、「大原野行幸だとすると、実際の栗駒山は、地理的に合わない。実際の地名ではなく、狩場として有名であるということで、用いただけであろうか。(12)」、また、第八段を例に、「地名は意味を持って使われている。とすると、第八二段で、「栗駒山」で捕ったものであったからと考えるほうがよいのではないか。」(13)という見方もある。ここで重視したいのは、伊藤一男が指摘するように、右近が機知的な行動が期待されていたことである。「雉だけでは非常にメッセージ性はうすい。「来し」を担わせているか、「来じ」を暗示したものであるか。いずれにしても、八十一段の詠歌の結句「いづちいにけん」あたりに応ずるものだということらしい。このように曖昧な、また難解なメッセージを送るというのは、受け手である右近を、それに応ずるだけの能力の持ち主と認めているのであろう。」(14)と指摘するように、『伊勢物語』第十三段において「むさしあふみ」という言葉から、男の状態を察した京の女の機知にも似た展開である。このように、第八十一段と第八十二段は敦忠との話と解される。次に、右近という人物の特徴を確認していきたい。

三　忘れられる女・右近

第八十一段の歌は、『後撰和歌集』巻第十・恋二・六六六番歌にある。

人の心かはりにければ　　右近

おもはんとたのめし人は有りときくいひし事のはいづちいにけん

ここでは初句が「おもはんと」となっており、第八十一段の「忘れじと」と異なる。さらに、第八十四段に、「忘れじ」(15)と男が「よろづのこと」をかけて誓ったにもかかわらず、忘れたのちに、言ってやった歌として「忘らるる身をば思はずちかひてし人のいのちの惜しくもあるかな」がある。百人一首でも知られ、右近の代表歌ともいえるが、この段は「第八十一段とは関係のない形にしているが、内容的、心情的にはつながっているようにも思われる。(16)」とあるように、「忘れじ」「ちかひ」など共通する鍵語がある。このように『大和物語』での右近は「忘れられる女」「誓いに固執する女」といった特徴がみられる。

先に見た『後撰和歌集』六六六番歌以外にも、右近の歌には男性が離れていき一人になる女の姿がみられる。

巻第七・秋下・四二三

あひしりて侍りけるをとこのひさしうとはず侍りければ、なが月ばかりにつかはしける

右近

おほかたの秋のそらだにわびしきに物思ひそふる君にもあるかな

巻第十一・恋三・七四六

人のをとこにて侍る人をあひしりてつかはしける

右近

唐衣かけてたのまぬ時ぞなき人のつまとは思ふものから

巻第十四・恋六・一〇四九

をとこのひさしうとはざりければ
とふことをまつに月日はこゆるぎのいそにやいでて今はうらみん　右近
巻第十四・恋六・一〇六八
身をつめばあはれとぞ思ふはつ雪のふりぬることもたれにいはまし
ふりたるあしたにいひ侍りける　右近

男の訪れがないことを物思いしたり、他人の夫と知りつつ頼りにし、浦を見たり、身をつねりあわれさを実感する歌である。しかし、これらの歌よりも、『大和物語』の右近歌には「忘れられる女」「誓いに固執する女」という要素は強く表れている。

第八十五段には、桃園の宰相の君（藤原師氏）が通っていると騒ぎ立てられるが、「虚言」であったために、「よし思へ」と「むなしき名」が立つことを抗議する歌を詠む。「いわれなき噂に対してはこのように仮借なく対応する。宮仕えという職業を持った女性の、しんの強さであったかと思われる。」(17)という見方もあるが、「虚言」つまり事実ではない言葉であったことが右近は許せなかったのではないか。「ちかい」を重視し、第八十一段で「いひし言の葉いづちいにけむ」と言葉の実行力を問う姿勢に通底している。そして、第八十二段の「かりにはあはじと思ひしものを」や、第八十三段の「かへさざらまし」と自らの意志を詠む点にも共通している。

右近のこうした特徴は父親譲りであることが分かる段がある。次に父・季縄登場段を確認したい。

四　右近の父・季縄登場段

第八十一段で「季縄の少将のむすめ右近」と説明されていたように、右近の父は藤原季縄とされる。〈南家〉武智麿―道作―村田―興世―三成―岳雄―千乗―季縄という系譜の季縄は、延喜一九年（九一九）三月に従五位上右近衛少将で没し、「世号片野羽林名人鷹生」「交野の少将」と呼ばれた(18)。『尊卑分脈』では右近は娘ではなく妹とある。宇多上皇の昌泰元年（八九八）十月の巡幸（宮滝・龍田山・難波）初日、鷹狩に左方間諜として陪従（『大日本史料』内の「伏見宮御記録」）、宇多院花の宴で伊勢と贈答したことが伝わる。以上が史料に見える季縄である。

『大和物語』では、右近の父である藤原季縄が登場する段も娘と同様連続している。次の第百・百一段である。

百段

大井に季縄の少将すみけるころ、帝、のたまひける。「花おもしろくなりなば、かならず御覧ぜむ」とありけるを、おぼし忘れて、おはしまさざりけり。されば、少将、

散りぬればくやしきものを大井川岸の山吹今日さかりなり

とありければ、いたうあはれがりたまうて、急ぎおはしましてなむ御覧じける。

百一段

おなじ少将、病にいといたうわづらひて、すこしおこたりて内にまゐりたりけり。近江の守公忠の君、掃部の助にて蔵人なりけるころなりけり。その掃部の助にあひていひけるやう、「みだり心地はまだおこたりはてねど、いとむつかしう心もとなくはべればなむまゐりつる。のちは知らねど、かくまで侍ること。まかりいでてあさてばかりまゐり来む。よきに奏したまへ」などいひおきてまかでぬ。三日ばかりありて、少将のもとより文をなむおこせたりけるを見れば、

くやしくぞのちにあはむと契りける今日をかぎりといはましものを

とのみ書きたり。いとあさましくて、涙をこぼして使に問ふ。「いかがものしたまふ」と問へば、使も、「いと弱くなりたまひにたり」といひて泣くを聞くに、さらにえ聞こえず。「みづからただいままゐりて」といひて、里に車とりにやりて待つほど、いと心もとなし。近衛の御門にいでたちて、待ちつけて乗りてはせゆく。五条にぞ少将の家あるにいきつきて見れば、いといみじうさわぎののしりて、門さしつ。死ぬるなりけり。消息いひ入るれど、なにのかひなし。いみじう悲しくて、泣く泣くかへりにけり。かくてありけることを、かむのくだり奏しければ、帝もかぎりなくあはれがりたまひける。

このように、父季縄も娘の右近同様、「忘れられる」「ちぎりを重視する」という特徴がある。さらに、実行できないときにはくやしさをにじませる。第百段では、花の盛りに必ず見に来ようと仰っていた帝（醍醐天皇）がすっかり忘れて訪れがなかったため、「散りぬればくやしきものを」と和歌を

詠んでいる。第百一段では、「あさてばかりまゐり来む」と伝言するが、その後体調が急変し、「のちにあはむと契りける」ことが守れなくなったと「くやしくぞ」の歌を詠む。今際の際まで約束を反故にすることを気にしていたと言えよう。

この季縄・右近のように親子で人物の特徴が共通する例は他にあるだろうか。『大和物語』で親子関係が明示され、それぞれが主役になる段がある人物として、平中興と娘、また、源宗于と娘について見ておきたい。

五　平中興と娘

平中興は桓武天皇皇子の葛原親王孫、平季長の子であるが、是忠親王の王子・忠望王の養子となった人物である。平中興の娘登場段は、第五七・百五・百六段である。

第五十七段

近江の介平の中興が、むすめをいといたうかしづきけるを、親なくなりてのち、とかくはふれて、人の国にはかなき所にすみけるを、あはれがりて、兼盛がよみておこせたりける。

をちこちの人目まれなる山里に家居せむとはおもひきや君

とよみてなむおこせたりければ、見て返りごともせで、よよとぞ泣きける。女もいみじくらうある人なりけり。

第百五段

中興の近江の介がむすめ、もののけにわづらひて、浄蔵大徳を験者にしけるほどに、人とかくいひけり。なほしもはたあらざりけり。しのびてあり経て、人のものいひなどもうたてあり。なほ世にあり経じと思ひてうせにけり。鞍馬といふ所にこもりていみじう行ひをり。さすがにいと恋しうおぼえけり。京を思ひやりつつ、よろづのことといとあはれにおぼえて行ひけり。泣く泣くうちふして、かたはらを見れば文なむ見えける。なぞの文ぞと、思ひてとりて見れば、このわが思ふ人の文なり。書けることは、

すみぞめのくらまの山に入る人はたどるたどるもかへり来ななむ

と書けり。いとあやしく、たれしておこせつらむと思ひをり。もて来べきたよりもおぼえず、いとあやしかりければ、またひとりまどひ来にけり。かくて山に入りにけり。さておこせたりける。

からくして思ひわするる恋しさをうたて鳴きつるうぐひすの声

返し、

さても君わすれけりかしうぐひすの鳴くをりのみや思ひいづべき

となむいへりける。また、浄蔵大徳、

わがためにつらき人をばおきながらなにの罪なき世をや恨みむ

ともいひけり。この女はになくかしづきて、みこたち、上達部よばひたまへど、帝に奉らむとて

あはせざりけれど、このことといできにければ、親も見ずなりにけり。

第百六段

故兵部卿の宮、この女のかかること、まだしかりける時、よばひたまひけり。親王、

荻の葉のそよぐごとにぞ恨みつる風にうつりてつらき心を

これも、おなじ宮、

あさくこそ人は見るらめ関川の絶ゆる心はあらじとぞ思ふ

女、返し、

関川の岩間をくぐるみづあさみ絶えぬべくのみ見ゆる心を

かくて、いでてもの聞こえなどすれど、あはでのみありければ、親王、おはしましたりけるに、月いとあかかりければ、よみたまひける。

夜な夜なにいづと見しかどはかなくて入りにし月といひてやみなむ

とのたまひけり。かくて扇おとしたまへりけるをとりて見れば、知らぬ女の手にてかく書けり。

忘らるる身はわれからのあやまちになしてだにこそ君を恨みね

と書けりけるを見て、そのかたはらに書きつけて奉りける。

ゆゆしくもおもほゆるかな人ごとにうとまれにける世にこそありけれ

となむ。また、この女、

忘らるるときはの山も音をぞなく秋野の虫の声にみだれて

返し、

なくなれどおぼつかなくぞおもほゆる声聞くことの今はなければ

また、おなじ宮、

雲井にてよをふるころは五月雨のあめのしたにぞ生けるかひなき

返し、

ふればこそ声も雲居に聞えけめいとどはるけきごこちのみして

中興の娘は、第五十七段で「親なくなりてのち、とかくはふれて」と親亡き後、落ちぶれる人物として紹介され、兼盛からの和歌に「よよとぞ泣きける」と泣く。(19)第百五段では浄蔵大徳との禁じられた恋であり、浄蔵が「泣く泣くうちふして」と泣き、中興の娘は帰ってきてほしいと請い、(20)浄蔵の「思ひわするる恋しさ」という言葉を受け、「君わすれけりかし」と自分を忘れていると詠む。この恋により、「親も見ずなりにけり」と見限られてしまう。

第百六段での元良親王との話は「ゆゆしくも」歌までが『元良親王集』一三二から一三七番歌とほぼ同じである。「この女のかかること、まだしかりける時」という浄蔵との恋以前の話と設定である。元良親王が落とした扇に書かれた「知らぬ女」によって書かれた歌「忘らるる身はわれからのあやまちになしてだにこそ君を恨みね」に同調して傍らに不吉さを感じている歌を書きつける。そして彼女もまた「忘らるるときはの山も音をぞなく秋野の虫の声にみだれて」と忘れられて泣く女となる。中興の女は忘れられて慟哭する女といえよう。では、父はどのように描かれているだろうか。

中興の段は、第百七十二段である。

　亭子の帝、石山につねにまうでたまひけり。国の司、「民疲れ、国ほろびぬべし」となむわぶると聞しめして、こと国国の御庄などにおほせごとたまひければ、もてはこびて、御まうけをつかうまつりて、まうでたまひけり。近江の守、「いかに聞しめしたるにかあらむ」と、嘆きおそれて、また、「むげにさてすぐしたてまつりてむや」とて、かへらせたまふ打出の浜に、世のつねならずめでたき仮屋どもを作りて、菊の花のおもしろきを植ゑて御まうけつかうまつれりけり。国の守も、おぢおそれて、ほかにかくれをりて、ただ黒主をなむすゑおきたりける。おはしましすぐるほどに、殿上人、「黒主はなどてさてはさぶらふぞ」と問ひけり。院も御車おさへさせたまひて、「なにしにここにはあるぞ」と問はせたまひければ、人々問ひけるに申しける。

　　ささら浪まもなく岸を洗ふめりなぎさ清くば君とまれとか

とよめりければ、これにめでたまうてなむとまりて、人々に物たまひてかへらせたまひける。

ここに平中興の名前は出てこないが、「国の司」「近江の守」が中興を指す。帝との話という点で季縄と似るが、季縄は帝の訪れがないこと、対して、中興は帝の頻繁な訪れに経済的不安を抱えている。第百七十二段は黒主の登場が中心であり、中興の歌はない。この段だけでは娘との共通した人物的特徴という点も見いだせない。中興は第百五段で娘を見限ったように、帝の対応を黒主に丸投げする人物である。ではもう一組の源宗于親子についてはどうだろう。

六　源宗于と娘

源宗于は『尊卑分脈』によると光孝天皇第一皇子是忠親王の息子となっているが、年齢的に合わないため親子関係を否定する説(21)もある。源宗于の登場段は、右近・季縄親子と反対に、父である宗于の登場段が多い。以下に挙げる九段に名前が登場する。

第三十段

故右京の大夫宗于の君、なりいづべきほどに、わが身のえなりいでぬことと、思ひたまひけるころほひ、亭子の帝に、紀伊国より石つきたる海松をなむ奉りけるを題にて、人々歌よみけるに、右京の大夫、

沖つ風ふけゐの浦に立つ浪のなごりにさへやわれはしづまむ

第三十一段

おなじ右京の大夫、監の命婦に、

よそながら思ひしよりも夏の夜の見はてぬ夢ぞはかなかりける

第三十二段

亭子の帝に、右京の大夫のよみて奉りたりける。

あはれてふ人もあるべくむさし野の草とだにこそ生ふべかりけれ

また、

時雨のみ降る山里の木のしたはをる人からやもりすぎぬらむ

とありければ、かへりみたまはぬ心ばへなりけり。「帝、御覧じて、『なにごとぞ。これを心えぬ』とて僧都の君になむ見せたまひけると聞きしかば、かひなくなむありし」と語りたまひける。

第三十四段

右京の大夫のもとに、女、

色ぞとはおもほえずともこの花に時につけつつ思ひいでなむ

第三十九段

伊勢の守もろみちのむすめを、ただあきらの中将の君にあはせたりける時に、そこなりけるうなゐを、右京の大夫よびいでて、語らひて、朝によみておこせたりける。

おく露のほどをも待たぬあさがほは見ずぞなかなかあるべかりける

第五十四段

右京の大夫宗于の君、三郎にあたりける人、博奕をして、親にもはらからにもにくまれければ、足のむかむ方へゆかむとて、人の国へいきける。さて、思ひける友だちのもとへよみておこせたりける。

しをりしてゆく旅なれどかりそめの命知らねばかへりしもせじ

第六十三段

故右京の大夫の、人のむすめをしのびてえたりけるを、親聞きつけて、ののしりてあはせざりければ、わびてかへりにけり。さて、朝によみてやりける。

さもこそは峰の嵐は荒からめなびきし枝をうらみてぞ来し

第八十段

宇多院の花おもしろかりけるころ、南院の君達とこれかれ集りて、歌よみなどしけり。右京の大夫宗于、

来て見れど心もゆかずふるさとのむかしながらの花は散れども

こと人のもありけらし。

これらについて、岡部由文は「宗于関係章段についてみる限り、大和物語は順調な官歴を踏んでいる華やかな時代の宗于を描いているのではなく、世間から取り残された不遇時代の宗于を描いていることになる」(22)と述べている。確かに、第三十・三十二段は官位の不遇を訴える章段群（第三十〜三十七段）にあり、帝に不遇を訴えているが、それだけでは十分な指摘とはいえない。第三十一・三十九・六十三段は相手の女性にもっと会いたい気持ちを詠む恋の話であり、また、第八十段の「心もゆ

かず」と詠む歌から見える宗于は、現状に満足しない人物といえる。第三十四段には女性から贈られた歌、第五十四段は三男の話もある。次に、宗于の娘の登場段も見ておこう。

第百八段

南院のいま君といふは、右京の大夫宗于の君のむすめなり。それ、おほきおとどの内侍の督の君の御方にさぶらひけり。それを兵衛の督の君、あや君と聞えける時、曹司にしばしばおはしけり。おはし絶えにければ、常夏の枯れたるにつけて、かくなむ、

かりそめに君がふし見し常夏のねもかれにしをいかで咲きけむ

となむありける。

第百九段

おなじ女、巨城が牛を借りて、またのちに借りたりければ、「奉りたりし牛は死にき」といひたりける返しに、

わが乗りしことをうしとや消えにけむ草にかかれる露の命は

第百十段

おなじ女、人に、

大空はくもらずながら神無月年のふるにもそではぬれけり

ここで注目したいのは「南院のいま君といふは、右京の大夫宗于の君のむすめなり」という紹介で

ある。「南院に奉仕した女房の名であろう」[23]、「宗于の娘として生まれ、南院の今君として育てられる」[24]という解釈がされている。また、第百九段歌が『後撰集』巻第十六・雑二・一一三〇番歌にも見えるが、ここでの詠み人は「閑院の御」となっている。そのため、『大和物語』第百十八段「閑院のおほい君」、第百十九段「おなじ女」もこの宗于の娘と同一人物であるか否かという問題点がある。別の呼称であるため、本論では別の人物として扱うが、同一人物として論じる鈴木佳與子は「南院の今君の章段は、全体に暗い影がさしているような気がする。」と言い、「彼女は宗于のイメージを引継いで、すばらしい歌人で、物の情趣を解する人であり、全体として心愛い感じを持つ女性として、大和物語はとらえていると考える。」と指摘する。[25]

連続する三段に登場する「南院のいま君」に限っても嘆く歌を詠んでおり、父・宗于とも共通する。親子関係が明示される人物として、宗于親子と季縄・右近親子が同様に、あの人物の娘であるという注目を浴びていたことは想像できる。第八十二段で右近が雉を送られることは、鷹狩の名人交野の少将の娘であるという意味も大きいと考えられ、父親のイメージを引き継ぐ存在の娘である。しかし、宗于親子にも季縄・右近の二人ほど特徴付けはないに等しい。

おわりに

『大和物語』は様々な人物が登場し、特に女性に焦点をあてた話が多い。男主人公の一代記である

『伊勢物語』とは大きく異なる点である。『伊勢物語』に登場する女性は二条后や斎宮を代表にし、高貴で禁忌の恋の相手であり、会い難い存在であるという共通項を持っていた。その他の東国での女は京の女と対照化する意味が大きい。しかし、『大和物語』は多くの女性が登場し、個性を発揮している。これは『源氏物語』に登場する女性たちのように個別認識される特徴ある女性である。

本論では、右近を中心に父娘に共通する特徴について論じたが、『大和物語』には、その他にも父娘関係が描かれており、第四十九、五十一段には、宇多天皇と娘の斎院（君子内親王）の贈答歌がある。また、第百四十六段は、歌によって大江玉淵の娘であることを証明する遊女が登場する。これは『大鏡』などで知られる鶯宿梅の紀貫之の娘の故事にも繋がるだろう。

誰の妻か、誰の母か、誰の娘かということで女性の所属が表現される時代に、父と娘という関係は単純な血縁関係だけではなく、どのように社会とつながっているのかを表している。女房名が父などの近親者の官職名に由来することが多いこともその証左である。右近は父季縄と同じような「忘れられる」「ちぎり・誓いの言葉を重視する」人物としてこの『大和物語』内で存在している。これは、高貴な身分でもない一女房に過ぎない右近がどのような存在だったのかを伝えるための方法であり、『大和物語』の新しい表現だったといえる。

＊『大和物語』文の引用は新編日本古典文学全集（小学館）に、歌集は新編国歌大観による。

注

（1）山下道代「第六章　女たち」（『歌語りの時代—大和物語の人々』筑摩書房、一九九三年）

（2）注（1）に同じ。としこと元良親王との関係は、『大和物語』第百三十七段と同歌が『元良親王集』一四二番歌にあり、「しがの山ごえのみちに、いもはらといふ所もたまへりけり、そこにこがくれつつ人みたまけるをしりて、としこがかいつけける」と詞書にある。第三句が「ふりでつつ」とある。『元良親王集全注釈』（片桐洋一・関西私家集研究会、新典社、二〇〇六年）は、九八番歌の「ある女」がとしこである可能性を指摘する。

しがにかりし給ふときのやどに、ある女まうであひて、はしらにかいつけける

かりにくるやどとはみれどかましゝのおほけなくこそすままほしけれ

また、『拾遺和歌集』巻第九・雑下・五一〇にも元良親王がとしこに春秋の優劣を問うやりとりがある。

元良のみこ承香殿のとしこに、春秋いづれかまさるととひ侍りければ、秋もをかしう侍りといひければ、おもしろきさくらをこれはいかがといひて侍りければ

おほかたの秋に心はよせしかど花見る時はいづれともなし

（3）鈴木佳與子「としこ」（雨海博洋・山崎正伸・鈴木佳與子『大和物語の人々』笠間書院、一九七九年）

（4）雨海博洋『歌語りと歌物語』第一章第二節「『大和物語』の監の命婦」（桜楓社、一九七六年）

（5）『元良親王集』の冒頭も「げんの命婦のもとよりかへり給ひて」という詞書があり、帰る元良親王の歌

（一番歌）と引き留める監の命婦の歌（二番歌）で始まる。また、『大和物語』第八段の歌は、『元平親王集』では百三十・百三十一番歌に元良親王と監の命婦の贈答歌として収めている。
（6）山崎正伸「桂皇女」（雨海博洋・山崎正伸・鈴木佳與子『大和物語の人々』笠間書院、一九七九年）
（7）今井源衛『大和物語評釈』上（笠間書院、一九九九年）
（8）片桐洋一『鑑賞日本古典文学　伊勢物語大和物語』（角川書店、一九七五年）
（9）勝亦志織「『大和物語』における桂の皇女関連章段採録の意図」（『古代文学研究 第二次』第25号、二〇一六年）
（10）今井源衛『大和物語評釈』上巻（笠間書院、一九九九年）
　これらの章段ではすべて、右近の歌一首のみが記され、それに対する男の返歌は全く記されない。八十四段のごとき「返しはえ聞かず」と記すが、はたして事実上、作者が返歌を聞かなかったのか、それとも故意に落としたものか何とも云えぬ。そのように勘ぐりたくなるほど、この辺りでは右近の和歌そのものをのみ語ろうとする意図が強い。
（11）鈴木佳與子「『大和物語』の右近」（『和歌文学研究』34　一九七六年三月）
「父の五条にある家」については、第百一段の「五条にぞ少将の家ある」による。
（12）雨海博洋・岡山美樹『講談社学術文庫　大和物語（上）』（講談社、二〇〇六年）
（13）岡山美樹「『大和物語』〈右近〉章段の総合的読みの試み」（『相模国文』25　一九九八年三月）
（14）伊藤一男「右近をめぐる歌語り―『大和物語』の世界」（『学芸国語国文学』32　二〇〇〇年三月）

(15)『敦忠集』には敦忠が「わすれじ」と雅子内親王の心変わりを不安に思う歌（一一四）を詠み、雅子内親王は誠実な思いを返歌（一一五）にしている。

秋ごろ

わすれじとむすびしのべのはなすすきほのかにもみでかれぞしぬべき

かへし

むすびおきしたもとだにみぬはなすすきかくるともかれじ君がとかずは

(16)片桐洋一『鑑賞日本古典文学　伊勢物語大和物語』（角川書店、一九七五年）

(17)山下道代「第六章　女たち」（『歌語りの時代―大和物語の人々』筑摩書房、一九九三年）

(18)高桑佳與子「「右近」関係章段」（雨海博洋・神作光一・中田武司『歌語り・歌物語事典』勉誠社、一九九七年）は「季縄は宇多・醍醐両天皇に仕え、風流人として名をはせた人であった。従って、右近は、あの〝季縄の女〟と人々に意識されていたことであろう。」という。

(19)『後撰和歌集』巻第十六・雑二・一一七二・一一七三に第五十七段の歌と同歌があるが、詠み人知らずであり、女からの返歌もある。

むかしおなじ所に宮づかへし侍りける女の、をとこにつきて人のくににおちゐたりけるをききつけて、心ありける人なれば、いひつかはしける

をちこちの人めまれなる山里に家ゐせんとは思ひきや君

返し

身をうしと人しれぬ世を尋ねこし雲のやへ立つ山にやはあらぬ

妹尾好信氏（『平安朝歌物語の研究　大和物語篇』笠間書院、二〇〇〇年）は「『後撰集』詞書の記述から恋愛関係を想起させる要素を伏せて経済的側面を重点的に描いたのが『大和物語』の記述と言える」と違いを述べる。

(20)この歌は『後撰和歌集』巻第十二・恋四・八三二に「浄蔵くらまの山へなんいるといへりければ　平なかきがむすめ」として収載されている。

(21)今井源衛『大和物語評釈』上巻（笠間書院、一九九九年）・柿本奨『大和物語の注釈と研究』（武蔵野書院、一九八一年）など。

(22)岡部由文「大和物語における源宗于の位置」（『中古文学』第二十号、一九七七年十月）

(23)今井源衛『大和物語評釈』下巻（笠間書院、二〇〇〇年）

(24)鈴木佳與子「南院の今君」（雨海博洋・山崎正伸・鈴木佳與子『大和物語の人々』笠間書院、一九七九年）

(25)注（24）に同じ。

『大和物語』八十九段の和歌表現と構成についての考察

内藤英子

一　はじめに――八十九段の本文と問題の所在

『大和物語』は、「歌語り」を集めた「歌物語」というとらえ方が一般的であるが、そこに創作性や表現の特異性を認める立場もある。(1) 本稿では、八十九段を素材として和歌表現の特異性と、一段の和歌の配列にみる構成からその創作性を明らかにしたい。

八十九段の本文は、大きく五つの部分から構成されている。(2)

〈前半〉

[A] 修理の君に、右馬の頭すみける時、「方のふさがりければ、方たがへにまかるとてなむえまゐり来ぬ」といへりければ、

①これならぬことをもおほくたがふれば恨みむ方もなきぞわびしき

B かくて、右馬の頭いかずなりにけるころ、よみておこせたりける。

②いかでなほ網代の氷魚にこととはむなにによりてかわれをとはぬと

といへりければ、返し、

C ③網代よりほかには氷魚のよるものか知らずは宇治の人に問へかし

また、おなじ女に通ひける時、つとめてよんだりける。

④あけぬとて急ぎもぞする逢坂の霧立ちぬとも人に聞かすな

〈後半〉

D 男、はじめごろよんだりける。

⑤いかにしてわれは消えなむ白露のかへりてのちのものは思はじ

返し、

⑥垣ほなる君が朝顔見てしかなかへりてのちはものや思ふと

E おなじ女に、けぢかくものなどいひて、かへりてのちによみてやりける。

⑦心をし君にとどめて来にしかばもの思ふことはわれにやあるらむ

修理が返し、

⑧たましひはをかしきこともなかりけりよろづの物はからにぞありける

右馬の頭の修理の君への訪れが間遠になるAからCを前半、恋愛初期の贈答が描かれたDEを後半とする。修理の君（以下「修理」と表記）は、修理職に父兄が勤め宮仕えに出ていた女性で、九十段で元良親王（八九〇～九四三）とも関係があり、承平・天慶頃の人物と考えられるが未詳である。(3) 右馬の頭は右馬寮の長官で従五位上相当だがこの人も未詳である。八十九段は八首の歌で構成されているが、②歌のみ他出があり『拾遺集』『拾遺抄』をはじめ『清少納言集』『宝物集』などにみられる。②歌以外の七首は『大和物語』だけにみられる歌である。

八十九段の中心となる②歌と③歌の贈答のみ解釈を確認しておきたい。②歌の「なほ」は思い直すという意味で、「いかでなほ」には、人ではない「氷魚」に聞いても無駄だと思いつつ、男が自分を訪ねてくれない理由をやはり問わずにはいられないという思いが込められている。「いかでなほ」は成句の歌語で、明らかに不可能なことをあえて願う場合に用いられる。(4)「氷魚」が「網代」に「寄る」ことに、男が女のもとに寄ることを喩えて、さらに「寄る」に「由る」を掛け、自分を訪ねてくれない理由を男に直接問いかけている。「こととはむ」の類歌に、『伊勢物語』九段の業平歌で「名にしおはばいざこととはむ都鳥わが思ふ人はありやなしやと」がある。業平も人ではない「都鳥」に問いかけている。③歌は、「網代」を修理、「氷魚」を右馬の頭自身に喩えている。「宇治」に「内裏《うち》」、「知らず」の「しら」には氷魚の「白」色が掛けられている。あなた以外の女性のもとに私は行ってはいない、疑うなら氷魚のことをよく知る宇治の人あるいは自分が勤める内裏の人に聞いてくれと返している。

まず、八十九段の中心となる②歌の「網代―氷魚―寄る」という表現の新しさと、②歌が詠まれた状況設定の普遍性、②歌が独詠歌的であるという三つの特異性を明らかにする。次に、②歌以外の修理歌の特異性も明らかにし、八十九段の和歌が女歌の修理歌の特異性が際立つように意識して配列されていることと、文のつなぎに「かくて」を多用することから『大和物語』の創作性を論じる。

二　「網代―氷魚―寄る」和歌表現の変遷からみる修理歌の特異性

まず、②歌の修理詠には「網代」に「氷魚」が「寄る」という縁語関係にある三語が同時に詠まれているが、それは修理が生きていたと考えられる承平・天慶頃には、新しい詠みぶりであったことを明らかにする。本稿では、便宜上古今集時代を朱雀朝まで、後撰集時代を一条朝前半までとし、『万葉集』の時代から後撰集時代までの和歌を調査対象とする。[5]後撰集時代の網代詠では「褻の歌」の表現技法が「晴の歌」である屏風歌に転用して詠まれたことや、[6]屏風歌の題材としての「網代」が古今集時代の八回から後撰集時代には十五回と増加の著しいことが[7]指摘されている。本稿では「褻の歌」を「日常詠」、「晴の歌」を「屏風歌」と表記する。修理の歌は屏風歌ではなく、日常詠である。「網代」の和歌表現の変遷をたどりながら、修理歌の特異性をとらえていきたい。

『万葉集』から、「網代」も「氷魚」も和歌に詠まれている。

柿本朝臣人麻呂、近江国より上り来る時に、宇治河の辺に至りて作る歌一首

⑨264もののふの八十宇治川の網代木にいさよふ波の行くへ知らずも　（巻三）

⑩3839 我が背子が犢鼻《たふさき》にする円石《つぶれいし》の吉野の山に氷魚そ懸《さが》れる　（巻十六「無心所著の歌二首」）

『万葉集』と同時代歌人の私家集には、「網代」の用例が五首、「氷魚」の用例が一首ある。⑨歌は、『人丸集』『古今六帖』に他出しているが、『古今六帖』の五句は「よるべ知らずも」となっている。五句の「知らずも」の「シラの原文「白」は視覚的効果をねらった表記」とされている。(8)「網代」が「宇治」の地名と詠まれている。「網代」と「よる」の組み合わせは、⑨歌の『古今六帖』の異伝歌にみられるが、『古今六帖』の成立は十世紀後半と考えられるので、『万葉集』の時代にはなかったと考えてよい。⑩歌は「氷魚」が詠まれているが、「網代」とは詠まれていない。

古今集時代から後撰集時代時代までの「網代」が詠まれた歌の中で、日常詠を中心に列挙する。

⑪103 網代木のなかゐをやせんはかなくて紅葉のかげにひをくらしつつ　（『躬恒集』（正保版本歌仙家集）詞書なし）

網代

⑫454 紅葉葉のながれて落つる網代には白波もまたよらぬ日ぞなき　（『貫之集』「同じ（天慶二）年宰相の中将屏風の歌」）

宇治の網代に、知れる人のはべりければ、まかりて

⑬1136 宇治河の浪にみなれし君ませば我も網代によりぬべきかな　（『後撰集』雑二・大江興俊）

長月のつごもりの日、紅葉に氷魚をつけておこせてはべりければ

⑭440宇治山の紅葉を見ずは長月の過ぎゆくひをも知らずぞあらまし（『後撰集』秋下・千兼がむすめ）

近江の守にて館にありける頃、殿上の人々田上の網代に来たりけるに、酒などすすむとて

⑮15ながれくる紅葉の色のあかければ網代にひをのよるもみえけり（『公忠集／『古今六帖』氷魚』）

⑯32うちわたしまつ網代木にいとひをの絶えてよらねばなぞや心憂（『順集』「あめつちの歌……冬」）

『古今集』には「網代」を詠んだ歌はないが、古今集時代の私家集『躬恒集』に二首、『貫之集』に七首みられる。詞書のない⑪歌以外の八首はすべて屏風歌である。⑪歌は「網代」と「氷魚」を共に詠み、「氷魚」に「日を」を掛け、「暮らす」を伴って時間の経過を表しているが、この詠法は後撰集時代以降の屏風歌の網代詠に流行する手法である。⑫歌は「網代」に落ちた「紅葉」と「白波も」「網代」に「よる」と詠まれ、『万葉集』⑨歌の「波」が「白波」となることで、白い氷魚が網代に寄るイメージが重ねられている。「網代」と「よる」は、一首の中で⑫歌の貫之詠の屏風歌において天慶二（九三九）年から詠まれ始めている。

後撰集時代（『古今六帖』は除く）に、網代詠は三十六首、その内日常詠は『後撰集』に二首、私家集に十一首あり、屏風歌は二十三首詠まれている。⑬歌は、「君」を「網代」、「私」を「氷魚」に喩えて、波に水馴れた網代に氷魚が寄るように、自分もあなたのおそばに寄って行きたいと詠まれている。「我も」とあることで歌には詠まれていない「氷魚」の存在が意識される。⑭歌には躬恒の⑪歌から始まる「氷魚」と「日を」の掛詞と、③歌と同じ「知ら」と「白」の掛詞がみられる。「網代―

氷魚―寄る」と詠まれた歌は十四首あり、網代詠中の四割程度である。その中で日常詠は、『公忠集』『順集』『元真集』『馬内侍集』『実方集』に各一首で全五首、屏風歌は『忠見集』『元輔集』各二首、『元真集』『順集』『能宣集』『詞花集』（藤原惟成詠）『蜻蛉日記』（道綱母詠）に各一首で全九首みられる。日常詠の中で詠まれた年代が明確で最も古いのは⑮歌で、その最下限は公忠の近江守の任期から天慶八（九四五）年である。⑮歌と②歌の修理詠との前後関係は確定できないが、両歌とも日常詠で「網代―氷魚―寄る」を一首に詠んだ最も早い時期の歌であると考えられる。屏風歌で「網代―氷魚―寄る」が最も早く詠まれたのは、天徳三（九五九）年の元真詠で修理の生きた時代よりも後になる。⑯歌の順詠は男が女を訪ねることを「氷魚」と「網代」に喩え「絶えてよらねばなぞや心憂」と男が訪れずつらい女の気持ちが詠まれているが詠み手は順で、女性自身がそのような自らの心情を詠んだ歌は修理歌のみである。後撰集時代の網代詠は、『後撰集』撰者である元輔、順、能宣の屏風歌に多く、屏風歌では紅葉と詠まれることが多いが、それは網代で有名な宇治と田上が紅葉の名所であり屏風絵にも同場面で描かれていたからであろう。網代詠三十六首の中で、詞書か歌に「宇治」の地名が含まれた歌が十五首、「田上」が二首で、「宇治」の知名度が圧倒的に高いことがわかる。網代詠の中で「氷魚」は二十首詠まれているが、「宇治」の地名とともに十二首、「田上」の地名と二首詠まれており、「氷魚」は地名とともに詠まれる傾向がある。

『古今六帖』（貞元・天元（九七六〜九八三）頃成立か）は、後撰集時代の成立だが、古歌をはじめとして古今集時代の歌が含まれるため単独で検討する。全て巻三にある。

⑰1524宇治川のせぜにありてふ網代ぎにおほくのひをもわびさするかな
⑱1526すぐしくるひをかぞふとも宇治川の網代ならねばよらじとぞ思ふ
⑲1650宇治川のなかにながれてきみまさば我も網代によりぬべきかな
⑳1651宇治川のなみのよるよるねをぞ鳴く網代もるてふひとのつらさに

「氷魚」の題に⑰⑮⑱歌の順で三首あるが、「網代―氷魚―寄る」と詠まれた歌は二首あり、⑮歌の公忠詠と⑱歌である。⑰⑱歌ともに「宇治川―網代―氷魚」が詠みこまれ、「宇治」という地名と「網代―氷魚」との結びつきは強いが、⑮歌は「田上」で詠まれている。先述した後撰集時代と同じ傾向がみられる。「網代」の題には七首あり、人麻呂詠の⑨歌、躬恒の屏風歌一首、貫之の屏風歌三首と、詠み人知らずの⑲⑳歌の二首である。⑲⑳歌は、歌には詠まれていない「氷魚」が「網代」に寄ることに、男が女を訪ねることを喩えているが男性の立場で詠まれている。⑲歌は⑬歌の異伝歌である。

『万葉集』から後撰集時代までの「網代―氷魚―寄る」和歌表現の変遷をみると、⑫歌の貫之詠で「氷魚」は歌には詠まれずイメージでその存在だけが示されていた。貫之と交流のあった公忠の⑮歌では、「網代―氷魚―寄る」の縁語関係で詠まれている。⑬歌は「網代」に「知れる人」を、「氷魚」に「我」を喩えていたが、⑯歌の順詠や『古今六帖』の⑲⑳歌は男が女を訪ねることを「氷魚」と

「網代」に喩えている。その設定は、『大和物語』八十九段の②歌で修理が「氷魚」に右馬の頭をよそえて問いかけ、③歌で「網代」に修理をよそえて答えているのと同じである。この比喩関係の歌が詠まれた前後関係については明確ではなく、この当時類型化されつつあった詠みぶりと言える。歌の素材である「網代」や「氷魚」は、古今集時代から徐々に増加し後撰集時代に盛んに詠まれた屏風歌の題材で、その影響関係は一概に日常詠から屏風歌ばかりとは言えず、身近な屏風に描かれた絵の素材を用いて日常詠を詠むこともあったと考える。また、『万葉集』から後撰集時代までの「網代」が詠まれた六十首の中で、よみ人知らずの歌をのぞくと、女性の歌は⑭歌と②歌の修理詠だけで、六十首中「寄る」に「由る」を掛けた歌は②歌以外になく特異な掛詞である。このように、修理歌は「網代—氷魚—寄る」の縁語関係から類型化されつつあった「女に男が寄る」という連想関係を確実なものにした女性による最初の歌で、『大和物語』には時代に先駆けた新しい詠みぶりの女歌が取り入れられている。

三　『拾遺集』の詞書と部立からみる修理歌の特異性

この章では、『拾遺集』の詞書と『大和物語』八十九段の地の文との相違、修理歌の位置する『拾遺集』の部立の特徴から、修理歌の特異性を考える。『拾遺集』には「網代」を詠んだ歌が五首あるが、その内「網代—氷魚—寄る」の縁語関係を持つ歌が二首あり、勅撰集では『拾遺集』に初出する。

内裏御屏風に

㉑1133月影のたなかみ河にきよければ網代にひをのよるも見えけり（雑秋・清原元輔／他出『元輔集』）

蔵人所にさぶらひける人の、氷魚の使ひにまかりにけるとて、

京に侍りながら音もし侍らざりければ

㉒1134いかで猶網代のひをに事とはむなにによりてか我をとはぬと（雑秋・修理／他出『大和物語』）

㉑㉒歌は『拾遺集』の巻十七「雑秋」に並んでいる。「雑秋」は純粋な四季歌ではない、発想や表現の特異な歌が収められている。㉑歌は『元輔集』の詞書によると、「天延元（九七三）年九月宮中からの仰せで献上した屏風歌」で「冬、田上の網代」を詠んだものである。㉒歌は『大和物語』②歌と字句は同じで詞書が異なる。「氷魚の使ひ」は、『延喜式』三十九「内膳司」に「山城近江国氷魚網代各一処。其氷魚ハ九月ニ始メテ十二月卅日マデニ之ヲ貢グ」とあるように、献上品の氷魚を召しに行く使いで、その行き先は山城国の「宇治」と近江国の「田上」の二か所があった。㉒歌には、地名は詠まれていないので、そのどちらかは不明である。『拾遺集』の配列は、㉑歌が網代の氷魚を詠んでいることで、同じ題材の詠まれた㉒歌が続いたのだろうが、㉑歌の前も躬恒の屏風歌が配置され、二首屏風歌が続いた後に、修理歌が位置している。修理歌には屏風歌の題材である「網代」と「氷魚」が詠まれているためにこの位置に置かれたとも考えられる。(9)

八十九段と『拾遺集』には、修理歌の字句に異同はないので、地の文と詞書を比較する。八十九段

には「かくて、右馬の頭いかずなりにけるころ、よみておこせたりける」とあった。『管窺抄』は八十九段の地の文に氷魚に関する記述が無いので脱文があるとするが、修理歌は「下の句をきかした歌で、上の句はそのためのものにすぎず、その下の句は、地の文「行かずなりにける頃」に対応するのであるから、『管窺抄』の如く言うに及ばない」[10]と考える。柳田忠則は、『拾遺集』には『大和物語』にある返歌がないので、『拾遺集』そのものをもとにしているとは断定できないとし、『大和物語』には改作の手が加わっていると言う。また、八十九段のⒷの冒頭が「かくて」という接続詞で始まっていることはⒷが『大和物語』の創作であることを暗示しているとする。[11]八十九段と『拾遺集』が異なる歌語りをもとにしている可能性もあるが、八十九段の地の文は『拾遺集』と同じ歌語りをもとにして、『大和物語』が創作している可能性が高いと考えている。

まず、修理の相手となる男性の表記は、『大和物語』では「右馬の頭」とあるだけだが、『拾遺集』では、「蔵人所にさぶらひける人」で「氷魚の使ひ」として宇治または田上に行く人と具体的かつ限定的である。「右馬の頭」は、修理が生存していた承平・天慶の頃には、親王の男が任命されている。[12]親王の男で『伊勢物語』の男のモデルである在原業平も「右馬の頭」の役職についていたことがある。『大和物語』の九十段には、元良親王に詠んだ修理の歌が続いているので、その相手として親王の男が任命される五位の「右馬の頭」の方が、六位の「蔵人所」に勤める男よりもふさわしいと考え、さらに元良親王と同じように好色で知られた業平のイメージを重ねたのだろう。

修理歌に「網代」と「氷魚」が詠まれているので、『拾遺集』の詞書にあるように男が「氷魚の使ひ」である方が理解はしやすいが、その詞書がなくても修理歌は成立する。先述したように、古今集時代から『拾遺集』の頃まで屏風歌が盛んに詠まれ、その最盛期は修理の生きていた後撰集時代前後である。題材の変遷についても、「網代」と「氷魚」は後撰集時代に著しく増加している。屏風歌に盛んに詠まれているということは、屏風絵の素材として「網代」や「氷魚」が頻繁に描かれていたことを意味する。したがって、『拾遺集』のような設定がなくても日常的に目にする屏風絵の題材である「網代」や「氷魚」をもとに修理が歌を詠むことは可能である。

次に、『拾遺集』の部立に着目すると、修理歌は「雑秋」にあり、純粋な「秋」の部でもなければ「恋」の部でもない。『拾遺集』における「雑春」「雑秋」所収の歌は、「春」「秋」の部立に比べて、自己を詠む主観的傾向の強いのが特徴で、その自己を詠む場や折が強調され、散文的で率直な表現になっている。(13)『拾遺集』の詞書から修理歌には、相手の男が「氷魚の使ひ」というかなり限定した役職につき、その役職のために宇治または田上に行くからあなたの所へは行けないと京にいながら嘘をつくという前提がある。その前提となる状況設定をもとに、相手の男を氷魚に喩えて、男に訪ねてもらえない自己の寂しさが詠まれ、八十九段③歌のような答歌もないので、独詠歌のような趣まで備えている。『拾遺集』の修理歌は生活詠であり限定された場の設定があってこそ理解できる歌になっている。逆に八十九段の②歌は、「氷魚の使ひ」という設定がなく、男が「右馬の頭」という役職のために、歌を詠む場が限定されず、いつの季節でもあてはまり、歌の詠まれた状況設定が普遍化されている。また、時間と場所が限定されないことで、修理歌の下の句「なにによりてかわれをとはぬと」に表された女の心情が歌の中心であることが明確になっている。ここにも『大和物語』の創作性を認めることができる。

四　『蜻蛉日記』の引歌の方法からみる修理歌の特異性

この章では、『蜻蛉日記』にみられる引用方法から、修理歌の特異性を考えたい。『蜻蛉日記』の作者が「みずからの体験をもとにした新しい物語を目指して筆をとる」際、最初に「規範としたのは伊勢・大和の歌話」であった。実際、上巻に四個所、中巻に三個所、下巻に三個所『大和物語』の影響がみられる。[14]『蜻蛉日記』の上巻は特に歌物語性が強く、「『大和物語』の八十一段から九十三段までの人物関係・表現・和歌語句などの近似が目立」っている。[15]『蜻蛉日記』作者の引歌の用法は、次のⒶからⒻの六つに分類できる。[16]「Ⓐ先行の和歌の歌句の投入」、「Ⓑ名歌の歌意を利用(a)一句なりと古歌の歌句をあげてその歌の意味を散文に生かす(b)上の句をあげるが述べようとするのは下の句の歌意(c)一首の歌意を文中に流し込む」、「Ⓒ名歌の詠法を模倣」、「Ⓓ発想において同工を感じとる」、「Ⓔ果して引歌なのかどうか判然としないが情趣の一致しているもの」、「Ⓕ語彙面において類似性がみられる。」の六用法である。上巻の天暦十（九五六）年冬の記事に修理歌が引用されているが、その引歌の方法は、Ⓑの(b)に相当する。

かくて、つねにしもえいなびはてで、ときどき見えて、冬にもなりぬ。臥し起きはただ幼き人をもてあそびて、「いかにして網代の氷魚に言問はむ」とぞ、心にもあらでうち言はるる。(143頁)

兼家は町の小路の女と婚姻後、道綱の母への訪れは途絶えがちで、まだ幼い道綱を前に無意識に口ずさんだのが修理歌の上の句で、修理歌の下の句「なにによりてかわれをとはぬと」が道綱の母の訴えたい思いである。「なにによりて」には「他の女性に寄って」と「何が原因で」が掛けられ、兼家が他の女性のもとに通っていることは自明だが、自らの何が原因となって訪れないのかという相手への問いかけは深い自省をも伴っている。道綱の母は無意識に修理歌を口にすることによって、今まで意識していなかった自らの心情に気づくことになった。修理歌の下の句には当時の女性に共通する心情が独詠歌のように率直に詠まれている。そのために道綱の母が無意識に口ずさんだと思われる。

次に『蜻蛉日記』の本文「いかにして」と、『大和物語』八十九段や『拾遺集』の和歌の初句が「いかでなほ」と異なることについて考えたい。現存『大和物語』諸本は、第一類・第二類・第三類の三系統になるが、ほとんどの写本が第一類系統に属する。『校本大和物語とその研究』[17]によると、「いかでなほ」は、第二類の御巫氏旧蔵本と鈴鹿三七氏旧蔵本の二本のみ(第二類もこの二本のみ)に、「いかでかは」とあるだけで、『大和物語』の諸本に「いかにして」を本文に持つものはない。また、『拾遺集』の諸本においても歌に異同はない。「いかにして」は『蜻蛉日記』にしかみられない本文である。「いかでなほ」は、先述したように成句の歌語でこの語の持つ特殊性がそのまま引用することを道綱の母にためらわせたのではないだろうか。例えば、『源氏物語』においては、歌をそのまま引用するのではなく、言葉を変えて引用することはよく行われている。その先駆としての『蜻蛉日記』の引歌の方法と考えたい。「いかでなほ」は後撰集時代までに十三首の用例がある。

宗于朝臣のむすめ、陸奥へくだりけるに

㉓1325 いかでなほ笠取山に身をなして露けき旅に添はんとぞ思ふ　（『後撰集』離別　羇旅）

㉓歌は、「笠取山」の名にある「笠取」に笠持ちの従者の意味を掛け、苦難の多い陸奥の旅に何とかして従者でもよいからついて行きたいと詠まれている。このように、「いかでなほ」は現実的には不可能なことを願う場合に用いられる。修理歌の場合、①歌で方違えを理由として来なかった後も右馬の頭は訪ねてこず、「いかでなほ」と続き、その場合は「なんとしてもやはり」の意味が生きるのであるが、道綱の母の場合、独り言のようにふともらした言葉で「いかでなほ」では強すぎる願望表現となるので、それを避けて「いかにして」と初句を変えて引用したのではないだろうか(18)。

さらに、上巻の安和元（九六八）年九月の道綱の母と兼家の和歌の贈答には、八十九段の修理と右馬の頭の和歌の贈答が引用されていることを検討する。

（道綱の母）人心宇治の網代にたまさかによるひをだにもたづねけるかな

舟の岸に寄するほどに、返し、

（兼家）帰るひを心のうちにかぞへつつたれによりてか網代をもとふ（199頁）

（修理）いかでなほ網代の氷魚にこととはむなにによりてかわれをとはぬと

といへりければ、返し、

（右馬の頭）網代よりほかには氷魚のよるものか知らずは宇治の人に問へかし（八十九段）

道綱の母と兼家の和歌の贈答は、道綱の母が初瀬詣でに出かけた帰路、宇治まで兼家が出迎えに来た時に詠まれている。『蜻蛉日記』の注釈書で、二人の和歌の贈答に『大和物語』の修理と右馬の頭の贈答が引かれていると指摘しているものを見出せなかったが、ここには先述した引歌の分類によると、ⒸⒹⒻに相当する引歌がなされ、修理歌の詠法を模倣し、発想が同じで、語彙面に類似がみられる。具体的には道綱の母と兼家の贈答には「網代―氷魚―寄る」の縁語関係がみられ、兼家歌は「寄り」と「由り」の掛詞が修理歌と共通し、二重傍線部の意味は逆となるが言葉のつながりが類似している。さらに右馬の頭歌の「宇治」と「内（内裏）」の掛詞を、兼家は心の「内」に「宇治」を掛け、両者の掛詞には「うち」の音が共通している。道綱の母は⑯の順歌のように「人心宇治」の「う」には「憂し」の「う」を掛けている。道綱の母と兼家は宇治の地で和歌を贈答しているので「宇治」の地名が詠まれるのは自然だが、『大和物語』の場合、地名に関する情報が修理歌には一切なく普遍化された設定の中で、右馬の頭が「宇治」という地名を出したのは、前述したように網代詠では「宇治」と「氷魚」の結びつきが強いからであろう。道綱の母は、上巻の天暦九（九五五）年十月、町の小路の女に公然と通う兼家に対して、嘘でもいいから「内裏に」行くとか言い訳してほしいと記していた。兼家の「うち」には「内裏」も響いているのではないか。兼家歌に修理詠だけでなく右馬の頭詠の「うち」の掛詞も詠まれていることで、『蜻蛉日記』の贈答は『大和物語』八十九段の贈答の詠みぶりを踏襲していると言える。

このように、『蜻蛉日記』の引用方法から、修理歌は当時の女性に共通する心情が独詠歌的に下の句に詠まれていることと、上の句の「いかでなほ」が強い願望表現であることが明らかとなった。兼家との贈答にも八十九段の贈答が用いられていることから、道綱の母の修理詠に対する評価の高さとともに、『大和物語』を規範として詠歌や執筆をしていることがわかる。

五　八十九段の和歌の配列からみる構成の特異性

この章では、②③歌以外の特異性、特に修理歌の特異性について明らかにし、八十九段の和歌の配列が意識的に女歌である修理歌の特異性が際立つようになっていることを論じる。

①は修理歌であるが、「たがふ」に「方違」と「違約」、「方」に「方角」と「方法」とがそれぞれ掛けられた技巧的な和歌である。前段の八十八段は和歌で終わるが、その五句「なきぞわびしき」と同じ五句をもつことで、八十九段の冒頭にきている。

④歌について先行研究では、詠み手が修理か右馬の頭かで意見が分かれている。詠み手を修理とす

れば、夜が明けたと言ってあの人が帰りを急いだら困る、逢坂山の朝霧がたったとあの人に聞かせないでくれという意味になる。詠み手が右馬の頭とすると、夜が明けたと言うので急ぐのですよ、逢坂山の朝霧がたったようにあなたと逢って早朝に出立したと人に聞かせないでくれとなる。地の文は「また、おなじ女に通ひける時、つとめてよんだりける。」とあり、「通ひ」と「よんだ」の主語を「右馬の頭」とするのが自然だが、右馬の頭が「おなじ女に通ひける時」、修理が「つとめてよんだりける。」と後半の主語を変えれば、④歌は修理が詠み手となる。本稿では後述するように歌意から修理詠とする。「逢坂」は山城と近江の国境にある逢坂山を意味し、「逢」に二人が逢うことを掛けている。④歌では「逢坂（山）」と「霧立ち」が一首の中で詠まれているが、『大和物語』以前に用例はない。

④あけぬとて急ぎもぞする逢坂の霧立ちぬとも人に聞かすな　（八十九段）

㉔1087阿武隈に霧立ち曇り明けぬとも君をばやらじ待てばすべなし　（『古今集』東歌・陸奥歌）

㉕東路にゆきにし人も恋しきに逢坂山は霧立ちにけり　（寛和二（九八六）年内裏歌合・藤原惟成）

㉔歌は北村季吟が『大和物語追考』で④歌の本歌としている歌で、霧が立ちこめ夜が明けてもあなたを返したくない、あなたのお越しを待つのがつらいと女の立場で詠まれている。㉕歌は『大和物語』成立後の歌であるが、「逢坂山」と「霧立ち」が同時に詠まれているので④歌の解釈の参考にしたい。「逢坂山」に「霧が立つ」とは、逢坂山を霧が隠し、その姿が見えない状態になることで、霧に隔てられ、逢瀬がますますおぼつかなく、恋人との距離がいっそう遠く感じられることをいう。(19) ㉔

㉕歌から④歌の「逢坂の霧立ちぬ」は、二人の逢瀬がますますおぼつかなく、恋人との距離が遠くなることを女が恐れていたという解釈になり、前からの話の流れに沿っている。したがって、④歌は修理詠となり、「逢坂（山）」に「霧が立つ」と詠んだ初出で、特異な詠みぶりの歌だが、「逢坂山」は、網代で有名な田上川が近江にあることからの連想で、「霧立ち」は同じく網代で有名な宇治川に朝霧が立つことからの連想ではないかと考えている。

前半のCから後半のDの部分は、「つとめて」という時間が共通し、Cの④歌は修理歌のみで男との心の距離が詠まれていたのに対し、恋愛初期のDの⑤⑥歌は後朝の贈答となっており時間が逆行している。⑤歌には業平の「恋しきに消えかへりつつ朝露の今朝はおきゐむ心地こそせね」（『後撰集』恋三）のような類想歌があり、「白露―消ゆ」は後撰集時代に二十四例ある一般的な詠みぶりである。⑥歌の「垣ほ」と「朝顔」が詠まれた歌は、『古今六帖』に「山がつの垣ほに咲ける朝顔はしののめならでみるよしもなし」（巻二「かきほ」）の一例しかなく特異な詠みぶりとなっている。また、⑥歌の「君が朝顔」を「見てしがな」と散文的に言葉をつなげているのも『大和物語』だけにみられ、⑤歌と⑥歌の二首が並べられることでより⑥の修理歌の特異性が際立っている。

次のEは、⑤⑥歌に共通する「かへりてのち」という言葉を地の文にもち、⑦歌は⑤⑥歌にほぼ共通する「もの思ふこと」が詠まれている。また、『古今集』の「あかざりし袖の中にや入りにけむ我が魂のなき心地する」や『大和物語』一四七段で伊勢が「男の心にて」詠んだ「かげとのみ水の下にてあひみれど魂なきからはかひなかりけり」にみられる「魂」つまり「心」を重視する伝統的な詠みぶりを参考にして詠まれている。⑧歌は、あなたが私に置いてきたと言う「魂」に興味はない、全てのものはぬけがらで魂もぬけがらだからと詠んでいる。この歌の真意は、心をとどめるのではなくあなた自身が来てほしいという意味で、「魂」を重視する伝統的な詠みぶりに反発する歌となっている。また、⑤⑥歌から⑦歌との共通語彙がほとんどなく特異で⑧歌のみが際立っている。

八十九段は、①の修理歌から始まり「修理が返し」と⑧の修理歌で終わる。これは八十一段から始まる「右近」の話が八十五段で終わることに類似している。右近の場合忘れられた状況で詠まれた右近の歌のみが五首続く。八十九段は、修理、修理、右馬、修理、右馬、修理、右馬、修理の順で、修理の歌が五首となり和歌の数も右近と同じである。前半の四首が男に忘れられるようになってからの歌で、後半の四首は恋愛初期の歌となっている。時系列ではなく現在から過去の順に配列されている。ここで注目すべきは、一般的な詠みをする右馬の頭の歌に比べて、修理の歌は伝統によらない特異な詠みぶりの歌が多いということである。八十九段は修理の歌が中心となる構成になっており、『大和物語』は女歌に注目し、その女歌の特異性が際立つように意識して歌を配列している。

続く九十段には恋愛初期における元良親王への修理の歌がある。

おなじ女に、故兵部卿の宮、御消息などしたまひけり。「おはしまさむ」とのたまひければ、聞えける。

たかくともなににかはせむくれ竹のひと夜ふた夜のあだのふしをば

皇族である元良親王を「竹」に喩え、枕詞、掛詞、縁語を用いた理知的な歌で、「あだのふし」は『後撰集』以前に類例のない修辞である。[20]『元良親王集』には親王の返歌もあるが、『大和物語』はそれを記さずここにも女歌重視の姿勢が見られる。

六　おわりに――「かくて」と『大和物語』の創作性

八十九段は②歌をはじめとして修理歌の表現に特異性があり、その特異性が際立つような歌の構成がなされ、地の文では歌の詠まれた状況が普遍化されている。そこに『大和物語』の創作性がみられる。八十九段にはBの始めに「かくて」が用いられて時間の経過が表されていたが、『大和物語』の「かくて」は、ほとんどが話を展開するための接続詞的な役目をもっており、[21]そこに語りの長編化という方法を見ることができる。また、「かくて」の多用は、『大和物語』が「歌語り」の「歌物語」化を志向する方向にあったことを示している。[22]平安時代中期までの「かくて」の用例数は、『竹取物語』二例、『伊勢物語』四例、『平中物語』五例、『大和物語』四五例、『蜻蛉日記』六八例、『うつほ物語』五五六例『源氏物語』一九一例である。歌物語を目指して『大和物語』を規範にして書かれた『蜻蛉日記』がまずその影響を受け、作り物語の『うつほ物語』に引き継がれていったと考えられる。『大和物語』の創作性について、八十九段以外の段についても、引き続き検討していきたい。

注

（1）柳田忠則『大和物語の研究』（翰林書房、一九九四年）、中島和歌子「言葉の綴れ錦としての『大和物語』―九四段～九六段を中心に―」（『古代中世和歌文学の研究』和泉書院、二〇〇三年）、小野芳子「『大和物語』歌話構成の手法」（『国語国文研究』第一四三号、二〇一三年七月）など。
（2）今井源衛『大和物語評釈　上巻』（笠間書院、一九九九年）。
（3）鈴木佳與子「修理の君考」（『二松学舎大学人文論叢』第十二輯、一九七七年十月）。
（4）注（2）に同じ。
（5）時代区分については、田島智子「古今集時代・後撰集時代における屏風歌注文主の変化」（『屏風歌の研究　論考篇』和泉書院、二〇〇七年）による。
（6）西山秀人「後撰集時代の屏風歌―貫之歌風の継承と新表現の開拓―」（『屏風歌と歌合』風間書房、一九九五年）。
（7）田島智子「屏風歌の題材」（注（5）に同じ）。
（8）新編日本古典文学全集『萬葉集』頭注。五句の原文「去辺白不母《ゆくへしらずも》」。
（9）『拾遺抄』にも㉑㉒歌はこの順で「雑上」にあり㉒歌には詠み人の記載がなく前歌の元輔とされる。
（10）注（2）に同じ。『管窺抄』は江戸時代文政年間成立の高橋残夢による『大和物語』の注釈書。
（11）柳田忠則「『大和物語』小考―構成意識をめぐっての一試論―」（注（1）に同じ）。

(12)注(3)に同じ。
(13)木越隆「表現からみた拾遺集雑四季歌の性格」(『文学・語学』六十二巻、一九七二年三月)、川村裕子「『拾遺集』における雑春の特性」(『王朝文学の光芒』笠間書院、二〇一二年)。
(14)品川和子「和歌と和歌的表現」(『蜻蛉日記の世界形成』武蔵野書院、一九九〇年)。
(15)石原昭平「『蜻蛉日記』上巻の歌物語性―大和物語を軸として―」(『帝京大学文学部紀要』十号、一九七八年十月)。
(16)注(14)に同じ。
(17)阿部俊子『校本大和物語とその研究』(三省堂、一九七〇年三版)。
(18)八十九段の⑤の初句が「いかにして」であることの影響も考えられる。
(19)笹川博司『惟成弁集全釈』(風間書房、二〇〇三年)。
(20)木船重昭『元良親王注釈』(大学堂書店、一九八四年)
(21)大木恵美子「大和物語における『かくて』の考察」(『二松学舎大学人文論叢』第九輯、一九七六年四月)。
(22)糸井通浩「『大和物語』の文章―その『なりけり』表現と歌語り―」(『愛媛国文研究』二九号、一九七九年十二月)。

*本文について、『大和物語』は新編日本古典文学全集、『蜻蛉日記』は日本古典文学全集、和歌は主に新編国歌大観を用いたが⑪歌のみ私家集大成を用いた。表記は適宜私的に改めた。

付記　本稿は、古代文学研究会大会（令和元年八月六日）において、口頭発表したものを加筆・修正したものです。ご教示、ご指導してくださった方々に深く感謝申し上げます。

「妻《め》」たちの恋愛譚――『大和物語』の妻が拓く物語――

池田大輔

はじめに

本書の趣旨は、『大和物語』の枠組みである歌物語の脱構築、および散文叙述として再評価することにある。『大和物語』の特長としては、人智を超えるような神話的物語を排除し、都を中心とする人々たちの生活と密接した物語にあろう。言うまでもなく、文学史上の位置づけは、貴族世界の口承文芸である「歌語り」(1)を基底とした歌物語であり、その延長上には民間伝承をも取り込んだ説話としての性格もある。(2)実際、『大和物語』は、そうした口承文芸から中世説話までの幅広い性格を含み持つ多彩なテクストであるといえよう。

特に一四一段以降の後半部(3)には伝承性の高い物語が集中し、伝承・伝説・話型の宝庫である。たとえば、生田川伝説(一四七段)、蘆刈伝説(一四八段)、龍田山伝説(一四九段)、猿沢池伝説(一五〇段）、安積山伝説（一五五段）、姥捨山伝説（一五六段）、僧正遍昭出家譚（一六八段）など各地の伝承・伝説が集約され、ひとつの作品群を形成している。

さて、歌物語は、歌（韻文）が主となる物語であり、物語（散文）の高揚に導かれて歌（韻文）が語られるテクストとは異なる。そういう意味において、物語和歌は、作中人物たちが歌を口に出さずにはいられない経緯を、手繰り寄せるものとして物語（散文）が意味をなしている。そして、歌を詠み上げることで、作中人物たちは自己の存在性を主張するのである。(4) それゆえ、物語（散文）で語られる作中人物の軋轢や葛藤という人間関係こそが、歌（韻文）に深みを与え、単一ではない多義的な〈読み〉をも現出せしめるのである。『大和物語』もそうした多義的な〈読み〉を導く散文の力を有していることを確認したい。

本稿で注目する人間関係は「妻《め》」という立場である。「妻《め》」とは、職位や地位を表わすものではないが、婚姻という通過儀礼を経た女の社会的立場を示す表現であり、語りの記号でもある。『大和物語』は、女が妻となることを語るのではなく、妻への懸想、また新しい妻が迎えられることで、女の立場を揺さぶる、あるいは妻という存在を確認していくことを語る。「妻《め》」を語る文脈構造に注目し、「妻《め》」という表現がどのような物語の求心力を持つのか、「妻《め》」という社会的制度内に定位された存在の物語諸相を見ていく。

一　『大和物語』の「妻《め》」

『大和物語』で語られる「妻《め》」は三十三例あり、この数は平安朝文学作品の中でも特に多い。[5] 平安朝文学作品において、妻をめぐる恋愛譚は数多くあるが、その表現自体は実は少ない。そこで、「妻《め》」という表現を確認してみると、『大和物語』は群を抜いていることに気付かされる。具体的には、「妻《め》」と単独で語られるだけではなく、「人の妻《め》」や「…の妻《め》」「もとの妻《め》」「今の妻《め》」など、夫との相対関係によって複数の「妻《め》」が語り分けられている。特に前半部においては具体的な人物の「妻《め》」として語られることが多く（一三段「藤原の千兼といふ人の妻」、三八段「壱岐の守の妻」、五八段「恒忠の君の妻」、一二四段「帥の大納言の妻」など）、後半部では一般化された不特定の「妻《め》」が語られる。

ところで、物語内において、妻の配偶者を夫（おっと／をひと／つま）と呼称することはない。たとえば、蘆刈伝説の一四八段では、津の国に住んでいた男女が互いに変わり果てた姿となり再会するが、女を見た男は「わが妻《め》に似たり」（三七八頁）[6] と思い、女は「わが男《おとこ》に似たり」と思ったことが語られる。再会した夫のことを男《おとこ》と語るのである。上代においては、男の配偶者を「他夫《ひとづま》」（『万葉集』三三一四）と表現した例もあるが、『大和物語』では男の配偶者は「男／おとこ」と語られている。「を（男）」は「め（妻）」と対応した配偶関係を意味していることから、「男・妻」の対応関係で語っていると考えられる。

『大和物語』に語られる最初の「妻《め》」の物語は、六段である。藤原朝忠が左近衛中将の頃、「人の妻」と忍ぶ恋をするが、男（妻の夫）が「人の国の守」となり、二人の関係は終焉を迎えるという離別の話である。

　朝忠《あさただ》の中将《ちゆうじやう》、**人の妻《め》**にてありける人に、しのびてあひわたりけるを、女も思ひかはして住みけるほどに、かの男《おとこ》、人の国の守《かみ》になりて下《くだ》りければ、これもかれも、〈いとあはれ〉と思ひけり。さて詠みてやりける。

　　たぐへやるわがたましひをいかにしてはかなき空にもてはなるらむ

となむ、下りける日、いひやりける。　（六段、二五八頁）

この物語は、朝忠の中将が中心人物であり、「妻《め》」が語られるものの「妻《め》」を形象する表現は希薄である。「女も思ひかはして」「いとあはれ」という感情を互いに共有していた程度に留まる。さらに、この物語の読みを複雑にしているのが、「かの男《おとこ》」の存在である。「かの男《おとこ》」は、「人の国の守《かみ》になりて下《くだ》りければ」とあり、受領国司として任国へ下ることとなり、互いの「あはれ」が高まった結果として、男が和歌を詠んで送るのであるが、「かの男《おとこ》」とは一体誰なのか。一読すると分かりづらいが、諸註釈書が指摘するように「妻《め》」の夫と解釈してよいであろう。[7] つまり、ここで語られる「男」は、「女」に対する新しい恋人、朝忠ではなく、配偶者の夫である。また、同様の和歌を載せる『朝忠集』の詞書には「人知《ひとし》れぬ仲《なか》の女、男《をとこ》の司得《つかさえ》て下《くだ》るに、男《をとこ》〈あはれ〉と思ひて」[8] とあり、司を得て下向する「男」と、あはれと思って和歌を詠んだ「男」は同一人物で朝忠本人と読めてしまう。『大和物語』を踏まえると、最初の「男」が夫で、次の「男」が朝忠と分かるが、短い詞書の表現からはその差は判別しがたい。『朝忠集』の詞書では、女は妻ではなく、女とだけ記されているので、女と人知れぬ仲にある男が国司となり、別れの和歌を詠んだと解釈できる。そして、男は初句「たぐへやるわがたましひ」と訴えているように、「人の妻《め》」に自身の魂を捧げ、その魂を持ったまま離れていく女を恨む一首となっている。(9) そのような男の「たぐへやるわがたましひ」は、女と再び逢うことでしか、とり戻すことはできない。心の繋がりが語られる恋人関係よりも、婚姻制度によって保証される夫婦関係の方が優先された結果、引き裂かれる恋愛譚である。男の離別を嘆く和歌に対して、女の返歌は語られない。

しかし、そこには夫の任国へ同行しなければならない受領層の「人の妻《め》」ならではの葛藤があることを読み解くことができよう。(10) また、男の和歌が女の心に響いていたことは次の章段（七段）から読み解くことが可能である。五段・六段・七段は、死別・離別を共通の主題とする一連の物語であることは、先行研究によって指摘される通りであり、(11) 六段の女の最後の心情は、七段の男女の名を語らない無名章段によって補完して読むことができる。七段の最後は、男からの贈歌を受けて、「女、〈いとあはれ〉と思ひけり」（二五九頁）と一言添えられる。

また、三十八段では、京極御息所（藤原時平の娘、褒子）に侍女として伺候していた一条の君（清和天皇皇子貞平親王の娘）が「壱岐の守の妻」となり、都に残してきた恋人「たまさかにとふ人」（二七八頁）への嘆きが語られる。この章段でもかつての恋人との心の通い合いを大切にしながらも夫の任国随行を優先しなければならない受領層の「人の妻《め》」の葛藤が語られている。ここに、恋愛譚の要素は薄いが、妻を亡くした男と、妻と親しかった一条の君との贈答を語る十三段を過去の物語として対置したとき、恋の要素の〈読み〉が浮上してくる。

『大和物語』は、散文として多くを語らないが、連続した章段や離れた章段が伏線として互いに補完し合うことで、〈読み〉の世界を拡げていく。

ところで、妻のもとに夫が新たに女を連れて来たとき、妻の行動や内面はどのように語られるのであろうか。六四段を見てみよう。

平中《へいちゆう》、にくからず思ふ若き女を、妻《め》のもとに率《ゐ》て来《き》ておきたりけり。にくげなることどもをいひて、妻《め》つひに追ひいだしけり。この妻《め》にしたがふにやありけむ、〈らうたし〉と思ひながらえとどめず。（「六四段」二九五頁）

平中が、憎からず思う若い女を、妻が住む邸へと連れて来たところ、妻は女を邸から追い出してしまう。実に明快な文脈である。ここで語られる「妻」の性格は、「この妻にしたがふにやありけむ」と語り手が語らずにはいられなかったように、平中が制止することも叶わないほどの「いちはやき」激情の持ち主として語られる。妻が女のどういった点が気に入らず「にくげなることども」を言ったのかは語られない。語られないが、ここには平中が連れてきた「若き女」後妻に対して「妻《め》」前妻が嫉妬をする後妻《うはなり》嫉みの話型が重ねられよう。(12) だからこそ、冒頭の短い文脈で男女の関係を読者はすぐに理解できるのである。また、平中が連れて来た女は「妻《め》のもとに率《ゐ》て来《き》ておきたりけり」と語られるように、新しい妻というよりも、妻の侍女として特に「めしうど」(侍妻)のような立場として連れて来られた可能性が高いと考える。新しく迎えた妻であるならば、「おく」ではなく「住む」や「据う」などと語るのではないか。さらには「妻《め》」とも表現されないのである。加えて、女が追い出されるときの平中の態度は、「四尺の屏風《びやうぶ》に寄りかかりて立てりて」「忘れで消息《せうそこ》したまへ」(二九五頁)と男女の身分差を感じざるをえない態度である(もしくは、「色好み」としての自信の表れか)。こうした平中の態度に対して物語の最後に語られる女の和歌「忘らるな忘れやしぬる春がすみ今朝立ちながら契りつること」と、禁止表現「忘らるな」や皮肉を込めた物言い「今朝立ちながら契りつること」は、泣き寝入りしながら去るのではない強い女の姿として読者に痛快さを与える。この女の和歌の皮肉を読み解くには、散文での語りが重要となる。

　こうした、強い妻の姿は『うつほ物語』の橘千蔭にその財を尽くして懸想した故源忠経の妻、一条北の方(「忠こそ」巻)や梨壺腹の皇子を東宮にするため策を巡らした朱雀院の妻、后の宮(「国譲下」巻)、『源氏物語』の夕顔を追い出した頭中将の妻四の君(「夕顔」巻)などの物語へと引き継がれ展開していく。

次節、複数の妻の存在を語るとき、物語は前の妻、新しい妻、どちらの視点に同化し、または差異化しながら語るのかを見ていきたい。

二　「もとの妻《め》」と「今の妻《め》」の対立

複数の妻については、一六八段で出家を決意した良岑宗貞（僧正遍昭）が妻のことを想う文脈に語られている。

妻《め》は三人なむありけるを、よろしく思ひけるには、『なほ世に経じ』となむ思ふ」と二人《ふたり》には言ひけり。かぎりなく思ひて子どもなどあるには、ちりばかりもさるけしきも見せざりける。

（「一六八段」四〇三頁）

帝の崩御の後を追うように出家の意思を固めた良岑は、三人の妻のうち「よろしく思ひける」妻二人には出家の意思を伝えていたが、「かぎりなく思ひて子どもなどある」妻には一切伝えずに失踪する。それは、もし「かぎりなく思」う妻を目の前にしたら、出家の意思が揺らいでしまうからであった。良岑の失踪後、夫の生死を知りたいと初瀬で必死に願う妻の姿を目にした良岑は、悲しみを堪えて「血の涙」（四〇五頁）を流す。複数の妻がいても思いが一様ではないことが分かる語りである。この物語では妻たちの出自など詳細は語られないが、妻が複数いるのは良岑「色好み」（四〇二頁）という面とも関わりがありそうである。そして、妻たちへの「思ひ」が同列ではないことも示されている。

一六八段では既に複数の妻がいることが示されていたが、男が新たに妻を迎えた場合には、「もとの妻《め》」「今の妻《め》」と分けて語られる。「もとの妻《め》」とは、「今の妻《め》」の対比意識として表現される「もとからの妻《め》」という意である。(13) そこには、男を中心として新たな妻たちの物語が語り出される。「もとの妻《め》」と「今の妻《め》」を語る章段としては、一四一段、一四九段、一五七段、一五八段、一六五段、一六七段がある。中でも、一四九段、一五七段、一五八段、一六七段は「今の妻《め》」、一六五段は「もとの妻《め》」の表現があるものの、語りの焦点はその対となる「もとの妻《め》」「今の妻《め》」たちにある。つまり、「今の妻《め》」「もとの妻《め》」と語ることで、その対置にいる妻の心の美しさ、特に彼女たちの男を想う一途さを語るという方法なのである。龍田山伝説で有名な一四九段などはその典型であろう。

むかし、大和《やまと》の国《くに》、葛城《かつらぎ》の郡《こほり》にすむ男女《をとこをんな》ありけり。この女、顔かたちいと清《きよ》らなり。年ごろ思ひかはしてすむに、この女、いとわろくなりにければ、思ひわづらひて、かぎりなく思ひながら、**妻**《め》をまうけてけり。この**今の妻**《め》は、富みたる女になむありける。…〔中略〕…この**今の妻**《め》の家は、龍田山《たつたやま》こえていく道になむありける。　（「一四九段」三八一～三八三頁）

物語の最初に語り出される「男女《をとこをんな》」は、「すむ」などの表現から夫婦関係にあることが推測されるものの、一緒に住んでいる女を「妻《め》」とは語らない。語り手は、男の視点に同化する形で最初の女を「この女」と一貫して表現する。そして新たにもうけた「富みたる女」を「今の妻《め》」と語る。「今の妻《め》」と語ることで、対比的に「この女」が「もとの妻《め》」であることが示唆され、同時に「女」としか語らないことによって、男女が社会的立場を超えた関係の語りの位相にあることもわかる。(14) 物語の最後は、「いとあやしきさまなる衣《きぬ》」「大櫛《おほぐし》を面櫛《つらぐし》」「手《て》づから飯《いひ》もり」（「一四九段」三八三頁）する「今の妻《め》」の本来の姿が、男のかいま見によって暴き出される。その時には「今の妻《め》」ではなく、「ありし女」と語られ、妻という立場が語り手によって剥奪されていることも注目されよう。最初の女には、妻という社会的立場に縛られない男との関係へと視線が初めから注がれていたのである。この物語で最初の女が男の心を掴むのは、「顔かたちいと清《きよ》らなり」という容姿の素晴らしさに加え、「夜半《よは》にや君《きみ》がひとりこゆらむ」（三八二頁）という和歌の下の句によって示される女の内面の美しさによるものであろう。しかし、その深奥に嫉妬の情念を抱いていたことは、和歌の後に「この水、熱湯《あつゆ》にたぎぬれば、湯ふてつ」（三八二頁）と金碗に入れた水が湯になるほどの激しい想いが語られることからも分かる（後妻《うはなり》嫉みの話型）。

次に見る一四一段は、「もとの妻《め》」「今の妻《め》」という表現がともに見られる唯一の章段で、筑紫から連れられて来た女が妻として据えられ、もとの妻と同居することが語られる。

よしいゑといひける宰相《さいしやう》のはらから、大和《やまと》の掾《じよう》といひてありけり。これがもとの妻《め》のもとに、筑紫《つくし》より女を率《ゐ》て来《き》て据《す》へたりけり。もとの妻《め》も、心いとよく、**今の妻《め》**もにくき心なく、いとよく語らひてゐたりけり。

（「一四一段」三五八頁）

この章段も、先の一四九段同様に「もとの妻《め》」と「今の妻《め》」の軋轢や葛藤を表面的には語らない。両妻とも「心いとよく」「にくき心なく」と少し合理的な説明が冒頭でなされることで、両妻の仲が良好であると読者に納得させる語りを提示している。しかし、「今の妻《め》」に「よばふ男」(三五九頁)が現れたことで、夫のもとを去ることとなり、「今の妻《め》」は筑紫に帰ることになる。その見送りの文脈は、次のように語られる。

男も来《き》たりけり。この**うはなり・こなみ**、ひと日《ひ》ひと夜《よ》、よろづのことをいひ語《かた》らひて、つとめて舟に乗りぬ。

(「一四一段」三六〇頁)

「うはなり」は後妻、「こなみ」は前妻を意味し、『大和物語』ではここにだけ見られる表現である。物語はこれまで、「もとの妻《め》」「今の妻《め》」と語ってきた。にも関わらず、この文脈にだけ「うはなり・こなみ」と語る理由はどこにあるのだろうか。「今の妻《め》」(うはなり)が男と「もとの妻《め》」(こなみ)のもとを去っていく構図は、後妻打《うはなり》ちのような習俗と重なるところである。ここでは、男と二人の妻の三人が居合わせていることが初めて語られることに意味があるのではないか。つまり、これまでは妻二人の語りであったが、三人が居合わせること—男の介入—によって妻たちの均衡は崩れ、「今の妻《め》」(うはなり)が去っていく後妻《うはなり》嫉みの話型となるのではないだろうか。

この章段は、「登場人物すべてが善意の人間であり、誠実を以て行動していること」「本妻も後妻である筑紫の女もその様な醜さをほとんどもたない」「理想化の跡が著しい」[15]指摘されるように、性善説のような理想的人物ばかりで読者に違和感を与えてしまう。そこで、「うはなり・こなみ」と表現することで後妻打ち説話の世界を背後に呼び込み、想像の〈読み〉を拓く意図があったとも考えられる。つまり、「こなみ」による「うはなり」嫉みの可能性である。ふたりの妻は、日頃から「いとよく語らひてゐたりけり」（三五八頁）、「このもとの妻のもとに、文をなむひき結びておこせたりける」（三五九頁）、「心のへだてもなくあはれなれば」（三五九頁）と、「今の妻《め》」はすべてを「もとの妻《め》」に語っていた。「もとの妻《め》」は「今の妻《め》」のすべてを知っていたのである。したがって、「今の妻《め》」を追い出すことなど造作もないことで、その計略として「よばふ男」を「もとの妻《め》」が仕向けたとも読むことができはしないか。そう考えてみると、繰り返し語られる「もとの妻《め》」の「心いとよく」「いと心よき人」は表面上の姿で、一四一段の「もとの妻《め》」のように嫉妬の情念が内面にあるとすると、繰り返し語られる心の良さは皮肉な表現として読むことが可能であろう。

『大和物語』に語られる「もとの妻《め》」「今の妻《め》」の物語は、いずれも「もとの妻《め》」が男（夫）の心を取り戻すことで閉じられる。「今の妻《め》」に対する「もとの妻《め》」の嫉みの有無とは別に、「今の妻《め》」が男・もとの妻のもとを去ることを語る物語は、総じて後妻《うはなり》嫉み譚といえよう。

ここまでは、男を中心とした「妻」の語りに注目してきたが、次節は「妻」を中軸に据えて語り出される物語に注目したい。

三　昔語りされる「妻」

『伊勢物語』は「昔男」の物語として語られるが、『大和物語』の「昔」に注目してみると、一四三段は初めて「昔」で語り出される章段である（前半部の「昔」はすべて和歌中で用いられている）。また、これまでは男が妻に恋をする物語として語られていたが、一四三段は妻の物語として語り出される章段でもある。

昔《むかし》、在中将《ざいちゆうじやう》のみむすこ**在次《ざいじ》の君《きみ》といふが妻《め》なる人**なむありける。女は山陰《やまかげ》の中納言《ちゆうなごん》の御姪《みめひ》にて、五条《ごでう》の御《ご》となむいひける。かの在次《ざいじ》の君《きみ》の妹《いもうと》の、伊勢《いせ》の守《かみ》の妻にていますかりけるがもとにいきて、**守《かみ》のめしうど**にてありけるを、この妻の兄《せうと》の在次君はしのびてすむになむありける。
（「一四三段」三六二・三六三頁）

現在から過去へと向かうことで在次の君（在原滋春）の妻、五条の御の魅力を伝える物語である。この物語は、「めしうど」の初例としても注目される章段である。[16] もともと妹の夫、伊勢の守の「めしうど」であった五条の御のもとに、在次の君が「しのびてすむ」ようになり、「在次《ざいじ》の君《きみ》といふが妻《め》」となった。在次の君が、五条の御と出会ったのは、妹が住む伊勢の守邸へ行ったことがきっかけである。五条の御のもとには、「男のはらから」（三六三頁）も通っていたようだが、在次の君は和歌を女に送り心を繋ぎとめることに成功することなど、在中将の和歌の素質を継ぐ人物として語られる。

この章段は、「在次《ざいじ》の君《きみ》といふが妻《め》」という社会的立場に収まるまでの過去を語るが、伊勢の守のめしうどであった、そのめしうどに在次の君が忍んで住む、ほかの在中将の息子たちも通っていた、など五条の御がとても魅力的な女性であったことを示している。そのことは、「めしうど」という特殊な表現で語られていることからも伺うことができる。(17)

このような過程を経て、五条の御は受領の「めしうど」から在次の君の「妻《め》」へとなった。在次の君の官職は、六位内舎人(『作者部類』)や蔵人頭右近中将(『古今和歌集目録』)と、さほど高くはなかったようであるが、「在中将《ざいちゆうじやう》のみむすこ」と語るようにその血筋の高さこそ魅力であろう。この物語は「今はみな古《ふる》ごとになりたることなり」(三六二頁)と閉じられ、「妻《め》」となった女の「古《ふる》ごと」(「古歌《ふるうた》」となっている諸本もある)として語られる。この五条の御については、六十段に情熱的な女性として語られていた。

五条《ごでう》の御《ご》といふ人ありけり。男のもとに、わが形《かた》を絵《ゑ》にかきて、女の燃えたる形《かた》をかきて、煙《けぶり》をいとおほくくるらせて、かくなむ書きたりける。

君《きみ》を思ひなまなまし身をやく時はけぶりおほかるものにぞありける　(「六十段」二九二頁)

短い物語ではあるが、自分の「燃えたる形《かた》」を描き、その燃えるような想いを詠んだ和歌を送った五条の御という人物を語る。短い散文ゆえ、「多情な男の心を恨んで身をやく」和歌とも「男への溢れんばかりの想いに身をやく」和歌とも読めるが、いずれにしても情熱的な「身をやく」想いを相手へ表現する女性であったことを物語っている。この六〇段を一四三段の過去の一部（前史）として読んでみると、在次の君が詠んだ「忘れなむと思ふ心の悲しきは憂きも憂からぬものにぞありける」（三六三頁）は、男が女に「憂し」と口にする自己の内側に向かうような和歌で、これを受け取った五条の御は六〇段のような情熱的な返歌をしたのではないかと読者に想像させる。つまり、前半部の小話が後半部の前史としての機能を果たし、連想の〈読み〉を拡げていくのである。そうした過去も含めて「今はみな古《ふる》ごとになりたることとなり」なのではないか。一四三段は、女性的魅力を兼ね備えた侍女の呼称である「めしうど」から高貴な血筋をひく男の「妻」となった妻の昔語りである。

四　「妻《め》」から「北の方」へ

ここまで「妻《め》」という表現に注目してみると、『大和物語』は物語が連関し、決して平面的で単一な語りに留まらないテクストであることがわかる（後世の章段分けによる〈読み〉による弊害）。本節では、「妻《め》」と同義の「北の方」にも目を向けてみたい。北の方という表現は、『大和物語』に初めて用例が認められ、配偶者の身分の高さや女性自身の「妻」としてのありかたを意識して使い分けられ、特に配偶者と同居する妻を意味する。[18]『大和物語』中八例の「北の方」を見ても、「かの宮の北の方」（「九段」二六〇頁）、「本院（＝左大臣藤原時平）の北の方」（「十四段」二六四頁）、「故中務の宮の北の方」（「九四段」三一七頁）、「太政大臣《おほきおとど》の北の方」（「九七段」三一九頁）、「左の大臣の北の方」（「一二四段」三四五頁）など、妻の家格として大臣家以上、夫も宮家や大臣以上と身分が高いことが分かる。

中でも、一二四段は、先に取り上げた伊勢の守の「めしうど」から在次の君の「妻《め》」へとなった五条の御のように、大納言の「妻《め》」から左大臣の「北の方」となった妻の昔語りの物語である。

本院《ほんゐん》の北《きた》の方《かた》の、まだ**帥《そち》の大納言《だいなごん》の妻《め》**にていますかりけるをりに、平中《へいちゆう》がよみて聞こえける。…〔中略〕…かくいひいひて、あひ契《ちぎ》ることありけり。そののち、**左《ひだり》の大臣《おとど》の北の方**にて、ののしりたまひける時、よみておこせたりける。（「一二四段」三四四・三四五頁）

本院（左大臣、藤原時平）の北の方は、かつて帥の大納言（藤原国経）の妻であった。この語り出しからは、「妻《め》」から「北の方」へと妻としての立場が高くなったことが分かる。しかも、平中という「色好み」（「一〇三段」三二四頁）に懸想されるほど魅力的な女であったことまでが語られるのである。(19)

この章段も前節で考察した五条の御と同様に、現在から過去へと語りが向かうことで、本院の北の方となるに至った魅力を語る物語となっている。それは、「帥《そち》の大納言《だいなごん》の妻《め》」のときに「平中《へいちゆう》がよみて聞こえける」女であり、さらに「左《ひだり》の大臣《おとど》の北の方」となった後も「よみておこせたりける」と繰り返し「色好み」の平中に懸想されることを語ることで十分強調されていよう。

「妻《め》」という社会的立場にある女が、その魅力をもって更なる高い妻の立場となっていくことが語られる。そして、そこには、男たちが和歌を駆使して自分の「妻《め》」としようとすることが語られる。

一二四段は、そうした「妻《め》」という立場の女性たちの可能性をも示している物語といえよう。

おわりに

恋愛譚の多くは、男が女に懸想をする男性視点での語りが大半を占める。ところが、『大和物語』の「妻《め》」をめぐる恋愛譚に注目してみると、そこには確かに懸想してくる男の姿が語られるのであるが、その視点の中心は男ではなく懸想される「妻《め》」たちにあることが分かる。そこには、社会的立場にある「妻《め》」への侵犯によるタブー性などは一切なく、むしろ「妻《め》」たちの恋愛の可能性を示しているといえよう。平安朝の婚姻において、他の男と関係をもった妻は離縁されるといわれるが、(20)『大和物語』の「妻《め》」を語る恋愛譚では、「女」「妻《め》」が巧妙に語り分けられ、離縁に怯える、離縁される「妻《め》」の姿が語られることはない。むしろ、「めしうど」から「妻《め》」となった五条の御や、「妻《め》」から「北の方」となった在原棟梁の娘など、新たな恋によって未来を切り拓いていく「妻《め》」たちの恋愛譚が語られている。『源氏物語』において、光源氏に憧れるものの、受領の妻という立場ゆえに苦悩する空蝉のような姿は、『大和物語』は語らないのである。

『大和物語』は、前半部での具体的人物たちの「妻《め》」語りが彼女たちの実像を示し、後半部における「妻《め》」たちの前史としての〈読み〉を支えることで、妻たちの恋愛譚を拓かれた物語として語っているといえよう。『大和物語』の散文には、妻たちの恋愛を肯定的な行為として語るエネルギーが秘められている。

最後に、今後の課題として「としこ」をあげる。「としこ」は、十三段で「右馬《うま》の允《じょう》藤原《ふぢはら》の千兼《ちかね》といふ人の妻《め》には、としことといふ人なむありける」（二六三頁）と語り出される「妻《め》」である。彼女は、唯一実名で呼ばれる「妻《め》」であり、十三段以外に、九段・二十五段・四十一段・六十六段・六十七段・六十八段・一二二段・一三七段と複数段に亘って語られる特殊な「妻《め》」である。『大和物語』に繰り返し語られる「としこ」への語りは、ほかの妻たちの物語を根底で支えていると考えられる。このことは、別稿で論じたい。

注

（1）益田勝実「歌語りの世界」（『益田勝実の仕事2』ちくま学芸文庫、二〇〇六年）。

（2）「説話」について、千本英史氏は、「それ自体としてミクロコスモスであり、その内部に豊かな世界を内包している」「浮遊する物語の断片」とし、和文体の世俗説話の最初として『大和物語』の位置づけを指摘している（「日本霊異記から今昔物語集へ」『日本文学史　古代・中世編』小峯和明編、ミネルヴァ書房、二〇一三年）。また、小峯和明氏は、「世界や存在を認識する方法」「ものの背後や深層にある何かをひきよせる回路」であると述べる（「雑談の時代」『説話の森　中世の天狗からイソップまで』岩波現代文庫、二〇〇一年）。

（3）後半部始発章段は、一四〇段・一四一段・一四三段・一四七段など論者によって見解が分かれるように、一四〇～一四七段にかけて、散文叙述の質的転換が見られる。本稿では一四一段説をとる。『大和物語』の後半部の始発章段に関しては、柳田忠則「『大和物語』小考―前半と後半の分け方―」『大和物語の研究』（翰林書房、一九九四年）にわかりやすくまとめられている。

（4）小町谷照彦「作品形成の方法としての和歌」（『源氏物語の歌ことば表現』東京大学出版会、一九八四年）。

（5）参考までに、同じ歌物語である『伊勢物語』には三例、『平中物語』では二例しか語られない。また『源氏物語』には十八例と『大和物語』の約半数である。平安朝文学作品において最多用例は『うつほ物語』五十例（「もとつめ」一例含む）であり、『大和物語』はそれに次ぐ。しかし、作品の分量を鑑みると、『大和物語』に語られる「妻」は密度が高いと言える。（『歌物語　伊勢物語・平中物語・大和物語　総合語彙索引』勉誠社、一九九四年。『うつほ物語の総合研究』勉誠出版、一九九九年。『源氏物語大成』中央公論社、一九八四年）。

（6）『大和物語』の本文引用は、新編日本古典文学全集に依り、心内表現は〈　〉、発話表現は「　」とし、一部私に改めた。また、便宜を図り、（　）内には、新編日本古典文学全集の段数・頁数を記した。加えて、本文の異同は『大和物語本文の研究　対校篇』（本多伊平、笠間書院、一九八〇年）を参考とした。

（7）本文中において、朝忠と女を「これもかれも」と語っている。「かの男」が朝忠であれば「この男」と語るはずである。

（8）『朝忠集』の本文引用は、新編国歌大観に依る。仮名表記を漢字表記改めた箇所は、ルビを付し、心内表現には〈　〉を付した。

（9）但し、『朝忠集』では、第五句が「行《ゆ》き惑《まど》ふらん」となっており、離れ離れになることで男の魂が空中浮遊すると解釈でき、『大和物語』のように（夫の任国に従って）女が男のもとを去るとまでは読み取れない。

（10）たとえば、『源氏物語』では、伊予の介の妻、空蝉は夫の任国へと下ることで物語から姿を消し（「夕顔」巻）、夫の状況とともに物語に語り出される（「関屋」巻）ことなど、受領層の妻は夫の任国随行が自明の事柄として語られている。また、末摘花に長年仕えてきた乳母子、侍従が受領の妻となり、下向離別することは乳母（侍従の母）の遺言以上の拘束力があることを物語っている。

（11）『大和物語評釈　上巻』（笠間書院、一九九九年）。『大和物語（上）』（講談社学術文庫、二〇〇六年）など。

（12）「萬葉びとの生活」（『折口信夫全集』第一巻、中央公論社、一九六五年）。西村亨「うはなり―嫡妻以外の妻―」（『新考　王朝恋詞の研究』おうふう、一九八一年）。

（13）工藤重矩「嫡妻・本妻・妻妾」（『平安朝の結婚制度と文学』風間書房、一九九四年）。

（14）清水好子「藤壺宮」（『源氏の女君　増補版』塙新書、一九六七年）。

（15）『大和物語評釈　下巻』（笠間書院、二〇〇〇年）。

（16）「かみの君のめしうと」という本文は、九州大学蔵勝命本だけが「かみの君のこしうとめ」と「こしうとめ」（小姑）となっているが、伊勢の守の小姑に在次の君が通っているとなると文意が通じなくなるため、目移り等による誤写と考えたい。また、五条の御については、新田孝子「五条の御」『大和物語の婚姻と第宅』（風間書房、一九九八年）に詳しい。

(17)拙稿「「めしうど」という矜持—『源氏物語』と『和泉式部物語』を繋ぐ—」（『源氏物語〈読み〉の交響Ⅲ』新典社、二〇二〇年）。

(18)胡潔「多妻婚における正妻の実態—「北の方」を手がかりに」（『平安貴族の婚姻慣習と源氏物語』風間書房、二〇〇一年）。

(19)本院の北の方となった藤原時平の妻、在原棟梁の娘の容姿の美しさについては、一二四段の物語をより詳細に語る『今昔物語集』「時平大臣取国経大納言妻語第八」（巻二十二—八）に繰り返し語られている。

(20)『律令』「戸令」の棄妻の条件「七出之状」のうち「淫泆」に該当する。また、高群逸枝『招婿婚の研究』（講談社、一九五三年）、栗原弘『平安時代の離婚の研究—古代から中世へ—』（弘文堂、一九九九年）、倉田実『王朝の恋と別れ—言葉と物の情愛表現』（森話社、二〇一四年）などに詳しい。

Ⅱ 『大和物語』からの達成

プレテクスト『大和物語』の想像力と創造力
――『源氏物語』「若紫」巻の注釈・引用・話型――

東原伸明

はじめに――カノンたりえない『大和物語』

『源氏物語』の典拠として指摘される物語の第一は、『伊勢物語』である。それに比して、『大和物語』が典拠として占める割合はまことに低い。『源氏物語』が引用をしているとされる先行作品を考えてみた場合、いわゆるカルチュラル・スタディーズの視座からするならば、カノン canon（正典）としては韻文文学の和歌が第一であり、その構成要素に和歌を含む歌物語として『伊勢物語』がそれに次ぐ。同じジャンルでありながら、語りに比重が置かれている『大和物語』は、ほとんどカノンたりえないのである。

しかし、小稿では例外的に『大和物語』がプレテクストとして威力を発揮する例を取り上げて論じてみたいと思う。

一　典拠としての注釈とその限界

注釈というのは、当該本文の重要語句や出典等を取り上げてその意味の説明や解説を加えたものである。『源氏物語』の場合、古注などの存在を考えてみると、それは作品成立以来何世紀にも渉る読みの歴史の蓄積集成であると言えよう。ただし、作品の解釈という次元で考えてみた場合注釈という行為、ないし装置には自ずとその限界もあるのではないだろうか。

現行の活字化された『源氏物語』の本文においては、頭注・脚注・傍注というような形式で限られた狭いスペースに、当該場面の重要語句や出典について言説に密着した説明を要領よく盛り込まねばならないという制約がある。その場面以外の場面とのかかわりや巻を隔てた或る部分との関係性などという射程の長い読みや説明に多言を要するような注釈者独自の見解などは、遺憾ながら捨象せざるをえないのではないかと推察される。その性格上、近視眼的な説明に終始せざるをえないのは、ある意味ではいたしかたないことである。

小稿で取り上げようとする事例は、或る伝承を持つ和歌とその和歌を共有する歌物語についてである。具体的には『古今和歌集』仮名序所載の手習いの伝承和歌と、その和歌を共通とする『大和物語』についてである。注釈は当該場面の典拠として前者の伝承和歌についての詳細な説明はなされていても、後者の歌物語については言及されることさえほとんど稀であると言えよう。場面じたいとしては、必ずしも直接的な関係があるとはいえないのであるから、当然かもしれないが……。しかし、このような例は典拠を旨とする注釈という行為、注釈という装置のひとつの限界を示しているのではないかと考えるのである。

二　手習歌「安積山」引用と光源氏の欲望

瘧病の治療に赴いた北山で藤壺に生き写しの少女を発見した光源氏は、下山した翌日さっそく手紙を送っている。

またの日、御文奉れたまへり。（中略）中に小さく引き結びて、

源氏「面影は身をも離れず山桜心のかぎりとめて来しかど
夜の間の風もうしろめたくなむ」とあり、御手などはさるものにて、ただはかなうおしつつみたまへるさまも、さだ過ぎたる御目どもには、目もあやに好ましう見ゆ。〈あなかたはらいたや、いかが聞こえん〉と、おぼしわづらふ。

尼君「ゆくての御事は、なほざりにも思ひたまへなされしを、ふりはへさせたまへるに、聞こえさせむ方なくなむ。

まだ『難波津』をだにはかばかしうつづけはべらざめればかひなくなむ。さても、

　嵐吹く尾上の桜散らぬ間を心とめけるほどのはかなさ

いとどうしろめたう

とあり。（小学館新編日本古典文学全集「若紫」①228～229頁）

光源氏の若紫に対する求愛を、尼君は手習い歌の「難波津」を例にとり若紫が未だ仮名の続け書き、連綿体すら修得できていないほどだと、幼さを理由に断っているのである。

「難波津」の歌とは、

難波津に咲くや木の花冬ごもり今は春べと咲くや木の花

のことである。

難波津の歌は、帝の御初めなり。

大鷦鷯の帝の難波津にて皇子と聞える時、春宮をたがひに譲りて位に即きたまはで、三年になりにければ、王仁といふ人の訝り思ひて、よみて奉りける歌なり。木の花は梅花をいふなるべし。

安積山の言葉は、采女の戯れよりよみて、

葛城王をみちの奥へ遣はしたりけるに、国の司、事おろそかなりとて、まうけなどしたりけれど、すさまじかりければ、采女なりける女の、土器とりてよめるなり。これにぞ王の心とけにける。

安積山かげさへ見ゆる山の井の浅くは人を思ふものかは

この二歌は、歌の父母のやうにてぞ手習ふ人の初めにもしける。

（小学館新編日本古典文学全集『古今和歌集』仮名序）

これら二種類の歌が手習いの初心者のための入門歌となっている理由は何かと考えてみると、「難波津」の歌の「冬こもり」の語が、語源論的には「（魂の）触ゆ籠り」の意で魂の増殖と充実を意味しており、他方「安積山」の歌も、この歌によって采女が王の怒りの心を鎮めたというように語られており、どちらも鎮魂に関わる伝承呪歌だったからではないかと推察される。(1) これらの歌を書くこと、手習いというパフォーマンス、書写の行為を通じ、歌まなびの初心者たちは、自己の気持ちを鎮め心の安定を得たものであろう。

さて尼君の断りに対して、源氏は再度消息を送っている。

御文にも、いとねんごろに書いたまひて、例の、中に「かの御放ち書きなむ、なほ見たまへまほしき」とて、

源氏　あさか山あさくも人を思はぬになど山の井のかけ離るらむ

御かへし、

尼君　汲みそめてくやしと聞きし山の井の浅きながらや影を見るべき　（同229～230頁）

光源氏と尼君の贈答が、前掲手習いの伝承和歌「安積山」に拠っていることは明白で、例えば古注『松永本花鳥餘情』（源氏物語古注集成1おうふう）は、

さきに難波つをたにつゝけ給《ヒ》はぬといへるによりてあさか山をとし出《り》し侍り古今の序の詞を思よせたるなりかけはなるらんはかけさへみゆるの本《（ナシ）》哥を思なからしかも又と

をさかることをかけはなる（はなる、）とはいへり（いへる成）

としており、以降の注釈では典拠として理解されており、特に異論はないようである。

たとえば玉上琢彌は、

これにより王の御機嫌がなおったので、めでたいとしたのであろうか、難波津の歌とともに習字に用いたと『古今集』の仮名序に記す。前に難波津も書けないとあったから、併称される「あさか山」の歌を思い寄せたのである。「あさか山あさくも人を思はぬに」「山の井のかげ」は、皆、この歌による修辞。すなわち「あさか山」は同音のくりかえしで「浅くも」を呼び起こし、「山の井のかげ」は「影」と「かけ離るとの掛け詞である。／尼君の返歌、「汲みそめてくやしと聞きし山の井の浅きながらや影を見るべき」は、『古今六帖二』、山の井、「くやしくぞ汲みそめてける浅ければ袖のみぬる、山の井の水」〈浅いので手ですくえば濁ってしまい飲めもしない袖をぬらしただけ、この山の井の水を汲んでみて後悔する〉による。この六帖の歌が、『万葉集』の「浅香山」の歌によっているから、尼君は使ったのである。／このように、恋歌の贈答は、なるべく古歌を用い、男は熱情を言い、女は疑うと言うこれが定型である。そして、女はここまでと思った時、ＯＫと答えるのである。[2]

と説いている。

玉上が指摘するように光源氏は、「前に難波津も書けないとあったから、併称される「あさか山」

の歌を思い寄せたのであ」ろうが、それは光源氏の情念に関わってくるはずである。そうであるとするのならば、単に「併称される「あさか山」の歌を思い寄せた」という理由だけでは、説明としては不十分で、光源氏の心情に即した必然的な理由が説かれねばならないはずである。尼君が「難波津」と言ったのに対して光源氏が「安積山」にズラした必然的理由は、単に歌ことばの遊戯的引用の次元にとどまらず、むしろこの「安積山」の伝承和歌を共通とした歌物語、『大和物語』百五五段の趣向を引用しているというように読んだ方がよりうまく説明ができるのではあるまいか。(3) つまり、ここでは「安積山」の和歌が手習いの伝承和歌であるだけではなくて、『大和物語』にも共通して用いられているという事実が何よりも重要なのである。『源氏物語引歌索引』等一部の事典類や論文等を例外として、現行注釈書において、この場面の典拠を『大和物語』だとするものは、一つとしてない。

この場面の注釈の次元では、「安積山」はどこまで行っても手習いの伝承和歌という典拠の域を出ないのだ。だが、手習い歌と言いながら「難波津」ではなく、あえて光源氏が「安積山」を用いたところに、彼の若紫を手に入れたい強い欲望を読むことができるだろう。そのことは、「話型」の問題とも関わるので後述することにしたい。

三 「影」「面影」の語の共鳴と喚起力

さて、光源氏の贈歌の「かけ離るらむ」には、「影」と「かけ離る」とが掛けられていた。本歌の

「かげさへ見ゆる山の井の……」の「影」の語であると同時に、尼君の答歌の「影を見るべき」と照応しているのだが、これらの「影」の語は、光源氏の最初の贈歌、

面影は身をも離れず山桜心のかぎりとめて来しかど

の「面影」の「影」の語と対応しているのだろう。この「面影」の語は実は、光源氏が北山の僧都に当て推量で若紫の素姓を尋ねた場面に、

昼の面影心にかかりて恋しければ、源氏「ここにものしたまふは誰にか。尋ねきこえまほしき夢を見給へしかな。今日なむ思ひあはせつる」と聞こえたまへば、うち笑ひて、僧都「うちつけなる御夢語りにぞはべるなる。尋ねさせたまひても、御心劣りせさせたまひぬべし。…」（212頁）

と出てくる、「昼の面影」の「面影」「影」の語と響き合う。このまことならぬ「夢語り（＝騙り）」の場面を、『源氏物語湖月抄』の「師説」は、「いひ出んもたよりなきに、まことならぬ夢がたりをすと伊勢物語にいへる類也」（講談社学術文庫）とし、以降の諸注も、たとえば小学館新編日本古典文学全集の頭注二も、「『伊勢物語』六十三段、「つくも髪の老女の『まことならぬ夢語りをす』とある趣向によるか」として、その章段との関係性を指揄し踏襲している。ここでは一歩進め積極的に『伊勢物語』当該章段の引用と読むならば、「在五中将」に対しては「光源氏の中将」であり、「嫗」に対しては「幼女」であり、「まことならぬ夢語り」をする主体が、女（嫗）から男（光源氏）へと転じられ差異化されていることに気づくのである。そして、

百歳に一歳たらぬつくも髪我を恋ふらしおもかげに見ゆ

（新潮日本古典集成）

この「おもかげに見ゆ」の語が媒介となって「面影」→「昼の面影心にかかりて……」という言説を領導してきたとするならば、

安積山影さへ見ゆる山の井の浅くは人を思ふものかは

とは転一歩であり、物語の想像力としては「面影」の語を媒介とした喚起力によって、「難波津」ではなくて「安積山」の手習い歌の方が浮上してきたと理解することができるのである。

四　『大和物語』の引用＝女を盗む男の欲望の話型

安積山の歌が和歌から別のジャンル、歌物語『大和物語』に転換されると、成立の事情も異なった新たな物語（→物騙り）として提示されてくる。端的に「手習い歌」としての呪性は無化されてしまうのだろう。

むかし、大納言の、むすめいとうつくしうてもちたまうたりけるを、〈帝に奉らむ〉とてかしづきたまひけるを、殿に近う仕うまつりける内舎人にてありける人、いかでか見けむ、このむすめを見てけり。顔かたちいとうつくしげなるを見て、よろずのことおぼえず、心にかかりて、夜昼いとわびしく、病になりておぼえければ、「せちに聞こえさすべきことなむある」といひわたりければ、「あやし。なにごとぞ」といひていでたりけるを、さる心まうけして、ゆくりもなくかき抱きて、馬に乗せて、陸奥の国へ、夜ともいはず、昼ともいはず、逃げていにけり。安積の郡、「安積山」といふ所に庵をつくりて、この女をすゑて、里に出て物などはもとめて来つつ食はせて、年月を経てありへけり。この男いぬれば、ただひとり物も食はで山中にゐたれば、かぎりなくわびしかりけり。かかるほどにはらみにけり。この男、物もとめにいでにけるままに、三四日来ざりければ、待ちわびて立ちいでて、山の井にいきて影を見れば、わがありしかたちにもあらず、あやしきやうになりにけり。鏡もなければ、顔のなりたらむやうも知らでありけるに、にわかに見れば、いとおそろしげなりけるを、〈いとはづかし〉と思ひけり。さてよみたりける。

あさか山影さへ見ゆる山の井のあさくは人を思ふものかは

とよみて、木に書きつけて、庵に来て死にけり。男、物などもとめてもて来て、死にてふせりければ、〈いとあさまし〉と思ひけり。山の井なりける歌を見てかへり来て、これを思ひ死にに、かたはらにふせりて死ににけり。世の古ごとになむありける。（小学館新編日本古典文学全集）

そして、この『大和物語』百五五段の引用が、『源氏物語』「若紫」巻における若紫母子の物語総体の骨格を枠取りし生成していることに気づくだろう。

僧都「……故按察大納言は、世に亡くて久しくなりはべりぬれば、えしろしめさじかし。その北の方なむ、なにがしが姉妹にはべる。かの按察隠れて後、世を背きてはべるが、このごろわづらふことはべるにより、かく京にもまかでねば、頼もし所に籠りてものしはべるなり」と聞こえたまふ。

源氏「かの大納言の御むすめものし給ふ」と聞きたまへしは。すきずきしき方にはあらで、まめやかに聞ゆるなり」と推しあてにのたまへば、「むすめただ一人はべりし。亡せてこの十余年にやなりはべりぬらん。故大納言、『内裏に奉らむ』などかしこういつきはべりにしを、その本意のごとくもものしはべらで過ぎはべりにしかば、ただこの尼君ひとりもてあつかひはべりしほどに、いかなる人のしわざにか、兵部卿の宮なむ忍びて語らひつきたまへりけるを、もとの北の方やむごとなくなどして、安からぬこと多くて、明け暮れものを思ひてなん亡くなりはべりにし。〈もの思ひに病づくもの〉と目に近く見たまへし」など申したまふ。／〈さらば、その子なりけり〉、と思しあはせつ。　（212～213頁）

プレテクストとしての『大和物語』とそれを引用する『源氏物語』、それぞれ人物の対応を図示してみると、およそ次のようになろうか。

『大和物語』	／	**『源氏物語』**
大納言	／	故按察大納言
むすめ	／	故むすめ
（帝に奉らむ）	／	（内裏に奉らむ）〔故姫君〕

←　孫むすめ〔若紫〕

内舎人　／　兵部卿宮

←　光源氏

女の不遇の死　／　女の非業の死

（男の恋死）　／　←　若紫の運命は？

『大和物語』の引用という視座からながめてみると、『源氏物語』においては若紫母子二代に渉っての物語に引用＝差異化されているので、それぞれ人物の対応は単純な一対一の対応ではなくて、親の世代と子の世代というふうに、それぞれに振り分けられることで一対二の対応となっていることに注意したい。すなわち、『大和物語』の「大納言の娘」に対して、『源氏物語』においては「按察大納言の娘」である「故姫君」と孫娘にあたる「若紫」とに照応しており、同様に「内舎人」も、「兵部卿宮」と「光源氏」とにそれぞれ対応している、ないしはずらされているといえるだろう。

さらに詳細に相互のテクストと言説の連関を見ていくと、まず、これら三つの物語はいずれも垣間見のモティーフに端を発しており、特に『大和物語』の垣間見をした「内舎人」の心情「心にかかりて、……」と「若紫」を見た後の「光源氏」の「昼の面影心にかかりて、」とは一致しており、前述した「影」の語が媒介となっているものと思われる。また、「内舎人」の恋情を誇張した表現「病になりておぼえければ、」という恋の病のモティーフも、「若紫」巻頭の「瘧病にわづらひたまひて、……」(199頁)という始発の言説に照応している。ただし「内舎人」は恋のために病になりそうだというのに対して、「光源氏」の場合は逆に、恋が病気の回復の方向にベクトルが向いているという差異がある。

さて垣間見のモティーフは、垣間見をした男の欲望を反映しており、物語文学においては見た女性を盗み出す「嫁盗み譚」という話型に連動しているといえるだろう。「安積山」の手習い歌、伝承和歌の表層的な引用という理解ではなくて、あくまでも歌物語『大和物語』という、歌ことばと散文の引用とを読み込むことで、この時点において既に巻終盤の「若紫」掠奪という話《ストーリー》の展開を予測し、先取り(カタドリ)することができるのである。

ただし、「嫁盗み譚」というのは、通常結末に不幸が待っているという理解がなされており、まったくの大団円は『更級日記』の「竹芝寺縁起」くらいである。(4)

五 「嫁盗み譚」の変相＝鏡像としての「継子譚」

男が女を盗み出す話は「嫁盗み譚」である。それに対して、男が女を救出する話がある。それは

「継子譚」である。一見すると正反対の話のように思われるかもしれないが、実は継子譚も「救出」という名目で女を盗み出しているから、嫁盗み譚の一変相であるといえるだろう。あるいはまた、嫁盗み譚と継子譚とは、鏡像的な関係にあるとも考えられるだろう。それは嫁盗み譚の掠奪をする男が、継子譚においてはそのまま姫君の救出に立ち向う貴公子に転じてしまっているからである。

「若紫」巻は光源氏が若紫を垣間見し、彼女を盗み出して養育しようとする話である。と同時に、庇護者である祖母尼君を亡くした彼女が、実父兵部卿宮の邸に引き取られることで想定される、継母北の方の虐待から光源氏によって救出され幸福になる話として、すなわち、継子譚として読むことが可能である。(5) 言わば前半が嫁盗み譚で、後半は継子譚として認識できることになる。つまり、若紫母子の物語全体が、光源氏の欲望のまなざしからは嫁盗みの話型に沿って話が進行しているのだが、終盤、若紫の庇護者の尼君が死去し喪失する時点で、『源氏物語』は話型を切り換え、継子譚に転換しているものと理解することができるのである。

ところで「若紫」巻の人物設定は、阿部好臣も指摘しているように、「桐壺」巻の人物設定との重ね合わせとズラしによってなされていると読めるのである。(6)

「若紫」巻⇅「桐壺」巻という相互に反復される〈読み〉の〈時間の循環〉(7) の中で読者は、

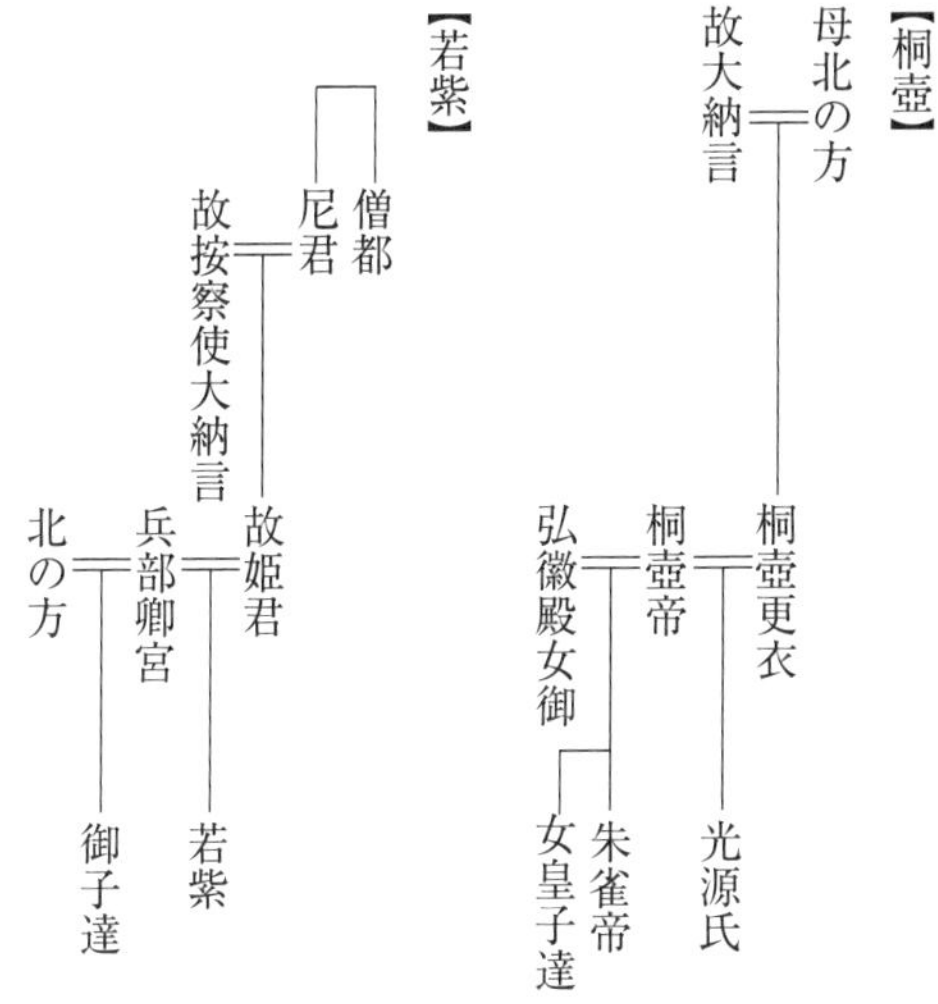

「桐壺」巻		「若紫」巻
故大納言	／	故按察使大納言
母北の方	／	尼君
桐壺更衣	／	故姫君
桐壺帝	／	兵部卿宮
弘徽殿女御	／	北の方
光源氏	／	若紫

という人物の対応を読むことになる。その際、「もとの北の方やむごとなくなどして、安からぬこと多くて、明け暮れものを思ひてなん亡くなりはべりにし。〈もの思ひに病づくもの〉と目に近く見たまへし」（若紫213頁）という故姫君の死の様子を語る北山の僧都のことばに、光源氏の亡き母桐壺更衣の死の真相が逆照射的に意味づけられるのである。それを聞いた光源氏は、「いとあはれにものし

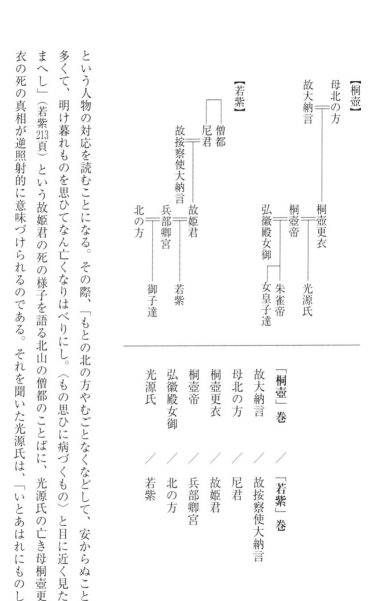

たまふかな」と述べ、また、若紫の養育者である尼君に向かっては、「あはれにうけたまはる御ありさまを、かの過ぎたまひにけむ御かはりに思しないてむや。言ふかひなきほどの齢にて、睦ましかるべき人にも立ちおくれはべりにければ、あやしう浮きたるやうにて年月をこそ重ねはべれ。同じさまにものしたまふなるを、『たぐひになさせたまへ』といと聞こえまほしきを、かかるをりはべりがたくてなむ、思されんところをも憚からず、うち出ではべりぬる」（同217〜218頁）と同情を寄せた発言をしている。三谷邦明の指摘もあるように、巻のほぼ始発部分、前掲北山の僧都による若紫の素性明かしの場面に、既に継子譚の話型を読むことは可能である。(8) それは、弘徽殿女御と継子的関係にある光源氏が右の言説にあるように、若紫の継子的境遇に同情を寄せているという理解に比重を置いた読みをした場合においてである。「掠奪は紫上を継子の境涯から救済したいという気持の表現」（三谷）かどうかはともかく、継子譚として読むこと、光源氏の「掠奪」（→嫁盗み）という行為は、「救済」として意味の転換がなされ正当化がなされる。それと同時に嫁盗み譚の不幸な結末も、光源氏が継子の救出に立ち向かう貴公子に転身することですっかり解消され、大団円となるからだ。これは言わば、話型の誤読的機能というべきものである。

注

（1）三角洋一「歌まなびと歌物語」『王朝物語の展開』若草書房、二〇〇〇年は、物語創作と享受の場の具体相を、歌まなびの階梯と関わらせて想定する試論である。

(2)玉上琢彌「若紫」『源氏物語評釈』角川書店、一九六八年。95頁。

(3)小嶋菜温子「「世づかぬ」女君たち」『源氏物語の性と生誕王朝文化史論』立教大学出版会、二〇〇四年は、プレテクスト「『大和物語』の安積山の女の話は、〈産む性〉から疎外される女性の悲劇」と規定し、「「難波津」もまだ書けない少女を、大事にしたいと深く思っているのにと、尼君は訴える。その表面上の意味とは裏腹に、妊婦の自殺という安積山の女の縁起の悪いドラマが蘇ってしまうことになろう。「汲みそめてくやし」とする尼君の漠然とした不安は、こうした引用表現によって根拠づけられていると考えてよいのではないか」とする。また、久富木原玲「源氏物語における采女伝承」『源氏研究』第9号（翰林書房、二〇〇四年四月）も、「若紫を北山から都に連れ出すのは都から陸奥への逃避行とは方向的には逆になるものの、若紫の祖父が陸奥出羽の監察を司る按察大納言であったことを思えば、陸奥の地はすでにこの姫君に刻印されていたことになる」という指摘をしている。阿部好臣「秘匿された〈歌〉の位相—若紫あるいは歌の父母」『物語文学組成論Ⅰ—源氏物語』笠間書院、二〇一一年。

(4)嫁盗み譚といえば、『伊勢物語』芥川の章段の「鬼一口」の話（六段）、武蔵野の章段（一二段）、『源氏物語』の「夕顔」巻などが想起されるように、いずれも不幸な結末に結びついている。鈴木日出男「女を盗む話」『源氏物語への道』小学館、一九九八年、高田祐彦「長編の始動」『源氏物語の文学史』東京大学出版会、二〇〇三年など参照。なお、立石和弘「言葉と身体女を盗む話型と身体」『男が女を盗む話―紫の上は「幸せ」だったのか』中公新書、二〇〇八年は、身体論の視座からこの話型を説いている。

(5)この話型から読んだ代表的研究は、今井源衛「兵部卿宮のこと」『源氏物語の研究改訂版』未来社、一九八一年(初出一九六二年)だと思われるが、近年では、神野藤昭夫「継子物語の系譜」『講座源氏物語の世界第二集』有斐閣、一九八〇年が、「可能性としての継子虐め」という物言いをしている。それは、おそらく口承の継子譚と比較した時、『源氏物語』「若紫」巻の場合は虐待のモティーフが欠落しており、その点を考慮してのことかと推察される。

(6)阿部好臣「明石物語の位置―桐壺一族との関りにおいて」『物語文学組成論Ⅰ―源氏物語』笠間書院、二〇一一年、初出一九七六年七月)。

(7)三谷邦明「古代叙事文芸の時間と表現」『物語文学の方法Ⅰ』有精堂出版、一九八九年、「帚木三帖の方法」『物語文学の方法Ⅱ』有精堂出版、一九八九年。

(8)三谷邦明「源氏物語における言説の方法」『物語文学の言説』有精堂出版、一九九二年。

付記　小稿は、「『源氏物語』「若紫」巻の注釈・引用・話型―プレテクスト『大和物語』の想像力―」(『源氏物語の語り・言説・テクスト』おうふう、二〇〇四年)の再録である。ただし、掲載にあたり、表題を改め、第一節を書き加え、併せ引用文献の追加と若干の修正を行った。

方法としての歌語り――『大和物語』の語りから『源氏物語』帚木三帖へ――

水野雄太

一　はじめに

『大和物語』が歌語りを基盤として成立した作品であるということは、今日において広く認められている。歌そのものやその歌が詠まれた背景を口承で語る歌語りは、主に宮廷の女房集団を担い手として歌にまつわる数々の物語を語り伝え、歌物語を生みだす土壌になったとされる。そして、歌物語のなかでも特に色濃く歌語りの形式を残しているのは、かつては説話集の系列と目されることもあった『大和物語』である。

今日においては文学史上の常識となった歌語りという概念にはじめて光を当てたのが益田勝実であるということも、やはり広く知られていることである。いまここであらためてその業績を逐一追う余裕はない。が、ひとつ注意しておいてよいことは、益田が歌語りを歌物語の単なる生成基盤としてではなく、『伊勢物語』における昔男や『源氏物語』における光源氏という好色者の理想像が成立・成長してゆく土壌として見ている点である。好色者の主人公を「純粋な愛情の探求が、歌による愛情の高度な表現に媒介されつづける、〈歌物語〉の主人公の像に密着したもの」としてとらえていた益田は、貴族社会を生きた女性たちの憧憬が歌語りのなかで結晶化し、『伊勢物語』の昔男や『平中物語』の平中のような主人公像が生みだされたと見る。(1) そしてその延長線上に、『源氏物語』第一部における、好色な英雄としての光源氏を位置づけていたのである。

益田の描いたヴィジョンを補助線として、本稿では『源氏物語』初期の好色な光源氏像の――具体的には帚木三帖における――生成と歌語りの関係について粗描してみよう。もとより、帚木三帖で語られた空蟬物語については「それぞれの場面構成において歌物語的ともいえる要素が他の巻々に比べて目立っている」という指摘もあり、(2) 帚木三帖と歌物語の関係は浅からぬものであるようだ。『源氏物語』が好色な光源氏像を仕立てるにあたって、先行の歌物語を方法として意識していたことに疑いの余地はない。

もちろん、そこでまず念頭に置かれるのは帚木巻冒頭から引用される『伊勢物語』だろう。(3) しかしその一方でまた、『大和物語』の基調をなす歌語りの形式も、やはり帚木三帖の語りが生成するうえで無視できない影響を与えているように見受けられる。歌語りという語りの形式が、帚木三帖の物語においていかなる方法として機能しているのか。『大和物語』から析出される語りの形式を視座として、『源氏物語』初期の巻々における光源氏像と歌語りの関係について考えてみる。

二　登場人物が自ら語る形式

『大和物語』のいくつかの章段から、歌語りにおける特殊な語りの一面について見ておこう。

亭子の帝に、右京の大夫のよみて奉りたりける。

あはれてふ人もあるべくむさし野の草とだにこそ生ふべかりけれ

また、

時雨のみ降る山里の木のしたはをる人からやもりすぎぬらむ

とありければ、かへりみたまはぬ心ばへなりけり。「帝、御覧じて、『なにごとぞ。これを心えぬ』とて僧都の君になむ見せたまひけると聞きしかば、かひなくなむありし」と語りたまひける。

(『大和物語』三一段)

右は源宗于が官位昇進の要望を歌に託したが、帝は歌にこめられた意図に気づかなかったという趣意の章段である。注目したいのは、この章段の登場人物である宗于自身が帝の歌に対する反応を「語りたまひける」という点である。語りの対象となっていた人物本人のコメントが章段内の記述に入りこんでいる。こうした語りのありようは、『大和物語』の他章段においても見いだされる。

たとえば、三河の守である是忠親王が承香殿づきの伊予の御という女房に懸想した話を語る六五段では、その結末として「かく歌もよみ、あはれにいひゐたれば、いかにせましと思ひて、のぞきて見れば、顔こそなほいとにくげなりしか」と伊予の御が語った言葉が記されている。このような記述からは、伊予の御が実体験を自ら女房集団のなかで語っていた場面を想定することができる。さらに、「となむ語りしとか」という文末表現からは、語り手は直接伊予の御から実体験を聞いたのではなく、実体験を聞いた誰か（単数とはかぎらない）から伝え聞いた情報を語っていることが読みとれる。実際に起こったできごとを伊予の御が語り、その語りを聞いたほかの女房がそれをまた語り……という流れで物語が語り伝えられていった、歌語りの伝播の様相がうかがい知れるのである。と同時に、実際に体験した者が語っていたとすることによって、物語の内容が事実として起こったできごとであるということを印象づける効果を見ることもできる。事実性を保証しながら、口伝えで物語を伝播させてゆく歌語りのありようが見てとれるのである。

また、『大和物語』のなかでも随一の長大な記述を持つ一六八段でも、語りの対象人物である良少将＝良岑宗貞の語った言葉が引用されている。

章段の一部について詳しく見ておこう。時流に乗り、世でももてはやされていた良少将だったが、仕えていた仁明天皇の崩御に際してゆくえをくらませてしまう。実際には出家していたのだが、その旨をほとんど周囲に漏らしていなかったため、世のなかでは「音耳にも聞えず」というありさまであった。ゆくえを案じた良少将の妻は初瀬に詣で、もし生きているならば再会させてほしい、もし死んでいるのだとしたら良少将を成仏させ、あの世での様子を見せてほしいと祈り、導師に読経させる。実はその際、諸国を転々としていた良少将がちょうど初瀬で勤行をしており、妻の声を聴いてしまう。

　はじめは、〈なに人のまうでたるらむ〉と聞きゐたるに、わが上をかく申しつつ、わが装束などをかく誦経にするを見るに、心も肝もなく、悲しきこと、ものに似ず。A〈走りやいでなまし〉と千たび思ひけれども、思ひかへし思ひかへしゐて、夜ひと夜泣きあかしけり。わが妻子どもの泣く泣く申す声どもも聞ゆ。いといみじき心地しけり。されど念じて泣きあかして、朝に見れば、蓑もなにも涙のかかりたる所は、B血の涙になむありける。「①いみじう泣けば、血の涙といふものはあるものになむありける」とぞいひける。「②そのをりなむ走りもいでぬべき心地せし」とぞ、のちにいひける。（『大和物語』一六八段）

自らのことを思って泣く妻の声に、良少将は「走りやいでなまし」と幾度も思うがそのたびごとに思いかえし、夜一晩泣き明かす。その翌朝、着ていた蓑をはじめとして涙がかかった場所はすべて血の涙で真っ赤に染まっていたという。

　こうした顛末ののちに置かれた傍線部①・②の記述に注目しよう。「血の涙といふものはあるものになむありける」という気づきと、その当時「走りもいでぬべき心地」がしたという回想が、体験ののちに良少将自ら語ったものとして記されている。このような記述からは、先に見た六五段と同じように、実際に体験したことを話す良少将が第一の語り手として存在し、そこで語られた情報をもとに物語が語り継がれていったということが読みとれよう。

そして、この章段においていっそう興味深いのは、物語の文体的な側面から見ても良少将が語り手として語っているように見える点である。傍線部②に見られる回想の言葉は、章段内において良少将の内話として語られた「〈走りやいでなまし〉」(波線部A)という言葉と対応している。また、傍線部①に見られる「血の涙」は本当にあったのだという気づきも、やはり章段内で「血の涙にてなむありける」(波線部B)と語られたものに対応している。特に傍線部①・波線部Bの対応は、「ける(けり)」という過去/詠嘆(気づき)の助動詞が一致しており、あたかも地の文で語られた「血の涙にてなむありける」という語り手の言葉が、良少将の気づきを伴った言葉であるように見える。語り手の三人称的過去に属する声と、登場人物の一人称的現在に属する声とを二重に聴きとることができる、自由間接言説である。(4)

こうした観点でこの章段を見直してみると、右の引用内における「聞きゐたるに」、「誦経にするを見るに」、「思ひかへし思ひかへしゐて」、「わが妻子どもの泣く泣く申す声ども聞ゆ」などといった記述も、やはり良少将自身の視点から語ったものであるように見えてくる。登場人物=語り手=読者(一人称的現在)という図式で表される自由直接言説である。日本の物語文学の場合、動詞に敬語がつかないことで自由直接言説のような文体が生まれるが、右の引用においては「わが上」「わが装束」という記述があることによって、良少将の視点から語っていることはいっそうあきらかだろう。また、

「心も肝もなく、悲しきこと、ものに似ず」、「いといみじき心地しけり」の部分は自由間接言説であり、三人称的な語り手の声のなかに一人称的な良少将の声を聴きとることができる。このような文体は、たとえば良少将が周囲にゆくえを明かさなかった理由について「このことをかけてもいはば、女も、いみじと思ふべし。われも、えかくなるまじき心地もしければ、寄りだに来で、にはかになむせにける」と語られている部分に見いだされることからも、この章段では意識的に用いられていると思しい。この章段は、語り手と良少将が同化する自由直接言説と、語り手の声に良少将の声が重なる自由間接言説とが駆使されることによって、良少将が自ら語った物語として位置づけられているのである。(5)

右で析出された文体上の方法は、やはり六五段と同様に、逸話の現実感を保証するためのものであると考えられる。そもそも良少将のゆくえは「音耳にも聞えず」と、当時の世のなかではまったく知られていなかった。そうした状況のなかで良少将がどのような生活をしていたかは、ほかでもない良少将にしかわからないはずである。だからこそ、良少将自身が語った情報として物語を位置づける必要があったのではないか。もちろん、この逸話が事実／虚構のいずれであるのか、あるいは本当に良少将が後日語ったものなのかはわからない。が、重要なのは物語の事実性を保証するために良少将が自ら語っているかのような文体や記述が駆使されているということである。第一の語り手として実体験を語る登場人物がおり、そこから物語が聞き伝えられ、語り伝えられてゆくという歌語りのありようが、物語の方法として機能しているのだと言えよう。

三　当事者の語りと歌語りの創造性

一六八段において析出された文体上の特徴について、他章段を参照することによってもう少し掘り下げておこう。一〇一段もまた、登場人物が語り手としての性質を帯びている章段である。一部分を引用しておく。

くやしくぞのちにあはむと契りける今日をかぎりといはましものを

とのみ書きたり。いとあさましくて、涙をこぼして使に問ふ。「いかがものしたまふ」と問へば、使も、「いと弱くなりたまひにたり」といひて泣くを聞くに、さらにえ聞えず。「みづからただいままゐりて」といひて、里に車とりにやりて待つほど、いと心もとなし。近衛の御門にいでたちて、待ちつけて乗りてはせゆく。五条にぞ少将の家あるにいきつきて見れば、いといみじうさわぎののしりて、門さしつ。死ぬるなりけり。消息いひ入るれど、なにのかひなし。いみじう悲しくて、泣く泣くかへりにけり。かくてありけることを、かむのくだり奏しければ、帝もかぎりなくあはれがりたまひける。

（『大和物語』一〇一段）

季縄の少将から臨終を匂わせる文を受けとった源公忠が、急ぎ季縄の邸に向かうも、死に間に合わなかったという内容を持つ章段である。基本的に公忠の動作には敬語がつかず、読者は自由直接言説として語り手＝源公忠の視点から物語を読んでゆくことになる。(6) さらに、傍線部では語り手と登場人物の声が二重化する自由間接言説が駆使されており、語り手の言葉でありながら公忠自身の言葉でもあるという体で語られている。車を待つまでの「いと心もとなし」という心情からはじまり、季縄の家が騒然としているなか「門さしつ」という状況を確認、そして「死ぬるなりけり」と季縄の死に気づき、案内を請うても「なにもかひなし」だという実感に至るまで、徹底して公忠の声によって語られているかのような文体が続くのである。

そしてなにより注意されるべきなのは、「かくてありけることを、かむのくだり奏しければ」という記述である。公忠の視点に沿って語られてきた章段の内容（「かむのくだり」）が帝にそのまま奏上されたというのである。言うまでもなく、帝に奏上したのは公忠であろう。公忠の視点で語られた章段の内容が、そのまま公忠によって帝に語られたのだ。公忠は文字通り語り手として、季縄死去の逸話を帝に語ったのである。

『大和物語』のなかに、登場人物が実体験を語ったとされる記述が見いだされること、引いては登場人物が自ら語っていると見なしうる記述が散見されるということ。これらの事実は、『大和物語』が女性たちの歌語りを母胎として育まれた作品であるということと無関係ではありえまい。(7) 女性たちによる物語享受の実態を伝える章段としてたびたび注目される一四七段では、生田川伝説を描いた屏風絵をもとに温子およびその周辺の女性が生田川伝説に登場する人物に次々となりかわって歌を詠む。

「女になりたまひて」、「生きたりしをりの女になりて」と、生田川に入水した女になりかわって歌を詠み、「いまひとりの男になりて」、「ひとりの男になりて」と、女を争ったふたりの男の視点から詠歌するのである。兵藤裕己はこの点に「ある種の憑依体験ともいえるリアリティ」を見いだし、「みずからの存在を消去し、登場人物になりかわって彼らの言葉を話し、その行動を叙述する」物語文学の語り手のありようと接続させる。(8) 歌や物語を享受し、物語る女性たちの語りは、語り手と登場人物のあいだにある境界線を容易に乗りこえるのである。

前節で確認してきた各章段における語りの特質も、やはり女房集団のなかで語られた物語であるからこそ見られるものだろう。歌語りの場に集まった女房たちは、できごとの当事者から直接話を聴き、その当事者になりきって物語を語る。もちろん、当事者から聴いたかどうか、その真偽のほどはいまとなっては確かめようがない。が、事実性を旨とする歌語りにおいて、当事者が第一の語り手であるかのように語る方法は有効なものだったと思われる。

その一方で、こうした語りの特質が、事実性と相反する虚構の源泉となったことも否定できない事実だろう。語り継がれてゆくあいだに歌や物語の内容そのものが変化してゆく歌語りのありようについては、すでに多く指摘されているところである。(9) こうした特徴は、第一の語り手(当事者)から情報を得て、その人物になりきって他者が語るなかで、物語自体が歪曲されてゆくという歌語りの性質をかいま見せるものである。飯塚浩は先にあげた『大和物語』一四七段に注目し、「登場人物に自身を投影し、歌を詠み、それが語りに融合してゆくという歌語り化の過程は、貴族社会の日常的生活での出来事とその語りが、歌語りへと展開してゆくプロセスとも構造的には等しい」ことを指摘し、そこから新たな語りが創造されることを論じているが[10]、まさに歌語りは、できごとの当事者になりかわることによって創造性を発揮するものだったと言えよう。

四　歌語りとしての帚木三帖

ここまで、『大和物語』においてできごとの当事者が自ら語った言葉を引用する場合や、できごとの当事者が自ら語ったかのように捉えられる文体に注目し、このような語りがもたらす効果について述べてきた。当事者が第一の語り手となり、そこで語られた内容を他者が当事者になりかわって語り継ぐという歌語りの形式は、物語に現実感をもたらすとともに、新たな創造の源泉になるものでもあった。歌語りは語られた内容が事実であることをたてまえとするが、そこで必要とされる事実性を保証しながら物語を生みだしてゆく方法が、歌語りにおける語りのありように隠されていたわけだ。

『大和物語』のこうした語りの形式を踏襲したうえで生みだされたと考えられるのが、『源氏物語』における帚木三帖の物語である。前述の通り、帚木三帖の物語については歌物語との構成的類似が指摘されているが、構成が歌物語に類似するのみならず、歌物語を生んだ歌語りの形式にもとづいて語りの構造が組み立てられているように見受けられる。

たとえば、帚木巻における雨夜の品定めでくり広げられる男たちの体験談は、男女の贈答歌を核としながら歌にまつわる逸話を語ったものであるという点で、ある種の歌語りであるかのように見える。『源氏物語事典』の「歌語り」の項では、歌語りの様子を物語世界に持ちこんだものとして雨夜の品定めにおける体験談を挙げ、「『源氏物語』は「歌語」を点描したのみならず、さらには場の物語として構造化した作品だということができる」とされている。(11) たしかに『源氏物語』は、歌をめぐって展開される語り＝歌語りを物語内部に形象化させている。

ただし、雨夜の品定めにおける体験談を歌語りとして即座に位置づけてしまっては、できごとの当事者が第一に語り、その語りを女房集団が語り継いでゆくという、歌語りの共同性とも言うべき性格がとらえきれなくなってしまうだろう。本稿の視点からとらえ直すならば、雨夜の品定めにおいて自らの体験を語る男たちは、あくまでも歌語りの起源となる逸話を提供した当事者なのではなかったか。とすると、共同的性格をも含めた意味で歌語りと見なしうるのは、直接男たちの口から語られた体験談ではなく、女房の口を介して物語のなかにとりこまれた語り、すなわち女房＝語り手が語った『源氏物語』帚木巻のなかに位置づけられたものとしての体験談、ということになるのではないか。『源氏物語』の語り手が大部分において女房としての属性を帯びていることはすでに常識化しているが、雨夜の品定めにおける体験談もやはり、『源氏物語』というテクストのなかで語られたものである以上、語り手に語り伝えられた物語として語られている。帚木巻のなかの一挿話として、聞き手

〈読者〉に対して男たちの体験談を語り伝えたのは、体験談の現場に臨場し、直接見聞して「法の師の、世のことわり説き聞かせむ所の心地するも、かつはをかしけれど、かかるついでは、おのおの睦言もえ忍びとどめずなむありける」（帚木一―七一）などと評する女房としての語り手なのだ。もちろん、体験談は男たちによる発話として位置づけられているが、そうした発話や会話文、あるいは登場人物しか知りえないはずの心中を語った内話文でさえも、（たとえそれがたてまえであったとしても）原則的には語り手を経由した言葉であることを忘れてはなるまい。[12] 雨夜の品定めにおける体験談を歌語りと言いうるのだとすれば、それは男たちの当事者としての語りが『源氏物語』の語り手＝女房の口を介してテクストに織りこまれているという、『源氏物語』そのものの語りの構造まで視野に入れたうえでのことなのだ。

このように考えると、『源氏物語』帚木巻は物語内部に歌語りを形象化したというよりも、帚木巻そのものが歌語りとしての形式を持っていると見るほうがふさわしいのではないか。思いかえせば帚木巻はその冒頭から、語りの持つ共同的な性質を如実に感じとらせながら始発したのであった。よく知られる帚木巻冒頭の語りを引用しよう。

光る源氏、名のみことごとしう、言ひ消たれたまふ咎多かなるに、いとど、かかるすき事どもを末の世にも聞きつたへて、〈軽びたる名をや流さむ〉と、忍びたまひける隠ろへごとをさへ語りつたへけん人のもの言ひさがなさよ。さるは、いといたく世を憚りまめだちたまひけるほど、なよびかにをかしきことはなくて、交野の少将には、笑はれたまひけむかし。
まだ中将などにものしたまひし時は、内裏にのみさぶらひようしたまひて、大殿には絶え絶えまかでたまふ。〈忍ぶの乱れや〉、と疑ひきこゆることもありしかど、さしもあだめき目馴れたるうちつけのすきずきしさなどは好ましからぬ御本性にて、まれには、あながちにひき違へ心づくしなることを御心に思しとどむる癖なむあやにくにて、さるまじき御ふるまひもうちまじりける。

（帚木一―五二）

帚木三帖の序としての役割を果たす右の引用では、あえて重層的な語りが駆使されている。光源氏の「忍びたまひける隠ろへごとをさへ語りつたへけん人」から与えられた情報をもとに、語り手は光源氏の「さるまじき御ふるまひ」としての帚木三帖を語る。帚木三帖を語る語り手とは別に、情報を提供した人物があえて設定され、語りの共同体のなかで光源氏の恋の遍歴が語り継がれていたことがあきらかになる。そして、その帚木三帖が「帚木」「空蟬」といった歌ことばにまつわる伝承や象徴性をもとに人物や主題をかたどるとともに、(13)贈答歌によって人物の内面状況や場面を構成していることを思い起こせば、(14)光源氏の隠れた恋を語る帚木・空蟬・夕顔の三巻が、歌を核として物語を語る歌語りとしての形式を持っていることに気づかされよう。『源氏物語』という物語と噂の類同性についてはすでに指摘があるが、(15)帚木三帖が、語り手の姿を如実に感じさせる序跋や雨夜の品定めにおける体験談という物語内容を有すること、そして歌を中心に構成されていることに鑑みると、それは噂というよりも歌語りではないか。帚木三帖の物語は、歌語りという語りの枠組みを借りることで形づくられていると言えよう。(16)

五　方法としての歌語り

帚木・空蝉・夕顔の三帖のうち、特に歌語りとの関連性が色濃くあらわれているのは帚木巻だろう。帚木巻の物語内部には、歌語りの場を直接的に描いた場面が存在するからである。

灯ともしたる透影、障子の上より漏りたるに、やをら寄りたまひて、〈見ゆや〉と思せど、隙もなければ、しばし聞きたまふに、この近き母屋に集ひゐたるなるべし、うちささめき言ふことどもを聞きたまへば、わが上なるべし。「いといたうまめだちて、まだきにやむごとなきよすが定まりたまへるこそ、さうざうしかめれ」、「されど、さるべき隈にはよくこそ隠れ歩きたまふなれ」など言ふにも、思すことのみ心にかかりたまへれば、まづ胸つぶれて、〈かやうのついでにも、人の言ひ漏らさむを聞きつけたらむ時〉などおぼえたまふ。ことなることなければ、聞きさしたまひつ。式部卿宮の姫君に朝顔奉りたまひし歌などを、すこし頬ゆがめて語るも聞こゆ。

（帚木一―九四）

光源氏が紀伊守邸で女房たちの噂話を耳にする場面である。光源氏の恋の噂話に花を咲かせ、あげくに式部卿宮の姫君に光源氏が贈ったという歌をやや歪曲して語っている。これはまさしく女房たちによる歌語りの現場である。『大和物語』から析出した通り、歌語りではできごとの当事者が詠んだ歌を女房たちが口ずさみ、語り伝えてゆく過程で、歌自体が変化を被り、それによって新たなる物語が生まれてゆくことがあった。右の引用における場面は、まさしく歌語りの実態を物語内部に形象化したものだと言いえよう。

そして、そうした歌語りの現場を描くことを通して、『源氏物語』は光源氏の新たな一面を読者に知らしめることとなる。右の歌語りでは、光源氏が式部卿宮の姫君に対して朝顔とともに贈った歌がとり沙汰されている。周知の通りこの場面は、右の歌語りのなかでとり沙汰されている歌が『源氏物語』中に見いだされないことから、古来不審とされてきた箇所である。そのために桐壺巻と帚木巻とのあいだに現存しない巻の存在を想定する説もあったが、むしろここは物語のなかで直接的には語られていないできごとを、歌語りを通して読者に知らしめる手法があえてとられていると見るべきである。そもそも帚木巻の発端が光源氏の「忍びたまひける隠ろへごと」を語り伝えることにあるのだから、光源氏と式部卿宮の姫君の秘められた恋もまた、口さがない女房たちの歌語りを通してはじめて明かされてしかるべきであろう。そして、こうした歌語りの現場は、前節で確認した歌語りとしての帚木三帖という物語と連続性を有していると思われる。光源氏と式部卿宮の姫君とのあいだにあった隠れた恋を語る歌語り、そうした歌語りの共同的な語りのなかで語り伝えられてきた光源氏の恋の遍歴の物語が、帚木三帖という物語だったのだ。帚木三帖は、オブジェクトレベルとしての物語内部の世のなかで語られた歌語りと、メタレベルとして読者にまで語り伝えられた歌語りという、異なるレベルの歌語りを駆使することで形づくられた物語なのである。『源氏物語』は歌語りをオブジェクト／メタの境界をこえて利用することで、光源氏の新たなる人物像を語りだそうとしたのだと言えよう。

光源氏と式部卿宮の姫君に関する歌語りしかり、光源氏の「隠ろへごと」を語る歌語りとしての帚木三帖しかり、『源氏物語』は光源氏の新たなる人物像を組み立てるにあたって、歌語りという語りの方法を駆使している。そのように考えたとき、本稿の冒頭で示しておいた益田勝実の見とり図と同様の構図を、『源氏物語』のなかに探り当てることが可能となる。益田は貴族社会に生きる女性たちの憧憬が歌語りを通して好色者の主人公像を結晶化させたとしたが、それはまさしく帚木巻において見られた光源氏と式部卿宮の姫君に関する歌語りのありようと重なってくる。のみならず、「光る源氏」という「主人公の颯爽とした青春期をかたどる一方で、賜姓源氏で美貌で好色というイメージを喚び起こしている」名を冒頭に置き(17)、好色な振る舞いを詳述してゆく帚木三帖の物語自体もまた、歌語りのなかで好色者の像が立ち上げられる形式をなぞっているのである。帚木三帖の物語は、桐壺巻に語られた光源氏の人生の裏に隠れた恋の遍歴があったことを語ることで、好色者としての人物造形をほどこし、多面的・立体的に光源氏像を組み立てる役割を果たしていた。そうした巻々が歌語りの形式を想起させるように語られていることは、決して偶然ではないのだ。歌語りの実態や特質を対象化し、語りの方法としてとりこむことで光源氏という虚構の存在を創造してゆく『源氏物語』のありようを、ここに見いだすことができる。

五　おわりに

以上、『大和物語』から歌語りの特質と語り方を見たうえで、『源氏物語』帚木三帖が歌語りを方法としていかに利用しているかを考えてきた。最後に、帚木三帖の跋に当たる語り手の言葉に言及しておきたい。

かやうのくだくだしきことは、あながちに隠ろへ忍びたまひしもいとほしくてみなもらしとどめたるを、など帝の皇子ならんからに、見ん人さへかたほならずものほめがちなると、作り事めきてとりなす人ものしたまひければなん。あまりもの言ひさがなき罪避りどころなく。

（夕顔一―一九六）

帚木巻巻頭との対応があきらかなこの箇所では、光源氏の「隠ろへ忍びたまひし」色恋沙汰を三帖にわたって語ってきた語り手が言い訳がましい言辞を並べている。弁解の言葉を言い立ててまで語り手が光源氏の隠れた恋の遍歴を語ってきた原因は、光源氏、引いては『源氏物語』自体を「作り事めきてとりなす人」がいたからだとされている。要するに、『源氏物語』という虚構の物語に現実感を付与するために、帚木三帖の物語は語られたということである。

こうした記述は、歌語りと虚構の物語との関係性に目を向けさせる。虚構の物語に現実感を与えるための手法として歌語りという語りの方法が用いられた事実は、歌語りの形式を保っている『大和物語』の可能性にあらためて気づかせてくれよう。『大和物語』は『伊勢物語』や『平中物語』と比べてゴシップ性が高いという点で、文学作品として劣ったものと見なされがちである[18]。しかし、女房たちによるゴシップ的な歌語りのありようが、『源氏物語』において方法として用いられ、虚構の主人公像をつくり上げるうえで大きな役割を果たしていることは、本稿で見てきた通りであろう。『大和物語』に見いだされる歌語りの様相は、物語文学における虚構の成立に光を当て直す、新たな視角であるように思われる。

注

(1)益田勝実「物語文学と歌がたり」(三谷栄一編『体系 物語史 第一巻 物語文学とは何か』有精堂 一九八二年)。なお、この論文は各方面からだされた後出の論を踏まえて益田自身が自らの歌語り論を研究史的に整理したものであるが、たとえば益田「歌語りの世界」(『季刊 国文』四 一九五三年三月)でも、業平や平中などといった歌物語の主人公像が歌語りによって育まれたと論じられている。

(2)吉見健夫「空蝉物語の和歌―歌物語的方法と物語形成―」(中野幸一編『平安文学の風貌』武蔵野書院 二〇〇三年)。なお、拙稿「『源氏物語』帚木巻論―巻末贈答歌と「名」をめぐる物語―」(『学芸 国語国文学』五一 二〇一九年三月)でも、巻末の贈答歌を核として構造化された帚木巻のありようについて論じている。

(3)「忍ぶの乱れや、と疑ひきこゆることもありしかど」(帚木一―五三)の部分が『伊勢物語』初段の引用である。

(4)自由直接／間接言説については、三谷邦明「〈語り〉と〈言説〉―〈垣間見〉の文学史あるいは混沌を増殖する言説分析の可能性―」(『源氏物語の言説』翰林書房　二〇〇二年)を参照。

(5)なお、自由直接言説と自由間接言説を区別することの困難についてはたとえば陣野英則「作中人物の話声と〈語り手〉―重なりあう話声の様相―」(『源氏物語の話声と表現世界』勉誠出版　二〇〇四年)などで指摘されているが、登場人物自らが語っているかのような文体の析出を目的とする本稿においては、自由直接／間接言説のいずれであったとしても問題はない。今回は語りの方法をできるだけ詳細に分析すべく、自由直接／間接言説を区別した。

(6)なお、『大和物語』における敬語の使用／不使用について詳細に調査している柿本奨『大和物語の注釈と研究』(武蔵野書院　一九八一年)を参考にすると、前提として四位・五位の人物には敬語が使用されないため、季縄の少将が没する当時六位蔵人であった公忠の動作に敬語がつかないのは特別なことではない。しかし、敬語不在によって語り手と登場人物が同化しているかのように読めてしまうのは事実である。自由間接言説の多用も相まって、当該場面が公忠の視点から語られていることに疑いの余地はない。

(7)歌物語の成立と歌語りの関係について論じたものは多岐にわたるが、たとえば南波浩「歌語り・歌物語の特質」（日本文学協会編『日本文学講座4　物語・小説Ⅰ』大修館書店　一九八七年）、長谷川政春「歌語りの場―古今・後撰、そして大和物語―」（『物語史の風景』若草書房　一九九七年↑初出一九九三年）、福井貞助「歌物語の行方―平安朝歌語り地盤との関わりについての粗描―」（雨海博洋編『歌語りと説話』新典社　一九九六年）などが歌語りの実態について詳しく考察をくわえている。

（8）兵藤裕己『王権と物語』（岩波現代文庫　二〇一〇年）。

（9）高橋正治『大和物語』（塙書房　一九六二年）、雨海博洋「『大和物語』に於ける「歌語り」の文学的発想について」（『二松学舎大学論集』四五年度　一九七一年三月）、久保木哲夫「大和物語と歌語り」（片桐洋一編『鑑賞 日本古典文学　第5巻 伊勢物語　大和物語』角川書店　一九七五年）など。

（10）飯塚浩「歌語りとその場序説―伝承と創造―」（『平安文学研究』六五　一九八一年六月）。

（11）林田孝和ほか編『源氏物語事典』（大和書房　二〇〇二年）。なお、「歌語り」の項の執筆は石井正己による。

（12）甲斐睦朗「文章表現のしくみ」（『源氏物語の文章と表現』桜楓社　一九八〇年）において「物語中の人物が、自分の心情や意志などを相手に伝えるために、声に出した表現」として位置づけられる会話表現は、歌に次いで語り手の介入度が低い表現だとされるが、語り手が介入しているという点は動かない。『源氏物語』の語りでは常に語り手と登場人物の話声が重なっているのである。重なり合う話声のありようについては、注（5）陣野前掲論文を参照。また、『源氏物語』をはじめとした物語文学をも視野に含め、表現主体の多層性を論じた福沢将樹『ナラトロジーの言語学　表現主体の多層性』（ひ

つじ書房　二〇一五年）が「全ての言葉は潜在的に引用されている」ことを理論的に実証していることも参考になる。

(13)室伏信助「空蟬物語の方法―帚木三帖をめぐって」（秋山虔ほか編『講座　源氏物語の世界〈第一集〉』有斐閣　一九八〇年）、藤田加代「空蟬」（上原作和編『人物で読む『源氏物語』第五巻―葵の上・空蟬』勉誠出版　二〇〇五年）など。

(14)吉見健夫「夕顔巻の和歌と方法」（中野幸一編『国文学「解釈と鑑賞」別冊　源氏物語の鑑賞と基礎知識 No.8 夕顔』至文堂　二〇〇〇年）、注（2）吉見前掲論文。

(15)安藤徹「物語と〈うわさ〉」、同「「後の世」意識と物語」（いずれも『源氏物語と物語社会』森話社　二〇〇六年）など。

(16)帚木三帖と歌語りの関係を考えるにあたって、空蟬巻巻末の空蟬歌が『伊勢集』にも載っているという事実に目を向ける必要もあるだろう。『大和物語』一四二段や一五五段のように、歌語りでは古歌をもとの文脈から切り離して新たな物語に組みこむ営為があったことはよく知られている。もし『伊勢集』の歌が空蟬歌として用いられているとしたら、それは歌語りの方法と近似する。ただし、この点に関しては高木和子「空蟬巻の巻末歌」（『源氏物語の思考』風間書房　二〇〇二年）が疑義を呈していることもあり、今後慎重に検討したい。

(17)河添房江「光る君の命名伝承をめぐって」（『源氏物語表現史―喩と王権の位相』翰林書房　一九九八年）。なお、ここで詳述する用意はないが、『大和物語』や歌語りと『源氏物語』の関連を考えるうえでは「名」の問題も重要であるように思われる。かねてから指摘される『大和物語』の固有名へのこだわりとゴシップ性は、帚木巻冒頭で「光る源氏」という名がとり沙汰されることへの視角となりうるかもしれない。光源氏の名については、高木和子「光源氏物語の二つの発端—古代語「名」をてがかりに—」（注（16）前掲書）、安藤徹「光源氏の〈名〉」（注（15）前掲書）などを参照。

（18）注（9）久保木前掲論文。

※『大和物語』および『源氏物語』の本文はいずれも新編全集により、『大和物語』には章段数を、『源氏物語』には巻名、新編全集の巻数、頁数を付した。また、登場人物の内話文には〈 〉を付した。

紀貫之と併記の方法――大和物語二十八段を起点として――

原　豊二

一　はじめに

『大和物語』は、その書名はわりと広く流布しているのだが、今まで比較的評価の低い作品であったことは否めない。それは同じ歌物語である『伊勢物語』や、後の『源氏物語』という古典文学を代表する作品の影に隠れ、適切な評価を得ていなかったなどとも言えるだろう。ただ、それ以上にこのことは平安文学の研究者によってすら深い考察がされてこなかったという現実の反映でもある。

小論においては、人物の「併記」という表現に着目し、『大和物語』の併記が主にどのように『源氏物語』の併記につながっているのかについて考察したい。そして、どのような理由で紀貫之という人物がよく併記の対象となるのかについても考えていきたい。『伊勢物語』とは異なるという意味での『大和物語』の達成の筋道をいくらかでも示したいと思う。

二　大和物語二十八段から　貫之・友則

まず『大和物語』二十八段の全文を引用しよう。

おなじ人（戒仙のこと、二十七段では「かいせう」、五十段では「かいせん」）、かの父の兵衛の佐（今井源衛説によれば在原棟梁）うせにける年の秋、家にこれから集りて、宵より酒飲みなどす。（兵衛の佐の）いますからぬことのあはれなることを、まらうどもあるじも恋ひけり。あさぼらけに霧立ちわたりけり。まらうど、

A朝霧のなかに君ますものならば晴るるまにまにうれしからまし

といひけり。かいせう、返し、

Bことならば晴れずもあらなむ秋霧のまぎれに見えぬ君と思はむ

まらうどは、貫之・友則などになむありける。(1)

題目にもあるように小論の目的は併記されることの意味を探ることである。よって、最後の「貫之・友則などになむありける」を中心に考えてみたい。なお、この章段に関連して、今井源衛による重厚な論考があり、人物や歴史を基礎にした好論であると言える。(2)ただ、ここでの興味の主眼は文学作品としてのそれであり、歴史的事実関係を前面に押し出すことは考えていない。

さて、二十八段はこの前段の二十七段から通して読まれるべきなのだが、独特の構成をここに内包

している点は興味深い。まず、A歌であるがこれは「まらうど」の詠というふうに一回目の読みでは理解できる。ところが、「かいせう」によるB歌の「返し」の後、「まらうど」は、「貫之・友則など」と種明かしがされるのである。遡って二回目以降の読みでは、読者はA歌を「貫之・友則など」の詠と理解する仕掛けになっている。

A歌は『貫之集』などにも見られないことから、「貫之・友則など」の実際の詠歌とはならないであろう。仮に成立論的な見方によって「まらうどは、貫之・友則などになむありける。」が後人による加筆であったとしたら、なおのことA歌の詠者の指定は困難になるとも言える。もっとも小論の興味は、歴史的事実との一致や人物関係の把握ではないので、これらの問題には距離を置きたい。すなわち、重要なところはなぜここで「貫之」だけが一人代表者として表されるのではなく、「友則」までもが併記されるのかである。二十八段の文脈を踏まえても、A歌とB歌は贈答歌であろうし、ならばA歌の詠者は一人「貫之」のみの方が自然ではないだろうか。

「貫之・友則など」とあるから、三人目以降の人物も想定される。三人以上ということであれば、さらなる人数の増加も想定できる。それでも、文字で記載された「貫之」「友則」は非・記載の人物に比べて最大限重く扱われていることは当然であろう。「貫之」「友則」の併記は多くの注釈書が示唆するように読者に受け入れられやすい組み合わせであると言える。それはともに『古今和歌集』の撰者であること、またともに紀氏であることなど、その要因はむしろ多い。ところが、この併記を全く無自覚に受け入れてしまうのもそれはそれで問題なのではないか。ここにはやはり物語作者の戦略が見て取れるようなのである。

確認であるが、もはやこの二十八段に歴史的蓋然性を求めることは不要である。そもそもこれはすべて虚構であるのだから。むしろ「かいせう」「貫之」「友則」と歴史上の人物をテクスト内に呼び込むことによって、「虚構を支える虚偽の現実性」を見せるということがその目的と考えられる。「貫之」にはなぜ「友則」が併記されるのか、またこの二人の併記にどちらかの優劣を読み取るべきなのか。いろいろな疑問は浮かぶのだが、「貫之」が他の人物と併記される事例は、他の平安時代の文学作品にもあるのである。

三　源氏物語から　伊勢・貫之

初めて『源氏物語』に紀貫之が表されるのは桐壺巻である。更衣が亡くなった後、桐壺帝が慰めのための物語をさせたり、絵を見たりしている場面である。

命婦は、「まだ大殿籠らせたまはざりける」と、あはれに見たてまつる。御前の壺前栽のいとおもしろき盛りなるを御覧ずるやうにて、忍びやかに、心にくきかぎりの女房四五人さぶらはせたまひて、御物語せさせたまふなりけり。

このごろ、明け暮れ御覧ずる長恨歌の御絵、亭子院の描かせたまひて、伊勢、貫之に詠ませた

まへる、大和言の葉をも、唐土の詩をも、ただその筋をぞ枕言にせさせたまふ。(3)

二重線部にあるように、ここでは貫之は伊勢と並んで表記されている。併記の問題に触れる前に、この部分の文脈（特に後半二行分）を確認したいと思う。

まず問題なのは「明け暮れ御覧ずる長恨歌の御絵」は、「亭子院」が描いたものか、あるいは描かせたものか、である。「描かせ」の「せ」を尊敬でとるか使役でとるかによってその文意が変わってしまうのである。

次に「伊勢、貫之に詠ませたまへる」はそのすぐ下の「大和言の葉」に係るのか、あるいはこの部分を「亭子院の描かせたまひて」と併せて挿入句的に捉え、「長恨歌の御絵」に係るのかについても判断に迷う。また仮に前者とした場合においても「大和言の葉」だけに係るのか、それとも続く「唐土の詩」まで係るのか、これまた判断に迷うのである。

「ただその筋をぞ枕言にせさせたまふ。」に最終的に一文が集約するとすれば、「大和言の葉」と「唐土の詩」は対等の関係と見るべきであるから、「伊勢、貫之に詠ませたまへ」たものは「大和言の葉」と「唐土の詩」の両方になろう。その場合、和歌しか詠まないはずの女性の「伊勢」は「大和言の葉」を詠み、男性官人たる「貫之」は「唐土の詩」を詠むという分担があったとも理解できるわけである。「伊勢」「貫之」の併記はその性差も関わって、やや問題系が複雑になるようである。

以上の点を踏まえて、私訳を試みたい。

このごろ、明け暮れと桐壺院が御覧になっている長恨歌の御絵、それは亭子院がご自身でお描きになったか、誰かに描かせたもので、文字の部分は亭子院が伊勢、貫之に詠ませなさったもの、そこには伊勢が詠んだか和歌が、また貫之が詠んだか漢詩文もあって、桐壺院はもっぱらこうした長恨歌を踏まえた和歌や漢詩文の内容に関わることを話題になさる。

多少の飛躍はお許しいただきたいのであるが、この部分、読点の付け方なども含めていろいろ検討してゆく必要はあるようだ。ともあれ「伊勢」「貫之」の併記（「亭子院」も含めて）が、物語に歴史的文脈を呼び込ぶという意図の下にあることは明確であり、方法としては前項の『大和物語』に似ていると言える。

ところで、『源氏物語』には「伊勢」「貫之」の併記が他にもある。総角巻の冒頭近くにそれがある。（八の宮の一周忌が近くなり、薫は）みづからも（宇治へ）参うでたまひて、今はと脱ぎ棄てたまふほどの御とぶらひ浅からず聞こえたまふ。阿闍梨もここに参れり。名香の糸ひき乱りて、「かくて経ぬる」など、（姫君たちは）うち語らひたまふほどなりけり。結びあげたるたたりの、簾のつまより几帳の綻びに透きて見えければ、そのことと心得て、「（伊勢の詠歌の一部である）Aわが涙をば玉にぬかなん」と（薫は）うち誦じたまへる、「伊勢の御もかうこそはありけめ」とをかしく（薫は）聞こゆるも、内の人（姫君）は、聞き知り顔にさし答へたまはむもつつましくて、「（貫之の詠歌の一部である）Bものとはなしに」とか、貫之がこの世ながらの別れをだに、心細き筋にひきかけけむを」など、「げに古言ぞ人の心をのぶるたよりなりける」を思ひ出でたまふ。

この部分もやや理解が難しいところであるが、まずは伊勢と貫之の双方の引歌（線部A・B）を確認したい。

A歌は『古今和歌六帖』にも収められているが、ここでは『伊勢集』から引用してみたい。

よりあはせて泣くらん声を糸にしてわが涙をば玉にぬかなむ（新大系・四八三番歌）

詞書によると宇多天皇の皇后・温子の死去時の悲しみを詠んだものである。声を合わせて泣いている、その声を糸にして、あふれる私の涙の玉を貫きとどめてほしい、と。薫がここでこの歌を朗詠するのは、八宮の一周忌に関わってのことであろう。「伊勢の御もかうこそはありけめ」と薫は思うのであるから、本歌の引用の強度はかなり大きいと見てよい。

次にB歌であるが、『古今和歌集』巻九・羇旅歌がその典拠とされてきた。

東へまかりける時、道にてよめる

糸による物ならなくに別れ路の心細くもおもほゆるかな[4]

ただし現存の『古今和歌集』の写本に「ものとはなしに」という表記はない。『貫之集（新編国歌大観）』も「ものならなくに」とある。なお、『源氏釈（前田家本）』には「いとによる物とはなしにわかれちの心ほそくもおほゝゆるかな（『源氏物語大成』）」とあり、また『紫明抄（京都大学本）』には「いとによる物とはなしにわかれちの心ほそくもおもほゆるかな（京都大学国語国文資料叢書）」とある

（線部は著者による）。

B歌の方は、薫の朗詠を受けての姫君側の反応である。貫之の歌自体は旅の別れを詠んだものであるが、『源氏物語』ではさらに踏み込んだ理解となっている。すなわち、A歌の「糸」と「玉」の表現に着目し、そこに新たにB歌の「糸」「ほそく」とを対応させるような意識が重ねられるのである。「貫之がこの世ながらの別れをだに、心細き筋にひきかけけむを」という感慨は、この世での別れですら心細いと貫之は詠んだのに、ましてや伊勢の歌のように死別の悲しみはどんなにか悲しいか、という意味であろう。A歌とB歌がともに引用されることによって、薫の妙な気軽さが打ち消され、姫君のペースに引き戻されているかに受け止められよう。そして、「げに古言（伊勢や貫之の詠歌）ぞ人の心をのぶるたよりなりける」と思うのである(5)。

総角巻のこの場面、ここも「伊勢」と「貫之」との併記であるものの、桐壺巻のそれに比べてだいぶ複雑化している。総角巻の方で引歌という表現手法が選ばれていることが大きな要因であるのだが、名前だけを並べる併記から、その詠歌も踏まえてアピールする併記へと大きく成長したとも言えるのではないか。ここには『源氏物語』が持つ潜在的な「引歌」を生み出してゆく力とも関わって、特に興味深い描写と言えるだろう。

四　絵合巻の分担的併記

絵合巻にも、貫之を含めた併記がなされている。

梅壺の御方には、平典侍、侍従内侍、少将命婦、右には大弐典侍、中将命婦、兵衛命婦を、ただ今は心にくき有職どもにて、心々に争ふ口つきどもををかしと聞こしめして、まづ、物語の出で来はじめの親なる竹取の翁に宇津保の俊蔭を合はせて争ふ。「なよ竹の世々に古りにけることをかしきふしもなけれど、かぐや姫のこの世の濁りにも穢れず、はるかに思ひのぼれる契りたかく、神世のことなめれば、あさはかなる女、目及ばぬならむかし」と言ふ。右は、「かぐや姫ののぼりけむ雲居はげに及ばぬことなれば、誰も知りがたし。この世の契りは竹の中に結びければ、下れる人のこととこそは見ゆめれ。ひとつ家の内は照らしけめど、ももしきのかしこき御光には並ばずなりにけり。阿倍のおほしが千々の金を棄てて、火鼠の思ひ片時に消えたるもいとあへなし。車持の親王の、まことの蓬萊の深き心も知りながら、いつはりて玉の枝に瑕をつけたるをあやまちとなす」絵は巨勢相覧、手は紀貫之書けり。紙屋紙に唐の綺を陪して、赤紫の表紙、紫檀の軸、世の常のよそひなり。「俊蔭は、はげしき浪風におぼほれ、知らぬ国に放たれしかど、なほさして行きける方の心ざしもかなひて、つひに他の朝廷にもわが国にもありがたき才のほどを弘め、名を残しける古き心をいふに、絵のさまも唐土と日本とをとり並べて、おもしろきことどももなほ並びなし」と言ふ。白き色紙、青き表紙、黄なる玉の軸なり。絵は常則、手は道風なれば、いまめかしうをかしげに、目も輝くまで見ゆ。左はそのことわりなし。

ここはよく知られた藤壺の御前での絵合である。梅壺女御方の「竹取物語絵巻」の絵を巨勢相覧が描き、詞書を貫之が書いたという。同様に弘徽殿女御方の「うつほ物語絵巻」の絵を常則が描き、詞書を道風が書いたのだという。

ここでの併記は作業の分担を表しており、また左右の二項対立にもなっている。「絵」と「手」という軸で言えば、左方のうちの「巨勢相覧」と「紀貫之」との併記、右方のうちの「常則」と「道風」との併記が浮かび上がろう。一方で左と右という位相で見た場合には、「絵」については「巨勢相覧」と「常則」との併記、また「手」については「紀貫之」と「道風」との併記が浮かび上がるのである。

小論の重きとするところは主に貫之であるので、それを軸に考えるならば、三蹟の一人である小野道風と貫之のどちらが能書であるのかという点に問題の所在はあると言えるか。

もっとも桐壺巻や総角巻と異なって、ここでの貫之が歌人（ないしは詩人）という属性を離れ、全くの能書として表されている点は興味深いものがある。そこに『古今和歌集』の最大の詠者であり撰者、その「仮名序」の著者、また『土佐日記』の作者であるということは全く強調されていない。そればかりか、道風という近代（『源氏物語』の成立時期から見て）を代表する能書と対比され、『竹取物語』の古さと重なる形で、旧時代の能書としての側面がここで主張されているのである。実際、ここでは左方が不利な状況であり、貫之の書はやや時代遅れのものになっている感がある。

ここに同じ「手」という領域において併記された「貫之」と「道風」であるが、これもやはり始原的な併記表現に比べて、いくらかの発展段階を感じ得るものであろう。さらに言えば、この絵合自体が『竹取物語』と『うつほ物語』、『伊勢物語』と『正三位』というテクスト群の対立的併記を伴なうものであるし、「梅壺の御方には、平典侍、侍従内侍、少将命婦、右には大弐典侍、中将命婦、兵衛命婦」とあるように登場する女房たちも同様に対立的な併記であると言える。人物や作品の併記が、場面全体の二項対立の基盤を支える役割をしているとすれば、それは併記から始まる一つの構造形成の筋道ともなるのである。

それにしても、どうして『源氏物語』で貫之は他の人物と併記されるのか。『源氏物語』で貫之の名が表現されるのは全四例であり、既にここでは三例を挙げた。残る一例は賢木巻で、和歌の書き方をめぐっての「貫之が諫め」という形で単独で表されている。これが唯一の単独登場例であり、当時の貫之自身の知名度や評価からすればもっと単独例があってもよいと思うのが自然ではないだろうか。逆に言えば、ここに『源氏物語』の持つ併記の欲望を見出すことはできないだろうか。

五　大和物語の「伊勢の御」・「伊勢の御息所」

『源氏物語』で「貫之」と二度にわたって併記された「伊勢」であるが、『大和物語』にも登場していることはよく知られている。特に『大和物語』の時代設定に関わる人物とされている点は多くの理解を得ていると言えるだろう。しかし、その登場は案外少なく初段と一四七段の二つの段に限られている。

まずは初段の方を見てみたい。

　亭子の帝、いまはおりゐさせたまひなむとするころ、弘徽殿の壁に、伊勢の御の書きつけける。

　　わかるれどあひも惜しまぬももしきを見ざらむことのなにか悲しき

とありければ、帝、御覧じて、そのかたはらに書きつけさせたまうける。

　　身ひとつにあらぬばかりをおしなべてゆきめぐりてもなどか見ざらむ

となむありける。

これは亭子院が退位するにあたって、伊勢が壁に和歌を書きつけたという話である。この話が『大和物語』の冒頭にあること自体も大きな意味を持つだろう[6]が、亭子院と伊勢との悲恋のようなものも感じさせる内容である。

次に一四七段を見てみたい。当該段はよく知られた生田川伝説を語っており、その伝説の後の場面になる。

　かかることどものむかしありけるを、絵にみな書きて、故后の宮（宇多天皇皇后温子）に人の奉りたりければ、これがうへを、みな人々この人にかはりてよみける。

伊勢の御息所（伊勢、一首）、男の心にて、
かげとのみ水のしたにてあひ見れど魂なきからはかひなかりけり
女になりたまひて、女一のみこ（均子内親王、二首）、
かぎりなくふかくしづめるわが魂は浮きたる人に見えむものかは
また、宮、
いづこにか魂をもとめむわたつみのここかしこともおもほえなくに
兵衛の命婦（藤原高経女、一首）、
つかのまももろともにとぞ契りけるあふとは人に見えぬものから
糸所の別当（春澄洽子、六首）、
かちまけもなくてや果てむ君により思ひくらぶの山はこゆとも
生きたりしをりの女になりて、
あふことのかたみに恋ふるなよ竹のたちわづらふと聞くぞ悲しき
また、
身を投げてあはむと人に契らねどうき身は水にかげをならべつ
また、いまひとりの男になりて、
おなじえにすむはうれしきなかなれどなどわれとのみ契らざりけむ

返し、女、

うかりけるわがみなそこをおほかたはかかる契りのなからましかば

また、ひとりの男になりて、

われとのみ契らずながらおなじえにすむはうれしきみぎはとぞ思ふ

『源氏物語』総角巻のところで挙げた『伊勢集』所収歌と同様に、温子に関わる内容である点も興味深いが、伊勢自身がこの詠歌群を領導しているところが重要であろう。一四七段において伊勢は物語受容歌とでもいうべき歌群をコーディネートしていたとも考えられるのである。

さて、章段の前半、生田川伝説は「津の国」に住む男と「和泉の国」の男の二項対立の物語でもある。この男たちは全く似たような人物として描かれ、結婚という目的については対立的だが、そこに到る判断基準の根拠としては極めて同質的である。両者の個性は「津の国」か「和泉の国」かという違いしかなく、また同時に「津の国」と「和泉の国」は併記的に描出されているのである。

引用した物語受容歌群においても、生田川伝説の二項対立状況を詠んだものが含まれるが、ここはなにより女性のみの限られた空間での詠歌であることを意識しておきたい。このことは、『源氏物語』で男性の「貫之」と女性の「伊勢」が併記されていたあり方とは異なる、より閉じられた環境にいまだ『大和物語』があったことを意味すると考えたい。

そもそも列記とは異なる併記とはどのように生じる現象であるのだろうか。列記を三者以上の連続的記載とした場合、併記とはどう議論しても結局は二者の記載である。問題はその二者が同質的であるのか、あるいは対立的であるのか、またその双方なのかという点であろう。

まず『大和物語』二十八段の「貫之」と「友則」は歌人という属性、また同性・同氏（従兄弟）ということから同質的併記と考えられる。よって二十八段の併記は一つのまとまりとして扱えばおおよその理解は可能なわけで、そういった意味では比較的単純な趣向の併記と言える。しかしながら、後代の『源氏物語』の併記に「貫之」が表される点を踏まえると、この二十八段の併記が『源氏物語』でのそれを導いた可能性もあったに違いない。

『大和物語』の「伊勢」は初段のように単独的に登場するか、一四七段のように歌人の一人として列記的に登場する。『大和物語』の「伊勢」は決して併記されてはいないのである。それでも、後の『源氏物語』では「貫之」相手に大変立派な併記の対象となるのである。そしてそれは性差の違いもあって、必ずしも同質的な併記とは言えないようなのである。

おそらく以下のような筋道が見通せよう。すなわち、『大和物語』二十八段に見られる併記は、当時それなりの表現趣向として受容されたであろう。しかし「貫之」「友則」という同質的併記では長編物語作品においてはやや組み込みづらさがあったのではないか。併記から新たに物語の構成イメージを形作るためには、性差などの対立性が求められたと考えられる。ここに男と女を持ってくることによって読者のイメージは広がっていく。対立的併記の始原がここにあった。よって、『源氏物語』

においては、男性の貫之と『伊勢集』や『大和物語』両章段で活躍した伊勢を新たに配置したのであろう。さらに対立的併記は絵合巻において、巻全体の構造を形作るという新たな展開へと結びついた。これが物語史的考察としての一理解である。(7)

こうした筋道を想定するにしても、やはり一貫して併記される「貫之」という記号と存在はどのようなわけで選ばれたのであろうか。というのは、先に挙げた生田川伝説のように「貫之」とは何の関連もない併記表現などある意味で無限に見出されるわけで、「貫之」という補助線がなければ、小論の執筆意図は達成されないと考えるからである。

六　「貫之」の意味するもの

実在した紀貫之はどのような人物であったのだろうか。限られた資料の中からこのことを考えてみたい。

よく知られた『古今和歌集』「仮名序」だが、これは貫之自身によるものである。漢文も含めて、この冒頭が他のテクストの影響下にあったことはその通りなのだが、一方で貫之の文学への態度も十分にここに表されていると言えよう。

やまとうたは、人の心を種として、万の言の葉とぞなれりける。世の中にある人、ことわざ繁きものなれば、心に思ふことを、見るもの聞くものにつけて、言ひ出せるなり。花に鳴く鶯、水に住む蛙の声を聞けば、生きとし生けるもの、いづれか歌をよまざりける。力をも入れずして天地を動かし、目に見えぬ鬼神をもあはれと思はせ、男女の中をも和らげ、猛き武士の心をも慰むるは歌なり。

非常によく知られているところであるが、あえて引用し、気にかかるところに傍線を付した。この冒頭でまず重要なのは「世の中にある人」「生きとし生けるもの」とあり、どんな人間やどんな存在でも平等・普遍に扱っている点である。身分や階級を超えたこうした発想は『古今和歌集』の時代、決して標準的な考えではなかったようにも思うのである。特に「猛き武士の心」までその射程にあるということは、閉じられた貴族社会においてかなり斬新であったのではないだろうか。また、「男女の中（「真名序」では「夫婦」）」というところでは、男性のみならず女性に対しても視野が広がっており、これは単なる家庭円満という意味のみを発するわけではないだろう。階級や性差を超えて、「やまとうた」は普遍性を持つものと揚言しているのであって、貫之の思想的な寛容さや豪放さが垣間見られるところである。貫之は青白きインテリではなく、また文学世界に留まったわけでもなく、むしろ文学を通してその思想を語ったのではないだろうか。

『大和物語』二十八段は、こうした寛容なる『古今和歌集』のその選者である四人のうち、紀氏である「貫之」と「友則」を本文に組み込んだのである。

次に『土佐日記』の方を見てみたい。

男もすなる日記といふものを、女もしてみむとてするなり。それの年の師走の二十日あまり一日の日の、戌の時に門出す。そのよし、いささかにものに書きつく。(8)

ここもあまりによく知られたところであるが、それ故にかえって画一的な見方が広まってしまったかに思われる。線部はすなわち「男もすると聞いている(漢文)日記を、女である私もしてみようと思ってするのだ。」という意味であり、作者の「女人仮託」とか、結果的に「女手(仮名)」で書いているということは措いて、これは今まで男性に独占されていた「日記」が新たに女性の手によって行われるという解放ないしは簒奪の宣言として読めるのではないか。そして、この宣言の通り、平安時代の日記文学は女性の手によることになっていく。

貫之の思惑がどこにあったのかは明言しがたいものがあるが、貫之以降、和歌の詠者に留まっていた女性たちが、日記や物語の作者として活躍していったという事実は看過できない。もちろん紫式部や清少納言もその流れを強く受けたのであろう。『土佐日記』の冒頭が示し得た性差からの解放は、『古今和歌集』「仮名序」の寛容な態度とも相俟って、平安時代に女性作家が活躍した一つの契機になったとも考えられるのである。

さらに『土佐日記』を読んでみると、貫之が幅広いタイプの人たちと交流のあったことがわかる。

この作品に登場する人物には一般庶民と見られる者も多々いるのである。貫之の寛容な人柄が垣間見られるのではないか。

さて、そもそも人間とはそれが生きている間がその営為のすべてである。話が大きくなったが、貫之の書いたこと、行ったこと、生きている間に彼のなしたその全てが没後の評価につながる。没後に新たな伝承が生じることも多々あるが、荒唐無稽に見えるものも含めて、そうした伝承も、その人物自身が生きている間になした営為がその原因になっていることが多い。実存した紀貫之も没後に「貫之」として物語史上の併記という表現の中に組み込まれていったというわけである。

「貫之」が物語文学の中で併記される人物として描かれた理由の一つとして、彼の思想である階級や性差に対する寛容さがあったのではないだろうか。他者と自在に融合してゆくタイプの人物として受け止められていた可能性を問いたいのである。

『大和物語』二十八段に始まる「貫之」の併記は、相手を「友則」から「伊勢」に変えて『源氏物語』に受け継がれた。その変わった相手が「伊勢」であったのも十分『大和物語』的ではあるのだが、女性である「伊勢」が「貫之」と併記されたのは、やはり貫之自身の性差に固執しない寛容さのイメージにあったのだと考えたい。比較対象としてふさわしいかはわからないが、仮に菅原道真が「貫之」の役割を担うことが可能だったのかといえば、没後、その祟りによって都中に恐怖感を与え続けた人物である道真にはその役割を果たせなかったと言わざるを得ないのである。「貫之」という記号は、平安時代を通じてソフトタッチな文化的素材として位置づけられていたと考えられよう。

七　まとめにかえて　伊勢物語からの達成

『大和物語』に先行する『伊勢物語』から似たような併記を探してみたところ、第六段の後半部分を見出した。

これは二条の后の、いとこの女御の御もとに、仕うまつるやうにてゐたまへりけるを、かたちのいとめでたくおはしければ、盗みて負ひていでたりけるを、御兄、堀河の大臣、太郎国経の大納言、まだ下臈にて、内裏へ参りたまふに、いみじう泣く人あるを聞きつけて、とどめてとりかへしたまうてけり。それをかく鬼とはいふなりけり。まだいと若うて、后のただにおはしける時とや。(9)

「堀川の大臣、太郎国経の大納言」のところがそれにあたるが、ここでの併記は歴史上実在した人物に敷衍するための純粋な固有名詞として受け止められようか。一方、『大和物語』二十八段の「まらうどは、貫之・友則などになむありける。」の方は、単なる固有名詞というよりも、一つの時代や共同体を表す文学史上の指標の役割を負っているように思われるのである。もっとも併記の方法の大きな達成は『源氏物語』にあると言わざるを得ない。ただし、『伊勢物語』から『源氏物語』にいたる方法的発展の間に『大和物語』があるとすれば、このように一見小さく見える問題系についても意識的であり続けたいものである。

注

(1)新編日本古典文学全集による。

(2)今井源衛「戒仙について―業平から貫之へ」『文学研究』六六号(一九六九年)、後に『王朝文学の研究』(角川書店、一九七〇年)、『今井源衛著作集』第七巻(笠間書院、二〇〇四年)に所収。また、今井源衛著『大和物語評釈』(笠間書院、一九九九―二〇〇〇年)にも同様な内容が掲載されている。

(3)新編日本古典文学全集によったが適宜表記を改めた。

(4)新編日本古典文学全集による。

(5)総角巻の当該場面については、高田祐彦「源氏物語と古歌―人の心をのぶる古言」『源氏物語と和歌』(青簡舎、二〇〇八年)を参照されたい。

(6)原豊二「「書きつける」者たち―歌物語の特殊筆記表現をめぐって―」『日本文学』二〇一六年五月号を参照されたい。

(7)併記の方法は同質的なものから徐々に対立的なものになっていく、そのような傾向はあろう。対立的な併記の、その対立性が限界まで来ると、そもそもの併記自体がやがて崩壊する。どちらかの当該場面からの退場が促されたり、求められたりするからである。『源氏物語』の「貫之」併記は前世代の人物であったおかげで、その対立性は深刻化しなかった。没後の人間はその場面に大きな干渉はできないからである。一方、『大和物語』の方の語り手は「貫之」を語りの現在に落とし込んでいる。ならば、ここで仮に対立的な併記があった場合、たとえ寛容な貫之でも深刻な争いへと発展しかねないのである。

(8)新編日本古典文学全集による。

(9)新編日本古典文学全集による。なお、この引用部分が後人による補注とする見方もあるが、ここではその問題には触れない。

【付記】本稿は、古代文学研究会例会(二〇一九年六月九日、於同志社大学)において「源氏物語の中の紀貫之―文字への執着から「能書」へ―」という題目で発表したものの一部に、大幅に手を加えて執筆し直したものである。席上多くのご意見をお寄せいただいた各氏に厚く感謝申し上げたい。

Ⅲ　『大和物語』達成の意義

『大和物語』における〈記録〉の方法——歌話採録に見える戦略——

勝亦志織

はじめに

現代社会において、「記録」する方法や媒体は多様にあり、「記録」された出来事は瞬時に拡散されていく。しかし、それらは出来事の断片にしか過ぎず、多様な「記録」を積み重ねても出来事の総体にならないことはすでに自明のことである。だが、古代社会においては記録して後世に情報を伝達する条件は物理的に制限されていた。同時に、記録する立場になり得る者も制限されていたといえよう。

稿者は以前、平安時代における女性の書き手について考察した際、「天喜三年五月三日庚申　六条斎院禖子内親王物語歌合」を取り上げ、女房名とはいえ書き手の名称が記録されたことに注目し、歌合の形式を借りることによって、他資料では省略されてしまった物語作家の名称が「記録」され得たことを論じた(1)。そこには「記録」するための物理的条件を満たす「場」の問題があった。そして、歌合の形式に拠ることで名称の記録が成されたのである。

本稿では、名称を記録することと歌との関わりから、文学史をさかのぼって歌集と歌物語、特に『大和物語』との関わりについて取り上げ、『大和物語』の〈記録の戦略〉を考察してみたい。なぜなら、『後撰和歌集』（以下、『後撰集』と表記）と『大和物語』には多数の女性歌人たちの名が記され、今となっては系譜不明の女性たちが歌を媒介にして多様な交流圏を持ち得ていたことがわかり、その一方で、『大和物語』にはまさしく「戦略」ともいうべき歌話採録にあたっての方法があったように思えるからである。以下、いくつかの具体例をもとに、統一的理解が困難であるとされる『大和物語』の記録の方法を見て行きたい。

一　元良親王をめぐる物語

陽成天皇皇子である元良親王の事蹟を『大和物語』のなかでたどっていくと、現代の我々にとって最も知りたいと思うゴシップ情報がないことに驚かされる。百人一首にもとられる「わびぬれば今はた同じ難波なるみをつくしても逢はんとぞ思ふ」で有名な京極御息所とのエピソードがないのである。これは『後撰集』と『元良親王集』では次のように示される。

『後撰集』巻第十三　恋五　九六〇

事出で来てのちに京極御息所につかはしける　　元良の親王

わびぬれば今はた同じ難波なる身をつくしても逢はんとぞ思《おもふ》

『元良親王集』

京極の御息所を、まだ亭子の院におはしける時、
懸想し給ひて、九月九日に聞こえ給ける

35 世にあればありと言ふことをきくの花なほすきぬべき心地こそすれ

夢のごと逢ひ給て後、帝に慎み給ふとて、え逢ひ給はぬを、
宮に候ひけるきよかぜが詠みける

36 麓さへ熱くぞありける富士の山みねに思ひの燃ゆる時には

事いできてのち、御息所に

120 わびぬれば今はたおなじ難波なるみをつくしても逢はむとぞ思ふ

どちらも「事いできて」と二人の密事が発覚したことを示している。しかし、この話を『大和物語』は記録していない。『大和物語』の特質としてよく言われる「ゴシップ性」の観点からしたら、宇多院の寵姫と陽成院皇子の密通は格好の語り草であるにもかかわらず。ここには、「記録しない」という戦略が隠されてはいないだろうか。

『大和物語』と『元良親王集』には重複歌が十六首あり、これは『業平集』の十一首をしのいで最も多い。(2) 二作品において重複している女性は、監の命婦（八段　ただし『大和物語』では元良親王では

なく「中務の宮」とする）・修理の君（九十段）・中興女（一〇六段）・としこ（一三七段）・承香殿の中納言の君（一三九段）・昇の大納言の女（一四〇段）であり、すでに指摘した京極御息所をはじめ、一条の君・閑院の姉妹・桂宮・御匣殿・三条右大臣女・右近・兵衛といった女性たちとの関係は『大和物語』に見えない。京極御息所・桂宮、一条の君や右近・兵衛といった女性は『大和物語』において他の男性との関わりが語られており、元良親王との恋が採録されてもおかしくはない。岡山美樹氏が述べられている通り、「いみじき色好み」といわれる元良親王の多様な女性遍歴はもっと『大和物語』に取り入れられていてもいいように思われる。(3)

『大和物語』で元良親王との恋が語られる人物を改めて見てみると、八段の監の命婦は『大和物語』では「中務の宮」とあるため、考察の対象からは外し、九十段を見てみると、これは八十九段、修理の君と右馬の頭との話からのつながりで述べられている。一〇六段の中興女との話も一〇五段における中興女と浄蔵大徳との話からのつながりで示され、一〇七段の名前を記さない女からの歌は一〇六段からの流れとして位置付けられる。一方、一三七段のとしこ、一三九段の承香殿の中納言の君、一四〇段の昇の大納言の女との話は、独立した形で採録されている。前者においては、別の相手（男性）がいる女に元良親王も懸想していたことが明らかにされる構造を取り、後者においては、元良親王と女性達との具体的な関係を示すものになっている。

後者において興味深いのが、一三七段は元良親王の持っていた志賀の山荘での話であり都での話ではない。この話がどのように都で「歌語り」たり得たのだろうか。次の一三九段は『後撰集』にも採歌されているが、その詞書は「忘れがたになり侍ける男につかはしける」とあり元良親王であることは明確にされていない。一三九段がなぜはっきりと元良親王と記録しているのか。この二つの章段から考えられることは、この二つの話は『大和物語』において記録されることによって、よりはっきりとした情報として提示されることになったものではないか、ということである。(4)

加えて『大和物語』において何度も登場し、かつ『後撰集』にも複数採歌されている右近や兵衛といった人物との恋を記録しないことは次のように考えられる。こうした女性達との恋は『元良親王集』冒頭において「陽成院の一宮もとよしのみこ、いみじきいろごのみにおはしましければ」と紹介された元良親王のエピソードとしてはすでに周知されていたもので、新たに「記録」されるべきものではない、との判断があったのではないだろうか。これは、『大和物語』が京極御息所との密通を採録していないことと関わらせて見ると、すでに既知の情報は採録せず、その裏側にあった別のゴシップを記録した、といえるだろう。もはやゴシップとしては古い話題、言い換えれば多くの人々が知っている話題を「記録しない」という姿勢を考えた時、『大和物語』はある程度一貫した編集がなされた作品として読むことができるのではないだろうか。(5)

一方、一四〇段の昇の大納言の女は史上にその存在を明確にできない。昇の娘としてその存在がわかるのは、宇多帝更衣で依子内親王母であった人物、醍醐帝更衣で重明親王母であった人物、または時平室で顕忠母であった人物（ただし、この人物は昇の兄湛の娘の可能性が高い）である。前者二人であった場合、后妃と密通の可能性を描いていることになり興味をそそられるが、一四〇段の冒頭が「故兵部卿の宮、昇の大納言のむすめにすみたまうけるを、例のおまし所にはあらで、廂におましきて、おほとのごもりなどして、かへりたまうて、いと久しうおはしまさざりけり」とあるのを考えると、おそらく史上に存在を記しとどめられなかった昇の娘がいたのであろう。現代の我々にとっては、『大和物語』のこの記述によって、源昇の娘の一人が元良親王の妻妾の一人であったことがわかるのである。

二　斎宮をめぐる恋

さて、元良親王をめぐる記録の問題を見てきたが、ここでは斎宮となった醍醐天皇皇女雅子内親王をめぐる恋の記録方法について見ていきたい。『大和物語』九十三段は、藤原敦忠が斎宮に決定した雅子内親王へ宛てた歌をもととする次のような章段である。

これもおなじ中納言、斎宮のみこを年ごろよばひたてまつりたまうて、今日明日あひなむとしけるほどに、伊勢の斎宮の御占にあひたまひにけり。「いふかひなくくちをし」と、思ひたまうてけり。さてよみて奉りたまひける。

伊勢の海の千尋の浜にひろふとも今はかひなくおもほゆるかな

となむありける。（三二六頁）

敦忠が長年の間雅子内親王に求婚し続け、まもなく結ばれるはずだったのが、急きょ斎宮に卜定されたことにより引き裂かれることになった経緯が語られている。

この歌は『敦忠集』にも収載されているが、そもそも『敦忠集』は敦忠と雅子内親王の贈答歌群がその大半を占める。『敦忠集』を見る限り、二人は相愛の仲であり、斎宮退下後に詠み交わした歌もある。すでに『敦忠集』の物語性は指摘のある所だが、[6]二人の恋物語を『大和物語』はこの敦忠の一首のみしか取り上げることはしない。もちろん、この一首は『後撰集』にも採歌されている。

『後撰集』巻第十三　恋五　九二七

西四条の斎宮、まだみこにものし給し時、心ざしありて、思ふ事侍ける間に、斎宮に定まりたまひにければ、その明くる朝に賢木の枝にさして、さし置かせ侍ける。

敦忠の朝臣

伊勢の海の千尋の浜に拾ふとも今は何てふかひかあるべき

『敦忠集』

まこと、はじめし榊にさして

118　伊勢の海の千尋の浜に拾ふとも今は何してかひかあるべき

三作品の描き方を見てみると、もっとも単純な『敦忠集』の詞書は二人の贈答歌群をふまえ、雅子内親王が斎宮となった最初に、榊に歌を書き付けた紙片を挟んで送ったことがわかる。一方『後撰集』

は敦忠が雅子内親王に懸想していたが斎宮決定翌日の朝、『敦忠集』同様に榊にさして歌を贈ったとする。若干の歌句の異同があるが、いずれにしても、斎宮卜定という自身の思いのみではどうにもならない国家的な決定により二人が引き裂かれたことは共通する。

一方で、この話は『師輔集』を対峙させると興味深いことが浮かび上がってくる。敦忠同様に雅子内親王の斎宮卜定を嘆く師輔との贈答歌があるのだ。

『師輔集』

斎宮のくだり給ひし

34　あふことのあらしにまがふをぶねゆへとまるわれさへこがれぬるかな

御返

35　八十嶋のうらみてかへるふねよりもこがればこちのかぜぞふくべき

師輔もまた雅子内親王の斎宮卜定によって懸想していた女性と遠く離れることとなった。この師輔の思いは消えることなく、雅子内親王の斎宮退下後に妻の一人として迎えることにつながるのであろう。二人の婚姻時、敦忠はまだ存命であり、かつての恋人を奪われた形となる。

だが、本稿では敦忠や師輔の心情を推し量ることに主眼があるのではない。問題はなぜ『大和物語』は敦忠と雅子内親王について取り上げたのか、ということである。雅子内親王は物語成立の時期に近い九五四年に没している。師輔との間に藤原高光、藤原為光、尋禅、愛宮の四子をもうけ、この子女達の生きた時代は物語享受時と重なる。三人に関与する人物たちが生きているなかにおいて、敦忠と雅子内親王の恋は既に忘れ去られていたのであろうか。『大和物語』の成立及び初期の享受過程において、雅子内親王は師輔室であり、おそらく醍醐天皇の三人の内親王を次々と妻に迎えた師輔の存在は、自明のものであったにちがいない。つまり、今、現実に起きている出来事ではない、もしかしたら違った未来をもたらしたかもしれない物語を『大和物語』は記録していることになる。これもまた一で見たような「記録しない」方法とつながるのではないだろうか。

確かに、敦忠と雅子内親王の話は『後撰集』にも採歌され、二人の物語はある程度人口に膾炙したものであり、ゆえに二人の贈答歌によって恋物語を形成するような『敦忠集』の成立をみる。『大和物語』の成立をどこに置くのかという問題はあるものの、採録する物語の取捨選択の際に、あえて記録しない、採録しない膨大な数のエピソードがその裏側にあったことを、今一度見直す必要があるのではないだろうか。

やや論旨から外れるが、斎宮との悲恋を描くことそのものが『大和物語』にとって重要であったことも考えられる。『大和物語』は早い段階から『伊勢物語』とセットで享受されてきた。そこには、色好みの政治的敗者を主人公とする共通のテーマがある。元良親王や敦忠もまた、そのような存在であり、敦忠に課せられた物語的使命は『伊勢物語』六十九段のような「斎宮との悲恋」を担う色好みであったに違いない。斎宮との密通まではいかないものの、『大和物語』があえて「年ごろよばひたてまつりたまうて、今日明日あひなむとしけるほどに」としている文脈は引き裂かれた悲恋の強調であろう。

さて、ここまで二つの「記録しない」方法を見てきた。最後にもう一つ、小野宮実頼と醍醐天皇御息所であった三条右大臣定方娘能子の恋を取り上げたい。

三　三条右大臣の女御をめぐる恋

三条右大臣、藤原定方の娘である能子は醍醐天皇の女御であり、『大和物語』のなかでは何度か登場する人物である。能子であることがはっきりしている章段は九十四段〜九十六段・一二〇段である。九十四段は亡き妹の夫であった代明親王との贈答であり、定方亡き後の三条右大臣家を代表する立場での詠歌である。続く九十五段では、醍醐天皇薨去後に醍醐天皇同母弟である敦実親王との交際があるも親王が通わなくなってしまった頃、親王の同母妹である柔子内親王と手紙のやりとりがあったことが語られる。そして九十六段では藤原実頼から能子の妹と結婚した弟師尹がうらやましいとする恨みの歌が贈られてきている。そして一二〇段に至り、実頼と能子が結婚したことが語られているのである。(7)

さて、九十四段から九十六段と一二〇段は一連の流れとして読み取ることができる。やや煩雑になるが九十五・九十六段と一二〇段を関連する『後撰集』と『小野宮殿実頼集』と共に引用したい。

九十五段

おなじ右のおほいどのの御息所、帝おはしまさずなりてのち、式部卿の宮なむすみたてまつりたまうけるを、いかがありけむ、おはしまさざりけるころ、斎宮の御もとより、御文奉りたまへりけるに、御息所、宮のおはしまさぬことなど聞こえたまひて、奥に、

白山に降りにしゆきのあとたえていまはこしぢの人も通はず

となむありける。御返りあれど、本になしとあり。

『後撰集』巻第八　冬　四七〇

式部卿敦実の親王しのびて通ふ所侍りけるを、のち〳〵絶え〳〵になり侍ければ、妹の前斎宮の親王のもとより「この頃はいかにぞ」とありければ、その返事に、女

白山に雪降りぬれば跡絶えて今はこし地に人もかよはず

九十六段

かくて九の君、侍従の君にあはせたてまつりたまひてけり。おなじころ、御息所を、宮おはしまさずなりにければ、左の大臣の、右衛門の督におはしけるころ、御文奉れたまひけり。「かの君むことられたまひぬ」と聞きたまひて、大臣、御息所に、

浪の立つかたも知らねどわたつみのうらやましくもおもほゆるかな

『小野宮殿実頼集』一二三

おとこの御はらからに、又、かの女御の御はらからすみ給ふとききて
しほのみつそではしらなみわたつみのうらやましくもききわたるかな

一二〇段

おほきおとどは、大臣になりたまひて年ごろおはするに、枇杷の大臣はえなりたまはでありわたりけるを、つひに大臣になりたまひにける御よろこびに、おほきおとど梅を折りてかざしたまひて、

おそくとくつひに咲きける梅の花たが植ゑおきし種にかあるらむ

とありけり。その日のことどもを歌など書きて、斎宮に奉りたまふとて、三条の右の大殿の女御、やがてこれに書きつけたまひける。

いかでかく年ぎりもせぬ種もがな荒れゆく庭のかげと頼まむ

とありけり。御返し、斎宮よりありけり。忘れにけり。
かくて願ひたまひけるかひありて、左の大臣の中納言わたりすみたまひければ、種みな広ごりたまひて、かげおほくなりにけり。さりける時に、斎宮より、

花ざかり春は見に来む年きりもせずといふ種は生ひぬとか聞く

『後撰集』巻第十五　雑一　一一〇九
三条右大臣身まかりて翌年の春、大臣召しありと聞きて、斎宮のみこにつかはしける。

むすめの女御

いかでかの年ぎりもせぬ種も哉荒れたるやどに植へて見るべく

斎宮のみこ

かの女御、左のおほいまうちぎみにあひにけると聞きてつかはしける

春ごとに行てのみ見む年ぎりもせずといふ種は生ひぬとか聞く

『後撰集』巻第十五　雑一　一一一〇

それぞれを比較すると、九十五段は『後撰集』では敦実親王の相手は「しのびて通ふ所」とあるが、『大和物語』では能子であることが明らかにされている。続く九十六段と『小野宮殿実頼集』では和歌に違いが見られるが、状況は同様である。次に一二〇段であるが、一一〇九番歌の「三条右大臣身まかりて翌年の春」の大臣召しで三条右大臣（定方）の後に右大臣となったのが枇杷の大臣こと藤原仲平であり、一二〇段の前半とつながる。それぞれ歌を送るタイミングに違いが見えるが、おおまかな流れに相違はない。

九十五段・一二〇段では、『大和物語』のほうがより多くの情報を記しとどめており、九十五段では敦実親王の忍び所が能子と明確になっている。一方の一二〇段では、「種」をテーマにした話を二つつなげただけの、実質的関係がなさそうな仲平の任大臣の話と能子と柔子内親王の贈答が、亡き定方を媒介させることでつながる。そもそも能子にとって柔子内親王は父方の従姉妹であり、義妹でも

ある。定方は柔子内親王をはじめ、胤子所生の親王・内親王の後見であったはずで[8]、柔子内親王は定方亡き後の三条右大臣家の行く先を憂える存在であったのだろう。定方死後「種」の広がらない三条右大臣家であったのが、実頼と能子の婚姻により「種」が広がることになったことが九十六段から一二〇段のつながりによって明確になるのである[9]。

さて、九十六段と関わりのある『小野宮殿実頼集』であるが、その冒頭は能子と思われる女御への歌であり、能子との贈答はこの歌集の基幹といっても過言ではない。『小野宮殿実頼集』も前述してきた『元良親王集』や『敦忠集』『師輔集』などと同様、女性との和歌のやりとりが主となっている。しかし、『大和物語』では九十六段の一首を除いて、実頼の能子への歌は採歌されない。『後撰集』においても、他の女性とのやりとりはあっても能子との関係がわかるのは、前掲の一一一〇番歌であり実頼の歌ではない。『大和物語』は能子と実頼との関係を柔子内親王や妹の九の君を媒介にすることでようやく描きえたといえよう。それは、九十四～九十六段、一二〇段いずれも能子を中心としているゆえであろうが、敦実親王との恋が忍びたるものであったのと違い、実頼との恋とその後の展開はある程度周知されたものであったために二人の直接的な贈答歌を採歌されなかったのではないだろうか。

ここまでの三つの例をまとめると、『大和物語』と『後撰集』や私家集との比較から、次のような『大和物語』の記録の方法が浮かび上がってくるのではないだろうか。すでに世間で話題になった既知の情報は記録せず、むしろその裏側にあって衆目の集まっていない別のゴシップを記録するということ。一方で、すでに周知された情報であっても、そこに秘匿されていた人物や事柄の暴露という方法もある。これは「異伝」として処理されるものとつながるが、記録する媒体としての紙が現代とは比べ物にならないほど貴重だった時代、詠歌状況の全く違う話をあえて記録している可能性を考える必要もあると思われる。では、こうした記録の問題をどう考えればいいのだろうか。

四　記録された「歌語り」

ここまで、『大和物語』をめぐる「歌語り」の問題や、『後撰集』や各私家集との関係を不問のまま論を進めてきた。ここでは、これらの作品があくまでも「書記」されていることに重点をおいて「記録」の問題を考えてみたい。『大和物語』を考える上で「歌物語」の源流に「歌語り」があることは改めて指摘するまでもないだろう。しかし、口承の「歌語り」が想定出来るのは、書記された「歌語り」の集成である『大和物語』や歌語り的詞書を持つ『後撰集』、そしていわゆる物語的歌集と呼ばれる複数の私家集があるからに他ならない。「歌語り」そのものの想定を否定するわけではないが、目の前にあるものは、あくまでも「書記」されたものなのである。

これまでの『大和物語』研究の多くは、こうした作品のどれもが基本的には固有名と共に書記されているため、歌とその詠歌状況についての語りを実体視し歴史的事象として捉えてきた。『大和物語』

に描かれた人物の実態を探求する研究が多いことがそれを表しているだろう。[10] もちろん、『大和物語』のなかで取り上げられている人物が誰であるのかを明確にすることは、物語の読解に必要である。だが、そうした視点での考察を深めれば深めるほど、『大和物語』の登場人物は『大和物語』に描かれた姿をもってして歴史的存在として認定されることになる。

『大和物語』の創作性や虚構性については、すでに考察がなされているが、[11] 一方で、固有名を持つ物語であるゆえに全てを虚構と切り捨てることができないのも事実である。本論もまた、『大和物語』・『後撰集』・私家集の三種類を比較し、登場人物の歴史的位置を確認してきた。その結果見えてくることは、記録すべきエピソードの取捨選択であり、『大和物語』の歌話は固有名を持つ人物たちの一面しか表していないことである。採録された歌話が取捨選択された結果であることなど当たり前のことであり、今さら議論すべきものでもないかもしれない。しかし、現在の『大和物語』研究は、あまりにも盲目的に『大和物語』を歌と人物の「歴史的記録」だと扱い、異伝のあるものは虚構や作為と説明してしまう。もちろん、一つの記録ではある。だが、それは数多く語られていたであろう「歌語り」のほんの一部に過ぎないことを改めて見直すべきである。

その「歌語り」の一部を、どのような意図によって取捨選択し、『大和物語』が成立したのか。その答えは単一ではない。『大和物語』そのものの成立過程があり、また『後撰集』や各私家集との関係も歌によって諸説が有りはっきりしない。だが、最も重要なことは『大和物語』が常に固有名にこだわり、それを書記した物語であるということである。全体を通して、そのほとんどが歴史的個人の名を記してある。それは物語後半の説話的な章段であっても同様である[12]。だからこそ、これまでの研究が人物論に傾斜していたわけだが、そもそもなぜ歌と固有名を記録することが必要であったのか。一つの答えとして、固有名を記録することによって歌と歌の詠まれた場が限定される。限定され、書記されることにより、歌と歌の詠まれた場が意味を持ち、個人と個人の交友圏の記録にもなり得ているのである[13]。

おわりに

十世紀中葉は『後撰集』の編纂、『大和物語』の成立年代にあたり、それと同時に『一条摂政御集』や『伊勢集』をはじめとする歌集の歌物語化があった。関根慶子氏は「故に和歌を契機として物語化する風潮は、歌物語的歌集と歌物語の両者に通じて観ることが出来、しかも両者が同じく天暦を中心とする時代に観られるとすれば、両者をひっくるめて歌物語化の文芸風潮をこの時代に観る事が許されるであろう[14]。」とする。物語的私家集は歌物語の成立と不可分であり、両者の関係構造をもっと丹念に見て行かない限り、歌物語の世界は論じ切れない。物語的私家集はある人物をまるで物語の色好みの主人公のように造型したり、ある男女の一篇の恋物語のように仕立て上げたりしている。固有名の付く歌集の体裁を取りながらも、高度に物語化された仕組みを持っている。各私家集の成立の問題はあるが、歌物語化の風潮を再び捉え直すことによって、『大和物語』の統一的理解につながるのではないだろうか。

各私家集についての研究が蓄積されてきている現在、『大和物語』は『後撰集』との比較や各私家集との比較にとどまらず、「記録」方法の違う三者を総合的にとらえることで、より豊かな歌物語化された世界を見通すことができるはずである。本稿で述べた、すでに既知の歌語りを採録しないという〈記録の戦略〉の可能性は、三者の比較検討のなかからしか浮かび上がってこない。ある一時期における流行のようなものであっても、この歌物語化の風潮がなければ、その後の物語や日記の発展はなかったはずである。研究が細分化されている現在、もう一度大きな視点に立って歌物語・勅撰和歌集・私家集の関係構造を見直さなければならないのではないだろうか。本稿はその提起である。

※引用は『後撰和歌集』は新日本古典文学大系（岩波書店）、『大和物語』は新編日本古典文学全集（小学館）により、各私家集は私家集大成によったが『元良親王集』は和歌文学注釈叢書1『元良親王集全注釈』（新典社）、『敦忠集』は木船重昭『敦忠集注釈』（大学堂書店）、『師輔集』・『小野宮殿実頼集』は私家集全釈叢書31『小野宮殿実頼集・九条殿師輔集全釈』（風間書房）を参考に表記を改めている箇所がある。

注

（1）拙稿「書き手を創出する〈場〉―斎院文化圏と後宮文化圏の交流をめぐって―」（『中古文学』第九十六号、二〇一五年十二月）

（2）岡山美樹『『大和物語』の研究』（桜楓社、一九九三年）第四章「他歌集と『大和物語』との関係について」では、『元良親王集』をはじめとして私家集との重複歌集を示されている。ただし、歌句に異同がある場合は計上されていないようであり、三で取り上げる『大和物語』九十六段の実頼の歌は計上されていない。

（3）前掲注（2）に同じ。

（4）一三九段について、妹尾好信氏は『後撰集』との比較から、承香殿の中納言の歌の違いについて「『大和物語』は、あえて歌としては技巧的に劣る形を異伝資料によって載せたことになる」とし、「相手の名を明記し、別の歌をも加えて、二人のなれそめから順を追って詳しく語っていくところ、『大和物語』第一三九段は、歌物語としてかなりよくできた章段だと言えよう」と指摘する。（『平安朝歌物語の研究［大和物語篇］』笠間書院、二〇〇〇年、第一章「歌語りとしての『大和物語』」）

（5）『大和物語』の編纂について、妹尾氏は『後撰集』との共通歌について考察され、「多数にわたる共通歌において両者がことごとく何らかの点で異なる形の歌語りを採録していることには何か特別な意識が働いていると考えざるを得ないのではないか。たとえば、『大和物語』の作者が意図的に、『後撰集』に採録された伝えと一致しない形の伝えを採用したというような」と述べる（前掲注（4）妹尾氏著書、第二章「『大和物語』第一部の成立と作者」)。本稿も同じような立場に立ち、採録にあたっての意図を考察するものである。

(6)瀬尾博之「私家集の物語性について—『敦忠集』を題材として—」(『文学研究論集』第二十八号 二〇〇八年二月)なお、二で取り上げた敦忠・師輔・雅子内親王の関係については斎宮の恋とあって研究が多く、例えば木船重昭「雅子内親王と敦忠・師輔」(『中京大学国文学』六号、一九八七年三月)や安西奈保子「雅子内親王の恋と結婚」(『平安文学研究』七九・八〇号、一九八八年十月)、工藤重矩「和歌が語る婚姻史—師輔集を通して—」(『和歌を歴史から読む』笠間書院、二〇〇二年)などがある。

(7)能子については十八段、十九段に登場する「二条の御息所」の「二条」を「三条」の誤りとみて、能子の可能性が指摘されている。一方、二十四段では「右大臣の女御」とあり、これも能子である可能性が指摘されているが、前掲注(2)の岡山氏御著書の第三章「『大和物語』の登場人物考証」によれば「先帝」を清和天皇、「右大臣の女御」を藤原良相女の多美子と考察されている。同じ人物についてはある程度固定した名称を使用する『大和物語』の語り方からすると、十八段・十九段・二十四段は能子ではない可能性を考え、本稿では考察の対象から外す。

(8)『大和物語』三十六段には藤原兼補が斎宮在任中の柔子内親王を勅使として訪ねたことが語られる。定方と兼輔の密接な交流関係を考えると、定方が自身が後見すべき柔子内親王に対して兼輔を通じて交流を持とうとした可能性があろう。

(9)森本茂『大和物語の考証的研究』(和泉書院、一九九〇年)「第四章　大和物語と後撰集の関係—第四

十・第一二〇段の場合―」で、定方と忠平の政治的緊張関係を論じ、能子の「年ぎりもせぬ種もがな」は自分の一族が高位高官に昇ることを望んだ歌であり、それにもかかわらず実頼（忠平長男）と結婚したことを聞いた柔子内親王が「春ごとの」の歌で能子を皮肉っているとする。そして、『後撰集』に比べて『大和物語』が首尾一貫しためでたい話として忠平方寄りの歌話に改められていると指摘された。能子をめぐる章段につては多くの考察があり、例えば前掲注（4）の妹尾氏は九十五段で能子が明確にされているのに『後撰集』が「しのびて通ふ所」と明示しないことについて、『後撰集』撰進当時、実頼の妻であった能子の過去をあからさまに記すことは実頼に対して遠慮があったと述べられ、一二〇段については、『大和物語』がより実頼賞賛の姿勢をとることに注目され、作者の問題に発展させている。本稿では作者の問題に踏み込む余地がなかったが、実頼周辺の問題として考えていきたい。

(10)阿部俊子『校本大和物語とその研究　増補版』（三省堂、一九七〇年）には「作中人物伝記資料」がまとめられているし、例えば雨海博洋・山崎正伸・鈴木佳與子『大和物語の人々』（笠間書院、一九七九年）、山下道代『歌語りの時代―大和物語の人々』（筑摩書房、一九九三年）などといった人物に注目した考察が多い。

(11)創作性については早くに、山岸徳平『山岸徳平著作集Ⅱ　和歌文学研究』（有精堂出版、一九七一年）所収「三条右大臣集と大和物語」において、『三条右大臣集』・『大和物語』・『後撰集』の比較検討から「大和物語には創作意識が作用して、物語化・説話化された跡が、明瞭に看取せられ得るであらう」と述べられている。

(12)『大和物語』と説話や歴史物語との関わりを考えると、個人名の表記の問題はより重要になる。『大和物語』は歌を詠んだ人物とその場を明らかにしたが、それが『大鏡』や『今昔物語集』などによって説話化されるにあたり人物に焦点が当てられていくのは、書記されたものを享受し発展させるという点で現代と共通の意識が見受けられよう。

(13)固有名の記録と採録された歌話の関係については、個人に対しての興味関心、あるいは個人名を記すことを憚れる政治的事情等、合わせて考察すべき論点はあり、今後の課題としたい。

(14)関根慶子『中古私家集の研究　伊勢　経信　俊頼の集』(風間書房、一九六七年)所収「第二部第五章歌物語化の風潮と伊勢集」

『日本文学』第六五巻第五号(二〇一六年五月刊)よりの再録。

執筆者紹介

―掲載順　＊は本書編著者―

＊東原伸明（ひがしはら・のぶあき）

1959年生。高知県立大学文化学部教授。

著書：『土左日記虚構論―初期散文文学の生成と国風文化』武蔵野書院　2015年

『古代散文引用文学史論』勉誠出版　2009年

『源氏物語の語り・言説・テクスト』おうふう　2004年

辻　和良（つじ・かずよし）

1956年生。名古屋女子大学文学部教授。

単著：『源氏物語の王権―光源氏と〈源氏幻想〉―』新典社　2011年

編著：高橋亨・辻和良共編『栄花物語　歴史からの奪還』森話社　2018年

論文：「「末摘花」という視点―根源からの揺さぶり―」『古代文学研究第二次』第28号　2019年10月

星山　健（ほしやま・けん）

1965年生。関西学院大学文学部教授。

著書：『王朝物語史論―引用の『源氏物語』―』笠間書院　2008年

論文：「『栄花物語』正編研究序説―想定読者という視座―」『文学・語学』第213号　2015年9月

「菟原処女伝説の諸相―福麻呂歌・虫麻呂歌・『大和物語』一四七段第一部―」『むらさき』第52輯　2015年12月

＊山下太郎（やました・たろう）

1954年生。元大阪府立高等学校教諭。

論文：「歌物語の〈り〉と〈たり〉―「詠めり」と「詠みたり」―」『古代文学研究第二次』第24号　2015年10月

「古今和歌集詞書の「よめる」と「よみける」―ケリ叙述からリ叙述へ―」『日本言語文化研究』第21号　2017年1月

「『栄花物語・初花』の〈語り手女房〉―語り換えの方法―」高橋亨・辻和良編『栄花物語　歴史からの奪還』森話社　2018年

勝亦志織（かつまた・しおり）

1978年生。中京大学文学部准教授。

論文:「『大和物語』における桂の皇女関連章段採録の意図」『古代文学研究第二次』第25号　2016年10月

「残された「文」の行方―歌物語から『源氏物語』へ続く「語り」の問題―」『中京大学文学会論叢』第3号　2017年3月

「和歌を「書きつく」ことが示す関係性―『うつほ物語』から『源氏物語』へ―」『源氏物語　煌めくことばの世界Ⅱ』翰林書房　2018年

亀田夕佳（かめだ・ゆか）

1967年生。愛知淑徳大学非常勤講師。金城学院大学非常勤講師。中部大学非常勤講師。

論文:「『大和物語』の歌ことば―二十四段、六十段の表現から―」『日本文学』第57巻第9号　2008年9月

「〈歌ことば〉を生きる―『大和物語』二十三段試論―」『金城学院大学論集（人文科学編）』第14巻第1号　2017年9月

「伊勢集の奈良坂越え」『名古屋平安文学研究会会報』第38号　2019年12月

玉田沙織（たまだ・さおり）

豊田工業高等専門学校・一般学科・准教授。

共著：阿部泰郎監修・江口啓子／鹿谷祐子／玉田沙織著『室町時代の少女革命　『新蔵人』絵巻の世界』笠間書院　2014年

編著：名古屋国文学研究会編『風葉和歌集新注』一　青簡舎　2016年5月

論文：玉田沙織「「風吹けば」詠の語り―『大和物語』第百四十九段論―」『名古屋大学国語国文学』第104号　2011年11月

近藤さやか（こんどう・さやか）

1981年生。愛知淑徳大学初年次教育部門講師。中京大学非常勤講師。

著書：『仮名文テクストとしての伊勢物語』武蔵野書院　2018年

論文：「『土佐日記』の「渚の院」幻想」『物語研究』第10号　2010年3月

「表記の反転『土左日記』」『武蔵野文学』61　2013年12月

内藤英子（ないとう・えいこ）

1963年生。愛知淑徳大学非常勤講師。金城学院大学非常勤講師。

論文：「柏木哀悼における「柳のめ」—元白詩語の利用と夕霧物語の始発—」『中古文学』第86号　2010年12月

「『うつほ物語』の和歌における表現の方法—好忠・順歌との共通語彙を中心に—」『名古屋大学国語国文学』第105号　2012年11月

「『伊勢物語』五十二段と漢詩文—屈原・潘岳との関わりを通して—」『名古屋大学国語国文学』第112号　2019年11月

池田大輔（いけだ・だいすけ）

1980年生。滋賀文教短期大学講師。

論文：「『源氏物語』における手引きする侍女」『「記憶」の創生— 1971-2011』翰林書房　2012年

「『源氏物語』伺候者体系論—「世に従ふ」男性伺候者／「まかで散る」女性伺候者たちの葛藤—」『滋賀文教短期大学紀要』第21号　2019年3月

「「めしうど」という矜恃—『源氏物語』の侍女を『和泉式部物語』の「女」から読み解く—」『源氏物語〈読み〉の交響Ⅲ』新典社　2020年

水野雄太（みずの・ゆうた）

1991年生。城北中学校・高等学校教諭。

論文：「語り＝騙りの宿木巻」『物語研究』17　2017年3月

「〈斜行〉する狭衣の生—狭衣の内面と「世」のかかわりから」井上眞弓編『狭衣物語　文学の斜行』翰林書房　2017年

「物語文学の言葉は誰のものか」『物語研究』18　2018年3月

原　豊二（はら・とよじ）

1972年生。天理大学文学部教授。

著書：『源氏物語と王朝文化誌史』勉誠出版　2006年
『源氏物語文化論』新典社　2014年
『日本文学概論ノート古典編』武蔵野書院　2018年

ローレン・ウォーラー（Loren Waller）

1974年生。元高知県立大学准教授。現在、イェール大学東アジア言語と文学学科大学院博士課程後期、青山学院大学文学部日本文学科客員研究員、国際交流基金日本研究フェロー。

著書：東原伸明と共著『新編　土左日記』おうふう　2015年

論文：「書物として見る古典文学の新しい解釈の行方―萬葉語『隠沼』の歴史的変貌をめぐって―」『次世代に伝えたい「新しい古典」―日本文化の自己継承に向けて』武蔵野書院　2020年
「文字とことばの間―萬葉集に見る表記の詩学―」『ことばと文字』第12号　日本のローマ字社　2019年

和文・英文要旨（Abstracts）

『大和物語』第149段の〈語り〉と言説分析
—散文叙述への意思と「歌徳譚」の決別あるいは『伊勢物語』第23段の脱構築—

東原伸明（ひがしはら・のぶあき）

片桐洋一の評価によれば、『大和物語』は『伊勢物語』の亜流的な存在として位置づけられている。小稿では、『伊勢物語』の脱構築と言説分析の視座から、「地の文」「内話文」という言説を、散文文学の描写という観点から再評価し、『源氏物語』的な言説生成への補助線と考える。

Narration and Discourse Analysis of Section 149 of *Yamato Monogatari*:
Breaking with prose narrative intentionality and the "poetic morality tale," or a deconstruction of *Ise monogatari*

Higashihara Nobuaki

According to the evaluation of Katagiri Yōichi, *Yamato monogatari* is an imitation of *Ise monogatari*. This paper looks at *Ise monogatari* from the standpoint of deconstructionism and discourse analysis, and reevaluates the discourse of the narration (*ji no bun*) and internal dialogue (*naiwabun*) from the perspective of the prose literary description, considering it as a line of projection towards the production of discourse as seen in *Genji monogatari*.

『大和物語』の創り出しているもの—「歌物語」から「物語」へ—

辻　和良（つじ・かずよし）

『大和物語』は、『伊勢物語』と並んで「歌物語」の代表格として把握されている。しかしながら両作品の質には異なるものがあって、いずれも「歌物語」であると済ましてしまうわけにはいかない。『大和物語』の表現の持つ質は、『伊勢物語』のそれとは異なり、歌よりもむしろ文の働きが大きいように思える。さらに、そのことに関連して、別の観点から考えようとすると、歌集の採歌状況との異なりからも『大和物語』の語りの質が見えてくるように思う。

この「歌」と「文」との役割の違いが、何をうみだしているのか。物語表現史における位置付けを念頭に考察を進めた。

What *Yamato Monogatari* Makes: From "poem narrative" to "narrative"

Tsuji Kazuyoshi

Yamato monogatari is regarded as a representative of the "poem narrative" (*uta monogatari*) genre, along with *Ise monogatari*. However, each work differs qualitatively, and they should not cursorily be grouped together as "poem narratives." The characteristics of the expressions in *Yamato monogatari* differ from those in *Ise monogatari*, emphasizing the function of the prose more than that of the poems. Likewise, another perspective is that the narration in *Yamato monogatari* also differs qualitatively in the way it adopts poems from poetic anthologies.

What emerges based on the differences in ratios of poetry to prose? This is considered while keeping in mind the history of narrative expressions.

「女からの贈歌」研究への疑義―『大和物語』を起点として―

星山　健（ほしやま・けん）

鈴木一雄氏の論考以来、男から贈歌、女から返歌という形式が常識であり、その逆は異例とされてきた。しかし、男女関係が成立した後に限定するならば、『源氏物語』『蜻蛉日記』『和泉式部日記』のいずれをみても女からの贈歌は珍しいものではない。そこで注目されるのが『大和物語』である。そこでの女からの贈歌は数が多いだけで無く、多様性を有する。「女からの贈歌」研究は、もう一度立脚点から見つめ直すことが肝要ではないか。

Questioning Research on "Dialogue Poems from Women": Starting from *Yamato monogatari*

Hoshiyama Ken

Since the work of Suzuki Kazuo, male initiation and female response has come to be seen as the standard in poem exchanges, and reverse examples have been seen as anomalies. However, if we look only at poems after male-female relations have been established, then dialogue poems initiated by women are not uncommon in *Genji monogatari*, *Kagerō nikki*, and *Izumi Shikibu nikki*. What stands out is *Yamato monogatari*. There, we not only find numerous female poems serving to initiate dialogue, but also diversity. I argue that it is essential to reconsider research on "Dialogue Poems from Women" from the start.

『大和物語』の「となむありける」―〈歌物語〉の生成―

山下太郎（やました・たろう）

『大和物語』の散文が和歌を位置づける表現に、「となむありける」がある。これは、和歌を受信する側に立つ表現である。物語り世界の和歌受信者を起点として和歌が伝えられ、物語る世界において新たな語り（散文叙述）が形成される。さらに、これは『大和物語』の各章段を連合してより広い世界を叙述する方法でもある。『大和物語』は普通の人々の詠歌行動を、点ではなく面として叙述し、王朝社会の全体像を総合的に語る、『伊勢物語』とは異なる〈歌物語〉を生成する。

***To namu arikeru* in *Yamato Monogatari*: the production of “poem narratives”**

Yamashita Tarō

One of the phrases used in *Yamato monogatari* prose to indicate the position of poems is *to namu arikeru*. This is an expression from the point of view of the receiver of the poem. Thus, waka is transmitted from the point of view of the waka recipient within the world of the narrative, forming a new prose narrative within that world. Furthermore, this method narrates a larger world when each section of the *Yamato monogatari* is combined. *Yamato monogatari* creates a poem narrative different from *Ise monogatari* in that it describes regular people’s poetic composition activities not as individual points, but collectively as planes within the entire court society.

『大和物語』柔子内親王関連章段における一考察―省筆を起点にして―

勝亦志織（かつまた・しおり）

宇多天皇皇女で醍醐天皇の同母妹である柔子内親王は、醍醐天皇代において三十四年の長きに亘って斎宮を務めた女性であり、『大和物語』第三十六段、第九十五段、第百二十段に登場する。しかしながら、このいずれの章段でも柔子内親王の和歌は「忘れにけり」などと省筆される。本稿ではこの和歌省筆の意味と、醍醐天皇及びその外戚であった三条右大臣家にとって柔子内親王がどのような存在であったのかを考察した。

A Study of Sections Related to Princess Yasuko in *Yamato Monogatari*: Starting from narrative ellipses

Katsumata Shiori

Princess Yasuko, a daughter of Emperor Uda and a younger maternal half-sister of

Emperor Daigo, served a full thirty four years as the Saigū (High Priestess for the Imperial Shrine at Ise) during Emperor Daigo's reign, and appears in sections 36, 95, and 120 of *Yamato monogatari*. However, in all three sections, Princess Yasuko's poems are elided as "forgotten." The paper considers what Princess Yasuko meant to Emperor Daigo and the house of the Sanjō Minister of the Right, which held the consort (*gaiseki*) relationship with the emperor.

「霞ならねど立ちのぼりけり」考—『大和物語』一四六段をめぐって—

亀田夕佳（かめだ・ゆか）

『大和物語』一四六段には、宇多帝に和歌を所望された大江玉淵女が、「鳥飼」を詠みこんだ和歌によって非常に高く評価される様が語られる。本論は玉淵女が詠んだ和歌について、歌ことばの特異性を考察し、晴れがましい喜びをいう和歌表現「霞ならねど立ちのぼりけり」が、亡くなった父の俤を引き寄せうる「昇霞」に通じることを指摘した。通常から外れた表現を豊かに抱えたところに、『大和物語』の達成の一側面が認められる。

Considering *Kasumi naranedo tachinobori-keri* in *Yamato Monogatari* Section 146

Kameda Yuka

In Section 146 of *Yamato monogatari*, the daughter of Ōe no Tamabuchi, when asked by Emperor Uda for a waka, composes a verse on the topic of *torikai* (bird-keeping), which receives much praise. The study considers the peculiarity of the poetic diction of Tamabuchi's daughter, and shows how the public joy expressed in *kasumi naranedo tachinobori-keri* ("Though I am not mist, I have risen to this height") also refers to "rising mist" that can draw forth the visage of her deceased father. One of the achievements of *Yamato monogatari* is its abundant use of diction that differs from the ordinary.

『大和物語』の創作性一斑—第六十六～六十八段論—

玉田沙織（たまだ・さおり）

実在人物の歌を多く語る『大和物語』の作品化段階での創作意識については、今なお追究が待たれている。本稿では、『後撰集』重出章段を含む第六十六～六十八段を通してその一端を明らかにした。縁語を含めた章段内外の連鎖からはこの作品が一語の重みを慎重に量り、表現を形作っていることが分かる。ま

た、口頭伝承を語っている証拠とされる「なむ」も、むしろ言説の浮動性や創作性を保障する装置としてあったと考えられる。

A Spot of Originality in *Yamato Monogatari*: A study of Sections 66 to 68

Tamada Saori

Considering the many poems by actual people in *Yamato monogatari*, there is still much work to be done in studying its originality at the stage of its becoming a literary work. This paper sheds light on one aspect its originality as seen in Sections 66 to 68, which contain poems also appearing in the *Gosenshū*. This work shapes its expressions by putting much weight on each word, as seen in the connections between words inside and outside the section, including *engo* (conventional word associations). Also, the suffix *namu*, said to evidence oral transmission, is thought to rather function as a device for maintaining the fluidity and originality of discourse.

右近関係段—特徴付けられた人物設定について—

近藤さやか（こんどう・さやか）

『大和物語』八十一段から八十五段までの連続した五段に右近という女性が登場する。右近は五段中二段に「忘れじと」（八十一段）、「忘らるる身」（八十四段）という「忘れられる女」としての歌を詠んでいる。また、右近の父である季縄も「おぼし忘れて」（百段）と帝に約束を忘れられる人物であり、百段・百一段と連続した段に登場する人物である。本論はこの親子に共通して「忘れられる」という特徴があることを指摘し論じた。

Sections Relating to Ukon: on the use of unique characters

Kondō Sayaka

A woman named Ukon appears in the five continuous sections in *Yamato monogatari* from Section 81 to 85. In two of the five sections, Ukon composes poems as a "forgotten woman," being referred to as "forgotten" (*wasureji to*, Section 81) and "someone forgotten" (*wasuraruru mi*, Section 84). Ukon's father Suenawa, who appears in the continuous Sections 100 and 101, also had a promise "forgotten" by the emperor (*oboshiwasurete*, Section 100). This paper considers the unique characterization of being forgotten seen in the father and daughter pair.

『大和物語』八十九段の和歌表現と構成についての考察

内藤英子（ないとう・えいこ）

八十九段で二首目に位置する修理歌について、「網代―氷魚―寄る」という表現の新しさと、『拾遺集』の詞書と部立から詠歌状況設定の普遍性、『蜻蛉日記』の引用のされ方から下の句が独詠歌的であるという三つの特異性を明らかにする。次に、二首目以外の修理歌の特異性と、八十九段の和歌の配列を女性である修理の歌の特異性が際立つように意識して構成し文のつなぎに「かくて」を多用する『大和物語』の創作性を論じている。

A Study of the Structure of Poetic Diction in Section 89 of *Yamato Monogatari*

Naitō Eiko

This paper elucidates the three unique points seen in the novelty of the expressions *Ajiro—hio—yoru* seen in the second poem in Section 89 by Shuri, the universality of the circumstances of poetic composition in the preface (*kotobagaki*) and categorization (*butate*) of the *Shūishū*, and the suggestion of independent composition seen in the second half of the poem based on its method of citation in *Kagerō nikki*. Next, the uniqueness of Shuri's other poems, the ordering of the poems in Section 89 to make Shuri's poems stand out, and the frequent use of the transitional word *kakute*, show the originality of *Yamato monogatari*.

「妻《め》」たちの恋愛譚―『大和物語』の妻が拓く物語―

池田大輔（いけだ・だいすけ）

『大和物語』の「妻《め》」という表現に注目し、妻を語ることによって作品全体の読みがどのように拓かれていくのかを明らかにする。特に、女ではなく妻と語ることで、男との恋愛譚がどのような位相にあるのかを、周縁の存在である「めしうど」「北の方」を視野に入れながら論じる。

Love Stories of Wives: *Yamato monogatari* narration introduced by wives

Ikeda Daisuke

By focusing on the word *me* (woman/wife) in *Yamato monogatari*, this paper shows how the overall reading of the work is opened up by narrating about wives. In particular, narrating about "wives" (*me*) instead of women (*womina*) demonstrates a topology of love stories with men. This is examined in conjunction with the peripherally related appellations *meshiudo* and *Kita no kata*.

プレテクスト『大和物語』の想像力と創造力
―『源氏物語』「若紫」巻の 注釈・引用・話型―

東原伸明（ひがしはら・のぶあき）

似た趣旨の典拠があった場合、『源氏物語』の典拠として『伊勢物語』は主要な位置を占めているのに対して、『大和物語』はそうではないことが大半である。小稿では、『大和物語』を引用＝プレテクストと読むことで、『源氏物語』「若紫」巻の骨格を形成する事例を論じ、再評価を試みている。

Imagination and Creativity in the Pretext *Yamato Monogatari*: Commentary, citation, and narrative types in *Genji monogatari* "Waka Murasaki"

Higashihara Nobuaki

When there are sources of similar effect, *Ise monogatari* as a source for *Genji monogatari* is generally held in a central position, but *Yamato monogatari* is not. This paper attempts a reevaluation of examples that form the framework of the "Waka Murasaki" chapter of *Genji monogatari* by reading *Yamato monogatari* as citation/pretext.

方法としての歌語り―『大和物語』の語りから『源氏物語』帚木三帖へ―

水野雄太（みずの・ゆうた）

出来事の当事者が第一の語り手となり、その物語を聞いた他者が語り伝えてゆくという歌語りの構造を、『大和物語』の多数の章段に見ることができる。こうした歌語りの語り方を枠組みとして利用し、光源氏の好色な一面を新たに語り出すことに成功したのが、『源氏物語』帚木三帖の物語だ。歌語りは虚構の方法として『源氏物語』に利用されたのである。

Poem Narration as Method: From the narration of *Yamato monogatari* to the three Hahakigi chapters of *Genji monogatari*

Mizuno Yūta

The structure of many of the sections in *Yamato monogatari* features a character who serves as the main narrator, with another character who hears and passes on the narrative as poem narrative. It is the three Hahakigi chapters of *Genji monogatari* that succeed in using this poem-narration style of narration as the framework to retell the lascivious side of Hikaru Genji. In *Genji monogatari*, poem narration was adopted as a method of fiction.

紀貫之と併記の方法　―大和物語二十八段を起点として―

原豊二（はら・とよじ）

本稿は人物の「併記」という表現方法に着目し、『大和物語』の併記が主にどのように『源氏物語』の併記につながっているのかについて考察する。そして、どのような理由で紀貫之という人物がよく併記の対象となるのかについても考えていく。『伊勢物語』とは異なるという意味での『大和物語』の達成の筋道を、貫之という人物と併記という方法の二つを軸にして示した。

Ki no Tsurayuki and the Method of Dual Point of View: Focusing on Section 28 of *Yamato monogatari*

Hara Toyoji

This paper focuses on the narrative method of a character's "dual point of view" (*heiki*), considering how the dual point of view in *Yamato monogatari* leads to that in *Genji monogatari*. Also, the reason that Ki no Tsurayuki serves as a fitting treatment for dual point-of-view narration is considered. This paper takes the line of achievement of *Yamato monogatari* in the sense of it being different from *Ise monogatari* and the method of dual points of view of the character Tsurayuki as two axes of inquiry.

『大和物語』における〈記録〉の方法―歌話採録に見える戦略―

勝亦志織（かつまた・しおり）

本稿は『大和物語』における「歌語り」の記録の方法について考察したものである。各章段の採録には取捨選択がなされ、すでに広く流布していたと考えられる話題は「記録しない」という方法があることを指摘した。その上で、歌物語（『大和物語』）・勅撰和歌集（『後撰和歌集』）・私家集（物語的私家集）という記録方法は異なるものの共通歌をもつ作品を比較検討することで、歌物語化した世界の総合的な再検討を促すものである。

Methods of Recording in *Yamato Monogatari*: Strategies seen in recording poem narratives

Katsumata Shiori

This paper considers the methods of "poem narration" recording in *Yamato monogatari*. It shows that a selection process was carried out for each section where a method of "not recording" stories thought to have been widely circulated. In addition,

although the recording methods of poem narratives (*Yamato monogatari*), Imperial anthologies (*Gosen wakashū*), and personal poetic anthologies (narrative personal poetic anthologies) differ, comparing works that contain the same poems helps to comprehensively reconsider a world made into a poem narrative.

大和物語研究史素描 —〈歌語り〉と〈歌物語〉、その往還—（付：参考文献目録）
山下太郎（やました・たろう）

大和物語の研究史を、口承の〈歌語り〉と文字に書かれた作品としての〈歌物語〉との関連に焦点をあてて論じる。それは、大和物語がどのような作品として把握されてきたのか、また、どのように把握するべきなのか、を考えることにつながるはずである。

A General Research History of *Yamato Monogatari*: Between *utagatari* (poetic narration) and *uta monogatari* (poem narratives) (with bibliography)
Yamashita Tarō

This paper examines the research history of *Yamato monogatari* by focusing on the relationship between oral transmission (*utagatari*) and works written down (*uta monogatari*). This leads to a consideration of what kind of work *Yamato monogatari* has been viewed as, as well as what kind of work it should be viewed as.

イェール大学大学院における日本古典文学研究私情—モノの視点が語ること—
ローレン・ウォーラー（Loren Waller）

筆者は2015年に高知県立大学文化学部を退任し、イェール大学の博士課程進学のためにアメリカへ渡り、4年間コネチカット州ニューヘイブン市で過ごした。本稿は米国における日本文学研究事情の私的な報告である。「物質文化」という学際的な分野は1980年頃から英国・米国で芽生え、すでに根付いているが、日本ではほとんど取り組まれていないように思われる。「モノ」の視点を紹介提示することで、それが物語研究にも援用できることを示唆した。

A Personal Report on Japanese Classical Literature Studies at Yale University: What things tell us
Loren Waller

In 2015, the author left the Department of Cultural Studies at University of Kochi and went to the United States in order to enroll in a Ph.D. program at Yale University,

spending four years in New Haven, Connecticut. This is a personal report of the state of Japanese literature studies in America. Though the interdisciplinary field of "material culture" has become well established, having begun in the U. K. and U. S. in the 1980s, it is still rarely applied in Japan. This paper suggests the potential that introducing the perspective of "things" can also contribute to *monogatari* studies.

という無責任な間柄である。山下さんは見た目えらく若く、一つ二つ年上かと思っていたところ、実際は私よりも五つも年上と知って絶句した。ずっと高等学校の専任の国語教員を勤めながら、学会で発表し、論文を執筆するという生活をしてこられ、定年退職後も再雇用で六十五歳まで、高校教員と古典文学研究者を実践してこられた。とても真似のできない一つの偉業であろう。これまで膨大と言ってよい分量の論文を執筆されているので、どうか著作集としてまとめられ、一つ区切りを付けられることを願うばかりである。

当該の論集の執筆者は、主に物語研究会と古代文学研究会の会員の方々に例会の席などを通じて声を掛け執筆者を募った。だから『大和物語』に対するスタンスは多様ではあるが、山下さんの唱える「達成」の掛け声に賛同してのものである。その「達成」の度合いの評価は、今この論集をお読みくださる読者に任せるしかない。私としては『源氏物語』の言説生成に向けて、『大和物語』の果たした「散文」としての史的な達成の、達成を大いに評価したい。

この編著も武蔵野書院前田智彦氏の格別のご高配を賜り刊行に及んだことを記し、感謝申し上げます。

令和二年（二〇二〇）四月吉日

東原伸明

あとがき

『大和物語の達成』という表題は山下太郎さんの提案である。副題の「「歌物語」の脱構築と散文叙述の再評価」という散文を評価する部分は私の意見が反映されたものである。

従来『伊勢物語』とともに「歌物語」というジャンルの括りで、文学史においてもそのような理解のもとに研究がなされてきた。しかし、『大和物語』自身の特性と古代の散文文学の一つの達成を『源氏物語』の成立に見据えた時、こうした理解は適切ではないのではないかと気づいた。

山下太郎さんとはずいぶん昔から面識はあったが挨拶を交わす程度で、おそらく10分と話をしたことは無かっただろう。それが、岡山県のノートルダム清心女子大学で開催された中古文学会二〇一八年秋季大会の二日目、十月二一日の日曜日、午後の研究発表の合間のこと、『伊勢物語』と「歌物語」に関する話題で、ずいぶん長い時間話をして、変に盛り上がってしまった。その余韻から、何時の間にか『伊勢物語』ではなく、『大和物語』を、新しい切り口で論集を刊行することになってしまったものらしい。

だから、頻繁にメールをし、互いを「相棒」として意識するようになったのは、まだ日が浅く、三年に満たない。こんなことを言うのはどうかと思うが、互いにどんな人なのか、未だよくわからない

Ⅳ　『大和物語』達成のために

大和物語研究史素描
――〈歌語り〉と〈歌物語〉、その往還――（付：参考文献目録）

山下太郎

I　研究文献目録溯行

0. 本稿は、大和物語の研究史を、基本的に［益田 1949］以降の研究論文等に基づいて記述する。その際、特に焦点をあてるのは、口承の〈歌語り〉と文字に書かれた作品としての〈歌物語〉との関連である。それは、大和物語がどのような作品として把握されてきたのか、また、どのように把握するべきなのか、を考えることにつながるはずである。第二次大戦以前の研究には触れない。また、注釈書類の紹介も原則としてはしない。それらについては、以下にあげる、研究文献目録等を見られたい。なお、不十分ながらも本稿が成ったのは、これら先学による学恩があったからである。
本節では、主な研究文献目録を近いものから遡行する形式で列挙し、簡単な紹介を付した。

傍線は、筆者が理解の補助のために適宜施した。また、末尾に本稿の執筆にあたって参照した［参考文献目録］を付した。

1. ［柳田 2011］柳田忠則『大和物語文献集成』（2011 年 10 月新典社）。
・明治二十三年九月から平成十八年十二月までの研究文献を網羅的に集成する。大和物語研究のための基盤となる資料である。

2. ［柳田 2006］柳田忠則『大和物語研究史』（2006 年 11 月翰林書房）。
・昭和四十一年一月から平成十七年十二月までの研究動向を、研究文献の提示と評価により展望する。筆者の公平で行き届いた視線から学ぶところは多大である。

3. ［高橋亨 2003］高橋亨「「歌語り」と物語ジャンルの生成」（『Journal of studies for the integrated text science 統合テクスト科学研究 Vol.1 No.2 2003』Graduate School of Letters, Nagoya University 名古屋大学）
・〈歌語り〉と〈歌物語〉の研究史を「ジャンル論の再構築」という観点から跡づけ、書承の作品ジャンルとしての〈歌物語〉と口承の〈歌語り〉との関係性を定位する。書かれた〈歌物語〉が口承の世界へと回帰し〈歌語り〉となって新たな〈歌物語〉が書かれる、といった循環のあることを認める。『大和物語』については、口承の〈歌語り〉の記録ではなく、「「作り物語」的な虚と実との混交を意図して織りなす『伊勢物語』の表現法を世俗化した物語とみるべきであろう。」とする。［柳田 2011］には採録されていないが、『大和』の〈歌語り〉を考えるための理論的な基盤を提示した研究史論である。

4. ［事典 1997］雨海博洋・神作光一・中田武司『歌がたり・歌物語事典』

(1997年2月勉誠社)。

・「総論編」では、『伊勢物語』『大和物語』『平中物語』の歌物語三作品および関連作品に関わる諸項目を立てて解説・論述する。『大和物語』では、「特徴」「付載説話」「表現」「歴史的背景」の各項目に加えて、「宇多天皇」「としこ」などの主要人物および「生田川」「葦刈り」などの伝説についての「関係章段」の諸項目が立てられている。

・「文献編」では、『伊勢』『大和』『平中』に加え『多武峰少将物語』『一条摂政御集』『篁物語』について、【伝本】【翻刻・影印・複製】【注釈書】【研究書】【論文目録】が整理されている。「文献編/大和物語」の担当は、柳田忠則と岡部由文である。

5. [岡山1992] 岡山美樹「『大和物語』研究小史——登場人物の考証をふりかえって——」(『二松学舎大学人文論叢』49輯1992年10月)。

6. [高橋正治1972] 高橋正治「大和物語人物一覧」(高橋正治校注・訳『日本古典文学全集　大和物語』1972年12月小学館)→(高橋正治校注・訳『新日本古典文学全集　大和物語』1994年12月小学館)。

7. [阿部俊子1954] 阿倍俊子「作中人物伝記資料」(『校本大和物語とその研究』1954年6月三省堂)→(『校本大和物語とその研究・増補版』1970年10月三省堂)。

・5〜7にあげたのは、人物考証をするための基礎となる資料である。本稿は個々の登場人物の考証に触れることはできない。

II　研究史素描——〈歌語り〉から〈歌物語〉へ

A　〈歌語り〉の発見と〈歌物語〉

8. 賀茂真淵の『大和物語直解』は、頭注に「師云」として清水浜臣説を引く。それには、「此物語の大むねは打聞にして作物語にはあらず」などとある(1)。「打聞」は、「歌語り」あるいは「歌を語る」などの語句と同じく『枕草子』『源氏物語』などに見られる語である(2)。『枕草子』の例は、口承の語りである〈歌語り〉などを耳に聞くこと、また、それを書き留めたものをいう。なお、[阿部俊子1969]は、「説明を伴った秀歌集のやうなもの」とするが、「打聞」は動詞「打ち聞く」の連用形名詞化であり、打ち聞いたものの筆録とするのが適切である。[雨海1996]は、〈歌語り〉の「定評づけられたものが、「打聞き」となって語り継がれてゆく」という。雨海によれば、それを筆録し集積したものが『大和物語』ということになる。

9. [塚原1979]は、『大和物語』を「仮名表記による最初の聞書」と位置づける。「聞書」は「打聞」に通ずるであろう。ただし、「聞くこととして成立した口頭表現を、聞書作者が主体的に加工し文字表現に定着したのが、

聞書であるといえよう」と述べているように、塚原のいう「聞書」は、口承の〈歌語り〉をそのままに筆録したものではない。

10. 口承の〈歌語り〉の存在を確認し、書かれた作品としての〈歌物語〉の基盤として位置づけたのは、益田勝実であった（3）。〈歌物語〉の源流を、「詞書」ではなく〈歌語り〉とする益田の見解は、広く受け入れられたが、誤解を生んだ面もあった。

例えば、［久保木 1975］は、『大和物語』を、「ほんんど歌語りそのままと考えてよいものであろう」という（4）。［雨海 1997a］も、〈歌語り〉集であると規定する。［妹尾 2000］も『大和物語』を、歌語りを素材として、アンソロジーのような形で集成したものとする。『大和物語』は巷間の〈歌語り〉を集め書き写したもの、ということになろうか。しかし、それでは文字による一個のまとまった作品とはいえない。［柿本 1981］は、「物語集の意思」による統一のあることを指摘している。編纂者（=「作者」）が、「実際は複数であったとしても、一人であると言って差し支えないのではなかろうか」という。

11. 『伊勢物語』『大和物語』に多く現出する「なむ―ける」表現に「語り伝える」表現価値のあることを指摘したのは、［宮坂 1952］であった。［阪倉 1953］は、『古今集』の詞書には例外的にしかなく、左注（もしくは左注的詞書）に現出することを指摘し、歌物語の文体を左注的文体とした。［益田 1960］は、阪倉の論について「〈歌語り〉の文字の世界への吸い上げられ方を明確にした」と評価し、〈歌物語〉の「なむ―ける」表現を口承の〈歌語り〉の反映と位置づけた。ただ、宮坂も阪倉も益田も、〈歌物語〉の「なむ―ける」表現を〈歌語り〉そのままの筆録であるといっているわけではない。［益田 1982］は、「わたくしの、歌→歌がたり→歌物語という考え方は、〈歌〉と〈歌がたり〉と〈歌物語〉とが、誘い出す、触発されるというかたちで別のものを生むというとらえ方に力点がある。〈歌がたり〉を文字化すると〈歌物語〉になるというのではない」という。三者の相互の触発ということを、積極的に捉えるべきであろう。なお、関連する論考に、［宮坂 1954］［阪倉 1959］などがある。

12. ［阪倉 1959］は、竜田山伝説を共通素材とする『古今集 994 番歌左注』と『伊勢物語 23 段』『大和物語 149 段』の叙述を比較して、「歌にともなうはなし（『古今左注』「歌がたり」）」から「歌からうまれたはなし（『伊勢』「歌物語」）」をへて「歌をともなうはなし（『大和』「物語」）」に至る展開を指摘し、「『大和物語』の叙述こそが、「歌がたり」の、「本当の意味での、物語的展開であった」とし、その散文性を高く評価している。『大和』を〈歌物語〉から〈作り物語〉の方へ一歩出たものとする認識がある。

13. 『伊勢物語』は、「昔男」の一代記としての構想を作品化の過程で実現している。一方、雑纂形態をとる『大和物語』は、〈歌語り〉の様相を残す面が多いとされる。が、そのことが〈歌語り〉そのままを保証するわけでは

ない。『伊勢』にしろ『大和』にしろ、〈歌語り〉を素材とした文字表現による語り換えなのである。「なむ―ける」表現は、書かれた〈歌物語〉に〈歌語り〉の口承性を再現する仕掛けであった。いわば、〈歌物語〉が、〈歌語り〉をもどくための手法である。〈歌語り〉をもどく、というのは、言い換えれば、文字の上に新たに声に語られるべき〈歌語り〉を創ることである。〈歌語り〉が〈歌物語〉の源流であるとすれば、〈歌物語〉も〈歌語り〉の源泉である。[益田 1953] は、「書かれた歌物語も再び語られるようになるような関係、歌語りが文字に定着させられると、それがまた歌語りの源泉となるような関係があって、文字のある世界の口承文芸の特殊性を蔵していた点が注目せられる。」という。

B 『大和物語』の創作性

14. [雨海 1973] は、『大和物語』18・19 段をとりあげて、奔放の后妃二条后藤原高子と好色の貴公子式部卿宮敦慶親王とを結びつけた、「事実を離れた歌語りの世界に生じた恋愛譚」に過ぎない、という。実際に、老齢の高子(六十代後半?) と若年の敦慶親王 (二十代前半?) との交情があったか、また、それが〈歌語り〉として流布していたか、はわからない。あるいは、『伊勢物語』63 段の老女の恋を踏まえた『大和物語』の〈歌語り〉を装った創作なのかもしれない。だとすれば、〈歌物語〉が新たな〈歌語り〉を生む例といえよう。ただ、『伊勢』の「在五中将」にあった「けじめ見せぬ心」は、「心にいらで」と評される『大和』の敦慶親王には無かったことになる。なお、恋愛の当事者を高子と敦慶親王とする説は、広く認められているとはいえない。『新編全集』([高橋正治 1994]) など多くの注釈書は、18 段の「二条の御息所」を「三条御息所」の誤りと見て、高子ではなく三条右大臣藤原定方女能子とする。ただ、雨海説が、「心にいらで、あしくなむよみたまひける」という注釈的草子地をよく説明しうることは事実である。[山崎 1999a] は、『大和物語』の「二条御息所」が藤原高子であり「故式部卿宮」が敦慶親王である可能性を資料によって検証している。
15. [青木 1991] は、『大和物語』の語りの方法としての人物呼称の原則に照らして、「物語る世界」の「故式部卿宮」は敦慶親王であり、「式部卿宮」と呼ばれる敦実親王ではないことを指摘する。人物呼称を語りの方法の一環として検討の対象とする青木の議論は、『大和物語』研究に欠かせない観点である。
16. 『大和物語』4 段は、藤原純友の乱の追討使であった小野好古が四位にならないことを受けて、源公忠が好古に「たまくしげふたとせあはぬ君が身をあけながらやはあらむとおもひし」の歌を送ったことを語る。[菊地 1987] は、4 段の叙述について「物語以前の伝承においてそうだったとは、とうてい思えない。『大和物語』の語り手にそれ相当の虚構と構成があっ

たといわねばならないであろう。」という。

17. ［玉田 2007］は、素材となった史実を周到に確認した上で、『後撰集』『公忠集』との語り方の違いを比較し、『大和物語』4段の語りの意図を論ずる。また、［玉田 2011］は、竜田山伝説を語る『大和』149段を論じて、夫が妻のもとへ戻るのは、「風吹けば」の歌で強調される嫉妬心を冷まそうと試みる様子に、本心を強く忍ぶ姿を見たからだ、とする。玉田は、〈歌語り〉の書写にとどまらない、〈歌物語〉としての創作性を看取している。
18. ［柳田 2019］は、「従来、大和物語即歌語りという考えが大勢を占めていたためもあってか、この物語の創作性についてはあまり追求されて来なかった。」と指摘し、「新たな視点からの考察」の必要性を説く。
19. ［柳田 1994］には「第六章大和物語の創作性」の章が立てられ、関連の論考七編が収載されている。これらの各論考で柳田は、大和物語作者の「創作意識」を積極的に認定する一方、大和作者の文章の拙さを指摘する。例えば、「歌語りから創作へ――『大和物語』第百四十九段をめぐって」では、「大和物語の作者は叙述そのものにたけていたと思われない。」という。しかし、［玉田 2011］を参照すると、『大和物語』の叙述は、「歌をともなうはなし」（［阪倉 1959］）としての散文叙述の有るべき形を実現しているといえよう。
20. ［東原 2019］は、『大和物語』の「散文叙述の技法」は、「『伊勢物語』よりも進化している」とする。『伊勢物語』を越えようとする企図があるからこそ、同じ話材を語り換えるのである。具体的には、『大和』149段を取り上げて、『伊勢』23段の脱構築によって新たに散文叙述の語りの方法を開拓したとし、「(『源氏物語』の）散文的な言説に、一歩近づいたものである」という。ただ、どのように近づいているのかが、具体的に示されていないのは、残念である。東原には、『大和物語』を『源氏物語』のプレテキストと位置づける、［東原 2004a］および［東原 2004b］がある。『大和』155段（安積山伝説）の引用が、『源氏』若紫巻の物語総体の「骨格」を枠取り生成していることを指摘し、「『源氏物語』の言説生成に果たす『大和物語』の役割」を正当に評価しようとする論考である。
21. ［亀田 2008a］は、同じく149段の、胸にあてた鋺の水を「熱湯にたぎりぬれば」とする描写について「涙（水）／思ひ（火）／湧く／沸かす／消す」の〈歌ことば〉の連関を指摘し、「奇をてらった表現」の奥に、「男を慕う女の強い気持ち」を読み取る（5)。「そこにこそ、この作品の滋味がある」と亀田はいう。『大和物語』は『伊勢物語』を繰り返さない。新たに語るべき出来事の発見が必ずそこに存在するのである。なお、亀田には、同じく〈歌ことば〉から『大和物語』を考察する［亀田 2008b］［亀田 2017］がある。
22. ［岡部 1995］は、歌語り論の概要をふり返ったのち、口承の〈歌語り〉と書承の〈歌物語〉作品との間を、「有機的・論理的関係として繋ぎあわせ

ること」の必要性を説く。その上で、『伊勢物語』と『大和物語』のそれぞれの〈歌物語〉における「立田山伝説の叙述」を比較する。『伊勢』23段と『大和』149段との間の異質さを「文学的到達度」の優劣差として把捉してきた従来説を批判して、岡部は、それを、両作品の「意図」の差異であり、それぞれの「作品個性」として認識されなければならない、とする。『大和物語』研究の目指すべき方向性を示唆する発言であった。［岡部1984］［岡部1991］［岡部1994］［岡部2000］「岡部2004」などの一連の論考は、『大和物語』研究の将来を見透すために欠かせないものである。

23. ［原田2002］は、弾琴（『古今』）、化粧（『伊勢』）、髪梳き（『大和』）と変容していった、夫を送り出した後の女の行為に注目して、『大和』149段は、「『古今集』や『伊勢物語』が描かなかった女の愛執の姿を描くという道に踏み込んでしまった」という。末尾の「この男はおおきみなりけり」については、『伊勢』を熟知しつつ趣の異なる女の物語を描いたことを「作者自らが標榜するものだった」と主張する。

24. ［石田2008］は、『大和物語』155段の叙述を、徹底して「女の視点」から読み解き、従来の論では男への愛情を詠んだとされている「浅くは人をおもふものかは」の女の和歌の根底に、自分を醜くした男に対する「恨み」がある、という。その上で、「物語が違えば、自ずと歌意も変化する。また、その違いにこそ本段の面白みがあるのではないだろうか。」と主張する。石田によれば、男の愛情と女の怨念の齟齬にこそこの段の主題があるのである。

25. ［久富木原2004］は、安積山伝説だけでなく、生田川伝説（『大和物語』147段）、采女伝説（同150段）などの「水辺の死」を遂げる女の歌語りと『源氏物語』のさすらう女君たち（若紫・朧月夜・明石君・浮舟）の物語との関連を縦横に論じる。なお、生田川伝説と『源氏物語』との関連を論じるものに、［寺本1991］［雨海1997b］［笹生2011］［平林2011］などがある。また、［星山2015］は、菟原処女伝説を共通の素材とする、『万葉集』の田辺福麻呂歌、高橋虫麻呂歌と『大和物語』147段第一部について、それぞれを独立したものとして解析し、個別作品の特性を抽出する。『大和』については、求婚者である男たちの差異の消去もしくは「匿名化」を指摘する。二人の男に求婚され選択が不可能な状況に陥ること自体が女の自死の要因となる、ということであろうか。

26. 采女伝説を中心に論じたものに、夙く［益田1959］［三谷1977・1978］がある。益田の論は、口承の〈歌語り〉から〈歌物語〉へと向かう途上における、伝承的な型を利用した事実の語り換えを「伝承的フィクション」として、「創作的フィクション」と区別する。前者は、あくまでも口承の時空において醸成され実現するものであり、書くことを前提とする後者とは異なるものである。三谷は、［益田1959］を批判的に継承して、『大和物語』150段について、「単に〈話素〉のみで〈カタリ〉を表出せずに、〈カ

タリ〉や〈話型〉を超えて〈描写〉を試みている点に特色がある」といい、それは、〈書くこと〉を通じて獲得されたものであり、口承の〈歌語り〉との間には、「飛越することが出来ない深淵が横たわっている」と指摘する。その深淵に光をあて、〈歌物語〉としての『大和物語』とは何か、を解明することがあらためて求められている。三谷によれば、「全ては本文（テクスト）の表現作用として理解されなければならない」のである。なお、采女伝説に関わる近年の成果として、広く平安朝文学全般に触れた［西野入 2008］がある。

C　作品としての『大和物語』

27. 『大和物語』とはどのような作品か、という問いに新たな視点を提供したのは、［古橋 2008］である。古橋信孝によれば、『伊勢物語』後の時代において、「みやび」な行為が「宮廷生活において当たり前に行われていたことを語る」のが『大和物語』である。それは、非日常の「いちはやきみやび」ではなく、日常ごくありきたりの「みやび」である。［古橋 2013］は、『大和』27 段の、母に洗濯を断られた比叡山の僧戒仙の「今は我いづちゆかまし」の詠歌について、「歌によって状況を楽しんでいる雰囲気である」という。『大和物語』における「みやび」とは、それぞれの置かれた状況に最も適切な当意即妙の和歌を詠むことに他ならない。そのことは、155 段の女の「安積山」の歌や 149 段の女の「風吹けば」の歌、また、148 段の「あしかりけり」の歌、156 段の「をばすて山」の歌などについてもいえるだろう（6）。「みやび」は、都の外にも波及しているのである。なお、古橋の監修のもとでなされた『大和物語』の「注釈（抄）」に［大和注釈 2013］がある。
28. 『大和物語』の散文叙述と和歌との関係について新たな視点を提供したのは、伊藤一男、中島和歌子、小野芳子らである。伊藤は、［伊藤 1999］［伊藤 2001］において、『大和物語』が従来「あはれ」の文脈で内容理解がされてきたことに疑問を投げかけ、地の文の言葉と歌の言葉との技巧的かつ緊密な連繫に注目するとともに、この作品に笑いの要素の横溢することを指摘している。なお、伊藤たちの大和物語輪読会の成果は、［大和輪読 2000+］にまとめられている。
29. ［中島 2003］は、「『大和物語』の地の文の言葉と歌の言葉には緊密な関わりがある。『大和物語』の各章段は登場人物や内容の共通性だけでなく言葉の鎖で繫がっている。」と指摘し、主に 94 段から 96 段を中心に据えて、言葉の「関わり」と「鎖」の繫がりを検証していく。その上で、『大和物語』が、作品形成の意図によって、言葉を選び、また、整形する様相を具体的に明らかにしている。また、［中島 2000］は、『大和物語』の地の文の、言葉遊び的性格や創作的態度を指摘する。

30. 伊藤の論を承けて、［小野 2007］は、『大和物語』について、『古今集』『伊勢物語』で周知の古歌・歌話を「別の物語に作り替え、語彙の反復と連続で配列した、加積的な制作物なのである」という。述作者は「歌や章段を読みかえるおもしろさ」を目指したと指摘し、『大和物語』を、ことばを巧妙に駆使した「パロディの集成」であるとする。［小野 2013］は、「口承的な「歌語り」とは別の、書かれた文学作品である「歌物語」の性格が、これまで十分に議論の俎上に上って来なかった感がある」とことわった上で、『大和物語』の「歌話の結構」に「主知的で、陽性な作話意識」の発現を指摘する。例えば、「平中、閑院の御にたえてのち、ほどへてあひたりけり」で始まる 46 段は、「捨てられた女のあはれの物語ではなく、歌の技巧に意外な驚きがある、女の切り返しの物語である」と再評価される。小野によれば、技巧的あるいは言語遊戯的な方法意識は、一章段の歌話にとどまらず、章段の配列にもおよぶ。「歌話」が書かれ配列されるとき、もとの歌やエピソードは「虚構的に改変」される。そこに『大和物語』の方法があり、「ことばでの「遊び」を追求する独特の文学観」がある。なお、『大和物語』の章段配列に「ことばによるつながり」の要素のあることを指摘する先駆的な論考として［小形 1989］がある。
31. 『大和物語』が、語る素材を厳選しその語り換えを方法化していることを主張する論を見てきた。さて、選ぶことと選ばないこととはいわば貨幣の表裏である。［勝亦 2016a］は、選ばないこと、すなわち採録しないことに焦点をあてる好論である。例えば、『元良親王集』にある、親王と京極御息所・桂宮・一条の君・右近・兵衛などの女性との恋を『大和』は採録しない。勝亦は、『大和』には周知の情報を「記録しない」という姿勢があるという。ところで、「これらは物語にて世にあることどもなり」と語り手のいう在中将章段（160～166 段）は、周知の情報であろう。「周知の情報についての秘匿の暴露」ということだけでは、その採録を説明できないのではないか。〈歌がたり〉が『大和』の源流であるとすれば、すべては「周知」であったといえないことはない。周知の話題をどう新しく伝えるかこそが課題であった。それを明らかにするために、勝亦のいう「歌物語・勅撰和歌集・私家集の関係構造」の見直しは必須である。なお、『大和』の「採録の戦略」を「書き記されたもの」との関連で考察した［勝亦 2016b］がある。また、［飯田 2013］は、『大和』にまったく語られない菅原道真の影の見えることを指摘する。道真が亭子帝に重用された後、失脚したことは周知の同時代的事実である。ここにも「記録しない」姿勢がある、といえる。
32. それにしても、『大和物語』は、なぜ書かれなければならなかったのか。［原 2016］は、狩衣の裾、岩、木などの紙ではないものへの筆記を語る、歌物語の章段を取り上げる。書くことの効用は、空間的あるいは時間的、もしくは心理的な距離を超えうるということであろう。『伊勢物語』初段

では、狩衣の裾に歌を書き送ることで、男は女はらからとの空間的かつ心理的距離を一気に超えようとした。「おひつぎて」いひやるのは、距離の無化されたことを確認するためである。『大和』初段は、壁に書くことによって時間的な距離を超えようとする。『大和』155段の女は、木に書きつけることで、死後に男への復讐を果たしたのである（7）。「もし女の歌がパロールで終わっていれば、あるいは男は生き延びていたかもしれない」と原が推測する通りであろう。歌物語のなかの書くことの検証は、大和作者の書く意図の解明に繋がるかもしれない。

D　『大和物語』の構成

33. ［阿部好臣 1998］は、宇多天皇すなわち亭子帝に焦点をあて、『大和物語』に〈王権物語〉の幻想を見る。阿部は、「幻視される〈王権物語〉は、宇多を大和の偉大な帝王として認識しようとするものであった」という。そのことの可否については、当面保留せざるをえないが、『大和』の構成の骨格を1段・2段・3段、145段・146段・147段、172段などの「亭子帝」関係章段が形成していることは認められるであろう。物語全体の始発と前半部の末尾（146段）および後半部の終末部（172段）に、「亭子の帝」が取り上げられているのである（8）。また、後半部の始発部（147段）では、亭子帝女御温子のサロンが〈歌語り〉生成の場として描かれる。
34. ［目崎 1975］は、在原業平と亭子帝となった源定省とに二世王という共通項を見つつ、『大和物語』の登場人物が皇族と賜姓王氏に偏することを確認し、この物語の関心が「権力の世界にはなく、色好みと風流の世界にのみあった」ことを指摘する。だとすれば、『大和物語』は王権の示現を文化の世界において求めたといえるだろう。宮廷の内外への詠歌行動のあまねき波及は、亭子帝による文化的支配の実現であった。［三木 1992］は、公私の両面から焦点を当てられる宇多帝を、「『大和物語』の主題を具現している」という。
35. 阿部好臣も触れるが、初段をどう読むかは、『大和』全体の読みに関わる。諸注釈書などの解釈を整理し自説を述べたものに、［山崎 1999b］［柴田 2014］がある。また、初段の理解に関わる論考として、［塚原 1972］［工藤 1982］［高橋恒久 1991］などがある。さらに、伊勢と亭子帝の壁に書かれた和歌を収載する『伊勢集』も視野に入れる必要があろう。［秋山・倉田・小町谷 2016］は、「校異」「他出」「語釈」「補説」等が充実している。
36. 宮廷およびその周辺での日常の〈歌語り〉を素材とする前半部と伝承の〈歌語り〉を素材とする後半部との境については、147段説（［雨海 1950］など）の他に、141段説（［高橋正治 1962］など）がある。［渡辺輝道 1994］は、表現論の立場から、前半部を99段までと100段から146段までとに二分する、三部構成の可能性を提起する。さらには、［伊佐山

1987］［宮崎 1989］など、語学的な調査から前半部と後半部に有意な差異を認めない見解もある（9）。なお、前半部と後半部の区分についての主な説は、［柳田 1986］に整理されている。柳田は、141 段以降の章段に「整然とした構成」を認めて、141 段説をとる。書かれた作品としての『大和物語』の構成については、決着がついているわけではない。

37. なお、『大和物語』全体にわたって、章段相互の関連および展開を論じたものに、［高橋正治 1962］［高橋正治 1994］［柿本 1981］などがある。

E 『大和物語』の表現

38. 研究史を辿る本稿の最後に、語学的な観点から〈歌語り〉および『大和物語』を取り上げた論に触れておきたい。まず、［神尾 1977］は、王朝散文作品に「ー語り」「ー物語」の用例を確認して、口承性の「歌語り」から、口承性の「歌もの・語り」を経て、口承性の「歌・物語り」となり、さらに筆録性の「歌物語」として定着した、とする。［神尾 1978］は、前稿を承けて、「歌語り」と「歌を語る」との差異を論ずる。両者が、歌を素材でも話題でもある未分化な対象として語る点は同じだが、その行為を「一個の熟合概念」として捉えるのが「歌語り」であり、捉えないのが「歌を語る」であるという。「熟合概念」という術語は、あまり馴染みがなくわかりにくいが、神尾説を敷衍すると、「歌を語る」行為をひとまとまりの出来事として総体的に把握したのが、「歌語り」ということになろうか。その場限りの「歌を語る」行為が「歌語り」と捉えられることで伝承の対象となる。「歌を語る」が「歌語り」以前に位置づけられるのは、そういうことであろう。

39. ［山口 1995］は平安朝文学の開花に果たした仮名の役割をあらためて評価する。〈歌物語〉に関しては、「けり」止めの文、係助詞「なむ」の頻用が、口語りの雰囲気を伝える文章を可能にしたと指摘する。［山口 1974］は、「文連接法」に着目して、平安時代の文章の性質を考察する。「文連接法」を類別して、「投げ出し型」「接続詞型」「指示詞型」「重ね型」の四種を設定する。「投げ出し型」は文連接法を用いないもの、「重ね型」は、前文の語句を後文で繰り返す連接法をいう。歌物語では、「投げ出し型」と「重ね型」が少なく「接続詞型」と「指示詞型」が多いことを調査確認し、口承の〈歌語り〉を基盤としたことから生じた特色であるとした。益田勝実の論を語学的に検証したことになる。その上で、山口は、〈歌物語〉の「創作」にふれて、「耳で聞く文学のもっていた語り口を生かして、すなわち、「歌語り」の文体を用いて、創作していった」と指摘している。注目すべきであろう。〈歌物語〉は〈歌語り〉を書くことによって再現するものである。

40. ［山口 1976］は、歌物語三作品について、「けり」止め以外の現在形文末

表現の機能を比較して、『大和物語』の作者は、「歌よりも、事件そのものの経過により多くの興味関心を持っていた」と指摘する。『伊勢』『平中』の現在形文末表現が、内面的か外面的かの差こそあれ、和歌をもりあげるために用いられているのに対し、『大和』では、歌とは無関係に、緊迫した場面に用いられているのである。山口は、『大和』の「説話性」であるとするが、言い換えれば散文叙述の可能性の拡大をめざしているともいえるだろう。

41. ［糸井 1979a］は、歌を受ける表現（引用）形式として、『伊勢物語』に多い「とよむ」型や「といふ」型などではなく、「とあり」型が『大和物語』の文章に特徴的であることを指摘する。『伊勢』が歌の詠み手の詠歌行動に焦点をあてるとすれば、『大和』は詠歌行動の結果としての歌そのものの存在に焦点をあてる。同じく「ありけり型」表現に着目する［加藤 1995］は、語り手の視点から歌自体を語る方法とした。なお、『大和』の「とよむ」と「といふ」に注目した論に［合田 1981］がある。合田は、「ヨム」から「イフ」への展開を踏まえて、『大和』は『伊勢』より「物語として」発達・成長しているとする。

42. また、糸井は、「…よめる、（歌）」となる表現を取り上げる。これは、『伊勢』に 19 例存在するが『大和』には見られない。『伊勢』はその時その場での昔男の詠歌行動を再現して語り、『大和』は著名人物が過去に詠んだ和歌についてその状況を併せて語るといえようか。［山下 2015］は、『伊勢』と『大和』の動詞「詠む」に接続する助動詞「り」と「たり」に注目する。歌の前だけでなく後においても、『大和』では「詠みたり」が多く、『伊勢』では「詠めり」が多い。「り」の意味機能が動作の存続であるのに対し、「たり」の意味機能は動作の結果の存続である。『伊勢』と『大和』の詠歌行動の捉え方の差を反映している。さらに、糸井は、過去推量の助動詞「けむ」について、『伊勢』が人物の内面的真実を志向するのに対し、『大和』が語りの世界における事態への関心を示すとする。［糸井 1979b］では、「なりけり」表現や接続詞「かくて」などの検討を通して「『大和物語』が……「歌語り」の「歌物語」化を志向する方向にあった」という。ただ、糸井は『大和』の「歌物語」化を、おそらくは『伊勢』と比較して、「未完成性」を残すとするが、目指した「歌物語」のあり方の差とするべきではないだろうか。

43. ［渡辺泰宏 1999a］も、両作における助動詞「けむ」の用例調査から、糸井と同様に「作品の興味」の方向性の違いを指摘する。渡辺の言を借りれば、「伊勢物語は作中人物の心情とその和歌を尊重するのであり、一方大和物語は和歌が詠まれる際の事件や出来事を重要視する」のである（10）。渡辺は、助動詞「けむ」とは別に、『伊勢物語』本文と『古今集』詞書等、『大和物語』本文と『後撰集』詞書等の比較を通して、両作の「生成の方法」を考察し、『伊勢』の生成方法として「和歌の意味拡大のようなもの」

があり、『大和』では、和歌ではなく「地の文自体の意味の拡大」があった、とする。『伊勢』を生成する〈ことば〉が和歌の可能性の範囲以上には発展しない「固定化へ向かうもの」であるのに対し、『大和』の生成を果たした〈ことば〉は「事件、出来事をさらに詳しく記述しようとする〈増殖することば〉であるという。そして、それが『源氏物語』などにやがて結実していく物語文学を生み出すもととなったとして、『大和物語』の再評価を提唱する。

44. ［渡辺泰宏 1999b］は、『伊勢物語』と『古今集』とに共通する「……けり。……よめる」の文体の考察によって、『伊勢』は、口承の〈歌語り〉を基礎としたものではなく、「古今集の筆録体の口語文」を利用しているとする。ただ、「古今集の筆録体の口語文」も〈歌語り〉を基礎とする、書かれた〈歌語り〉なのではないか。確かに『大和物語』には、「……けり。……よめる」文体は現出しない。それは、『大和』が『伊勢』とは異なる「筆録体の口語文」を必要としたからではないか。口承の〈歌語り〉が、そのままでは、書承の〈歌物語〉となりえないことは、『伊勢』であれ『大和』であれ、あるいは、『平中物語』であれ、同じ事であろう。現在ある『大和物語』が口承のみでは生成しえないことは、［伊藤 1999］［中島 2003］［小野 2013］などを参照すれば明らかである。［渡辺泰宏 1998］は、「伊勢物語があったからこそ〈歌語り〉の流行もあったのではないかと思われる」という。口承の〈歌語り〉があり、それを基盤として〈歌物語〉が創られ、新たな〈歌語り〉として流通し、始めの〈歌物語〉とは別の〈歌物語〉が書くことによって創られる。語ることと書くことの往還があって初めて、より豊かな書かれた語りである、〈作り物語〉への道が拓けるのではないか。［糸井 1971］［糸井 1987］などの『古今集』および勅撰和歌集の詞書についての論考および、それらを踏まえて『大和物語』の「けり」叙述を考察した［渡瀬 1995］が参考となる。歌集の詞書も歌物語の地の文も、決して和歌に従属するものではなく、和歌を作品の文章に適切に位置づける機能を果たす固有の散文叙述にほかならない。『大和物語』166段は、いわゆる在中将関連章段の最終段である。その末尾には「これらは物語にて世にあることどもなり」とある。口承とも書承とも確定しえない「世にある物語」の意味するところを熟慮すべきであろう。

［注］

(1) 賀茂真淵の『大和物語直解』（『賀茂真淵全集第十一巻』1931年1月吉川弘文館。国会図書館デジタルアーカイブによる）。

(2) 「歌語り」の語は、三巻本『枕草子』にはみられないが、前田家本・堺本にある。『源氏物語』では、賢木・常夏・宿木に例がある。また、『紫式部集』にも例がある。なお、「歌物語」の語が、能因本『枕草子』に「人の語る歌物語」（第三二三段・旧全集467p）として現出する。「打聞」の例

は、『枕草子』に二例（第二五八段・新編全集388p、第二八八段・新編全集443p）ある。『源氏物語』には、「うち聞こゆ」二例を含めて十例あり、すべて聞くことを意味する動詞としての例である。

(3) ［益田1949］。さらに、［益田1953］［益田1960］［益田1982］などにも、〈歌語り〉への言及がある。

(4) なお久保木は、［久保木1970］では、『大和物語』などの歌物語について、歌語りがそのまま文字化されたものではなく、作者による作品化が介在しているとする。ただ『大和物語』は「幼い段階のものであろう」ともいう。

(5) 亀田は、それを「相手を追い詰め、攻撃するような嫉妬や怨念を真っ先に読みとることはできない」というが、地の文に「心地にはかぎりなくねたく心憂く思ふをしのぶるになむありける」とある以上、怨念はともかく、女の嫉妬は確かにあった。ただ、嫉妬と「男を慕う強い気持ち」とが矛盾するわけではない。女は、男を慕うからこそどうしようもなく湧き上がる嫉妬の思いを必死に鎮めるのである。

(6) ［原田2013］は、説話と歌がたりの両面から蘆刈章段の形成を論ずる。また、［山本2014］は、「姨捨山の月」の歌の教授と展開について整理し、姨捨山に照る月の働きについて考察している。

(7) ［石田2008］の見解による。

(8) 『大和物語』の最終章段は、173段である。この段については、［高橋正治1962］は、「原本のものではなく、大分後のもののように思われる」とする。だとしても、2段の亭子帝と橘良利との関係に準えて、仁明帝の死後に出家した良岑宗貞の物語を加えたといえるかもしれない。

(9) ［伊佐山1987］は、（一）章段の長さ、文の長さ（二）文連接法（三）指示語（この、その、かの）（四）「なむ―ける」の係り結び（五）文末語の五要素について、『大和』全体をA1段～140段・B141段～146段・C147段～173段の三部に分けて分布を調査し、BがAよりもCに近いことを確認した上で、前半部（140段まで）と後半部（141段以降）とに二分した。伊佐山によれば、「口承性」を表すとされる「けり」「なむ―ける」などの語る文体は、前半部と後半部に一貫し、〈歌語り〉を基盤とする「歌物語的」特徴は、「説話的」とされる後半部にこそ強く存在するという。［宮崎1989］は、『大和』の章段の冒頭に現れる、登場人物・時間・空間の三要素について、個人の特定・時間の明示・場所の特定の有無を調査整理し、147段から158段の間に、「場所に人（男、女）ありけり」という章段群の集中的な分布が見られることを指摘した。ただ、宮崎は、147段を前半部と後半部の境とするのではなく、この章段群を他の章段とは異なる特異なものとする。すなわち、他の部分には顕著な差はないことになる。前後半の差異ではなく、全体に共通する『大和物語』の作品としての特性を明確にする観点が求められている。

(10) ［伊佐山1989］に、同様の見解がある。

［参考文献目録］

1. ［合田 1983］合田敦子「歌物語としたの『大和物語』の性格——ヨムとイフをめぐって——」（『高知大国文』14 号 1983 年 12 月）。
2. ［青木 1991］青木賜鶴子「大和物語の語りの方法——人物呼称を中心に——」（片桐洋一編『王朝の文学とその系譜』1991 年 10 月和泉書院）。
3. ［秋山・倉田・小町谷 2016］秋山虔・倉田実・小町谷照彦『伊勢集全注釈』（2016 年 11 月角川書店）。
4. ［阿部俊子 1954］阿倍俊子「作中人物伝記資料」（（『校本大和物語とその研究』1954 年 6 月三省堂）→『同・増補版』1970 年 10 月三省堂）。
5. ［阿部俊子 1969］阿部俊子「第一篇第一章歌物語　一、歌物語の萌芽」（『歌物語とその周辺』1969 年 7 月風間書房）。
6. ［阿部好臣 1998］阿部好臣「『大和物語』亭子院関連章段攷——幻想譚としての〈王権物語〉のゆくえ——」（『研究紀要（日本大学文理学部人文科学研究所）』55 号 1998 年 3 月→『物語文学組成論Ⅱ——創成と変容』2011 年 11 月）。
7. ［雨海 1950］雨海博洋「『大和物語』の成立」（『国文学研究復刊』2 号 1950 年 4 月→『歌語りと歌物語』1976 年 9 月桜楓社）。
8. ［雨海 1973］雨海博洋「歌物語と説話」（神田秀夫・国東文麿編『日本の説話　第二巻　古代』1973 年 10 月東京美術→『歌語りと歌物語』1976 年 9 月桜楓社）。
9. ［雨海・鈴木・山崎 1979］雨海博洋・鈴木佳興子・山崎正伸著『大和物語の人々』（1979 年 3 月笠間書院）。
10. ［雨海 1996］雨海博洋「歌語りと打聞き」（『文学・語学』152 号 1996 年 6 月）。
11. ［雨海 1997a］雨海博洋「大和物語の特徴」（雨海博洋・神作光一・中田武司編『歌語り・歌物語事典』1997 年 2 月勉誠社）。
12. ［雨海 1997b］雨海博洋「大和物語の生田川と源氏物語の宇治川」（上坂信男編『源氏物語の思惟と表現』1997 年 2 月新典社）。
13. ［飯田 2013］飯田紀久子「〈注釈余滴〉『大和物語』における道真の影」（『武蔵大学人文学雑誌』44 巻 3 号 2013 年 3 月）。
14. ［伊佐山 1987］伊佐山潤子「『大和物語』の文章——いわゆる前半部・後半部の差異をめぐって——」（『鹿児島女子短期大学紀要』22 号 1987 年 2 月）。
15. ［伊佐山 1989］伊佐山潤子「『大和物語』の「けむ」をめぐって」（『文献探究』23 号 1989 年 3 月）。
16. ［石田 2008］石田莉奈「『大和物語』一五五段考——男の視点／女の視点——」（『愛知淑徳大学国語国文』35 号 2008 年 3 月）。
17. ［糸井 1971］糸井通浩「『古今集』詞書の「けり」——文体論的研究」（「『けり』の文体論的試論——古今集詞書と伊勢物語の文章」（『王朝』第 4 冊 1971 年 8 月中央図書出版→『古代文学言語の研究』2018 年 1 月和泉書院）。

18. [糸井 1979a] 糸井通浩「「語り」言語の生成――歌物語の文章」(「初期物語の文章―二、三の問題「語り」の志向するもの―」(『古代文学研究』4号 1979年8月→『龍谷大学論集』447号 1995年12月→『「語り」言説の研究』2018年1月和泉書院)。
19. [糸井 1979b] 糸井通浩「『大和物語』の文章――「なりけり」表現と歌語り」(『愛媛国文研究』29号 1979年12月→『「語り」言説の研究』2018年1月和泉書院)。
20. [糸井 1987] 糸井通浩「勅撰和歌集の詞書――「よめる」「よみ侍りける」の表現価値」(『国語国文』56巻10号 1987年10月→『古代文学言語の研究』2018年1月和泉書院)。
21. [伊藤 1999] 伊藤一男「『大和物語』の言語感覚」(『実践女子大学文芸資料研究所電子叢書Ⅰ　物語史研究の方法と展望(論文篇)』1999年3月)。
22. [伊藤 2001] 伊藤一男「笑いの『大和物語』」(『語学文学』39号 2001年3月)。
23. [小形 1989] 小形ひとみ「『大和物語』の章段の配列について」(『国語と教育』14号 1989年12月)。
24. [岡部 1984] 岡部由文「『大和物語』の表現意識」(川口久雄編『古典の変容と新生』1984年11月明治書院)。
25. [岡部 1991] 岡部由文「歌物語の和歌と物語」(『就実語文』第12号 1991年11月)。
26. [岡部 1994] 岡部由文「歌語りの和歌史的機能」(『就実語文』第15号 1994年12月)。
27. [岡部 1995] 岡部由文「歌語りの叙述――伊勢物語・大和物語を中心に――」(美濃部重克・服部幸造編『講座日本の伝承文学3・散文文学〈物語〉の世界』1995年10月三弥井書店)。
28. [岡部 2000] 岡部由文「説話の和歌・物語の和歌」(『伝承文学研究』第50号 2000年5月)。
29. [岡部 2004] 岡部由文「『伊勢物語』と『大和物語』の和歌評語」(室伏信助編『伊勢物語の表現史』2004年10月笠間書院)。
30. [小野 2007] 小野芳子『大和物語』在中将章段及び周辺章段を読み直す」(『国語国文研究』第131号 2007年3月)。
31. [小野 2013] 小野芳子「『大和物語』歌話構成の手法」(『国語国文研究』第143号 2013年7月)。
32. [柿本 1981] 柿本奨「大和物語の研究(四　物語集の形成)」(『大和物語の注釈と研究』1981年2月武蔵野書院。
33. [加藤 1995] 加藤岳人「『大和物語』の表現――歌をどう語るか――」(『国語国文研究』98号 1995年2月)。
34. [片桐 1975] 片桐洋一「伊勢物語」(『鑑賞日本古典文学　伊勢物語・大和物語』1975年11月角川書店)。
35. [勝亦 2016a] 勝亦志織「『大和物語』における〈記録〉の方法――歌話採

録に見える戦略――」（『日本文学』第65巻第5号2016年5月）→本書に再録。
36. ［勝亦2016b］「『大和物語』における桂の皇女関連章段採録の意図」（『古代文学研究・第二次』第25号2016年10月）。
37. ［神尾1977］神尾暢子「歌がたりと歌物語――「語り」形式と「物語」形式――」（『古代文学研究』2号1977年8月→『伊勢物語の成立と表現』2003年1月新典社）。
38. ［神尾1978］神尾暢子「「歌を語る」と「歌語り」――語る内容と語る話題――」（『学大国文』21号1978年2月→『伊勢物語の成立と表現』2003年1月新典社）。
39. ［亀田2008a］亀田夕佳「『大和物語』の〈歌ことば〉――一四九段「この水、熱湯にたぎりぬれば」をめぐって―」（『人文研究論叢』4号2008年3月）。
40. ［亀田2008b］亀田夕佳「『大和物語』の〈歌ことば〉――二四段、六十段の表現から――」（『日本文学』57巻9号2008年9月）。
41. ［亀田2017］亀田夕佳「〈歌ことば〉を生きる――『大和物語』二十三段試論――」（『金城学院論集（人文科学編）』14巻1号2017年9月）。
42. ［菊地1987］菊地靖彦「『後撰集』歌章段をめぐって」（『米澤国語国文』14号1987年4月→『伊勢物語・大和物語論攷』2000年9月鼎書房）。
43. ［工藤1982］工藤重矩「大和物語初段の解釈」（『中古文学』50号1982年10月→『平安朝和歌漢詩文新考　継承と批判』2000年4月風間書房）。
44. ［久富木原2004］久富木原玲「源氏物語における采女伝承――「安積山の歌語り」をめぐって――」（『源氏研究』第9号2004年4月→『源氏物語と和歌の論　異端へのまなざし』2017年3月青簡舎）。
45. ［久保木1970］久保木哲夫「大和物語の成立に関する一試論」（『中古文学』5号1970年3月）
46. ［久保木1975］久保木哲夫「大和物語と歌語り」（片桐洋一編『鑑賞日本古典文学　伊勢物語・大和物語』1975年11月角川書店）。
47. ［阪倉1953］阪倉篤義「歌物語の文章――「なむ」の係結をめぐって」（『国語国文』22巻6号1953年6月→『文章と表現』1975年6月角川書店）。
48. ［阪倉1959］阪倉篤義「物語の文章――会話文による考察」（『人文』6集1959年11月京都大学教養部→『文章と表現』1975年6月角川書店）。
49. ［笹生2011］笹生美貴子「浮舟物語における「母」――菟原処女伝説より生成される母の救済――」（『物語研究』11号2011年3月）。
50. ［事典1997］雨海博洋・神作光一・中田武司『歌がたり・歌物語事典』（1997年2月勉誠社）。
51. ［柴田2014］柴田まさみ「物語を〈読む〉ということ――『大和物語』第一段を再読する――」（『日本文学論集』38号2014年3月）。
52. ［妹尾2000］妹尾好信「歌語りと歌物語の世紀」（『平安朝歌物語の研究［大和物語篇］』2000年10月笠間書院。

53. ［高橋正治 1962］高橋正治『大和物語』（1962 年 10 月塙書房）。
54. ［高橋正治 1972］高橋正治「大和物語人物一覧」（高橋正治校注・訳『日本古典文学全集　大和物語』1972 年 12 月小学館→同『新編日本古典文学全集　大和物語』1994 年 12 月小学館）。
55. ［高橋正治 1994］高橋正治校注・訳『新編日本古典文学全集　大和物語』（1994 年 12 月小学館）。
56. ［高橋恒久 1991］高橋恒久「亭子の帝のものがたり――大和物語と宇多天皇――」（『明治大学日本文学』19 号 1991 年 8 月）。
57. ［高橋亨 2003］高橋亨「〈歌語り〉と物語ジャンルの生成」（『Journalofstudiesfortheintegratedtextscience 統合テクスト科学研究 Vol.1No.2　2003（GraduateSchoolofLetters, Nagoya University 名古屋大学）』）。
58. ［玉田 2007］玉田沙織「公忠詠の語り―『大和物語』第四段論―」（『名古屋大学国語国文学』100 号 2007 年 10 月）。
59. ［玉田 2011］玉田沙織「「風吹けば」詠の語り――『大和物語』第百四十九段論――」（『名古屋大学国語国文学』104 号 2011 年 11 月）。
60. ［塚原 1972］塚原鉄雄「大和物語と和歌二首――意想語彙の史的推移――」（『文学史研究』13 号 1972 年 7 月）。
61. ［塚原 1979］塚原鉄雄「日本の書物における聞き書の伝統」（『思想の科学』111 号 1979 年 10 月臨時増刊号）。
62. ［寺本 1982］寺本直彦「浮舟物語と生田川伝説」（『むらさき』第 19 輯 1982 年 7 月→『物語文学論考』1991 年 5 月風間書房）。
63. ［中島 2000］中島和歌子「『大和物語』第三段をめぐって――清蔭歌の特徴と地の文の貢献――」（大和物語輪読会『大和物語研究』第 1 号 2000 年 9 月）。
64. ［中島 2003］中島和歌子「言葉の綴れ錦としての『大和物語』――九四段～九六段を中心に」（藤岡忠美先生喜寿記念論文集刊行会編『古代中世和歌文学の研究』2003 年 2 月）。
65. ［西野入 2008］西野入篤男「平安町文学作品にける采女司・采女」（日向一雅編『（平安文学と隣接科学 4）王朝文学と官職・位階』2008 年 5 月竹林舎）。
66. ［原 2016］原豊二「「書きつける」者たち――歌物語の特殊筆記表現をめぐって――」（『日本文学』第 65 巻第 5 号 2016 年 5 月）。
67. ［原田 2002］原田敦子「髪を梳る女――『大和物語』龍田山伝説考――」（『大阪成蹊女子短期大学研究紀要』39 号 2002 年 3 月）。
68. ［原田 2003］原田敦子「『大和物語』蘆刈章段の形成――「あしかりけり」と難波――」（『古代中世文学論考　第十集』2003 年 11 月新典社）。
69. ［東原 2004a］東原伸明「「若紫」巻の注釈・引用・話型―プレテクスト『大和物語』の想像力―」（『高知女子大学紀要（文化学部編）』53 巻 2004 年 3 月→『源氏物語の語り・言説・テクスト』2004 年 10 月）→本書に再録。
70. ［東原 2004b］東原伸明「歌物語の引用と物語想像力――プレテクスト

『大和物語』の再評価――」（室伏信助編『伊勢物語の表現史』2004年10月笠間書院→東原伸明『古代散文引用文学史論』2009年12月勉誠出版）。
71. ［東原2019］東原伸明「『大和物語』第149段の〈語り〉と言説分析―散文叙述への意思と「歌徳譚」の決別あるいは『伊勢物語』第23段の脱構築―」（『高知県立大学文化論叢』7号2019年3月→本書に再録）。
72. ［平林2011］平林優子「「処女塚」の女朧月夜――二人の男に挟まれ続けて――」（森一郎・岩佐美代子・坂本共展編『源氏物語の展望第九輯』2011年4月三弥井書店）。
73. ［古橋2008］古橋信孝「第3章　歌物語の流れ」（『文学』9巻4号2008年7・8月→『日本文学の流れ』2010年3月岩波書店）。
74. ［古橋2013］古橋信孝「『大和物語』解説」（『武蔵大学人文学雑誌』44巻3号2013年3月）。
75. ［星山2015］星山健「菟原処女伝説の諸相――福麻呂歌・虫麻呂歌・『大和物語』一四七段第一部」（『むらさき』52号2015年12月）
76. ［益田1949］益田勝実「上代文学史稿案（二）」（『日本文学史研究』4号1949年）。
77. ［益田1953］益田勝実「歌語りの世界」（『季刊　国文』4号1953年3月→鈴木日出男・天野美代子編／益田勝実著『益田勝実の仕事2　火山列島の思想』2006年2月筑摩書房）。
78. ［益田1959］益田勝実「説話におけるフィクションとフィクションの物語」（『国語と国文学』36巻4号1959年4月→鈴木日出男・天野美代子編／益田勝実著『益田勝実の仕事2　火山列島の思想』2006年2月筑摩書房）。
79. ［益田1960］益田勝実「説話文学の方法（一）五　歌語りの方法」（『説話文学と絵巻』1960年三一書房→鈴木日出男・天野美代子編／益田勝実著『益田勝実の仕事1　説話文学と絵巻』2006年5月筑摩書房）。
80. ［益田1982］益田勝実「物語文学と歌がたり」（三谷栄一編『体系物語文学史第一巻』1982年4月有精堂出版）。
81. ［三木1992］三木麻子「『大和物語』を読む」（片桐洋一・増田繁夫・森一郎編『王朝物語を学ぶ人のために』1992年11月世界思想社）。
82. ［三谷1977・1978］三谷邦明「大和物語百五十段の方法――話型・虚構・表現あるいは采女入水譚の構造」（『日本文学』26巻12号・27巻1号／1977年12月・1978年1月→『物語文学の方法Ⅰ』1989年3月有精堂）。
83. ［宮坂1952］宮坂和江「係結の表現価値――物語文章論より見たる――」（『国語と国文学』第334号1952年2月）。
84. ［宮坂1954］宮坂和江「歌集と添書と歌物語について」（『実践女子大学紀要』第2集1954年一月）。
85. ［宮崎1989］宮崎かずき「『大和物語』の前半と後半について―章段の冒頭形態から―」（『国語と教育』14号1997年12月）。
86. ［目崎1975］目崎徳衛「在五中将と亭子の帝――皇位継承・皇親賜姓をめ

ぐって――」（片桐洋一編『鑑賞日本古典文学　伊勢物語・大和物語』1975年11月角川書店）→「「在五中将と亭子の帝――『伊勢物語』と『大和物語』の背景」（『王朝のみやび』1978年2月吉川弘文館）。
87. ［柳田1986］柳田忠則「『大和物語』小考――前半と後半の分け方――」（『解釈』32巻9号1986年9月→『大和物語の研究』1994年2月翰林書房）。
88. ［柳田1994］柳田忠則『大和物語の研究』（1994年2月翰林書房）。
89. ［柳田2006］柳田忠則『大和物語研究史』（2006年11月翰林書房）。
90. ［柳田2011］柳田忠則『大和物語文献集成』（2011年10月新典社）。
91. ［柳田2019］柳田忠則「『大和物語』の創作性――第三段を考察の対象として――」（『物語文学の生成と展開――伊勢・大和とその周辺――』2019年2月新典社）。
92. ［山口1974］山口仲美「平安朝文章史研究の一視点――文連接法をめぐって――」（『国語学』98集1974年9月）→「平安朝文体研究の一視点」（『平安文学の文体の研究』1984年2月明治書院→『山口仲美著作集2言葉から迫る平安文学2仮名作品』2018年10月風間書房）。
93. ［山口1976］山口仲美「歌物語における歴史的現在法」（『表現学論考』1976年5月今井文男教授還暦記念論集刊行委員会）→「伊勢・大和・平中の文末表現」（『平安文学の文体の研究』1984年2月明治書院）→「「伊勢物語」「大和物語」「平中物語」の文末表現」（『山口仲美著作集2言葉から迫る平安文学2仮名作品』2018年10月風間書房）。
94. ［山口1995］山口仲美「仮名の成立と平安朝文学」（『時代別日本文学史事典』1995年1月有精堂→『山口仲美著作集2言葉から迫る平安文学2仮名作品』2018年10月風間書房）。
95. ［山崎1999a］山崎正伸「『大和物語』の故式部卿と二条御息所の歌語りについて」（『実践女子大学文芸資料研究所電子叢書Ⅰ　物語史研究の方法と展望（論文篇）』1999年3月）。
96. ［山崎1999b］山崎正伸「『大和物語』初段の史実的和歌解釈と初段の意味するもの」（『二松学舎大／東洋学研究所集刊』29号1996年3月）。
97. ［山下2015］山下太郎「歌物語の〈リ〉と〈タリ〉―「詠めり」と「詠みたり」―」（『古代文学研究第二次』24号2015年10月）。
98. ［山本2014］山本啓介「姨捨山の月」（鈴木健一編『天空の文学史――太陽・月・星』2014年10月三弥井書店）。
99. ［大和注釈2013］古橋信孝監修「大和物語注釈（抄）」（『武蔵大学人文学雑誌』44巻3号2013年2月）。
100. ［大和輪読2000+］大和物語輪読会『大和物語研究（1号～5号）』（2000年9月～2017年3月）。
101. ［渡瀬1995］渡瀬茂「大和物語の「けり」――その文法機能と文体表現――」（『日本文学』45巻3号1995年3月）→「枠構造の「けり」と大和物語の文体」（『王朝助動詞機能論　あなたなる場・枠構造・遠近法』2013年

11月風間書房）。
102.［渡辺輝道1994］渡辺輝道「大和物語の構成と表現」（『高知大國文』25号1994年12月）。
103.［渡辺泰宏1998］渡辺泰宏「〈歌物語〉と〈歌語り〉の文学史試論――伊勢物語から〈歌語り〉へ――」（『聖隷クリストファー看護大学紀要』6号1998年3月）→「「歌物語」と〈歌語り〉の文学史――伊勢物語から〈歌語り〉へ――」（『伊勢物語成立論』2000年7月風間書房）。
104.［渡辺泰宏1999a］渡辺泰宏「〈歌物語〉の〈ことば〉――伊勢物語、大和物語の方法と〈増殖することば〉――」（河添房江・神田龍身・小嶋菜温子・小林正明・深沢徹・吉井美弥子編『叢書想像する平安文学第4巻　交渉することば』1999年5月勉誠出版）→「伊勢物語と大和物語の〈ことば〉――固定と増殖――」（『伊勢物語成立論』2000年7月風間書房）。
105.［渡辺泰宏1999b］渡辺泰宏「伊勢物語の文体と表現――古今集の詞書、左注との関係をとおして――」（『論叢　伊勢物語――本文と表現――』1999年11月新典社→『伊勢物語成立論』2000年7月風間書房）。

V　特別寄稿　海外通信

イェール大学大学院における日本古典文学研究私情
——モノの視点が語ること——

ローレン・ウォーラー

ここ一年間の間アメリカでは、「こんまりブーム」に沸きました。「こんまり」とは、近藤麻理恵のことで、その著書『人生がときめく片づけの魔法』の英訳（*The Life-Changing Magic of Tidying Up: the Japanese art of decluttering and organizing*）のほか[(1)]、ネットフリックス企画のシリーズや無数の新聞記事によって、近藤はお茶の間でおなじみの名前になっています。私が読んだのは比較的に最近のことなのですが、モノを整理するための「魔法」の方法というより、モノに対する思考の見直しとなっており、目からウロコが落ちる思いがしました。近藤は、モノが役割を果たさなくなったとき、ときめかなくなったときは、断捨離して「解放」してあげるべきだといいます。近藤によれば、モノには生命力や気持ちがあるのです。靴下をただ丸めるのではなく、ていねいにたたんであげれば、靴下から安堵のため息が返ってくるのです。倉庫に埋もれている自分の本や写真も、棚の上ですぐに見ることのできる状態になり情報や思い出を示す役割を果たすことができたら、きっと嬉しくなるでしょう。もっと科学的な説明もあるかもしれませんが、近藤のモノに対するやさしい思いやりがアメリカの人々と社会に大きな影響を与えています。

さて閑話休題、本題に入りましょう。私は過去四年の間、コネ

チカット州ニューヘイブン市のイェール大学で博士課程の勉学に専念していました【図1】。

昨秋のことですが、高知県立大学教授の東原伸明さんから、アメリカの日本文学研究事情のようなものを書いてほしいという依頼がありました。そこで今回は私の経験を振り返り、書物文化 book culture、物質文化 material culture、モノ理論 thing theory の視点から私的な思考を整理し、さらにまた物語研究にも役に立つようにしようと思います。モノについての見解を述べる前に、まずここでモノに対する印象をもう一つ語っておきたいと思います。

イェール大学のスターリング記念図書館【図2】はカテドラルを模して設計されていますが、その聖壇にあたる空間にスキャナーが数台、個人が利用するために設置されています。だれでも必要に応じて自由に本や資料をスキャンすることができます。とても便利なサービスで正直驚きました。十年間アメリカを離れていた間に、本という概念が（少なくとも大学生にとっては）変わったことに気づきました。イェールの学生は一回の授業のために数百ページの宿題を読んでくるほど熱心ですが、ＰＤＦ媒体の提供がなければ、優先

【図1】筆者と近衛信伊筆「人麻呂像」（イェール大学美術館蔵 Gift of Rosemarie and Leighton R. Longhi, B.A. 1967, 2012.71.11）

順位が下がり完成されない結果になりがちでした。図書館のホームページをクリックしてみると、図書館のスタッフ（学生アルバイトを含む）が論文全体や必要な個所のチャプターをスキャンしてＰＤＦファイルをメールで届けてくれるという驚くべき無料サービスまであります。私自身の読み方、メモの書き方、資料の保存の仕方、本の読み直し方などが格段に変わりました。そんな文化に浸っていたおかげでまた日本に戻った時、図書館の本をiPhoneでスキャンしてはいけないと言われて正直当惑しました。また、コピーすることは問題がないのに、スキャンはしてはいけないというルールに図書室の係りの方も矛盾を認めていました。

京都府立大学で最初の修士号を取得したときから、研究に際してまずは写本にあたってみるという習慣がつきました。人間と場所の身体的・空間的関係を考察する論文も書きました。このような書物やモノを見つめるという視点には以前から関心がありまし

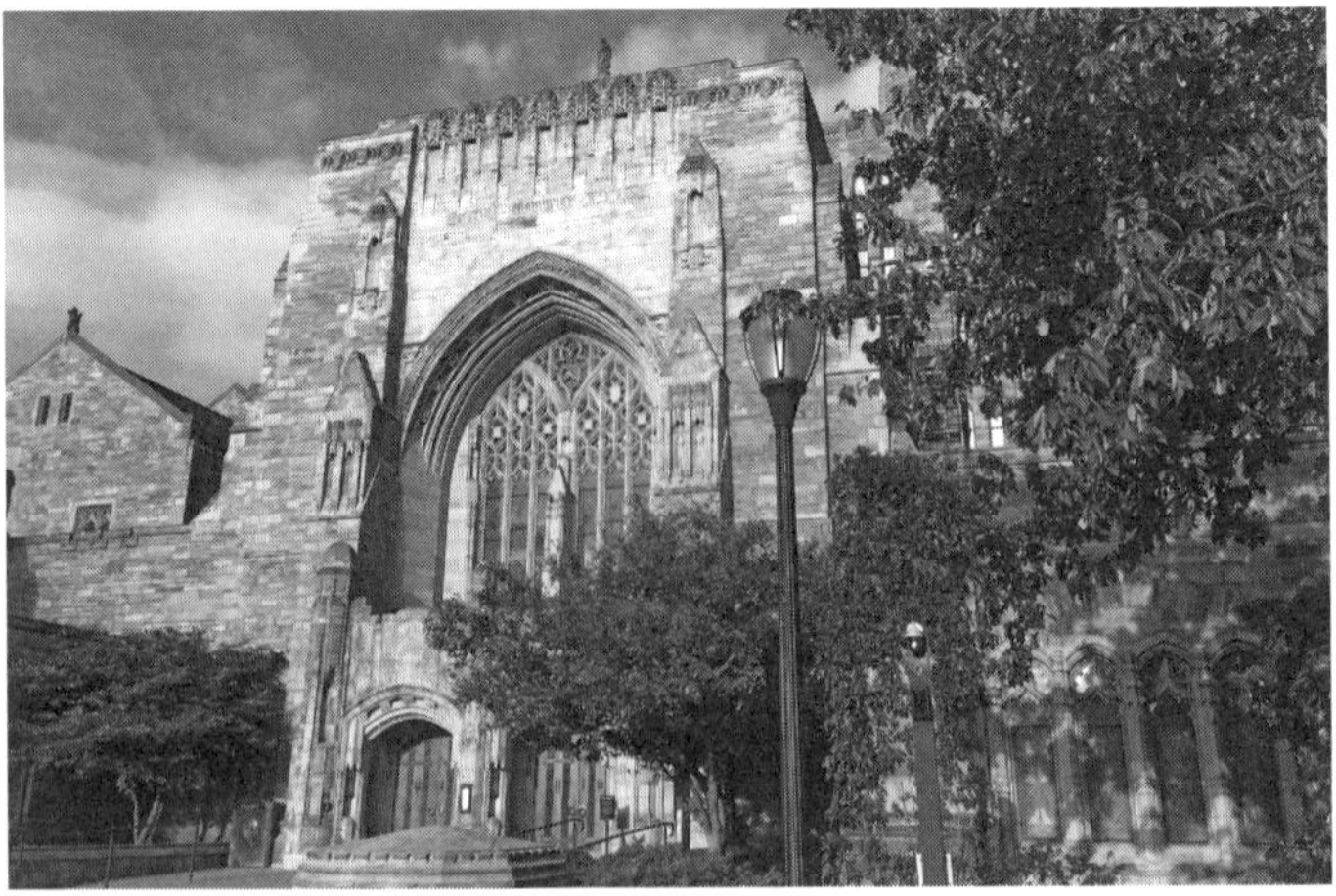

【図2】イェール大学スターリング記念図書館の紅葉の風景

たが、博士課程のためイェール大学に入学してから、そこで行われていた「物質文化」の勉強会などの学際的な研究はとても刺激になりました。

モノの研究といえば、英米の研究者が行っている考古学や社会文化人類学を始めとする 1980 〜 1990 年代の material turn（物質的転回）の存在を指摘できます。*Material Cultures: Why some things matter*（1998）では、題の some を強調し、衣食住のような限られた分野のモノは以前から注目されていますが、他のモノは見落とされてきていると指摘されています。この本の中には沈黙と雑音の視点から分析するラジオというモノの論文もあります。たとえば、ラジオに耳を傾けないとしても、沈黙に対する孤独を痛感している人にとって、ＢＧＭとしてのラジオは情報や音楽を伝えるためのものではなく、あいさつのような機能のほうが重要であるとする見方です。[(2)]

この視点の転回の研究史をたどる *Oxford Handbook of Material Culture Studies*（2010）は、モノと文化との関係に注目する立場を取っています。人間とその環境との関係は、モノや非人間に目を注ぐことによって明瞭になるといいます。その中に「The Malice of Inanimate Objects: Material Agency」、つまり「無生物の恨み：物質的行動主体性」をめぐっての詳しい研究史を踏まえて考察する論文もあります。[(3)]サバルタン（被抑圧者）や動物に声があるかどうかという疑問のように、もの（object）にも subject（主体）として行動主体性（subjectivity）があるか、または主体である人間に利用される object（客体、対象）の運命に過ぎないかという、ソシュールを始めとする言語理論に始まる視点です。

最近、物質文化にかかわる研究でよく耳にする名前は、アメリ

カ文学の研究者ビル・ブラウンです。2001年の論文「Thing Theory」では、「ものが私たちのために働かなくなったとき、初めてそのモノのモノ性に直面する」と説いています。[4] たとえば、窓が汚れて窓として機能しなくなったとき、窓としての「モノ性」に初めて気づくということです。モノを日常的な役割から「解放すれば」、利用される客体（object）ではなく主体性のあるモノ（thing）に生まれ変わるのです。[5] また、モノに思考があるかどうかという議論を展開する著書（*A Sense of Things*）では、「あそこの丸めてある靴下の中のどこかに、思考があるでしょうか。おそらくあるでしょう」と述べられています。[6] さらに、ものごとを「断片」として見たときに、そのモノ性が発見されるとも論じています。断片として、そのコンテクストから解放することで、「より減少されたもの（断片）にも、拡大されたもの（形態）にも変貌し、objectとしての日常的な利用によって見えなくなっていたモノ性が発見される」と、断片にすることには付加価値もあると論じます。[7] モノをコンテクストから切り離して考えれば、外面的に押し付けられている思考ではなく、モノの中にある思考が明瞭になるのです。

ニューヘイブンに到着する前の日には、指導教官のエドワード・ケーメンズ先生は、新刊の原稿がちょうど脱稿したところで、その著書は2018年に *Waka as Things, Waka and Things* というタイトルで出版されました。[8] 和歌が歌集や物語に取り入れられるたびに、コンテクストが変遷されるのがその著の特徴の一つで、たしかに物質文化の視点から和歌生成の背景にあるモノに注目すれば、そのコンテクストが浮き彫りになります。例えば「州浜《すはま》」という波打ち際の砂浜を表現する飾りの置物は和歌の宴にはたびたび

登場しまして、その州浜そのものにも歌が書かれることがありました。残念ながら、平安時代の州浜自体は現存していませんが、歴史的に和歌との関わりは長く、州浜の研究によって州浜そのものと、和歌そのものの意義を考え直す機会になります。ケーメンズ先生は「あとがき」で、『源氏物語』「真木柱」の巻において、「真木柱の君」が生まれた邸を出ざるを得なくなり、常に寄りかかっていた柱の干割れの隙間に歌を指し残した、あの著名な場面について論じています。作品中のその歌の形と、『源氏物語』が書物として残された形と、それぞれの物質性と受容の構成とを検討しています。同書で論じられることを私なりに要約すれば、日本にも日本特有の文学とモノに関わる言語的理論があり、古今集仮名序にいう「よろづのコトの葉」の論や物語（モノがたり）論をさらに「モノ理論」と比較的に研究する余地はまだあるという点について、私は大いに関心を持った次第です。

ニューヘイブン滞在中のもっとも革命的な体験は、イェール大学所蔵の『手鑑帖』にかかわる研究でした【図３～図５】。139枚の

古筆切が貼られている折り本（縦39.5cm、横25.3cm、厚さ10cm、開いた時の長さ1550cm）の手鑑で、1650～1675年頃に朝倉茂入によって集められたもののようです。[(9)] 内115枚の切に茂入鑑定の極め札（筆者を鑑定する札）が付されています。仏典、書簡、文学作品など、その内容を問わず、裁断され蒐集されているからこそ、古筆切にはモノ性が現れると言えるのです。

ケーメンズ先生のゼミでは、「断片」をテーマとした展示と、約20人の発表者によるワークショップ企画がありました。私は伝承筆者と「手」の概念を複数の側面から研究しました。たとえば、十一世紀の「蝶鳥下絵経切」が「伝光明皇后筆」と紹介され、八世紀の歴史的人物である光明皇后と結び付けて分類し鑑賞する方法は、現在に至ってなお続いている習慣ですが、伝承と事実の齟齬は何を語っているのか、欧米の類似した研究と比較して検討を行いました。その結果は、モノとアイディアとして考える書物をテーマとしたハーバード大学主催の書物史のコンファレンスや、イェール大学主催の聖俗（および真偽）と書誌学をテーマとした古典文学のコンファレンスで発表となりました。

【図3】P006左：イェール大学バイネキ稀覯本・手稿図書館蔵『手鑑帖』見返しの狩野益信筆水墨画を説明するエドワード・ケーメンズ（Yale Association of Japan Collection, YAJ 5b0）

【図4】P006右：メトロポリタン美術館蔵『藻鑑』共同研究の調査（前景：ジョン・カーペンター、舟見一哉、エドワード・ケーメンズ、海野圭介）（Mary Griggs Burke Collection, Gift of the Mary and Jackson Burke Foundation, 2015.300.229）

【図5】P007：『藻鑑』に収まる伝聖武天皇筆「大聖武」、伝光明皇后筆「蝶鳥下絵経切」、伝嵯峨天皇筆「叡山切」を調査する筆者

また、英文学の抒情詩の授業からもインスピレーションを受けました。例えば、エミリー・ディキンソンの手書き原本資料と編集された詩集との相異を示したバージニア・ジャクソン氏の研究は抒情詩の定義を変えたほどの画期的なものですが[(10)]、氏を英文学科の抒情詩の演習に招き、抒情詩と和歌の特徴について質疑応答をした機会もとても印象に残っています。他にも感銘を受けたものは、詩人スーザン・ハウ氏が同じ演習において、作品を通じて、アーカイブという観点をその作品を通して表現していることを講義したことです。氏はアーカイブされた資料のコピーを裁断機を使って切断し、別の用紙の紙面に貼り直すプロセスをよく利用しています。そうすれば、元の文章は行の途中、または言葉の途中で切られますが、ハウ氏はそれを朗読するのです。詩集の *Spontaneous Particulars: The Telepathy of Archives* は、そのサブタイルが示すように、アーカイブの霊媒《medium》として、過去の人の声を解放させるパフォーマンスになります。あるいは、だれも耳を傾けようとしなかったラジオ放送が雑音によってとぎれとぎれになることによって、かえって聴こうとさせるような効果があることです[(11)]。ジャクソン氏やハウ氏が説いたように、物質的な作品への注目によって作品の声が甦ることは、私も、エズラ・パウンドの『ピザン・キャントウズ』を読んでいる際に、彼が投獄中に書いた漢字練習のノートをアーカイブで手にした瞬間に肌で感じ、ぞっとした記憶が甦ります。

最後に受けた授業、物質文化の第一人者であるピーター・ストーリーブラス教授の「手書き《マニュスクリプト》のための印刷」ではグーテンベルク聖書【図6】、ニュルンベルク年代記、シェイクスピアの二折版フォリオと四折版クォートとその書き込み、カリグラフィーハン

ドブック（写本と版本）などを直接読んで、手書き、写本、印刷、書物というモノは何を伝えようとしているのか、それを熟考しました。モノはその存在の有り様によって、手に取る者に様々な姿を見せ、われわれに訴えかけてくるのです。

個人的な経験談で恐縮でしたが、私がアメリカで体験した「物質文化」や「モノ理論」の視点が『大和物語』研究において、モノ性を考えるうえで刺激になればと思います。モノ語りとおけるモノとは何かを考えてみると、私はその存在自体のはかなさを感じます。鎌倉期までに成立した「散逸物語」は、その存在がおよそ240編も指摘されています。そのうちの180編の存在は『風葉和歌集』の和歌の引用されていることで知られています[12]。物語というコンテクストを失った歌たちですが、和歌という単位においては現存し、本来と異なる形態に変貌しています。

【図6】「手書きのための印刷」演習でグーテンベルクの聖書の手書き装飾を指すピーター・ストーリーブラス（イェール大学バイネキ稀覯本・手稿図書館蔵、ZZi 56）

『大和物語』初段では、宇多天皇の譲位に際して、伊勢の御が弘徽殿の壁に「わかるれどあひも惜しまぬももしきを見ざらむことのなにか悲しき」という歌を「書きつけける」とあります。内裏を去ることを惜しみ、「壁」という残るモノに歌を書き置くのです。遺物を残す方法はさまざまですが、それは記録の形式的な方法にもかかわっています。[13]表現形式的には私家集や物語のような媒体もあり、物質的形式には巻物や冊子のような媒体もあります。『大和物語』は他の物語と比較をしても、物語内で世間話的な前半部と説話的な第二部とを比較しても、そのモノ性の有り方は異なります。物語中、勝れた和歌によって記憶が残る場面や面白くない和歌が記憶されなかった場面と、思いがモノに添えられた場面やモノに書かれた場面それぞれが、比較の対象になります。物語に生き残ろうとする思いがあるとすれば、どのような媒体で書かれているかを考えるのも一つの手がかりになるのではないでしょうか。今はこの問題を詳しく追求する余裕は、私には残念ながらありませんが、『大和物語』に描かれている多様なモノ語りは、現在のアメリカにも多くのことを教えてくれる力があると信じています。

注

(1) 近藤麻理恵『人生がときめく片づけの魔法』(河出書房新社、2019年)。Marie Kondo. *The Life Changing Magic of Tidying Up: the Japanese art of decluttering and organizing*. Berkeley, Ten Speed Press, 2014.

(2) Daniel Miller, "Why some things matter" and Jo Tacchi, "Radio texture: between self and others" in Daniel Miller, ed. *Material Cultures: Why some things matter*. London: UCL Press Limited, 1998.

(3) Andrew M. Jones and Nicole Boivin. "The Malice of Inanimate Objects: Material Agency." in Dan Hicks and Mary C. Beaudry, eds. *The*

Oxford Handbook of Material Culture Studies. New York: Oxford University Press, 2010.

(4) "We begin to confront the thingness of objects when they stop working for us ." Bill Brown. "Thing Theory." *Critical Inquiry*, Vol. 28, No. 1 (Autumn 2001), pp. 1-22. 米文学研究者ブラウンの研究が英語の研究でよく引用されますが、まだ日本語訳がありません。氏の研究はジョルダン・サンド「唯物史観からモノ理論まで」『美術フォーラム21　特集：物質性とマテリアリティの可能性』20号（2009年）44～46頁や、松井広志『模型のメディア論―時空間を媒介する「モノ」』（青弓社、2017年）で紹介されています。

(5) Bill Brown, "The Secret Life of Things (Virginia Woolf and the Matter of Modernism)" *Modernism/modernity*, Vol. 6 No. 2 (1999), p. 1-28.

(6) Bill Brown, *A Sense of Things: The object matter of American literature*. Chicago: The University of Chicago Press, 2003, p. 6.

(7) 前掲注（2）に同じ、p. 9.

(8) Edward Kamens. *Waka as Things, Waka and Things*. New Haven: Yale University Press, 2018.

(9) 大内英範「イェール大学バイネキ稀覯本・手稿図書館蔵『手鑑帖』の制作事情」小山利彦編『王朝文学を彩る軌跡』（武蔵野書院、2014年）、309～325頁。

(10) Virginia Jackson. *Dickenson's Misery: A Theory of Lyric Reading*. Princeton: Princeton University Press, 2005.

(11) Susan Howe. *Spontaneous Particulars: The Telepathy of Archives*. New York: New Directions, 2014. 朗読の動画はYouTubeに複数ありますが、ハーバード大学のWoodberry Poetry Roomの後援により音楽家David Grubbs氏との協力のパフォーマンスもあります。(https://www.youtube.com/watch?v=xR6cfDFTL8Q) 2019年11月30日閲覧。

(12) 松尾聰「散佚物語」『日本古典文学大辞典』第3巻（岩波書店、1984年）、92～95頁。

(13) 勝亦志織「『大和物語における〈記録の方法〉―歌話採録に見える戦略―」『日本文学』第65巻5号（2016年5月10日）。私は勝亦志織氏『大和物語』の形式的比較を踏まえ、物質的分析およびモノに注目した考察の可能性を考えています。

大和物語の達成――「歌物語」の脱構築と散文叙述の再評価
武蔵野書院創業百周年記念企画

2020年5月20日 初版第1刷発行

編 著 者：東原 伸明
　　　　　山下 太郎
発 行 者：前田 智彦
装　　幀：武蔵野書院装幀室
発 行 所：武蔵野書院
〒101-0054
東京都千代田区神田錦町3-11 電話 03-3291-4859　FAX 03-3291-4839

印刷製本：シナノ印刷㈱

ISBN 978-4-8386-0490-6 Printed in Japan